Für Marietta

Danke an Monika Krauß

Alexander Ried

Wenn Vertrauen verdirbt

Larissas Schwestern

Bibliografische Information der Deutschen Nationalbibliothek:
Die Deutsche Nationalbibliothek verzeichnet diese Publikation in der Deutschen Nationalbibliografie; detaillierte bibliografische Daten sind im Internet über http://dnb.dnb.de abrufbar.

© 2013 Alexander Ried

Korrektorat: **Monika Krauß/Claudia Klaedtke**
Coverdesign: **Casandra Krammer**

Herstellung und Verlag:
BoD – Books on Demand, Norderstedt
ISBN: 9783741285080

Kapitel 1
„Die Erfahrung ist wie eine Laterne im Rücken: Sie beleuchtet stets nur das Stück Weg, das wir bereits hinter uns haben."
Konfuzius

Langsam blinzelnd öffnete ich meine Lider. Dunkelheit drang an meine Augen. Nach und nach formten sich Umrisse aus den Schatten. Gedämpftes Licht strahlte von irgendwoher, ansonsten war es still. Kein einziges Geräusch war zu hören. Ich hätte erwartet zu frieren, fast nackt, wie ich war, jedoch das Gegenteil war der Fall. Eine wohlige Wärme umgab mich, hüllte mich ein und machte mich leicht müde.

Der kleine Raum, in dem ich stand, verströmte eine einnehmende Atmosphäre und machte mich sonderbarerweise ruhig und gelassen. Ich spürte keinerlei Angst oder Zweifel. Unglaublich! Nichts, was mich ängstigte, obwohl ich zweifellos Anlass dazu gehabt hätte. Teufel auch!

Meine Hände waren mit festen Lederbändern gebunden und über meinem Kopf befestigt worden. Sie lagen schwer in den Fesseln, aber das störte mich nicht. Ich stand inmitten des kleinen Raumes, von dem ich nicht wusste, wo er war und wem er gehörte. Ich hatte ihr einfach vertraut und vertraute ihr immer noch. Mein Herz schlug schneller bei diesem Gedanken. Nicht aus Angst, sondern vor Aufregung.

Aufregung über das, was kommen sollte, und natürlich vor Neugier. Für mich war es ein Abenteuer.
Zuvor hatte ich mich bis auf BH und Slip ausgezogen. Freiwillig und alleine. Ohne Hast war ich der Aufforderung von ihr nachgekommen und hatte alle meine Anziehsachen säuberlich zusammengelegt. Dann hatte ich mich hier, in der Mitte des Raumes, an den Händen festbinden lassen. Jetzt war alles bereit, aber bereit wofür?
Langsam fand mein Atem einen gleichmäßigen Takt. Auch mein Herz erkannte, dass es später noch genügend Grund für schnelle Schläge haben würde, nun aber noch nicht die richtige Zeit gekommen war. Die Hände wurden mir mit der Zeit zu schwer. Ich ließ sie sanft in die Fesseln sinken, die sie über meinem Kopf festhielten.
Teufel auch! Wie war ich nur hierher gelangt? Es war interessant, dass ich mir diese Frage erst jetzt stellte, jetzt, wo ich keine Chance mehr hatte, meine Lage zu verändern. Jetzt, wo ich gefangen war. Egal, was jetzt kam oder zu welchem Schluss ich fand, ich würde alles über mich ergehen lassen müssen. Ich hatte vertraut. Jetzt hatte ich keine Wahl mehr, denn jetzt saß ich hier fest.
Ich sah mich mit leichten Kopfbewegungen im Raum um. Die Wände waren mit schwarzem Samt ausgelegt, aber ansonsten vollkommen kahl. Keine Bilder, keine Regale. Zu meiner Rechten war ein Spiegel angebracht, in dem ich mich von der Seite sehen

konnte. Fast nackt und die Hände über dem Kopf gefesselt, betrachtete ich mein Ebenbild. Bei diesem Anblick begann mein Herz wieder schneller zu schlagen.

Wie war ich hierher gekommen? Die Frage war, wie gesagt, zu spät gestellt, aber trotzdem wert, beantwortet zu werden. Eine Antwort war auf jeden Fall völlig klar: Ich war freiwillig hier. Wenn ich mich zurückerinnere, muss ich weiter ausholen, um an den Beginn der Geschichte zu kommen.

Wahrscheinlich begann alles, als ich mich entschloss, von zu Hause wegzugehen und aus der beschaulichen Oberpfalz in die Metropole München zu ziehen. Ich hatte mein Abitur in der Tasche. Die Welt stand mir offen. Freiheit war unendlich, zumindest dachte ich das. Anders als von meinen Eltern erwartet, entschied ich mich gegen ein Studium und begann mich in München mit kleinen Gelegenheitsjobs in Kneipen und Lokalen über Wasser zu halten. Zeitweise schrieb ich als freie Reporterin für diverse Münchner Zeitungen, aber alles ohne nachhaltigen Erfolg oder von Dauer.

Der einzige Gewinn bestand darin, nicht mehr zu Hause zu wohnen und mir mein kleines, aber eigenes Zimmer in München finanzieren zu können, was schwierig genug war. Ich erfasste, dass ich langfristig etwas Solideres brauchte, und entschied mich, eine Ausbildung zur Krankenschwester zu beginnen.

Soziale Berufe hatten mich schon immer interessiert. Außerdem hätte ich, falls ich diese Lehre nicht zu Ende machte, dabei viel an Lebenserfahrung gewonnen. So war ich also zum ersten Mal abhängig beschäftigt. Was ich später genau machen wollte, wusste ich immer noch nicht, aber ich hatte mit meinen 21 Jahren noch ausreichend Zeit.

Der eigentliche Grund, warum ich von zu Hause raus wollte, waren nicht meine Eltern oder meine Geschwister, es war mehr die Sehnsucht, etwas zu erleben und das Leben zu genießen. Dabei meinte ich ausdrücklich nicht Drogen, Alkohol und Sex. Ich wollte in die Großstadt eintauchen und alles mitnehmen, was ich konnte. Neue Dinge spüren und Grenzen überschreiten. Ich wollte meinen Horizont hinausschieben, soweit es möglich war, und dem Leben eine Chance geben, mir zu zeigen, was es alles für mich bereithielt.

So war ich immer, wenn ich die Möglichkeit hatte, in den diversen Münchner Kneipen, Clubs und Discos unterwegs. Mich beeindruckten die Leute, die sich hier trafen, die aus der ganzen Welt zusammenkamen. Die vielen verschiedenen Lebensläufe und das, was dahintersteckte. Das war es, was ich erleben wollte. Die grenzenlose Freiheit ging mir über alles.

Es war wohl auch eine Frage von Freiheit oder Schicksal, als ich eines Tages in einem dieser Clubs Vanessa traf. Sie war groß, sportlich und machte auf

mich schon vom ersten Augenblick an einen selbstbewussten Eindruck. Im Nachhinein kann ich nicht mehr genau sagen, woran das lag. Ich empfand es damals einfach so und sah in ihr eine Frau, die wusste, was sie wollte, und das beeindruckte mich.
Ich wusste nicht, was ich wollte, aber ich wusste, dass ich gerne so wäre wie sie. Sie war groß, hatte langes, schwarzes Haar, das ihr in weichen Locken bis auf den Rücken fiel. Sie trug es offen, was ihr ein wildes, ungezähmtes Aussehen verlieh. Sie hatte ein glänzendes, knappes rotes Top an und trug dazu eine enge, schwarze Lederhose. Darunter waren schwarze High Heels zu erkennen, was ihr nochmal einiges an Größe hinzugab.
Ihr Gesicht war markant und schön, mit einem auffällig großen Mund, der von sinnlichen Lippen umrahmt wurde. Sie sah gut aus, gut und sexy, was nicht nur mein Eindruck war, sondern sich auch durch die Blicke und Reaktionen der Männer um mich herum immer wieder bestätigte. Es gibt Personen, seien es Männer oder Frauen, die hervorstechen, wenn sie einen Raum betreten. Wenn sie kommen, verändert sich das Flair im Zimmer und alles ist anders. So jemand war Vanessa.
Zufällig standen wir an der Bar nebeneinander und warteten auf unsere Getränke. Sie machte eine kleine Bemerkung über die Trägheit des Barkeepers in meine Richtung und ich lachte darüber. Schnell waren wir im

Gespräch und verließen nach Kurzem die Bar gemeinsam Richtung Tanzfläche.

Auch dort schaffte sie es, alle in ihren Bann zu ziehen. Es mag nur mein Eindruck gewesen sein, aber ich fühlte mich, als ob tausend Augen nur auf uns schauten, und war froh, dass die Blicke mehr ihr als mir galten. Teufel auch, sie hatte eine unglaubliche Präsenz.

Dabei war ich mit mir auch nicht unzufrieden. Natürlich war ich eine Frau, was bedeutete, dass ich niemals ganz zufrieden sein konnte, aber ich dachte, ich hätte es schlechter erwischen können. Auch ich hatte langes braunes Haar, welches etwas kürzer war als Vanessas, aber auch meine Schultern weit bedeckte. Von Natur aus hatte ich mehr Locken als sie. Meistens band ich sie mir, wie auch in diesem Moment, in einem Pferdeschwanz zusammen.

Über mein Gesicht möchte ich mich nicht groß auslassen. Ich denke, dass Ästhetik und Schönheit Ansichtssache sind. Ich fand es schön, so wie es war, und freute mich über jedes Kompliment, das ich erhielt. Vielleicht waren die Wangenknochen etwas zu markant geraten, aber ich hätte es weder ändern können, noch wäre ich jemals bereit gewesen, mich dafür unter ein Messer zu legen.

Wahrscheinlich hätte ich mich nicht als sexy beschrieben, vor allem nicht, wenn ich mich neben Vanessa betrachtete, aber das Attribut attraktiv ließ ich ohne Weiteres für mich gelten. Ich achtete auf meine Figur, meine Kleidung und versuchte Stil und Geschmack walten zu lassen, ohne zu flippig oder billig zu wirken. Ich würde sagen, ich fand mich diesbezüglich normal, aber was ist das schon. Da ich mich schlecht selber einschätzen kann, sage ich einfach, dass ich regelmäßig von Männern angesprochen wurde und demnach nicht sonderlich abstoßend auf sie gewirkt haben kann.

Vanessa und ich trafen uns von da ab öfters und unternahmen nächtliche Touren durch die Clubs, aber auch ins Kino oder einfach nur kurz in den Park. Wir freundeten uns an und ich begann, ihr zu vertrauen. Und darum war ich hier! Ich vertraute ihr immer noch, auch wenn ich in diesem Moment fand, ziemlich leichtsinnig gewesen zu sein.

Irgendwann fragte sie mich, ob ich bereit sei, mehr über die Geheimnisse der Stadt zu erfahren. Ob ich bereit sei, mich neuen Dingen zu öffnen, und ob ich ihr vertraute. Ich fand es natürlich am Anfang sonderbar. Alles klang so geheimnisvoll und zunächst dachte ich, sie übertreibe. Am nächsten Tag fragte sie mich noch einmal. Als ich wissen wollte, um was es gehe, sagte sie nur, es sei ihr größtes Geheimnis. Wenn ich wollte, würde sie es mit mir teilen.

Einige Tage später willigte ich ein, getrieben mehr von Neugier als von echter Erwartung. Sie holte mich zu Hause mit einem Auto ab und ich musste mir die Augen verbinden. Dann fuhren wir los. Natürlich kam mir alles verrückt vor, keine Frage. Alles war so

geheimnisvoll, aber ich fühlte instinktiv, dass von Vanessa für mich keine Gefahr ausging. Es wäre auch unnormal, wenn ich mir nichts dabei gedacht hätte, aber ich vertraute ihr eben.
Sie ließ mich aussteigen und führte mich hierher, in diesen Raum, in dem ich nun stand und wartete. Ich sollte jemanden kennenlernen, hatte sie gemeint. Ich war einer Freundin an einen Ort gefolgt, um ein Geheimnis zu erfahren oder jemanden zu treffen, von dem sie behauptete, er oder sie sei es wert. Ich hatte mich ihr aus Neugier angeschlossen, hatte mich ausgezogen und fesseln lassen. Jetzt war es zu spät für weitere Fragen. Also wartete ich.
Nach einiger Zeit, ich kann nicht mehr sagen, wie lange, hörte ich unvermittelt Schritte. Es waren klare, deutliche Schritte hinter mir. Ich sah in den Spiegel zur Seite, konnte aber nichts erkennen. Behutsam näherten sie sich mir von hinten. Ich überlegte, von wem diese Schritte stammen konnten. War es eine Frau oder ein Mann? Wieder hörte ich ein Klacken, das sich anhörte wie Absatzschuhe auf Holz. Also eine Frau?
Abermals ein Schritt. Auch auch Männerschuhe konnten ähnliche Geräusche von sich geben. Ich würde abwarten müssen. Langsam merkte ich, wie sich mein Atem beschleunigte, meine Brüste sich immer schnell hoben und senkten. Ich wusste immer noch nicht, warum ich genau hier war, aber ich wusste, dass ich es jetzt bald erfahren würde.

Die Person kam näher. Jeden Moment erwartete ich eine Berührung oder einen Satz von ihr. Dann umgab mich plötzlich ein Geruch von Vanille und Lavendel. Ein Parfüm! Und in diesem Augenblick wusste ich, dass hinter mir soeben eine Frau den Raum betreten hatte. Ich glaubte, die Wärme ihres Körpers bereits zu spüren. Mein Herz raste.
Die Schritte hielten inne, als ob sie auf etwas wartete. Plötzlich merkte ich, wie eine Hand mich an meiner linken Schulter berührte. Warm und sanft strich sie mir über den Rücken. Dann hörte ich wieder Schritte. Jetzt sah ich, wie sie mich langsam von der linken Seite her umrundete. Ich konnte ihre hohen, schwarzen Schuhe erkennen, ihren langen, dunklen Spitzenrock und ein dunkelviolettes Korsett, das ihre schlanke Taille umgab.
Ihr Gesicht war im Dämmerlicht des Raumes nicht gut zu erkennen. Ihre dunklen Haare waren an ihrem Hinterkopf aufgesteckt, was einen strengen Eindruck von ihrem Antlitz vermittelte. Ihre ebenfalls dunklen Augen musterten mich funkelnd im schwachen Licht. Gelassen trat sie einen Schritt auf mich zu. Nun war ihr Gesicht trotz der kärglichen Beleuchtung deutlicher wahrzunehmen. Sie mochte so Mitte dreißig sein. Ihre Züge waren weich und schön, mit einer leichten südamerikanischen Note. Obwohl ich immer noch gefesselt vor der mir unbekannten Frau stand, hatte ich keine Angst. Mein Vertrauen reichte bis hierher und ich war eher nervös als ängstlich.

Langsam streckte sie ihre Hand aus und griff mir mit ihren dunkel lackierten Fingern unter mein Kinn, um mein Gesicht anzuheben und dann nach rechts und nach links zu drehen. Ihre rechte Hand ging zu meiner Brust und strich behutsam darüber.

„Wunderbar!", sagte sie leise und der Raum schien ihre Stimme zusätzlich zu dämpfen. Noch einmal streifte ihre weiche, warme Hand über meinen Busen. Ich fühlte eine Erregung, die ich nicht zuordnen konnte. Eine Mischung aus sexueller Berührtheit und Nervosität. Ich hatte noch nie etwas Ähnliches gespürt, aber ich wollte mehr. Ich wollte, dass es weiter ging, dass **sie** weiterging. Aber sie machte keine Anstalten. Langsam trat sie einen Schritt zurück und fuhr fort, um mich herumzugehen.

Als sie an meiner rechten Seite angekommen war, begann sie, mit leiser Stimme zu erzählen: „Du fragst dich sicher, was du hier machst? Wer ich bin und warum das alles so ist, wie es ist."

Ich wollte etwas erwidern, brachte aber keinen Ton heraus. Mein Mund war vor Aufregung trocken und ich wollte die Stille und die Stimmung im Raum nicht mit meiner Stimme zerstören.

Also fuhr sie nach einer kurzen Pause fort: „Natürlich fragst du dich das. Ich würde mich das auch fragen. Ich habe dich nun gesehen, dich gespürt. Das war der Grund, dass du hier hergebracht wurdest. Vertrauen ist das Wichtigste in unserer Schwesternschaft. Ich kann dir nicht alle deine Fragen beantworten. Ich

kann dir nicht alles erzählen, was du wissen willst. Ich kann dir nur sagen, dass ich dir erlaube, weiter zu gehen, wenn du es wünschst. Der Rest liegt bei dir."
Mit diesen Worten hörte ich Schritte auf dem Holzboden, die sich diesmal entfernten. Sie waren nicht schnell oder gehetzt. Sie waren genauso ruhig wie zuvor. Erneut stand ich alleine im Raum und wartete. Unvermittelt überkam mich eine Müdigkeit, gegen die ich mich nicht wehren konnte. Ich versuchte noch, meine Augen offen zu halten, dagegen anzukämpfen und nicht einzuschlafen, aber nach Kurzem fiel die Welt um mich ins Dunkel.

Kapitel 2
"Wenn du eine weise Antwort verlangst, musst du vernünftig fragen."
Johann Wolfgang von Goethe

Die Sonne schien bereits am Vormittag so kräftig, dass sie die Menschen in großer Zahl vor die Türe lockte. Fast magisch angezogen war auch ich dem Drängen des schönen Wetters gefolgt und hatte mich in ein Café begeben, um dort zu entspannen. Ich spürte die warmen Strahlen in meinem Gesicht und schloss die Augen. Jetzt nahm ich den Straßenlärm und die Geräusche der Unterhaltungen um mich herum deutlicher wahr. Tassen klirrten, Handys klingelten. Dennoch fühlte ich mich in diesem Moment entspannt.

Seit meiner sonderbaren Begegnung waren einige Tage vergangen. Ich war zu Hause in meinem Bett aufgewacht. Ein Blick auf die Uhr hatte mir gezeigt, dass ich ungefähr zehn Stunden geschlafen hatte. Irgendwas musste mich dort eingeschläfert haben. Ich schlief sonst nie so lange.
Natürlich hatte ich sofort versucht, Vanessa auf ihrem Handy zu erreichen. Allerdings kam ich nur bis zur Mailbox. Ich probierte es weiter. Schließlich hob sie ab und wir vereinbarten ein Treffen für heute und hier. Sie wirkte beschäftigt und gestresst und war nicht bereit, mir meine drängenden Fragen gleich zu beantworten.
Konnte sie sich nicht denken, dass ich nach so einem Erlebnis gerne mit ihr darüber gesprochen hätte? War das nicht normal? Ich hätte damit gerechnet, dass sie **mich** anruft und mich nicht stundenlang versuchen lässt, sie zu erreichen. Oder erwartete ich da zu viel? Ich dachte noch einmal drüber nach. Von links trat ein Kellner an mich heran und servierte mir einen Cappuccino.
Nein, dachte ich bei mir. Ich erwartete nicht zu viel von ihr. Sie hätte verdammt nochmal auch selber anrufen oder warten können, bis ich wieder wach gewesen war. Wie war sie überhaupt bis in meine Wohnung gekommen? Mich erstaunte, dass ich mir diese Frage erst jetzt stellte. Ich kam aber zu dem Schluss, dass wohl mein Schlüssel in meiner Handtasche gewesen sein musste. Teufel auch!

Ich sah über die Straße, aber von Vanessa war weit und breit nichts zu sehen. Was hatte das alles zu bedeuten? Ich weiß nicht mehr, wie oft ich mir diese Frage schon gestellt hatte. Alleine die Erinnerung an die Begegnung mit der dunkelhaarigen Frau bewegte und erregte mich immer noch. Ich spürte ihre Berührungen auf mir und ihr Geruch klang in meinem Gedanken nach wie eine eingängige Melodie.
Um mich abzulenken, nahm ich den Löffel, der auf der Untertasse des Cappuccinos lag, und füllte ihn mit Zucker. Dann gab ich diesen langsam auf den Schaum und beobachtete, wie er nach unten wanderte. Ich rührte um und begann, den Restschaum von oben wegzulöffeln. In was war ich da nur hineingeraten?
Zufällig richtete ich meinen Blick wieder auf die andere Straßenseite, und da sah ich sie stehen. Vanessa stand da und wartete, bis der Verkehr ihr das Überqueren der Straße möglich machte. Sie hatte ihre in der Sonne glänzenden, schwarzen Haare wieder offen, was ihr ein wildes, ungezähmtes Aussehen verschaffte. Mit der rechten Hand hielt sie ihr Handy ans Ohr und telefonierte offenbar mit jemandem intensiv. Die Augen waren von einer dunklen Sonnenbrille bedeckt. Ich wusste nicht, ob sie mich gesehen hatte, aber als gerade kein Auto kam, lief sie direkt auf mich zu, ohne dabei das Telefonat zu beenden.
Auch sie hatte die Gelegenheit des warmen Tages genutzt und einen knappen dunklen Minirock und ein

enges rotes Top angezogen, was wunderbar mit ihren Haaren harmonierte. Sie kam näher und ich ertappte mich dabei, dass ich mich kurz von ihrem Hüftschwung hatte gefangen nehmen lassen. Sie war eine Waffe!
Schnell blickte ich zur Seite und versuchte zu sehen, ob andere Gäste im Café von ihrem Anblick ebenfalls in Beschlag genommen worden waren. Ich musste mich nicht lange umsehen, bis ich zu meiner Linken einen Mann erspähte, welcher zuvor noch ruhig seine Zeitung gelesen, nun aber den Blick über die Schlagzeilen genau auf Vanessa gerichtet hatte. Unglaublich!
Sie schien von alledem nichts mitzubekommen und beendete ungefähr fünfzehn Meter vor mir ihr Telefonat. Sie kam, umarmte mich zur Begrüßung und setzte sich. Dann nahm sie ihre Sonnenbrille ab und begann ohne Umschweife, die Karte zu studieren. Neuerlich schielte ich verstohlen zur Seite. Dabei konnte ich sehen, wie der Mann mit der Zeitung immer wieder knappe Blicke zu uns hinüberwarf. Der Kellner kam und sie bestellte ein kleines Sandwich sowie einen Kaffee. Dann blickte sie mich an und lächelte.
„Na, wie geht's? Du wolltest mich sprechen. Um was geht's denn?"
Ich war verdutzt. Konnte man sich das nicht denken? Sie hatte mir die Augen verbunden, mich fast nackt in einem Raum festgemacht, und dann war ich

irgendwann wieder zu Hause aufgewacht. Hallo! Um was wird's wohl gehen? Im ersten Moment war ich so perplex, dass ich erst das sagte, was mich gerade am allermeisten beschäftigte. „Hast du gesehen, wie der Typ links von mir dich anglotzt?"

Sie warf nicht einmal einen kurzen Blick zur Seite, als sie antwortete: „Das tun sie immer! Larissa, was erwartest du? Er ist ein Mann und ich bin heiß, aber deshalb wolltest du mich nicht sprechen. Also, was ist?"

„Na, wegen neulich natürlich", raunte ich jetzt über den Tisch und dachte, damit wäre alles erklärt. Als sie mich nur weiter anstarrte, schob ich nach: „Was sollte das?"

Sie sah mich immer noch verständnislos an und ließ sich in ihren Stuhl zurücksinken. Der Kellner kam und brachte ihre Bestellung. Sie nahm einen Süßstoff und Milch und rührte den Kaffee um. Dann schaute sie wieder auf und sagte: „Ich wollte, dass du sie kennenlernst."

„Sie?"

„Ja, **sie**! Ich kann dir nicht alles sagen, nur so viel: Du kannst wiederkommen, wenn du willst!"

„Wenn ich **was** will?" Ich fragte mich neuerlich, ob etwas an mir nicht normal war. Ob **ich** eine lange Leitung oder einen Trend verschlafen hatte, welcher gerade in den Clubs von München total angesagt war.

„Wer ist **sie** und was macht **sie** – oder ihr?" Ich merkte, wie ich langsam ungeduldig wurde. Musste man ihr alles aus der Nase ziehen?
Sie nahm einen Schluck von ihrem Kaffee und sah wieder auf. „Pass auf! Wir sind so etwas wie eine kleine, geheime Gruppe. Bei uns kommt nicht jede rein. Ich dachte, du passt zu uns. Darum habe ich dich zu ihr gebracht." Sie war wieder näher an den Tisch gekommen und redete nun sehr leise zu mir.
Jetzt war ich baff. An so was hatte ich bisher nicht gedacht. An geheime Partys, Swinger Clubs oder sonst was hatte ich schon geglaubt, aber einen Geheimbund hatte ich nicht auf meiner imaginären Liste.
„Und warum seid ihr so geheim?", fragte ich weiter.
„Warum nicht?", antwortete Vanessa knapp. „Es geht nicht um das Geheime an der Sache. Es ist eben so etwas wie eine alte Tradition. Ich sag dir nur so viel: Wir sind ein Zusammenschluss von Frauen und wir nehmen nicht jede auf. Du bist eingeladen bei uns mitzumachen, wenn du möchtest."
„Und um was geht's bei eurem Zusammenschluss?" Ich machte mit meinen beiden Händen ein imaginäres Gänsefüßchen in die Luft.
„Ach, um was geht's bei den Rotariern oder in Studentenverbindungen? Es geht um Verbindungen, Connections und natürlich um Spaß."
„Und warum nehmt ihr nur Frauen? Wären da nicht auch paar Männer gut? Meistens sind doch die am Drücker in der Wirtschaft oder Politik."

Wieder nahm Vanessa einen Schluck und biss kräftig von ihrem Sandwich ab. „Guter Punkt", sagte sie, nachdem sie geschluckt hatte. „Es gibt auch eine parallele Bruderschaft, hervorgegangen aus einer alten Studentenverbindung. Aber unsere Schwesternschaft soll gerade den Zusammenhalt unter den Frauen fördern und so Karriereoptionen öffnen. Bei uns gibt es einige sehr erfolgreiche Sängerinnen, Schauspielerinnen, aber auch Managerinnen und Politikerinnen."
„Das ist ja wie bei den Skulls", erwiderte ich und Vanessa nickte sanft.
„So ähnlich."
Ich sah, wie der Mann neben uns erneut über seine Zeitung direkt auf Vanessas Brüste starrte. Sie folgte meinem Blick. „Lass ihn gucken. Er kann ja nichts dafür. - Wenn du etwas erreichen willst im Leben, hast du bei uns die besten Chancen!"
Ich überlegte. Für mich klang das alles nicht sehr vertrauenserweckend, aber hatte ich ihr nicht bereits mehr vertraut, als für Menschen normal oder gesund war? Im Grunde war ich das größte Risiko schon eingegangen. In dem Film „The Skulls", den ich eben erwähnt hatte, lautet ein Satz, dass etwas, was geheim und verborgen ist, nie etwas Gutes sein kann. Ich weiß nicht, ob das im Film genauso gesagt wird, aber sinngemäß stimmt's.
Andererseits hatte Vanessa auch wieder recht. An jeder Uni gab es Verbindungen. Viele Vereine und

Clubs wurden nur gegründet um sich gegenseitig kennenzulernen und zu helfen, wenn es nötig war.

„Warum würdet ihr mich aufnehmen? Was hab ich, was andere nicht haben?", wollte ich jetzt von Vanessa wissen, die mich meinen Gedanken überlassen hatte und weiter ihr Sandwich aß.

„Wir haben halt so eine Vorstellung", war ihre lapidare Antwort zwischen zwei Bissen. Ich merkte, wie in mir die Neugier und auch das Verlangen nach einer weiteren Begegnung mit der unbekannten dunkelhaarigen Frau langsam aber sicher die Oberhand gewann.

„Gibt es Regeln?"

Vanessa nickte. „Loyalität, Gehorsam und Vertrauen! Wenn du dich auf uns einlassen willst, bist du eine von uns. Das beruht dann aber auf Gegenseitigkeit."

Ich sah, wie sie ihren Teller leer gegessen hatte und aus ihrer Handtasche Geld zum Bezahlen holte. Mir wurde klar, dass sie nicht hierbleiben und auf meine Antwort warten würde. Der Kellner kam und sie bezahlte. Sie setzte ihre Sonnenbrille auf und richtete ihre nun verdeckten Augen noch einmal auf mich.

Ich war hin- und hergerissen. Aber was hatte ich schon zu verlieren? Mehr Risiko als zuletzt konnte ich eh nicht eingehen. Wenn sie mich an einen Mädchenhändlerring hätten verkaufen wollen, hätten sie das bereits gemacht. Ich erinnerte mich noch einmal an die Situation in dem Zimmer zurück und fühlte neuerlich die Berührung auf meiner Brust, die

mich innerlich erzittern ließ. In diesem Moment traf ich meine Entscheidung.
„Gut, ich bin dabei!", strahlte ich Vanessa an.
Ich konnte ihre Augen nicht sehen, welche von ihrer Sonnenbrille verdeckt waren, aber ich glaubte, einen Anflug eines Lächelns um ihre Lippen wahrzunehmen.
„Gut!", sagte sie. „Ich meld mich, wenn wir uns wieder treffen!" Dann stand sie auf und ging davon.
Der Mann zu meiner Linken blickte ihr nach.

Kapitel 3
„Wie schön ist alles erste Kennenlernen. Du lebst so lange nur, als Du entdeckst."
Christian Morgenstern

Die Musik war laut! Um mich herum dröhnte Latino-Pop aus den Boxen. Dampfige Luft umgab mich wie ein stickiger Mantel, erfüllt vom Schweiß der tanzenden und feiernden Menge. Tief in meinem Bauch konnte ich die Beats rhythmisch spüren. Spanische Texte drangen bruchstückhaft an mein Ohr und verloren sich im Gewühl.
Ich konzentrierte mich und versuchte, in dem Gedränge der Tanzfläche Vanessa, die sich anmutig wie immer einen Weg durch die Menge bahnte, nicht aus den Augen zu verlieren. Diese schien wie durch Geisterhand vor ihr zu weichen, sodass sie und somit auch ich nahezu unbedrängt in Richtung der Treppe vor uns gehen konnten. Ihr tief ausgeschnittenes,

dunkelgoldgelbes, knielanges Kleid bewegte sich sanft im Takt ihres Schritts. Kleine Steine darauf reflektierten das Licht, sodass Vanessa mir funkelnd den Weg wies.

Ich war in diesem Club noch nie zuvor gewesen. Das „Corazón" war einer **der** angesagtesten Clubs in der Landeshauptstadt. Ohne Beziehungen kam man hier sowieso nicht rein. Teufel auch! Aber ich war drin! Ich folgte Vanessa weiter, so gut ich konnte. Immer wieder schloss sich die tanzende Menge zwischen uns. Trotzdem schaffte ich es, den Anschluss zu halten. Vanessa sah sich kein einziges Mal um, ob ich Schritt hielt, sondern ging unbeirrt weiter.

Für mich war ihr Anruf heute überraschend gekommen. Sie hatte sich gemeldet und gemeint, dass sie mich in ungefähr zwei Stunden abholen würde. Wir würden in einen Latino Club gehen und ich solle mir was Schickes anziehen. In aller Eile hatte ich versucht, mir etwas Passendes aus meinem Kleiderschrank auszusuchen. Aber meine Auswahl war begrenzt. Letzten Endes hatte ich mich für ein rotes Stretchkleid entschieden, was jedoch nach meiner Auffassung mit Vanessas Outfit und dem vieler anderer um mich herum nicht im Entferntesten mithalten konnte

Für mich war ihr Anruf deshalb so überraschend gekommen, da sie sich einige Tage gar nicht bei mir gemeldet hatte. Ich war meiner Ausbildung weiter nachgegangen und hatte die Erlebnisse um ihre geheime Schwesternschaft schon fast wieder vergessen. Mein Leben in der letzten Woche hatte sich mehr in verdreckten Windeln auf einer geriatrischen Station und weniger im Glamour der Münchner High Society abgespielt. Doch jetzt war ich hier – mittendrin!

Sie hatte mich mit einem Taxi abgeholt und wir waren direkt zum „Corazón" gefahren. Eine lange Schlange hatte sich vor dem Eingang gebildet und ich dachte schon, ich müsste in meinem knappen Kleid stundenlang auf den Einlass warten. Vanessa jedoch hatte mich ohne Zögern angewiesen, ihr zu folgen, und war an der Reihe der Wartenden vorbeigestöckelt.

Der ansonsten strenge Türsteher hatte nur einen kurzen Blick auf uns geworfen und war dann milde beiseitegetreten. Offenbar kannte er meine Begleiterin, welche ihn im Gegenzug keines Blickes gewürdigt hatte, ganz so, als wäre er Luft. Immer wenn sie das machte, wirkte sie sehr herablassend auf ihr Umfeld.

Als wir drinnen angekommen waren, schlug uns eine Wand aus Musik und Schweiß entgegen. Ohne Zeit zu verlieren, war Vanessa auf die große Treppe am Ende der einen Tanzfläche zugelaufen und hatte mich nur noch einmal angewiesen, ich solle ihr einfach folgen. Die Stufen wiesen in eine andere, über der ersten Tanzfläche liegende Area, wo sich mehrere, durch

dunkelblaue Vorhänge verdeckte, private Lounges befanden. Dort wollten wir also hin.
Ich hatte keine Zeit, nervös zu werden oder mir Gedanken zu machen, welche Leute ich jetzt gleich dort treffen würde und wie sie auf mich reagieren würden. Vielleicht ist es eine zutiefst menschliche Eigenschaft, die eigene Wirkung auf andere stets zu hinterfragen. Im Grunde sollte es mir eigentlich egal sein, was sie von mir dachten, aber soweit konnte ich, wie gesagt, nicht denken. Vanessa ging rasch voran.
Wir erreichten die Stufen und gingen hinauf bis vor eine der Lounges. Vanessa streifte mit einer sanften Handbewegung den schweren Vorhang zur Seite und wir traten ein. Dahinter lag ein abgetrennter Raum mit bequemen Sofas und einigen Stehtischen. Am hinteren Ende war eine Bar nur für diesen Raum und ein separater Barkeeper erfüllte die privaten Wünsche der Loungegäste. Die Musik war hier nur noch gedämpft zu hören.
Vanessa hielt kurz inne und ließ ihren Blick flüchtig über die Leute wandern. Einige standen um einen der Stehtische. Mitten im Raum gruppierten sich vier Männer um eine Frau und lachten, als wir eintraten, offenbar über einen guten Witz von ihr. Die Frau hatte langes, glattes, kastanienbraunes Haar, welches im Licht der gedämpften Beleuchtung gepflegt glänzte. Sie trug es offen und verdeckte so ihr Gesicht.
Auf einem der Sofas saß eine andere Frau in einem teuer aussehenden, silberfarbenen Jerseykleid und

nippte an einem Cocktail. Vanessa, und somit auch ich, gingen zielstrebig auf sie zu. Als die Frau uns sah, lächelte sie und erhob sich fröhlich. Vanessa und sie umarmten sich, dann drehte sich meine Freundin zur Seite und machte den Weg zu mir frei.
Sie hatte mir vorher im Taxi erklärt, dass es natürlich einige interne Grußformeln gab, welche aber nicht in der Öffentlichkeit angewendet wurden. Wenn man sich intern begegnete, war ich als Anfängerin eine Novizin und die festen Mitglieder der Schwesternschaft wurden mit „Lady" angesprochen.
Da wir uns jedoch an einem öffentlichen Ort befanden, reichte ein knapper Gruß, bei dem ich kurz nicken und meine Augen respektvoll senken sollte. Dies wären die allgemeinen Respektsbekundungen innerhalb der Gruppe. Was sollte ich auch lange über Sinn und Unsinn von solchen Ritualen nachdenken, dazu war ich jetzt viel zu aufgeregt. Darum befolgte ich einfach Vanessas Anweisungen. Diese übernahm für mich die Vorstellung.
„Das ist unsere Neue. Sie heißt Larissa und ist 21. Und das ...", sie deutete auf die Frau mir gegenüber „ ... ist Anja – Anja Weißmann, vielleicht sagt dir das was?"
In mir gingen nicht nur ein Licht, sondern ganze Scheinwerfer an. Anja Weißmann war eines **der** Topmodels in Deutschland. Natürlich war mir ihr Gesicht bekannt vorgekommen, aber ich hatte nicht gewusst, wo genau ich sie zuordnen sollte. Verdammte Scheiße, war das geil! Sie strahlte eine

innere Schönheit und Freundlichkeit auf mich aus, sodass sie mir gleich sympathisch war.

„Hallo!", sagte sie und reichte mir ihre Hand. „Schön, dich kennenzulernen. Nehmt Platz!" Sie streifte ihr Kleid zurecht und ließ sich auf der Couch nieder. Vanessa setzte sich neben sie und ich mich zu ihnen. Sofort kam der Barkeeper und nahm unsere Bestellungen auf. Vanessa wählte ein Glas Sekt, und um nicht aufzufallen, schloss ich mich ihr an. Anja nahm ihr Glas wieder zur Hand und wir stießen zusammen an. „Auf uns!", rief Vanessa und wir tranken.

Ich sah sie verstohlen von der Seite an. Ich hatte nicht erwartet, so jemanden hier zu treffen. Ich kannte sie nur vom Fernsehen und da wirkte sie meistens wie aus einer anderen Welt. Wenn ich sie jetzt so vor mir sah, war sie sicherlich unwahrscheinlich schön, aber auf eine ganz andere, natürlichere Art als auf dem Bildschirm. Sie war nur dezent geschminkt, was ihr ein extrem frisches Aussehen verlieh. Ihre blonden, mit dunklen Strähnen versetzten Haare waren geföhnt und ohne großen Aufwand gestylt. Sie erinnerte mich an die Mädchen in den 70er Jahren, obwohl ihr dafür noch ein Band im Haar fehlte. Ihre Gesichtszüge waren sanft, makellos und weich.

Sie wandte sich mir zu. Als sie bemerkte, dass ich ihr Kleid musterte, sagte sie freundlich: „Hale Bob! Hab ich nach einer Show bekommen. Ich find's total schick."

„Ich auch!", stimmte ich ihr schnell zu, um nicht unhöflich zu wirken. Kurz saßen wir zu dritt da und niemand sagte etwas. Vanessa schien die anderen Personen im Raum zu mustern oder jemanden zu suchen. Sie nippte gedankenverloren an ihrem Sekt. Jetzt ließ auch ich meine Augen kurz über die Leute in der Lounge wandern. Zu meiner Überraschung erkannte ich noch einige bekannte Gesichter.

Da war ein Musiker, welcher zwar bisher den großen Durchbruch noch nicht geschafft hatte, aber schon Chartplatzierungen vorweisen konnte. In München hatte er zuletzt ein Konzert gegeben und ich kannte ihn von seinen Werbeplakaten. Ein weiterer Mann fiel mir auf. Ich wusste, dass es sich um einen regionalen Landtagsabgeordneten handelte. Er hatte das Klinikum, in dem ich arbeitete, besucht und sich erst vor Kurzem über die aktuellen Arbeitsbedingungen in der Krankenpflege erkundigt. Anderen Frauen und Männer, die ich nicht zuordnen konnte, standen zusammen und unterhielten sich. Das hier war die High Society von München und Umgebung und ich war mitten drin!

Zuletzt erregte eine kleine Gruppe meine Aufmerksamkeit. Es war die gleiche Frau, welche bereits bei unserem Eintreten einen herrlichen Witz gemacht haben musste. Nun stand sie wieder von einigen Männern umringt und alle brachen erneut in Gelächter aus.

Sie trug, anders als die übrigen Damen im Raum, kein Kleid, sondern ein modisches, schwarzes Kostüm. Ich erkannte, da ich jetzt ihr Gesicht sah, in ihr eine SAT1-Moderatorin, Carmen Heffner, und überlegte, ob sie vielleicht direkt von ihrer Abendsendung hierher gekommen war. War ja möglich. Während die anderen sich noch über ihren Witz amüsierten, ließ sie ebenfalls die Augen durch die Runde schweifen und kurz, für einen Moment, trafen sich unsere Blicke.

Ich glaubte zu erkennen, dass sie für einen Atemzug innehielt, weil sie mich offensichtlich nicht kannte, ließ sich aber nichts weiter anmerken und widmete ihre Aufmerksamkeit schnell wieder ihren Zuhörern. Obwohl sie die ganze Zeit lächelte, hatten ihre Gesichtszüge etwas Lauerndes, Falsches an sich, ohne dass ich es näher beschreiben konnte. Ihr perfektes Make-up verdeckte zu viel von dem, was ich von einem Menschen sehen musste, um ihn für mich besser einschätzen zu können.

„Wie gefällt's dir hier?", fragte mich plötzlich Anja von der Seite und riss mich aus meinen Gedanken. Ich sah, dass Vanessa zu einem der Stehtische gegangen war und uns alleine gelassen hatte.

„Gut!", sagte ich knapp. Was hätte ich auch antworten sollen. „Es sind nur ..."

„ ... viele neue Gesichter!", vervollständigte Anja meinen Satz und lächelte. „Das kenn ich! Als ich das erste Mal dabei war, kannte mich noch keiner. Für

mich war auch alles neu. Jetzt kennt mich jeder, aber früher wäre ich in so einen Club nie reingekommen."
Ich nickte zustimmend. Dann raffte ich mich auf und versuchte, in ganzen Sätzen mit dem freundlichen Topmodel neben mir zu sprechen. „Ich hätte nur nicht erwartet, so viele Promis hier zu sehen!"
„Promi, was ist das schon", erwiderte sie lapidar, aber gut gelaunt. „Sind auch alles nur Menschen. Nur weil der da drüben im Landtag sitzt und wahrscheinlich bald Staatssekretär wird, geht er auch nackt aufs Klo."
Sie sah mir in die Augen, und bei der Vorstellung musste ich lachen. Sie fiel mit in mein Gelächter ein. „Stimmt!", sagte ich. „Da hast du wohl recht." Ich fasste mehr Vertrauen. „Man kennt euch eben nur aus dem Fernsehen. Wenn man dann ein so bekanntes Gesicht sieht, ist man erstmal abgeschreckt. Vielleicht ist es auch nur, dass ich meine, ihr habt so viel Stress und steht immer im Licht der Öffentlichkeit und wollt dann nicht von Unbekannten angequatscht werden, sondern lieber eure Ruhe haben."
Sie nippte erneut von ihrem Cocktail. „Wie gewinnst du denn neue Freunde?", fragte sie trocken. „Kennst du immer alle vorher? Wenn man neue Bekanntschaften machen will, ist es notwendig, auch mal von Fremden angequatscht zu werden. Denk dir nichts dabei. Deine Privatsphäre ist genau so wichtig wie meine. Nur weil mir die Fotografen vor dem Club auflauern, bin ich noch kein besserer Mensch." Sie

legte eine Hand auf meinen Oberschenkel. „Du kannst jederzeit zu mir kommen, wenn du ein Problem hast", bot sie mir an. „Darum geht's in unserer Schwesternschaft."
Von ihren Worten war ich tief beeindruckt und ließ das Gesagte in mir sacken. Ich hatte nicht erwartet, so offenherzig hier aufgenommen zu werden. Schon gar nicht von einem echten Weltstar. Ja, was hatte ich eigentlich erwartet? Wenn es das war, was Vanessa mir versprochen hatte, dann wollte ich unbedingt mehr. Ich trank mein Glas Sekt aus und merkte, wie es mir bereits zu Kopf gestiegen war. Trotzdem bestellte ich, da der Barkeeper prompt zur Stelle war, gleich ein Neues. Ich wollte nicht ohne herumsitzen.
Die Musik wurde wieder lauter und ich schaute zum Vorhang, der uns von denen draußen trennte. Der schwere, blaue Stoff bewegte sich und eine groß gewachsene Frau mit glatten, strohblonden Haaren betrat die Lounge. Ihre Größe wurde durch ihre Absätze noch verstärkt. Sie schien den ganzen Raum sofort in Beschlag zu nehmen. Auch sie war sehr attraktiv, und ich begann zu ahnen, welche Kriterien man für diese Schwesternschaft erfüllen musste. Es hieß immer die Reichen und Schönen würden sich treffen. Hier waren die Zweiten deutlich in der Überzahl.
Suchend sah sie sich im Raum um. Sie trug ein knappes, weißes Kleid, das ihr am rechten Bein bis zum Knie reichte und dann zur linken Hüfte hin schief

zulief. Der Stoff betonte ihr üppiges Dekolleté und zwei feine weiße Träger hielten das Kleid um ihren Hals fest. Sie hatte die blonden Haare an der rechten Schläfe mit einer Haarklammer aus dem Gesicht genommen, auf der eine große Lotusblüte befestigt war. Sie war auf keinen Fall drall oder gar dick, aber auch nicht so dürr wie manch andere hier. Sie hatte einladende Kurven, die so manches versprachen, und es hätte mich nicht gewundert, sie in einer Playboyausgabe wiederzufinden.

Ich betrachtete sie näher. Ihr Gesicht war etwas markanter als das von Anja. Sie hatte sich auch stärker geschminkt, wirkte aber dennoch selbstbewusst und attraktiv. Ihre Augen waren schwarz umrandet und ihre Lippen zierte zartes Rosa. Sie kam mir nicht bekannt vor und so konnte sie wohl weder Schauspielerin, Moderatorin noch Model sein – zumindest kein prominentes.

Ich schaute Anja zu meiner Rechten fragend an. Als sie sah, wohin ich blickte, sagte sie: „Das ist Bibiana." Ihr Tonfall verriet nicht unbedingt Begeisterung, als sie den Namen aussprach.

„Kenn ich sie auch irgendwoher?", wollte ich interessiert wissen.

„Denke eher nicht!", war Anjas kurze Antwort. „Man muss auch nicht jeden kennen." Ich merkte, dass die beiden sich offensichtlich nicht gut verstanden, und beschloss daher, nicht weiter nachzuhaken.

Nachdem sie die Anwesenden begutachtet hatte, ging Bibiana in Richtung von Carmen und stellte sich neben sie. Die beiden Frauen begrüßten und umarmten sich herzlich. Augenscheinlich verstanden sie sich besser als Bibiana und Anja. Der Barkeeper brachte ihr etwas zu trinken und meine Aufmerksamkeit richtete sich wieder auf andere Dinge.

Für mich war das alles so neu und, ich musste gestehen, auch irgendwie aufregend. Mir war inzwischen klar, was diese Schwesternschaft ausmachte. Es ging nach allem, was ich gesehen hatte um Schönheit, Stil und Klasse. Wenn ich mit meiner Vermutung recht hatte, durfte ich mich wohl geschmeichelt fühlen. Alle Frauen, die ich bisher hier erblickt hatte, entwickelten eine Ausstrahlung und Anziehungskraft, dass man sie einfach wahrnehmen musste.

Ich nippte an meinem Glas Sekt und merkte wieder, dass ich langsamer trinken sollte. Ich hatte noch nicht viel gegessen und offenbar gab es hier auch nichts mehr. Also war es ratsam, sich den Alkohol gut einzuteilen. Ich erschrak und zuckte kurz zusammen, als sich zu meiner Linken jemand setzte. Ein junger Mann mit kurzen, braunen Locken und unwahrscheinlich hellen, blauen Augen hatte neben mir Platz genommen.

„Hi, ich bin Peter. Ich hab dich hier noch nie gesehen und dachte, ich sag mal Hallo."

„Hallo!", grinste ich, weil ich nicht wusste, was ich sonst machen sollte, und nippte wieder an meinem Sekt. Seine Augen waren so blau, dass man befürchten musste, in ihnen zu versinken. Um das Schweigen zu brechen, sagte ich schließlich: „Bist du wohl öfters hier?"
Er wiegte mit dem Kopf hin und her und meinte dann: „Manchmal! Ihr trefft euch ja immer woanders!"
Ich nickte und versuchte, eine wissende Miene aufzusetzen. Offenbar wusste er über die Leute hier mehr als ich. Peter passte in diesen Raum voller schöner und wichtiger Menschen irgendwie nicht hinein. Sicher, auch er war attraktiv, aber sein einfaches Hemd und die abgetragene Jeans harmonierten nicht mit dem Hochglanzglamour, den der Rest um uns herum versprühte. Ich wunderte mich plötzlich, wie er überhaupt an dem Türsteher vorbeigekommen war. Allerdings traf das Gleiche wohl auch auf mich zu.
Um nicht unhöflich zu wirken, fragte ich weiter: „Und was machst du so beruflich?"
Er lächelte mich an und seine Augen schienen dabei noch mehr zu strahlen, als sie es ohnehin schon taten. „Ich bin freier Reporter. Journalist! Ich schreibe mal für die und mal für die. Je nachdem, was sich ergibt!"
Ich erzählte ihm, dass ich das auch versucht hatte, aber leider davon nicht leben konnte. „Ist schwer", erklärte er schließlich. „In München kannst du ab und an noch nette Promifotos machen, und wenn du Glück

hast, kauft die wer. Carmen und Anja lassen mich ab und zu ein paar Exklusivfotos schießen. Damit komm ich dann wieder ein bisschen über die Runden."
„Man hilft sich also!", sagte ich etwas altklug und abermals nickte er.
Ich schaute mich nach Vanessa um, die mich von Anfang an hier alleine gelassen hatte, konnte sie aber nicht finden. Sie war gegangen, um sich mit den anderen zu unterhalten. Jetzt war sie verschwunden. Eine gewisse Unruhe stieg in mir auf, aber ich dachte, solange ich neben Anja saß, konnte ich eigentlich nichts verkehrt machen. Sie würde mir schon sagen, wenn etwas passierte, auf das ich achten musste. Auch zu ihr hatten sich inzwischen einige Frauen und ein Mann in Sakko gesetzt und unterhielten sich angeregt. Peter auf meiner anderen Seite betrachtete mit mir schweigend die Lounge.
Plötzlich tat sich am Vorhang etwas. Man sah, wie der Stoff sich bewegte und die Musik kurz lauter zu uns durchdrang. Dann war eine Hand zu sehen, mit der der blaue Stoff zur Seite gehalten wurde. Im Eingang stand **sie**.
Es war die dunkelhaarige Frau, die ich von meinem ersten Treffen her kannte. Sie wirkte schön und anmutig, obwohl ich sie nur zum Teil sehen konnte, da sie mitten im Zwischenbereich stehen geblieben war. Ihre Augen waren dunkel geschminkt und ihre schwarzen Locken umrahmten ein südländisch aussehendes und sanft gebräuntes Gesicht. Sie trug

ein hellgelbes Kleid, das ihr bis zu den Knien reichte und von zwei Trägern an den Schultern gehalten wurde. Der Stoff umspielte ihre Beine.
Sie machte keine Anstalten, den Raum zu betreten, hielt den Kopf leicht gesenkt und fixierte mit ihren Augen einige der Leute im Raum wie eine Löwin ihre Beute. Sie vermittelte mir unwillkürlich den Eindruck von Temperament, Leidenschaft und Feuer. Auf einmal lag Tango in der Luft. Ich konnte meinen Augen nicht von ihr nehmen. Auf ihrer Reise durch den Raum trafen ihre Blicke kurz die meinen. Für einen Moment veränderte sich ihr Ausdruck und Erkennen flackerte in ihrem Gesicht auf.
Dann suchte sie weiter. Als sie offenbar den- oder diejenige gefunden hatte, machte sie eine kurze Kopfbewegung zur Seite, die andeutete, dass man ihr folgen solle. Sie trat einen Schritt zurück und der Vorhang fiel in die Ausgangsposition. Sie war wieder verschwunden. Ohne zu zögern erhoben sich einige Frauen und Männer und folgten ihr. Jetzt sah ich auch Vanessa, die gemeinsam mit dem Landtagsabgeordneten die Lounge verließ.
„Wer war das?", fragte ich mehr mich als meine Umgebung, merkte aber, da ich sofort eine Antwort bekam, dass ich die Frage laut ausgesprochen hatte.
„Leonora!", raunte Peter. Er kam näher zu mir und flüsterte: „Absolut heiße Frau, oder?"
Ich wusste nicht, was ich antworten sollte, und entschied mich deshalb, nicht darauf einzugehen.

Durch ihren Namen schloss ich, dass ich mit dem südländischen Eindruck, den sie mir vermittelt hatte, nicht so verkehrt gelegen war. Man konnte das Feuer in ihr spüren. Offenkundig war sie so etwas wie die Anführerin hier.
Es verging einige Zeit, und ich wandte mich gemeinsam mit Peter der Unterhaltung um Anja zu. Einer der Männer war offensichtlich ein Verleger einer Modezeitschrift und wollte sie überreden, für ihn günstige Aufnahmen machen zu lassen. Die beiden scherzten und schäkerten, und ich wusste nicht, wie viel Ernst jeweils bei dem dabei war, was sie sagten. Es schien wie ein Spiel zwischen den beiden, das sie schon oft gespielt hatten.
Ich holte mein Handy aus der Handtasche und sah, dass es spät geworden war. Aber ohne Vanessa konnte ich wohl kaum aufbrechen. Irgendwann verabschiedete sich auch Peter und verließ die Lounge. Ich wurde unruhig, als ich merkte, wie sich Anja ebenfalls neben mir erhob und das Gespräch mit den Leuten um sie herum beendete. Jetzt, da sie stand, konnte ich ihre perfekten Modelbeine vor mir betrachten. Ich glaubte, bald alleine hier zu sitzen, als sich am Vorhang wieder etwas tat und Vanessa und einige andere in den Raum zurückkehrten.
Sie kam direkt auf mich zu und deutete mit einer knappen Kopfbewegung an, dass wir uns auf den Weg machen würden. Ich stand auf, verabschiedete mich kurz von Anja, welche mich zum Abschied in den Arm

nahm, und ging dann Vanessa entgegen. „Wir sollten abhauen", sagte sie, als ob wir den ganzen Abend gemeinsam verbracht hätten. „Die meisten anderen sind schon weg."
Wir gingen zusammen Richtung Vorhang, wo einige Leute im Durchgang standen und leise diskutierten. Als wir gerade durch den Ausgang der Lounge getreten waren und von oben auf die große Dance Area blickten, hielt Vanessa noch einmal an. Ich sah zu meiner Überraschung, dass Leonora auf uns, oder besser sie, gewartet hatte.
Die beiden dunkelhaarigen Frauen unterhielten sich kurz. Leonora redete energisch auf Vanessa ein und fixierte mich während des Redens mit ihren dunklen, geheimnisvollen Augen, ohne ihren Redefluss zu stoppen. Ihr Blick fesselte mich. Es wirkte, als würde sie über etwas im Zusammenhang mit mir nachdenken. Dann wandte sie ihren Kopf und ihre Aufmerksamkeit wieder Vanessa zu. Die Musik war laut und ich verstand nicht, über was sie sprachen.
Als das Gespräch beendet war, bedeutete mir Vanessa mit einem kurzen, leicht sorgenvollen Blick, dass wir jetzt gehen würden. Ich machte mich auf und ging an Leonora vorbei. Wir erreichten die Treppen, und gerade, als ich Leonoras Geruch schon fast wieder verloren hatte, hörte ich sie hinter uns über die Beats hinweg rufen: „Lass **sie** das doch machen!"
Abrupt hielt Vanessa inne, drehte sich aber nicht um. Auch ich traute mich nicht, mich zu bewegen. Einen

Moment verharrten wir auf unserer jeweiligen Stufe, dann gingen wir zügig Richtung Ausgang. Wir drängten uns durch die spärlicher gewordenen Tänzer, und Vanessa rief vor dem Club ein Taxi, welches mich nach Hause bringen sollte. Sie sagte, sie werde direkt zu sich fahren und nicht mit mir mitkommen. Sie zahlte den Taxifahrer und wir umarmten uns zum Abschied.

Kapitel 4
„Versuchungen sollte man nachgeben. Wer weiß, ob sie wiederkommen!"
Oscar Wilde

Zeit ist eher etwas Subjektives. Man kann schlecht sagen, ob das, was man fühlt, viel Zeit war oder wenig. Meistens lässt es sich retrospektiv besser einschätzen, obwohl man dabei auch dem Fehler unterliegt, es wäre viel Zeit vergangen nur, weil man viel zu tun hatte. Ich hatte viel zu tun und darum merkte ich kaum, wie die nächste Woche verging. Es regnete einige Tage und dann freuten wir uns alle wieder über herrlichen frühsommerlichen Sonnenschein.
Da ich gefühlt schon lange Zeit nichts mehr mit meinen Freunden – ausgenommen Vanessa – unternommen hatte, verabredete ich mich mit Laura, Martin und Dominik, um mit ihnen gemeinsam auf ein italienisches Filmfestival zu gehen. Es fand unter

freiem Himmel statt. Große Leinwände waren aufgestellt worden und die Besucher tummelten sich auf der Wiese eines kleinen Parks. Wir setzten uns an einem Hügel auf eine Decke und genossen den Abend. Es war nicht kalt, aber später wurde es doch frisch. Ich bekam Hunger, als ich den Geruch von Pizzen und Nudeln roch, die in der Nähe zubereitet und verkauft wurden.

Mein Italienisch war spärlich und daher verstand ich nur sehr wenig, um nicht zu sagen nichts, von dem, was auf der Leinwand geschah. Ich sah Bilder und freute mich über Landschaftsaufnahmen, konnte aber der Handlung nicht folgen. Trotzdem schätzte ich das Beisammensein mit meinen Freunden, den normalen, bodenständigen, welche mich wieder fest in der Realität verorteten. Ich glaube, jeder braucht solche Freunde. Auf dem Heimweg teilten wir uns je zwei Pizzen.

Natürlich hatte mich der Besuch im Corazón noch länger bewegt. Es wäre auch an meinen Maßstäben gemessen sehr ungewöhnlich gewesen, wenn mich so ein Ereignis nicht berührt hätte. Ich hatte die Luft der gesellschaftlichen Spitze geschnuppert, war unter ihnen gewesen und hatte mit ihnen Sekt getrunken. Mit ihnen, den Unnahbaren, Unerreichbaren. Und trotzdem war ich ihnen nahe gekommen. Teufel auch! Larissa, das glaubt dir keiner!

Mein echtes Leben war der größtmögliche Kontrast zu der Welt aus Glamour, die ich betreten hatte. Ich hatte das Gefühl, dass ich dort nicht dazu passte. Ich war Krankenschwester, oder zumindest lernte ich das. Da gab es keine Partys, schönen Kleider und Cocktails, sondern Krankheit, Blut und Kacke. Ich gehörte weder zu den Reichen noch zu den Bekannten noch zu den Leuten mit Einfluss. Also musste es wohl mein Aussehen gewesen sein, welches Vanessa oder Leonora dazu bewogen hatte, mich aufzunehmen. Ich beschloss, Vanessa bei Gelegenheit direkt danach zu fragen.

Dann erinnerte ich mich an Anjas Worte, dass jeder nur ein normaler Mensch sei. Natürlich hatte sie damit recht, wenn man von dem ganzen weltweiten Ruhm einmal absah. Mich bewegte es nur, dass ich Leute, die ich durch das Fernsehen gut kannte – wie ich glaubte – nun in echt getroffen hatte.

Ich wollte mehr! Definitiv! Es war ein Drang in mir, eine Ungeduld, endlich mehr über diese Schwesternschaft zu erfahren. Es musste für mich weitergehen! Ich wollte wieder unter ihnen sein, mit ihnen reden, wollte Leonora wiedersehen. War sie der eigentliche Grund für mein Verlangen nach dem nächsten Schritt? Ich wusste es nicht.

Mit Laura und den anderen sprach ich nicht darüber. Sie hätten es zwar furchtbar aufregend gefunden, aber irgendwann hätten sie sich nicht weiter dafür interessiert. Oder aber, sie hätten mir gleich gar nicht geglaubt. Wie sollte ich auch zu Anja Weißmann kommen? Die Geschichte mit geheimer

Schwesternschaft und dem ganzen Zeug klang nicht einmal in meinen Ohren plausibel. Also verzichtete ich auf Diskussionen. Wenn ich wollte, konnte ich ihnen zu einem späteren Zeitpunkt immer noch alles erzählen. Der Abend mit meinen Freunden tat mir gut, und als er vorbei war, beschlossen wir, ihn bald zu wiederholen.

Was wäre ein Mensch ohne Ziele, ohne Herausforderungen? Wenn ich stets nur das machte, was ich konnte, dann würde ich nie herausfinden, was ich noch könnte. Und darum probierte ich gerne Neues aus. Da sich meine Ausbildung stupide hinzog und ich auch langsam die Lust an der Krankenpflege zu verlieren glaubte, hatte ich mir eine neue Herausforderung gesucht. Marathon!
Die Aufgabe war klar definiert. Darunter konnte sich jeder etwas vorstellen und Respekt hatte man vor diesem Wort auch. Marathon! Man musste 42 km geradeaus laufen. Genauer genommen exakt 42.195 Meter. Die Zeit war für mich dabei unerheblich, ich wollte lediglich durchhalten. Ich wusste, dass ich mir eine große Aufgabe gestellt hatte, und hätte mich für den Anfang auch bereits mit kleineren Distanzen oder einem Halbmarathon zufriedengegeben. Ich wollte ihn einfach einmal laufen, um dann den Rest meines Lebens sagen zu können, ich hätte es schon einmal gemacht – früher, als ich jünger war. Ich fand es nicht schlimm, Träumen hinterherzujagen und sie vielleicht

nie zu erreichen. Viel schlimmer fand ich, erst gar keine Träume zu haben.

Ich hatte begonnen, mich Stück um Stück mit Laufkleidung einzudecken und hatte mir extra neue Laufschuhe besorgt. Von Zeit zu Zeit ging ich in der Stadt joggen, und wenn ich zu Hause bei meinen Eltern war, trabte ich durch den Oberpfälzer Wald. Ich konnte inzwischen zehn Kilometer schon ganz gut durchhalten, obwohl ich ohne Plan und ohne Zeitdruck trainierte. Ich würde einfach immer wieder laufen, bis ich glaubte, die Strecke bewältigen zu können. Vielleicht musste ich einige Monate vor dem großen Lauf noch spezielles Training unternehmen, aber für den Moment reichte mir mein eigener, undisziplinierter Laufplan.

Ich zog mich also um und schnürte meine Schuhe. Dann trat ich vor die Tür meiner Münchner Wohnung und dehnte mich kurz, bevor ich loslief. Die ersten Meter waren jedes mal geprägt durch die Umstellung von Ruhe in Bewegung. Mit der Zeit begann sich mein Körper immer besser an die neue Situation zu gewöhnen. Später, nach ungefähr fünf bis sechs Kilometern, würden meine Füße zu schmerzen beginnen, was nach weiteren ein bis zwei Kilometern wieder vorbei gehen würde. Ich kannte mich inzwischen diesbezüglich sehr gut.

Ich beschloss, nicht Richtung Olympiagelände zu laufen, sondern peilte den Englischen Garten an. Wo ich meine Runden drehte, entschloss ich immer

spontan. Die Luft war warm vom Tag und aufgeheizt durch den Asphalt. Wenn ich den Park erreichte, würde die Luft gleich besser sein, frischer, und es war angenehmer zu rennen. Ich bildete mir auch ein, die ganzen Autoabgase regelrecht zu inhalieren und suchte daher stets schnell die grünen Inseln der Stadt. Ich war eben ein Mädchen vom Land.
Ich ließ die Menschen und Autos an mir vorbeiziehen. Als ich die Grünanlage inmitten der Metropole erreichte, atmete ich erleichtert durch. Keine Ampeln mehr, die meinen Lauf unterbrachen. Jetzt konnte ich mich treiben lassen. Ich bog nach links auf einen der geschotterten Wege und trabte gemächlich vor mich hin. Durchhalten hieß stets mein Zauberwort. Die Geschwindigkeit war Nebensache.
Ich lief und lief und reihte mich unbewusst in eine kleine Gruppe von Joggern ein. Stets gab es zu dieser Zeit mehrere Läufer. Manche liefen schneller, andere langsamer, und so wechselten sich die Leute um mich regelmäßig ab. Ich fühlte, wie der Punkt kam, an dem meine Füße zu brennen begannen, ganz so, als ob ich meine Schuhe zu eng geschnürt hatte. Das war aber nie der Fall und es ging wieder vorbei.
Dann merkte ich, wie von hinten ein anderer Jogger immer mehr zu mir aufschloss. Ich schwenkte nach rechts, um ihm oder ihr das Überholen zu ermöglichen. Aber niemand lief vorbei. Ich drehte mich kurz um, um zu sehen, was los war, und starrte überrascht in ein bekanntes, verschwitztes Gesicht.

„Peter!", entfuhr es mir ungewollt. Jetzt erhellte Erkennen auch seine Miene. Wir hielten unvermittelt an und grinsten gegenseitig um die Wette. War das Schicksal? Ach Larissa, was bist du heute wieder romantisch.
„Hi! Was machst du denn hier?", fragte er atemlos.
Als ob man das wohl nicht erkannt hätte, dachte ich mir und antwortete ihm ebenso keuchend: „Fühlte sich wie Joggen an. Weiß nicht, wie's von hinten gewirkt hat."
Er lächelte ob meiner kecken Antwort. „Sah auf jeden Fall, soweit ich sehen konnte, von hinten ganz gut aus", konterte er immer noch grinsend.
„Trainierst du öfters hier?", wollte ich wissen. Er nickte. Peter trug eine kurze, helle Hose, auf der die Schweißflecken deutlich zu erkennen waren. Offenbar war er schon länger unterwegs. Auch sein rotes Hemd, das ihm lässig über die Hose hing, zeigte Spuren der eben erbrachten Anstrengung.
„Mal da, mal da. Man muss sich ja fit halten. Und du?"
„Wenn ich Zeit hab", gab ich knapp zurück. Er musste nicht gleich etwas von meinen hochtrabenden Marathonplänen wissen. Für einen Moment standen wir uns unschlüssig gegenüber. Er hatte wieder dieses unverschämte Lächeln.
Seine Augen sahen mich, wie neulich, wie zwei tiefe, klare Bergseen an. Endlich sagte er: „Woll'n wir uns da drüben auf die Bank setzen? Oder, willst du vielleicht

was trinken?" Er deutete auf einen gemütlichen Biergarten.
Da mein Lauf unterbrochen war, konnte ich mein Training jetzt sowieso vergessen. Ich warf einen kurzen Blick auf die Sitzbänke, die noch reichlich Platz boten. War das nun ein Date? „Ich hab kein Geld dabei", sagte ich schließlich. Ich wollte nicht, dass er dachte, ich würde sofort auf sein Angebot eingehen, erwartete aber, dass er mein kleines Problem gleich löste.
„Macht nichts!", meinte er fröhlich. „Ich hab eins und lad dich ein. Du kannst ja beim nächsten Mal zahlen." Er klopfte bekräftigend auf eine seiner Hosentaschen, um mir zu zeigen, wo genau sich sein Geld verbarg.
„Ach so!", protestierte ich gespielt verwundert. „Wusste gar nicht, dass wir ein nächstes Mal schon ausgemacht haben."
„Haben wir auch nicht. Aber glaub mir, nach dem heute willst du mehr!", verkündete er frech, aber immer noch lächelnd. Peter schien weit weniger schüchtern zu sein als ich.
„Eingebildet?", fragte ich.
„Erfahrung!", antwortete er selbstbewusst. Ich lachte kurz auf und ging dann mit ihm in Richtung Biergarten.

Das Leben ist voller Überraschungen und genau so mag ich es. Es hatte etwas von Schicksal, wenn man sich zufällig traf, und Peter hatte nicht zu viel versprochen. Er war witzig und schaffte es immer wieder, mich zum Lachen zu bringen. Er hatte etwas Einnehmendes, Vertrauenserweckendes an sich, auf das ich mich gerne einließ. Als wir uns erhoben und er nach seiner Gegeneinladung fragte, gab ich ihm meine Handynummer und meinte, ich würde mich gerne wieder von ihm einladen lassen. Erneut grinste er sein freches Lächeln. Dann verabschiedeten wir uns. Ich ging den Weg zurück zu meiner kleinen Wohnung. An Laufen war jetzt nicht mehr zu denken.

Schau an, dachte ich. So hatte ich durch Vanessa und ihre Freundinnen noch einen weiteren interessanten Menschen gefunden. Damit hatte sich alles schon fast gelohnt. Als ich die Treppen zu meiner Bleibe hinaufstieg, begann ich mich zu fragen, wie es mit ihnen und mir weiterging. Wann war das nächste Treffen und wo?

Ich schloss die Tür auf und hatte nicht erwartet, die Antwort auf meine innerlich gestellte Frage so schnell zu bekommen. Unter meiner Tür war eine Karte durchgeschoben worden. Darauf war eine Hand, die eine brennende Fackel umklammert hielt, zu sehen. Ich öffnete die Karte, die in dunklen Violetttönen gehalten war. Darin standen ein Datum und eine Uhrzeit. Ich war zum Gemeinschaftswochenende der Vestalinnen, so nannten die Schwestern sich offenbar, eingeladen worden. Ich würde am Freitag um 16:30 Uhr vor meiner Wohnung mit dem Auto abgeholt werden. Das war alles. Teufel auch!

Mich umwehte ein Hauch von James Bond oder Mission Impossible. Es hätte mich nicht verwundert, wenn sich die Karte nach dem Lesen selbst zerstört hätte. Das klang alles wieder sehr geheimnisvoll. Vestalinnen: Nehmt euch in Acht. Ich komme!

Kapitel 5
„Jeder Tag ist ein neuer Anfang."
Thomas Stearns Eliot

Die Zeit bis zum besagten Freitag verging wie im Flug. Abwechselnd überkamen mich eine gewisse Vorfreude auf das Treffen und eine unbestimmte Angst vor den Leuten und all dem, was mich dort erwartete. Das kannte ich so von mir bisher nicht. Auf alle Fälle war ich gespannt!

Als der Freitag kam und meine Abreise immer näher rückte, saß ich wie auf heißen Kohlen. Mein Koffer mit allem, was ich glaubte, dort brauchen zu können, war gepackt. Schuhe, Kleider, Schmink- und Frisiersachen. Sie hatten nicht geschrieben, was ich mitbringen sollte, und ich stellte mich einfach auf das ein, was ich bislang von der Schwesternschaft wahrgenommen hatte.

Würde Anja auch dort sein? Ich hoffte es, denn mit ihr hatte ich mich gut verstanden. Das Gefühl der Vertrautheit zwischen uns war auch durch die Tage, die seit dem Treffen im Corazón vergangen waren, nicht verflogen. Gab es Aufnahmeregeln, Prüfungen

oder Rituale? Ich wusste das alles nicht und hatte doch tausend Sachen, die mich umtrieben. Vanessa war einmal mehr nicht erreichbar. Ich tröstete mich mit dem Gedanken, sie heute Abend zu sehen.
Ich wollte Antworten auf so viele Fragen, die mir immer wieder, während der Arbeit oder wenn ich nachts wach lag, durch den Kopf gingen. Stets hatte ich das unbestimmte Gefühl, dass die Vestalinnen mehr waren als das, was ich bisher kannte. Ich hatte nur die Spitze des Eisbergs gesehen. Sie hatten mich an ihrer Welt schnuppern lassen. Jetzt waren meine Neugier und vielleicht auch eine Sehnsucht nach der Welt, die ich gesehen hatte, geweckt. Teufel auch! Nennt mich naiv, aber damals hoffte ich, ebenfalls derart berühmt zu sein.
Pünktlich um Halbfünf klingelte es an meiner Wohnungstür. Ich beförderte meinen Koffer umständlich das Treppenhaus hinunter. Gott sei Dank hatte ich bequeme Schuhe und eine nicht all zu enge Jeans angezogen, sonst wäre ich alleine schon an der Aufgabe, das Gepäck bis zum Auto zu befördern, gescheitert. Wo waren die Gentlemen, wenn man sie dringend brauchte? Unten erwartete mich ein weißer Mercedes mit verspiegelten Scheiben, sodass ich das Innere nicht erkennen konnte. Saßen da bereits andere Novizinnen oder Vestalinnen drinnen und warteten auf mich? Schauten sie mich, die Neue, gerade prüfend an?

Ein älterer Mann mit freundlichem Lächeln begrüßte mich. Er streckte die Hand aus, um meinen Koffer im Kofferraum des Autos unterzubringen. Er trug eine schwarze Hose, ein weißes Hemd und war, nach seinen Fingern zu urteilen, starker Raucher. Nachdem alles untergebracht war, ging er zur hinteren Beifahrerseite und öffnete die Tür. Ach, hier war der Gentleman, den ich eben gesucht hatte. Ich stieg ein und er schloss behutsam die Tür. Der Wagen war innen leer. Schade!
Ich drehte mich um, konnte aber nichts mehr erkennen, da die Glasscheiben nach vorne, hinten und auch zur Seite verdunkelt und verspiegelt waren. Fast wie in einem dieser Verhörzimmer der Polizei. Innen brannte gedämmtes Licht. Die Sitzgarnitur roch frisch nach Leder und Reinigungsmittel. Der Sitzbereich war gegenüber der Fahrerseite abgetrennt und so mein Chauffeur für mich nicht mehr zu erreichen. Ich hatte nicht einmal gefragt, wie er hieß, und schämte mich jetzt für meine Unhöflichkeit.
Nun merkte ich, wie sich der Wagen in Bewegung setzte, konnte aber nicht sehen, wohin wir fuhren. Ich war blind! Das letzte Mal, als man mich zur Schwesternschaft gebracht hatte, waren mir die Augen verbunden worden. Diesmal hatte man das Problem, dass ich nicht sehen sollte, wohin es ging, eleganter gelöst. Es dauerte eine ganze Weile. München mussten wir längst hinter uns gelassen haben. Der Motor brummte unaufgeregt vor sich hin,

sodass ich fast einschlief. Die Sitze hier waren irre bequem. Um mich abzulenken, holte ich meinen Schminkspiegel aus der Handtasche und prüfte kritisch mein Make-up.

Eigentlich litt ich nicht an zu wenig Selbstbewusstsein, aber es gab eben keine zweite Chance für einen ersten Eindruck. Hätte ich vielleicht doch besser Rock und Pumps anziehen sollen? Kurz dachte ich daran, mich im diskret abgetrennten Fahrgastabteil umzuziehen, bis mir einfiel, dass alles, was ich dabei hatte, gut verpackt im Kofferraum war. Es würde schon nicht auffallen. Irgendwann hielt der Wagen an. Ich hörte, wie mein Fahrer ausstieg, und einige Augenblicke später öffnete sich mir die Tür.

„So, wir wären da!", verkündete er freundlich. Ohne weiteren Kommentar ging er zum Kofferraum und lud mein Gepäck aus. Ich stieg aus dem Wagen und sah mich um.

Die Sonne hatte sich bereits sehr weit in den Westen geschoben und tauchte alles in ein warmes, orangefarbenes Licht. Ich sondierte die Umgebung und erkannte ein großes, altes, weißes Gebäude, das auf mich wie ein verlassenes Kloster wirkte. Starke Mauern umgaben ein mächtiges Tor. Vor dem Haus standen zwei Personen und unterhielten sich angeregt. Ohne ein weiteres Wort stieg mein Fahrer wieder ein und fuhr davon. Sein Job war wohl erledigt. Ich nahm meinen Koffer und ging Richtung Eingangstür. Die Rollen ratterten auf dem holprigen

Belag und kündigten schon von Weitem meine Ankunft an.

Vor einer großen Flügeltür, zu der drei Stufen hinauf führten, standen zwei junge Frauen. Als sie mich erblickten, unterbrachen sie ihr Gespräch. Ich konnte ihre musternden, abschätzenden Blicke auf meiner Haut spüren. Sie trugen beide das kleine, schwarze Kleid für jede Gelegenheit, was die eine von ihnen mit verführerischen Strapsen verziert hatte. Aha, da musste ich mich noch ins Zeug legen, um diesen Grad an Sex-Appeal zu erreichen. Offenbar war das der Maßstab, den es zu erlangen galt. In mir machte sich ein Gefühl der Unzulänglichkeit breit und ich wünschte, mich doch im Auto umgezogen zu haben.

Ihre Blicke waren abschätzig und abweisend. Der Wind fuhr in ihre langen, dunkelschwarzen Haare, welche ihnen beiden glatt bis zum Rücken reichten, und wirbelte sie kurz durcheinander. Sie wirkten wie die doppelte Ausgabe von Elena Gilbert aus Vampire Diaries. Tapfer ging ich auf sie zu und trat, nach einem verhaltenen Gruß, an ihnen vorbei durch die Tür. Die beiden sahen mir nach und blieben stumm.

Dahinter stand ein kräftig gebauter Mann, der in jeder Disco Münchens einen Ehrfurcht einflößenden Türsteher abgegeben hätte. Tätowierungen an beiden Unterarmen, Sonnenbrille und Ohrring erinnerten mich spontan an Motorräder und Saufgelage. Ich gab ihm meine Einladung und er machte eine einladende Handbewegung in Richtung eines langen Ganges.

Ich trat an ihm vorbei. Eine junge Frau, die ich so um die 18 Jahre schätzte, kam mir entgegen und bedeutete mir geschäftig, ihr zu folgen. Ich folgte ihrem leicht wippenden Schritt und ihren durch die Bewegung mitschwingenden blonden Haaren. Dabei betrachtete ich ihr braunes Baumwollkleid, welches ihr bis knapp unter die Knie reichte. Schlichter Schick, in der Hüfte tailliert und mit weißen Stickereien um Hals und Brust. Ich hatte mich vorher gefragt, was die Mädchen hier anhatten, und beobachtete nun umso genauer meine Umgebung.

Wir liefen durch einen langen Gang, stiegen eine breite, steinerne Treppe nach oben, um dann vor einer hölzernen Tür stehen zu bleiben. Ich weiß nicht, was ich erwartet hatte, aber alles hier hatte mehr das Flair eines Schullandheims als von irgendeinem Geheimbund. Wahrscheinlich drückte mir gleich jemand eine Hausordnung in die Hand und erklärte mir, wann ich Putzdienst an der Treppe hatte. Die blonde Frau klopfte und öffnete dann die Tür, ohne zu warten, ob irgendwer sie hereinbat. Schweigend stellte ich mich neben sie.

Das Zimmer hatte den Charme einer Jugendherberge, wirkte aber durch die Vorhänge und den warmen und offensichtlich neuen Holzboden doch irgendwie einladend. An den Wänden standen drei Betten sowie eine Frisierkommode, auf der bereits allerlei Zeug stand. Auf zwei der drei Schlafstätten lagen Frauen in meinem Alter, die sich offenbar eben noch angeregt unterhalten hatten und durch unser Erscheinen unterbrochen schienen.

„Das ist die Neue! Erklärt ihr bitte, was sie bis heute Abend wissen muss. Ich muss wieder runter!" Mit diesen Worten überließ mich die Frau im braunen Kleid meinen beiden neuen Zimmergefährtinnen. Sie lächelte flüchtig zum Abschied, um dann schnell über die Treppen nach unten zu verschwinden.

Ich stand in der Tür und wusste nicht genau, was ich nun machen konnte. Ich wollte weder unhöflich sein noch preisgeben, dass ich so gar keine Ahnung von all dem um mich herum hatte. Bis ich mir überlegen konnte, was ich jetzt am besten sagte, sprang eine der beiden, eine groß gewachsene, schlanke Frau mit wunderbaren, glatten, langen blonden Haaren auf mich zu und streckte mir freundlich die Hand entgegen.

„Hi, ich bin Novizin Corinna und das ist Novizin Nadja." Sie deutete mit ihrem Kopf in Richtung der anderen schwarzlockigen Frau. Während Corinna nordisch kühl, aber nicht unfreundlich wirkte, hatte Nadja eher etwas südländisch Temperamentvolles an sich. Sie erhob sich ebenfalls und reichte mir die Hand.

„Komm doch erst mal rein!"

Ich trat näher und Corinna schloss die Tür hinter mir.

„Hallo, ich bin Larissa und neu hier", piepste ich zu hoch und merkte, dass ich noch sehr nervös war. Ich hatte nicht gewusst, was mich erwartete, und war innerlich damit beschäftigt, alle neuen Eindrücke für mich zu verarbeiten.

„Wissen wir!", lächelte Corinna. „Komm erst mal rein. Dahinten ist dein Schrank. Du kannst gleich ein paar Sachen einräumen. Am besten du lässt immer etwas hier, dann musst du nicht so viel schleppen, wenn du wieder kommst."

„Komme ich wieder?"

„Klar! Jede Novizin kommt wieder, sonst hätten sie dich erst gar nicht eingeladen."

„Wer sie? Die Vestalinnen?"

„Erzählen wir dir alles später. Räum erst mal aus. Hier hinten ist das Bad."

Sie führten mich in einen kleinen Nebenraum, der neben einem Waschbecken und einer Dusche noch eine Toilette für uns drei enthielt. Bei drei Mädels in einem Zimmer, mit nur einer Dusche, einem Waschbecken und einem Klo, konnte das morgens ganz schön eng werden. Ich hatte so viele Fragen, und auch wenn ich geglaubt hatte, zuletzt einige Antworten gefunden zu haben, so entwickelte sich in mir bereits wieder das Gefühl, nichts über das alles, die Schwesternschaft und die Leute hier, zu wissen. Alles war neu und fremd.

„Das ist dein Bett!", bedeutete mir Nadja.

Ich stellte meinen Koffer in ein Eck, schlug die Decke zurück und setzte mich darauf. Auch die beiden anderen machten es sich von Neuem auf ihren Schlafstätten bequem, was ohne Stühle in diesem

Raum die einzige vernünftige Sitzgelegenheit war. Für einen kurzen Moment sagte keine etwas. Es schien schon so, als ob sich eine unangenehme Stille im Zimmer breitmachen würde, da klopfte es an der Tür.
Corinna sprang auf, um zu öffnen. Draußen stand die Schwarzhaarige im gleichfarbigen Kleid, welche ich am Eingang bereits gesehen hatte. Unsere Augen trafen sich erneut. Ich fühlte wieder den abschätzigen, diesmal in der Intensität gewachsenen Blick. In ihren mädchenhaften, feinen Zügen witterte ich unvermittelt Gefahr und Ablehnung.
„Habt ihr den Aufnahmezettel für die Neue schon ausgefüllt?", fragte sie, ohne Corinna dabei anzusehen, denn ihre Augen waren wie Scheinwerfer auf mich gerichtet.
„Ich glaube, du kannst es erwarten!", antwortete Corinna schroff und schloss die Tür, ohne ein weiteres Wort ihres Gegenübers abzuwarten. Die negativen Schwingungen, welche drohten, sich im Zimmer breitzumachen, waren sofort verflogen. Nadja und Corinna warfen sich vielsagende Blicke zu.
„Hey, Leute, ich weiß, dass ich ganz neu bin und ihr mich jetzt vielleicht für unheimlich neugierig haltet, aber ich hätte da jetzt mal einige Fragen."
Wieder trafen sich die Blicke meiner Zimmergenossinnen. „Dann schieß los!", antwortete mir Nadja. „Dafür sind wir da."
Ich lächelte kurz und richtete meine Augen an die Decke, um mich zu sammeln. Es hatten sich mit der

Zeit so viele Dinge aufgestaut, und es waren immer neue hinzugekommen, dass ich nicht genau wusste, wo ich anfangen sollte. Wenn ich mich auf meine Intuition verlassen konnte, dann waren die beiden Mädels, mit denen ich das Zimmer teilte, in Ordnung. Also beschloss ich, meinem Gefühl zu vertrauen und fragte nach einer Weile schlicht: „Was soll das Ganze hier? Wer sind die Vestalinnen und was machen wir hier?"
Zum dritten Mal warfen sie sich einen mehrdeutigen Blick zu, bevor Corinna begann. „Gleich so allgemein? Die Frage ist, was du schon weißt. Ich will mal von vorne anfangen. Offenbar hat dich eine der Vestalinnen vorgeschlagen und Leonora hat entschlossen, dich einzuladen und zu testen."
„Testen für was?"
Ein Lächeln überflog ihre Züge. „Ob du es wert bist, aufgenommen zu werden."
„Und wann bin ich es wert?"
„Tja, wenn wir das so genau wüssten. Es gibt da viele Gerüchte, was die Kriterien für die Aufnahme sind. Es ist wohl so, dass sie Mädchen suchen, die ihnen auf irgendeine Art weiterhelfen", antwortete jetzt Nadja anstelle von Corinna, und diese ergänzte: „Wenn du ihnen was nützt!" Die Gesichter der beiden waren wieder ernst.
„Und welche Ziele hat die Schwesternschaft, bei denen ich nützen kann?"

„Tja, das ist der springende Punkt", ergriff erneut Corinna das Wort, die, während sie sprach, ihre blonden Haare zu einem Pferdeschwanz band. „So genau weiß das keiner. Jede Tutorin erzählt etwas anderes. Das Einzige, was wir sicher wissen, ist, dass es hier keine hässlichen Mädchen gibt. Die Vestalinnen sind fast alle berühmt oder zumindest irgendwo hohe Tiere. In dem Zusammenhang musst du das sehen."
Ich nickte, ohne näher zu verstehen. „Und was muss ich jetzt machen und wer war **die** eben, draußen vor der Tür?"
„Das war Nina", entfuhr es Nadja, der man anmerkte, dass in ihren Worten eine gewisse Antipathie mitschwang. „Sie ist so was wie die Sprecherin der Novizinnen im Haus. Sie organisiert einige Dinge. Sie ist Leonoras Liebling, da sie es an der Semmlberg-Privatschule mit 15 Jahren bereits zur Schulsprecherin geschafft hat."
„So was suchen die Schwestern!", ergänzte Corinna.
Ich nickte erneut. „Und was muss ich jetzt machen?", wiederholte ich den letzten Teil meiner Frage.
Corinna zog einen Zettel aus ihrem Nachtisch und hielt ihn hoch. „Also, du musst eine Sprache aussuchen, die du im Selbststudium lernen willst. Dann sollst du ein Musikinstrument lernen und ein Thema für die Lesestunden wählen. Im Schrank hängen zwei braune Kleider, wie du es gesehen hast, als Melli dich zu uns hochgebracht hat. Das ist so was

wie unsere Novizinnentracht. Wir sind im Haus zuständig für Sauberkeit und Ordentlichkeit. Heute Abend bedienen wir die Schwestern beim Essen. Jedes vierte Wochenende ist ein Treffen hier. Du wirst jedes Mal abgeholt. Man wird testen, wie du dich weiterentwickelst. Was man speziell von dir verlangt, wird dir in deinem Tutorengespräch erläutert." Sie machte eine Pause, um zu sehen, ob ich auch alles verstanden hatte. Als ich keine Frage stellte, sondern auf ihre weiteren Ausführungen wartete, fuhr sie fort: „Wenn du eine Vestalin im Gang triffst, wird von dir ein Hofknicks erwartet." Sie sprang von ihrem Bett auf und demonstrierte, was sie damit meinte. „Wir sprechen sie hier im Haus mit Lady an. Noch Fragen?"
Ich hatte es ja alles wissen wollen. Die Fülle der auf mich einprasselnden Informationen schien mich zu erschlagen, machte mich zumindest für den Moment sprachlos.
„Wir helfen dir natürlich, wenn du noch etwas wissen willst", ergänzte Nadja. Bevor ich etwas sagen oder weiter fragen konnte, unterbrach uns ein lauter Gong.

Kapitel 6
„Die meisten leben in den Ruinen ihrer Gewohnheiten."
Jean Cocteau

Allem Neuen wohnt, bekanntermaßen, ein gewisser Zauber inne. Für mich war hier alles neu. Und so war ich froh, für den Moment so etwas wie einen sicheren

Hafen in dieser für mich unbekannten See gefunden zu haben. Corinna und Nadja hatten mich freundlich aufgenommen und ich war ihnen dafür dankbar. Für mich erschien Corinna als die Gefestigtere der beiden. Ihre Haltung war selbstbewusst und ihre Bewegungen sanft und fließend, was sich anmutig mit ihrer kühlen, nordischen Schönheit paarte. Nadja hingegen wirkte unruhiger und vielleicht auch im gleichen Maße nervös, wie ich es war. Sie machte sich zu viele Gedanken um das, was sie machte und wie sie es machte.

Der Gong hatte uns unterbrochen und sie hatten mir gesagt, dass es Zeit wäre, uns für das Abendessen umzuziehen. Unsere „Schuluniformen", wie sie die braunen Kleider nannten, hingen im Schrank und es gab auch anderweitige Kleidungsvorschriften. Im Gegensatz zu anderen Veranstaltungen, erwartete man diesmal von den Anwärterinnen wenig Pomp und Glamour. Auf Schmuck und aufwendige Frisuren sollte verzichtet werden. Im Mittelpunkt des traditionellen Dinners standen alleine die Schwestern. So war es Brauch.

Während Corinna diese Vorgaben als gegeben hinnahm, dachte Nadja die ganze Zeit laut darüber nach, wie sie Haare, Nägel und Schuhe optimieren und so bei den Schwestern trotzdem Eindruck schinden konnte. Sie wollte auffallen, ins Auge stechen und so in Erinnerung bleiben. Für Nadja waren die Schwestern mehr als ein Abenteuer, viel mehr eine Chance – die Chance ihres Lebens, wie sie sagte. Mit den Vestalinnen verband sie Anerkennung, Einfluss und Reichtum und in diesen Begriffen spiegelten sich offenbar die Ziele und Erwartungen, die sie an ihr eigenes Leben knüpfte.

Erst viel später sollte ich herausfinden, dass sie früh verwaist in einem Heim groß geworden und ihr daher bisher die Wertschätzung verwehrt geblieben war. Sie hatte keine Eltern, die für sie schon früh hätten Träume wahr werden lassen können. So beschränkte sich ihr Wunsch auf eine Ranch mit Pferden in den Weiten des Wilden Westens. Ein Traum, den sie – wie sie meinte – nicht ohne die Schwesternschaft erreichen konnte, auch wenn mir und wahrscheinlich auch Corinna dazu noch andere Wege eingefallen wären. Pferde liebte sie über alles.

Wir scherzten und flachsten, während ich mir zum ersten Mal meine braune, bis auf die Knie reichende Novizinnentracht überstreifte. Das schlichte Baumwollkleid war an der Halsöffnung und über das Dekolleté mit feinen weißen Stickereien verziert, die sich spielerisch bis über den Bauchnabel schlängelten. Um nicht zu sehr aufzufallen, steckte ich meine Haare mit einem kleinen Haarreif zurück und verzichtete wie Corinna auf jeglichen Schmuck. Mir schien es geraten, mich an ihr zu orientieren. Nachdem alle fertig waren, gingen wir los.

Ich folgte ihnen durch die langen, kahlen, Ehrfurcht einflößenden Gänge des alten Gebäudes, in dem ich

mich ohne sie heillos verlaufen hätte. Dicke, unbebilderte Wände drückten auf enge Flure. Nadja hatte mir noch einmal erklärt, dass wir beim traditionellen Abendessen am Freitagabend die Vestalinnen bedienen mussten. So war es Tradition seit über hundert Jahren.
Gleich würde man mir einen Krug mit Rotwein in die Hand drücken. Sobald eine der Schwestern am Tisch ihr Rotweinglas berührte, sollte ich nachschenken. Das klang einfach und ich war dankbar für die übersichtliche Aufgabenstellung. Teufel auch, jetzt ging es wirklich los! Auf dem Weg dorthin überkam mich wieder diese innere Unruhe, diese unerklärliche Nervosität, die mich neuerdings heimsuchte. Meine Hände wurden feucht. Würde Anja, Vanessa oder Leonora auch da sein?
Wir betraten gemeinsam durch eine schwere Holztür einen großen Raum, in dessen Mitte ein massiver Holztisch stand, bereit für ein Festmahl. Geschirr, Besteck und Gläser waren auf ihren angestammten Positionen. Blumen zwischen den Plätzen schenkten dem Raum eine dekorative, sommerliche Note.
Die Wände hier waren mit alten Gemälden geschmückt, was dem Ganzen einen mittelalterlichen Eindruck verlieh. Mir fiel auf, dass das Zimmer keine Fenster hatte. Große Kronleuchter erleuchteten an deren Stelle den Raum. Andere Novizinnen hatten sich bereits an der Wand entlang aufgestellt, jede mit

einem Krug oder anderen, für das Essen nützlichen Utensilien bewaffnet.

Als ich durch die Tür trat, drückte mir eine große, schlanke Frau einen Krug mit Rotwein in die Hand. Ohne weiter nachzufragen, nahm ich ihn und stellte mich neben Corinna und Nadja in der Reihe auf. Schnell suchte ich auf dem Tisch die richtige Sorte von Gläsern, da ich mir bei meinem ersten Auftritt keine Fehler oder Lacher erlauben wollte. Die Gesichter der Mädchen wirkten geschäftig und ernst. Jeder der hier Anwesenden war bemüht, nicht einen entscheidenden Fehler zu machen, wobei sicherlich die wenigsten wussten, was genau als Fehler erkannt wurde. Alle machten exakt das, was man ihnen gesagt hatte, was sie zu tun hatten. Nach Sinn hatte keiner gefragt!

Als letzte der Novizinnen kam Nina in den Raum. Mit bekannter, überheblicher Miene umrundete sie den Tisch und kontrollierte, ob alles und jede auf ihrem Platz war. Nachdem sie das Arrangement für gut befunden und sich neben der Tür aufgestellt hatte, nahm sie eine kleine Glocke in die Hand und läutete diese. Sie musste sich ungeheuer wichtig vorkommen.

Als hätten sie vor dem Schlüsselloch gewartet, betraten nun, durch eine zweite Tür, die Vestalinnen den Raum. Ein Gewirr von Stimmen und verschiedenen Parfüms erfüllte sogleich das Zimmer. Neben dem tristen Braun der Novizinnen glänzten die Kleider und der Schmuck der Schwestern wie Sterne

am Nachthimmel. Ich umklammerte meinen Krug, damit er mir nicht durch meine schweißnassen Hände rutschte.
Im Gemenge erkannte ich Vanessa, die sich in einer Unterhaltung mit Carmen befand und mich gar nicht wahrnahm, geschweige denn nach mir suchte. Es mochte ein Gefühl der Kränkung gewesen sein, das ich in mir registrierte, welches aber verflog, als ich Anja, welche mir kurz und unauffällig zulächelte, in den Raum kommen sah. Sie hatte mich also nicht vergessen! Sie war weltberühmt und trotzdem war ich ihr im Gedächtnis geblieben. Das wiederum machte mich stolz und unbewusst drückte ich meinen Rücken durch.
Selbstverständlich sahen alle Schwestern hinreißend aus. Vanessa hatte sich für ein eng anliegendes, schwarzes Spitzenkleid entschieden, welches Schultern und Armen Freiheiten bot. Ganz im Gegensatz zu ihren sonstigen Outfits blieb diesmal ihr Dekolleté brav bedeckt. Große goldene Creolen und ihr fest gebundener Zopf betonten ihr schmales, aber markantes Gesicht.
Anja hingegen bestach mit einem goldgelben Abendkleid, das ihr, von zwei dünnen Trägern gehalten, sanft über die Füße fiel. Mit laufsteggeübtem Schritt ging sie in Richtung ihres Platzes. Carmen gefiel sich in einem engen, roten Minikleid aus Seide, figurbetont und italienisch. Ihre roten Lippen grinsten in den Raum, als würde jeden

Moment eine Fernsehkamera auftauchen und sie eine ihrer Moderationen abspulen müssen. Auch ihre Kleidung war sichtlich teuer, und so kam mir für dieses Abendessen gleich der Begriff vom Jahrmarkt der Eitelkeiten in den Sinn.

Ich nahm mir kurz Zeit, um einen Blick auf das diverse Schuhwerk zu richten. Selbstverständlich war keine der Schwestern ohne entsprechende Absätze unterwegs. Bei meinem Schuhfimmel ging mir bei diesem Anblick das Herz auf. Alle Marken und Designer waren vertreten, und Paar um Paar, das ich erblickte, wurde mein Staunen größer. Teufel auch! Hätte ich auch nur **ein** solches Paar!

Natürlich waren unter den Frauen auch viele, die ich noch nicht kannte. Da war eine blonde Frau Mitte bis Ende dreißig, welche mir mit ihrem gepflegten Kurzhaarschnitt aus dem Bundestag erinnerlich schien. Sie setzte sich neben einer Frau mit langen, schwarzen Haaren und einem bunten Sommerkleid, welche ich als eine Managerin wiedererkannte. Sie war oft in diversen TV Talkshows zu finden. Sie besaß Druckereien und Verlage und war damit an den wichtigsten Magazinen und Zeitungen Deutschlands beteiligt.

Für einen kurzen Moment beobachtete ich Bibiana, die auf eine mir unerklärliche Art nicht in diese Runde passte. Ihre wachen, katzenhaften, schönen, blaugrauen Augen verfolgten die anderen Schwestern, während sie ganz ruhig da saß und nichts tat. Sie trug ein weißes Kleid, welches ihre Brüste förmlich Richtung Teller und Besteck zu pressen schien. Irgendwie kam sie mir hier mitten im Raum einsam und traurig vor.

Im Angesicht dieser ganzen schönen und erfolgreichen Leute zerflossen mein Selbstbewusstsein und meine Hoffnung, eines Tages hier, in dieser Runde, dabei zu sein. Als hätte sie meine Gedanken gelesen, warf mir Anja einen aufmunternden Blick zu und erinnerte mich so an ihre netten Worte im Corazón. Zwar waren meine Zweifel damit nicht gänzlich verflogen, aber ich schöpfte ausreichend Mut, nicht gleich am ersten Abend alles aufzugeben.

Nachdem sich alle gesetzt hatten, öffnete sich eine dritte Tür an der Seite des Zimmers und Leonora betrat den Saal. Bereits bevor ich sie sah, nahm ich ihren Geruch nach Lavendel und Vanille wahr. Ich fühlte mich sofort zurückversetzt zu unserer ersten intimen Begegnung in jenem dunklen Raum irgendwo im Nirgendwo. Ein Drang durchfuhr mich, ohne genau zu wissen, wohin oder wonach. Ihre pechschwarzen Haare umspielten ihr Gesicht wie kleine Flammen. Man konnte meinen, sie würden die Temperatur der Luft ansteigen lassen.

Dazu passend hatte sie für diesen Anlass ein flammend rotes Abendkleid gewählt, welches nun vor allem von den Novizinnen unumwunden bestaunt wurde. Wenn alle Frauen in diesem Raum kleine

Diamanten waren, so war Leonora die Krone, das Diadem der Veranstaltung.
Als sie durch die Tür trat, verstummten die Unterhaltungen. Die Vestalinnen am Tisch erhoben sich, führten die rechte Hand zum Herz und senkten respektvoll ihre Köpfe. Im gleichen Moment vollführten alle Novizinnen im Raum einen Hofknicks und ich verpasste fast, da ich nicht damit gerechnet hatte, meinen Einsatz. Schnell kniete ich ebenfalls nieder und erhob mich erst wieder, als Leonora sich gesetzt hatte. Wie auf ein Kommando wurden die Gespräche, die so jäh unterbrochen worden waren, wieder aufgenommen. Nina klingelte erneut mit ihrer Glocke und andere Mädchen strömten in das Zimmer und servierten das Essen.

Als ich am nächsten Morgen erwachte, klang in mir die sonderbare Stimmung des nach einem bestimmten Protokoll ablaufenden Abendessens noch nach. Die Schwestern hatten lange gegessen und sich unterhalten. Wir hatten sie bedient, bis Leonora sich erhoben und somit die Veranstaltung beendet hatte.
Schnell waren alle Vestalinnen verschwunden und die Novizinnen hatten gemeinsam abgeräumt. Anschließend hatten wir die Reste des Essens zu uns genommen und waren dann alle rasch zu Bett gegangen. Die zunehmende Schwüle des Raums hatte mich müde gemacht. Daher war ich dankbar gewesen, als wir unser Zimmer erreichten. Wie mir Corinna

versicherte, war das traditionelle Abendessen der gezwungenste Teil unseres Aufenthalts hier – wo auch immer – gewesen.

Ich schälte mich aus meiner Bettdecke und ging ins Bad. Wo hätte ich auch sonst hingehen sollen, da ich Angst hatte, mich in dem großen, alten, durch schwere Mauern getragenem Gebäude zu verlaufen. Ich beschloss zu warten, bis meine Zimmergenossinnen ebenfalls aufwachten. Sie würden mir schon sagen, was heute auf mich zukam.

Ich musste nicht lange ausharren, denn ein plötzliches Klopfen an die Holztür ließ mich aufhorchen und die anderen erwachen. Ich war als Erste an der Tür und öffnete. Vor mir stand im braunen Kleid Nina. Ihr Blick glitt an mir und meinem geblümten Schlafanzug hinab und schien jeden Zentimeter mit Verachtung zu bedenken. Ohne mir dabei ins Gesicht zu sehen, fragte sie: „Hast du deinen Aufnahmezettel schon ausgefüllt?"

Ratlos sah ich in ihre perfekt gestylten Züge und wusste nicht, was genau sie meinte. Wie um mir zu Hilfe zu eilen, sprang Corinna aus ihrem Bett auf und hielt einen weißen Zettel über meine Schulter, Nina direkt vor die Nase. „Steht alles droben! Einfach lesen!", züngelte sie an mir vorbei und schob mich gleichzeitig von der Tür weg und diese zu. Nachdem wir wieder unter uns waren, sah ich sie fragend an. „Sie wollte wissen, welche Stunden du heute belegen willst", beantwortete sie meine ungestellte Frage und hüpfte zurück ins Bett.

Ich erinnerte mich, mich gestern mit Corinna darüber unterhalten zu haben. Ich hatte mich für Italienisch, Klavier und Geschichte des 19. Jahrhunderts im Rahmen der Lesestunde angemeldet. Wenn ich schon die Chance hatte, kostenlosen Unterricht zu bekommen, wollte ich diese auch ergreifen. Wo gab's das schon? Ich hatte an der Volkshochschule früher einmal Spanisch gelernt und hoffte deshalb, mit Italienisch wenige Probleme zu haben.

Nun erwachte auch Nadja. Wir knobelten kurz, wer das Bad als Erste benutzen durfte. Dann begannen wir, uns alle für das Frühstück anzuziehen. Ich folgte meinen neuen Freundinnen in einen Speisesaal, in dem ein reichhaltiges und gesundes Büffet angeboten wurde. Als wir genügend gegessen und getrunken hatten, kehrten wir auf unser Zimmer zurück.

Nadja informierte mich, dass Samstagvormittag Sport auf dem Plan stand. Wir zogen uns unsere einheitlichen Sportdresses an. Weiße Kniestrümpfe mit einem weißen Minirock und einem weißen Sportoberteil ließen Erinnerungen an die Ballkinder in Wimbledon wach werden. Wieder folgte ich den beiden, wie ein Küken der Henne, um diesmal auf einen kleinen, unter Bäumen gelegenen Sportplatz zu gelangen. Hohe Mauern umgaben einen alten Park, dessen hohe Baumkronen jede Chance auf Details außerhalb des Areals zunichtemachten.

Wir stellten uns auf und Corinna machte mich mit einigen der Mädchen bekannt. Alle waren schlank, schön und zumindest oberflächlich freundlich, auch wenn ich fühlte, dass mich die meisten als zusätzliche Konkurrenz wahrnahmen. Wer konnte es ihnen verübeln. Nachdem wir alle in einem Kreis standen, übernahm Nina die Führung. Wir machten gemeinsam Gymnastik und stimmten anschließend zwischen Völkerball und einem leichten Jogginglauf ab.

Zu meiner Erleichterung entschieden wir uns mehrheitlich für das Laufen, und so hatte ich keine Probleme, eine gute Figur abzugeben. Dauerlauf war mein Ressort! Ich fragte mich, ob sich Nina vor dem Sport abgeschminkt hatte oder von vornherein ein spezielles Sport-Make-up verwendete. Wie lange verbrachte sie jeden Tag vor dem Spiegel? Auch wenn ich sie nicht ausstehen konnte, so musste ich anerkennen, dass ihr Auftritt stets perfekt war und sie sich immer in tadellosem Zustand ihrer Umwelt präsentierte. Sollte ich mir etwa an ihr ein Beispiel nehmen?

Nach der Sporteinheit gingen wir zurück auf unser Zimmer und duschten der Reihe nach. Wir hatten nun etwas Ruhezeit und nach dem Mittagessen würden wir uns der geistigen Bildung widmen, wie Nadja es formulierte. Die Schwestern achteten wohl sehr auf Umgangsformen und wollten sicherstellen, dass ihre Schülerinnen auch gebildetes Publikum unterhalten konnten.

Der ganze Tag schien einem vorgegebenen und wohl sehr alten Protokoll zu folgen. Was ich noch nicht heraushatte, war, was wir hier genau machten – also, warum das Ganze? Na gut, Sport schadete nicht. Bei einem Abendessen die Bedienung zu stellen, war sicherlich der Charakterbildung nicht abträglich. Nur konnte ich nicht erkennen, wie alles zusammenhängen sollte und wie uns das im Sinne der Schwesternschaft weiterbrachte.

Als wir gemeinsam das Mittagessen, welches erneut im Speisesaal aufgebaut war, zu uns genommen hatten, huschten wir wieder durch die Gänge, um in die Gemeinschaftsräume zu gelangen. Wir waren gerade um eine Ecke gebogen, als eine Gruppe von Frauen auf uns zukam. Sie waren nicht in Novizinnentracht, sondern geschäftsmäßig und schick gekleidet. Beim Näherkommen erkannte ich Anja unter den drei Schwestern. Corinna und Nadja hielten sofort an, senkten die Köpfe und vollführten einen Knicks. Schnell machte ich es ihnen nach. Als die Drei an uns vorbeikamen, vernahm ich Anjas Stimme: „Hi, Larissa. Schön, dich wiederzusehen. Kommst du gut zurecht?"

Ich sah aus den Augenwinkeln, dass die beiden anderen sich aus ihrer Verbeugung erhoben hatten, und tat es ihnen gleich. Dann schaute ich in Anjas strahlendes Gesicht und wurde sofort von Wärme und Freundlichkeit erfüllt.

„Öhm, ja schon", stotterte ich verlegen und ergänzte schnell. „Die beiden hier haben mir viel geholfen."
Anja warf einen Blick auf Corinna und Nadja und nickte ihnen höflich zu. Nun erkannte ich auch ihre Begleiterinnen. Es waren Carmen und Bibiana, welche beide weit weniger warmherzig, allerdings auch nicht derartig arrogant wie Nina auf mich wirkten. Ich fühlte mehr, dass sie gehetzt waren und durch Anjas Plausch mit uns aufgehalten wurden.
„Schön!", meinte Anja und tauschte einen kurzen Blick mit Carmen. Diese räusperte sich und Anja raunte schließlich: „Wir müssen dann auch schon weiter. Wir sehen uns sicher bald wieder." Wir knicksten noch einmal höflich. Dann waren die drei Vestalinnen verschwunden.
Sie waren kaum um die Ecke, als ich schon Nadjas verwunderte Frage vernahm, so laut, dass ich glaubte, das ganze Haus würde nun in Alarmbereitschaft sein: „Woher kennst du Lady Anja?"
Auch Corinna schien erstaunt, hatte sich aber besser im Griff. „Wir haben uns im Corazón kennengelernt", erklärte ich. „Die beiden anderen waren Lady Carmen und Lady Bibiana!", fuhr ich beiläufig fort. Ich merkte zu spät, dass ich nicht hätte weiter angeben sollen. Offensichtlich waren derartige Bekanntschaften auch hier nicht so alltäglich, wie ich geglaubt hatte.
„Du warst im Corazón?", entfuhr es Nadja erneut.
Nun war es auch Corinna etwas zu laut, denn sie sah sich schnell um, um zu schauen, ob die Szene jemand

verfolgte. „Wir sollten jetzt weiter!", unterbrach sie meine Antwort im Ansatz. Wir eilten vorwärts, denn durch das kurze Treffen waren wir nun schon zu spät. Als wir vor dem Gemeinschaftsraum angekommen waren und Nadja das Zimmer bereits betreten hatte, hielt mich Corinna an der Schulter zurück.
Sie betrachtete mich mit ernster Miene. „Erzähl niemandem von deinem Besuch im Corazón. Glaub mir, es ist besser so!" Ich musste wohl einen ziemlich dummen und unverstehenden Gesichtsausdruck gemacht haben, denn schnell ergänzte sie: „Vertrau mir einfach!", und schob mich durch die Tür, bevor ich noch einmal darauf eingehen konnte. Teufel auch! Was war jetzt schon wieder los?

Der Nachmittag verflog, als mich ein alter, etwas verschrobener Klavierlehrer in die Grundzüge des Spiels mit den Tasten einwies, ich meine erste Lektion in Italienisch in mich aufnahm und begann, ein Buch über die napoleonischen Feldzüge zu lesen.
In den Gemeinschaftsräumen herrschte eine konzentrierte Ruhe, fast wie in einer Bibliothek. Ich akzeptierte diesen Unterricht als Teil der Schwesternschaft, zu der ich mich freiwillig gemeldet hatte. Allerdings stieg meine Unzufriedenheit, denn anstelle der erhofften Antworten hatten sich über die zwei Tage noch mehr Fragen bei mir angehäuft. Vanessa hatte sich bisher nicht blicken lassen und überließ mich meinem Schicksal und meinen

Zimmergenossinnen. Wann kamen die hier endlich auf den Punkt? Ich fühlte mich, als würde meine Zeit vergeudet, als hätte ich Wichtigeres zu tun.
Ich wollte Vanessa so viel fragen und war langsam am Zweifeln, ob sie es schaffte, mir alle meine Fragezeichen aus dem Kopf zu nehmen. Bisher hatte sie es immer wieder gemeistert, mich zum nächsten Schritt zu ermutigen. In den letzten Stunden war mir klar geworden, dass in dieser Schwesternschaft nichts, aber auch gar nichts unbedeutend war. Jeder Blick, jede Geste, jedes Detail, jedes Gespräch, ja sogar die Farbe des Lippenstifts wurde registriert und bewertet. Ich sollte mich in Acht nehmen, bis ich mehr Erfahrung im Umgang mit den Leuten hier hatte. Nach der geistigen Anstrengung gingen wir wieder auf unsere Zimmer und ließen uns erst einmal in die Betten plumpsen.
Ich musste eingeschlafen sein, denn Nadjas Föhn weckte mich, als es schon dämmerte. Ich richtete mich im Bett auf und fragte in den Raum: „Was kommt denn jetzt?" Nadja wandte sich kurz zu mir um, drehte aber weiter fleißig ihre Haare zu Locken ein. An ihrer Stelle antwortet mir Corinna: „Jetzt ist Party! So wie jeden Freitag das gemeinsame Abendessen stattfindet, feiern die Novizinnen am Samstagabend eine Party. Zieh dir was Schönes an!"
Ich schob mich langsam aus dem Bett, ging zu meinem Schrank, öffnete ihn und verschaffte mir einen Überblick über die Auswahl, die ich für solche Anlässe

mitgebracht hatte. Eigentlich hatte ich keine Lust, großartig zu feiern. Ich wollte zu Vanessa oder zu Anja und mit ihnen reden und nicht noch einmal Nina über den Weg laufen müssen.

Weil ich noch überlegte, was ich anziehen sollte, beobachte ich meine beiden Zimmergenossinnen. Während Nadja gefühlte Stunden an ihren pechschwarzen Haaren drehte, sich die Augen dunkel schminkte, in ein Lederkorsett zwängte und schließlich einen knappen schwarzen Minirock und hochhackige Stiefel überstreifte, begnügte sich Corinna mit einem azurblauen, weiten Top, einem dazu passenden Seidenrock und gleichfarbigen Pumps. Ihre blonden Haare kämmte sie nur einmal durch, sodass sie wie goldene Seide über ihren Rücken fielen.

Sie erschien mir in ihrer schlanken Schlichtheit wie ein schwedisches Topmodel, Nadja hingegen wie ein Hollywood-Sternchen vor dem Besuch des ersten Roter-Teppich-Events. Auf mich wirkte es zu überladen – es war einfach too much. Wie schon gestern beschlich mich das Gefühl, Nadja versuchte einem unbekannten Ideal nachzulaufen, welches sie selber nicht genau kannte. Corinna legte schlichtweg darauf Wert, ihren eigenen Charakter zu betonen.

Ich entschied – wie bereits am Vortag – mich Corinnas Weg anzuschließen und streifte mir ein luftiges, schwarzes Minikleid über, welches meine Figur in meinen Augen ausreichend betonte, ohne dabei großes Aufsehen zu erregen. Ich wollte mir das alles lieber aus der zweiten Reihe einmal ansehen.

Wir gingen zusammen los. Corinna führte uns in den Keller, von wo aus wir schon laute Beats vernahmen. Wir betraten den Raum, der, erfüllt von dämmriger Discostimmung, seine Gäste in Empfang nahm. Meine Freundinnen zeigten mir kurz die Bar, das Büfett und wo die Toiletten waren und überließen mich dann mir selber. Mir war es recht, denn so hatte ich Zeit für mich. Ich holte mir etwas zum Essen und zum Trinken, und setzte mich dann abseits in einen bequemen Sessel.

Von dort aus beobachtete ich die Tanzfläche, die Stehtische und verfolgte, wer sich mit wem unterhielt und wer alleine tanzte. Ich wollte etwas über die sozialen Zusammenhänge herausbekommen. Dieser Tag hatte mich nicht weitergebracht. Weder hatte ich erfahren, was die Schwestern genau waren, noch wozu ich eigentlich hier war. Keine neuen Erkenntnisse hatten sich mir offenbart. Ganz im Gegenteil, waren immer neue Fragen aufgetaucht. Ich fühlte unter den Novizinnen unterschwelliges Misstrauen und Konkurrenz, auch wenn ich das Ganze nicht objektiv einordnen konnte.

Später am Abend stoppte die Musik und Nina betrat die Tanzfläche. Sie hatte ihren ganz privaten Auftritt und man sah im Licht der Bühne, wie sehr sie diesen Moment genoss. Rampensau! Sie verkündete, dass in der übernächsten Woche bei Lady Rachel eine

Gartenparty gefeiert würde. Viele berühmte und wichtige Leute würden dort sein und auch ausgewählte Mädchen würden in den Genuss dieser Feier kommen.
Ich beobachtete die Szene ohne große Nervosität, war ich doch erst das erste Wochenende hier. Ich hatte sicherlich noch nichts Essenzielles beigetragen, um gleich am ersten Samstag eine Belohnung einzufahren. Also blieb ich sitzen, während sich alle anderen um Nina scharten. Sie begann Namen zu verlesen und drückte den Genannten Einladungskarten in die Hand. Wie erwartet, ging ich leer aus, wie auch Nadja. Nur Corinna konnte sich über eine dieser begehrten Einladungen freuen, schien diesen Erfolg aber ungerührt hinzunehmen. Vielleicht hatte sie ja mit dieser Karte fest gerechnet und war sich ihrer Sache sehr sicher gewesen.
Ich hatte für diesen Abend genug gesehen. Ich kannte hier niemanden, mit dem ich mich angeregt hätte unterhalten können, und auf Tanzen hatte ich keine Lust. Ich suchte Nadja, der es, nachdem sie bei der Vergabe eben leer ausgegangen war, ebenso erging. Wir schlenderten zu Corinna und verabschiedeten uns. Dann gingen wir gemeinsam in unser Zimmer. Warteten wir einmal ab, was morgen kam.

Kapitel 7
„An den Scheidewegen des Lebens stehen keine Wegweiser."
Charlie Chaplin

Als ich am nächsten Tag erwachte, war ich wieder die Erste im Zimmer, die ausgeschlafen hatte. Aus den anderen beiden Betten vernahm ich gleichmäßiges Atmen. Ich öffnete meine Augen und richtete sie an die Decke, an der man die Jahrhunderte des Gebäudes erahnen konnte. Wo war ich hier nur hingekommen?
Wieso hatte Corinna gestern gemeint, ich solle niemandem von meiner Einladung ins Corazón erzählen? Hatte man hier gegenseitige Geheimnisse? Noch mehr als das fragte ich mich immer intensiver, was genau Vanessa bewogen hatte, mich hierher zu bringen. Ich hatte mich stets so normal, so durchschnittlich empfunden, dass alles das, was ich hier sah und was mich hier umgab, abgehoben und skurril anmutete. Hatte ich das alles noch unter Kontrolle?
Ich drehte mich zur Seite und blickte auf Nadja. Irgendwie beruhigte mich die Vorstellung, dass ich nicht alleine war. Dass ich nicht die Einzige war, die hier keinen Durchblick hatte. Corinna schien da mehr zu wissen. Heute würde ich endlich Antworten bekommen, denn heute hatte ich mein Tutorengespräch mit Vanessa. Nachdem meine

beiden Freundinnen irgendwann erwacht waren, zogen wir uns an und gingen gemeinsam zum Frühstück. Während wir aßen, wirkten sowohl Corinna als auch Nadja in sich gekehrt und ich beschloss, sie nicht mit meinen Fragen zu nerven. Schweigend schlürften wir Kaffee und kauten Müsli.
Ein Gong beendete die Mahlzeit. Corinna war so freundlich, mich zu Vanessas Zimmer zu begleiten, bevor sie zu ihrem eigenen Tutorengespräch verschwand. Ich wurde aus der blonden Frau nicht schlau, da ich eigentlich das Gefühl hatte, ihr vertrauen zu können. Andererseits aber immer den Eindruck hatte, in diesem Haus kämpfe jeder für sich selber. Die Plätze in der Schwesternschaft schienen rar zu sein. Daraus konnte man schlussfolgern, dass wir gegenseitige Konkurrentinnen waren. Warum also half sie mir dann? Diese weitere Frage schwirrte in meinem Kopf, als ich Vanessas Zimmer durch eine schwere Holztür hindurch betrat.
Meine Mentorin stand an einem der Fenster und starrte gedankenverloren auf die Bäume und den Park des Anwesens. Als ich eintrat, schob sie schnell zwei Vorhänge vor, sodass ich keine Möglichkeit hatte, durch einen Blick durch die Öffnung auf den Standort des Schwesternquartiers zu schließen.
Die trug einen schwarzen Stiftrock mit weißer Bluse und dunklen Stilettos. Alles wirkte sehr geschäftsmäßig wie das ganze Zimmer. Obwohl ein alter Holzschreibtisch zusammen mit schweren

Holzmöbeln die Einrichtung bildete, fühlte sich der Raum mehr wie ein Büro und damit wenig gemütlich an. Mit festen Holzplanken war auch der Boden belegt, dem man die Jahre und Jahrzehnte ansah. Unwillkürlich fragte ich mich, ob man dieses Haus renovieren durfte oder ob es unter Denkmalschutz stand.

Die Vorhänge verdüsterten nun den Raum, aber Vanessa machte kein Licht. Nachdem die Fenster verdunkelt waren, drehte sie sich zu mir um. Sie lächelte mich an und die Erinnerungen an die Zeit, in der wir durch Clubs gezogen waren, keimte in mir wieder auf wie ein Weizenkorn in frischer Erde.

„Hallo, Larissa, setz dich doch." Sie deutete mit einer Hand auf einen alten Holzsessel. „Erzähl mal: Wie hat es dir gefallen?"

Vanessa nahm Platz und ich ging zu ihr nach vorne und setzte mich in einen Sessel ihr gegenüber. Sie war von Haus aus schon groß und schlank, wirkte aber, durch ihre Schuhe betont, in diesem engen Raum noch größer. Sie hatte die Beine übereinandergeschlagen und erwartete meine Antwort.

„Ganz gut", murmelte ich und versuchte, beiläufig zu klingen, denn ich wollte nicht über mich sprechen, sondern Fragen beantwortet bekommen. „Es ist nur so, dass das alles sehr fremd auf mich wirkt. Ich hätte dich gern einiges gefragt."

„Dafür bin ich da!" Ich musterte ihr markantes Gesicht mit den betonten Wangenknochen, welche, im Ensemble mit ihren dunklen Augen, mir den Eindruck von Selbstbewusstsein und Disziplin vermittelten. In diesem Raum war sie nicht die Freundin, sondern die Lehrerin. Ihre stets freundliche Art schaffte es sofort, Vertrauen in Leuten zu wecken. Ich fragte mich, ob es genau diese Eigenschaft war, welche die Schwestern an ihr so interessant gefunden hatten. Ich beschloss, mich nicht länger zurückzuhalten und sagte nach kurzem Überlegen: „Ich möchte wissen, was ich hier soll? Deine Schwesternschaft schön und gut, Gemeinschaft – super – aber ich möchte von dir wissen, warum du **mich** und nicht jemanden anderen hierher geschleppt hast?" Ihre dunklen Augen ruhten auf meinen Lippen. Sie machte keine Anstalten, etwas zu erwidern, darum fuhr ich fort: „Vanessa, ich bin nicht blöd. Das ganze Haus ist voller sexy Mädchen. Die meisten der Schwestern kenne ich aus dem Fernsehen oder aus Zeitschriften. Ihr seid alle berühmt oder erfolgreich. Wie passe ich da rein?"

„Kennst du mich aus dem Fernsehen?", stellte sie mir eine Gegenfrage.

„Nein, dich nicht! Aber Anja, Carmen, diese blonde Bundestagsabgeordnete, und die Frau, die neben ihr gesessen hat, kenn ich auch."

Vanessa seufzte und wechselte das Bein. Dann beugte sie sich nach vorne. Ich spürte jetzt ihre Augen wie zwei warme Scheinwerfer auf mir ruhen. „Ich glaube, es ist am besten, wenn ich dir ein paar grundsätzliche Dinge erzähle. Wenn du dann noch Fragen hast, kannst du sie anschließend stellen. Die Vestalinnen sind am Ende des 19. Jahrhunderts entstanden. Die ersten Studentenverbindungen wurden gegründet. Einigen Damen ihrer Zeit fiel auf, dass man über die dortigen Beziehungen weit kommen konnte. Aber diese Verbindungen waren nur für Männer zugelassen. Also gründeten sie eine Vereinigung für Frauen – Vestalia Heidelberg. Natürlich war das eine geheime Verbindung, weil damals so etwas nie gestattet worden wäre. Es geht uns also um Kontakte, Connections, wie man heute so schön sagt. Darum, junge talentierte Frauen im Leben weiterzubringen. Das ist es, was wir auch heute noch machen. Dass du einige von uns aus dem Fernsehen kennst, zeigt nur, dass wir bei manchen Erfolg hatten. Anja zum Beispiel hätte nie ihren ersten Modelvertrag bekommen, wenn wir ihr nicht geholfen hätten."

Ich glaubte, langsam zu begreifen, was Vanessa mir sagen wollte. „Und wie passe ich da rein? Ich möchte kein Model und keine Politikerin werden."

„Schätzchen!", lächelte Vanessa „ ... Aber du bist schlau und hast Potenzial. Du hast Ausstrahlung und Charakter und genau danach suchen wir. Es muss nicht jeder hier Karriere machen. Wir brauchen auch so etwas wie Türöffner!" War es wirklich so einfach? Ich merkte, wie mich die Antwort nicht befriedigte, mir aber auch nichts einfiel, was ich hätte erwidern

können. Das, was Vanessa mir zu sagen hatte, klang in sich logisch. „Außerdem haben wir dich ja auch noch nicht aufgenommen. Ich habe dich vorgeschlagen und unsere Priorin hat dich zugelassen. Jetzt wirst du getestet!"
„Getestet?"
Vanessa nickte und erhob sich. Sie ging zu einem kleinen Schrank und holte ein Glas und eine Flasche aus einem der Fächer. Dann goss sie sich eine braune Flüssigkeit hinein. Es sah wie Whisky oder etwas Ähnliches aus, aber Vanessa bot mir nichts an und ich musste nicht weiter darüber nachdenken. Ihre schwarz lackierten Finger hielten das Glas fest umgriffen.
Sie kam wieder zwei Schritte auf mich zu und nippte an ihrem Drink. „Wir können nicht jede aufnehmen, das sollte dir klar sein. Wir sind eine effektive, weil kleine Gruppe. Die Frauen, die wir als Novizinnen zulassen, werden von einer Tutorin vorgeschlagen. Über die Aufnahme entscheidet dann der Rat. Jede von euch hat eine Aufgabe, aber ihr dürft mit niemandem darüber sprechen. Klar!"
Ich überlegte. Im Corazón hatte Leonora zu Vanessa gesagt, dass ich etwas erledigen sollte. „Und was ist mein Auftrag?", fragte ich und spürte nervös, dass wir am Kern unseres Gesprächs angekommen waren.
Vanessa stellte ihr Glas auf einen kleinen, zwischen unseren beiden Sesseln stehenden Tisch und griff eine

dort liegende Mappe, welche sie mir überreichte. „Du sollst diesen Mann von dir überzeugen."

Ich öffnete das Geheft und starrte in das Gesicht eines Typen, Mitte dreißig mit kurzen, hellen Haaren, einem gepflegten Dreitagebart und einer Brille. Er wirkte nicht unattraktiv, versprühte in diesem Bild aber eine Zurückhaltung, welche mich normalerweise von Männern fernhielt. Ich blätterte weiter und fand einige Informationen über ihn. Er war verheiratet, hatte zwei Kinder und war bei einer Bank beschäftigt.

Ich blickte zu Vanessa auf. „Der ist verheiratet!", protestierte ich. Sie nickte. So hatte ich mir das nicht vorgestellt.

„Und was soll ich mit ihm genau machen?" Die Sache wurde mir jetzt, exakt an dieser Stelle, zu heiß. Es gab Grenzen! Grenzen des Anstands, der Moral und der Sinnhaftigkeit.

„Wenn die Zeit gekommen ist, wirst du eine Bitte an ihn stellen. Wenn er sie dir gewährt, hast du bestanden. Wenn er sie dir abschlägt, dann nicht."

„Welche Bitte?"

„Das kann ich dir jetzt noch nicht sagen. Ich sage dir aber so viel, dass wir Novizinnen normalerweise nicht derartig bedeutende Dinge anvertrauen."

Bedeutend? Ich stutzte. Was konnte daran schon bedeutend sein? War das alles ernst gemeint oder nur ein Test oder wieder nur ein Rätsel? Abermals betrachtete ich den Mann auf dem Bild. „Was bedeutet, ich soll ihn von mir überzeugen? Also geht es um Sex! Soll ich mit ihm schlafen?"

„Nein, es geht nicht um Sex! Es geht darum, jemanden von dir zu überzeugen, ihn für dich einzunehmen. Wenn er dir vertraut, dann wird deine Bitte kein Problem. Mach ihn ein bisschen an. Kommt euch näher und halte trotzdem Abstand. Verzauber ihn. Das kannst du doch ganz gut, wie ich schon so oft gesehen habe."

„Aber er ist verheiratet und hat zwei Kinder", warf ich wieder ein, denn mir war das Ganze ziemlich zuwider. Konnte ich nicht etwas anderes machen?

„Keiner sagt, dass du seine Ehe zerstören oder irgendetwas in der Richtung tun sollst. Er soll dir nur eine Bitte erfüllen. Wie du das anstellst, bleibt dir überlassen. Du kannst ganz unbesorgt sein, er wird dich mögen, denn du bist genau sein Typ."

Es entstand eine Pause. Ich überlegte und wollte Vanessa das Dossier zurückgeben. Wenn das meine Prüfung war, dann wollte ich nicht Teil dieser Gruppe sein. Andererseits hatte niemand etwas davon gesagt, dass ich mich von ihm besteigen lassen musste. Ich sollte ihm lediglich den Kopf verdrehen. So hatte ich Vanessa zumindest verstanden. Ich konnte meine Mittel also frei wählen. Das ließ Spielraum.

„Und wie soll ich ihn treffen?" Ich stellte die Frage mehr in mich hinein, erhielt aber gleich eine Antwort. Vanessa hielt mir einen weißen Umschlag unter die Nase.

„Da drin ist eine Einladung zu Lady Rachels Gartenparty. Er wird auch dort sein. Schau ihn dir an. Dann kannst du immer noch entscheiden." Während sie sprach, nahm sie ihr Glas und kippte den Rest des Inhalts auf einmal hinunter.
Ich nahm die Karte mit zittrigen Fingern und öffnete sie. Es war offenbar an alles gedacht worden. Das Zeichen der Vestalinnen auf weißem Grund war am Cover zu sehen. Ich las den Text durch.
„Ich überleg's mir, okay?", antwortete ich schließlich. Teufel auch! Wie kam ich aus der Nummer wieder raus?

Kapitel 8
„Es gehört viel Mut und Kraft dazu, einen Mann von sich abhängig zu machen, doch es zahlt sich fast immer aus."
Katharina II.

Die folgende Nacht lag ich lange wach. Der Abschied von dem Ort, wo auch immer, war unspektakulär verlaufen. Ich hatte mich nach dem Gespräch nachdenklich und in mich gekehrt von Vanessa verabschiedet. Auch Nadja und Corinna hatte ich nur kurz umarmt, denn wir waren uns sicher, einander in vier Wochen wiederzusehen. Dann war ich von dem gleichen Wagen, welcher mich gebracht hatte, wieder zu mir nach Hause gefahren worden.
Ich sah aus dem Fenster und konnte den Vollmond groß vor meinem Zimmer erkennen. Wolken zogen an

ihm vorbei und verdeckten zeitweise sein volles Rund. Er war so mystisch und geheimnisvoll wie alles, was mir das letzte Wochenende widerfahren war. Wenn ich Spannung und Abenteuer gewollt hatte, als ich mein Elternhaus verließ, dann durfte ich mir nun sicher sein, dass Vanessa und ihre Schwestern mit Sicherheit das größte Abenteuer meines Lebens sein würden.

Und dennoch wusste ich immer noch nicht genau, was sie waren. Ich fühlte tief in mir drinnen, dass Vanessa und die anderen für den Moment auch keine weiteren Einblicke gewähren würden. Nun war ich am Zug. Es lag an mir, ob ich jemals mehr erfahren würde als das, was bereits offensichtlich vor mir lag.

In mir tobte ein Kampf. Der wogende Wunsch, Teil dieser Schwesternschaft zu werden, rang mit meinen Skrupeln ob der gestellten Aufgabe und brandete auf und ab wie das Meer an der Küste. Nicht, dass ich mir nicht zutraute, einem Mann den Kopf zu verdrehen, wenn es darauf ankam. Es waren mehr die Hemmungen, die es galt, für mich zu überwinden. Vielleicht war ja das die eigentliche Herausforderung.

Ich überlegte, nicht zu der Party zu gehen, und war mir sicher, nie mehr wieder eine der Schwestern oder der Novizinnen zu sehen. Es würden keine Einladungen mehr kommen. Alles wäre verschwunden wie ein Traum am Morgen. Dann redete ich mir wieder ein, ich hätte ja nichts zu verlieren, wenn ich doch hinging und mir alles erst einmal in Ruhe ansah. Ich konnte immer noch einen Rückzieher machen.

So verging die Nacht und das Wochenende wich erneut dem Alltag. Dieser hielt für mich nichts Erfreuliches bereit. Ich bekam von meiner Stationsleitung einen schlechten Beurteilungsbogen, weil sie fand, ich hätte mich zu wenig um die emotionalen Belange meiner Patienten gekümmert. Ich hätte mich in das Team schlecht eingefügt und habe auch sonst kaum Interesse gezeigt, etwas Neues zu lernen. Mit diesem vernichtendem Urteil in der Hand verließ ich die Klinik. Ich konnte nur hoffen, dass meine weiteren Praktikumsleiterinnen in mir mehr Potenzial vermuteten als meine letzte.

Sie hatten im Grunde ja auch nicht unrecht. Das ursprüngliche Ideal, mit dem ich in die Ausbildung gestartet war, war einer Realität voller verkoteter Betttücher, Krankheit, Blut und Tod gewichen. Meine Leidenschaft für diesen Beruf schwand zusehends. Ich vermochte diesen Umstand nicht mehr zu verbergen.

Die Woche hätte für mich keinerlei Lichtblicke enthalten, wenn sich nicht Peter bei mir gemeldet hätte. Ich hatte unser letztes Treffen schon fast vergessen und im Durcheinander des Alltags auch nicht mehr daran gedacht, dass er versprochen hatte, sich zu melden.

Dies tat er und seine SMS überraschte und erfreute mich gleichermaßen. Nach den Niederschlägen der Woche war er genau das, was ich brauchte, und lenkte mich von meinen inneren Kämpfen ab. Wir verabredeten uns. Er erstaunte mich, indem er mich auf ein intimes Privatkonzert der Punkrockband „Die Toten Hosen" in eine kleine, verschrobene Münchner Kneipe mitnahm. Auf mir unbekannten Wegen musste er meine Affinität zu dieser Musik herausbekommen und auf ähnlich verschlungen Wegen Karten für diesen sehr privat gehaltenen und nur von zwei Akustikgitarren begleiteten Gig erhalten haben.

Dass er sich so viel Mühe gegeben hatte, schmeichelte mir und sein angenehmes Wesen tat sein Übriges. Wie schon bei den letzten Treffen, war er witzig und spontan und seine Augen fesselten mich bei jedem Blick erneut. Ich will nicht sagen, dass ich mich in diesem Moment in ihn verliebte, denn das tat ich nicht, aber ich war bereit, ihm einen sympathieerfüllten Raum in meinem Herzen zu öffnen. Die kleine Kneipe war brechend voll und eine Mischung aus Schweiß, Bier und Nikotin schwängerte die Luft. Wir standen dicht gedrängt nebeneinander und lauschten Campinos Gesang.

„Ich wollte dich eigentlich schon letztes Wochenende einladen, aber du warst nicht zu Hause", schrie er mir über die Musik hinweg ins Ohr.

Ich sah ihn verblüfft an. „Woher weißt du, wo ich wohne?"

Er grinste frech. „Betriebsgeheimnis!"

Ich schüttelte den Kopf und wusste nicht, ob ich über so viel Aktionismus erfreut oder verärgert sein sollte.

Ich dachte mir aber, dass er es irgendwann sowieso herausbekommen hätte, und freute mich über sein Interesse an mir. Es schmeichelte meiner durch die Arbeit geschundenen Seele und machte seine Gegenwart noch angenehmer.
„Warst du bei deinen Eltern?"
Erneut schüttelte ich den Kopf. „Nein, ich war ..." Ich stockte. Ja, wo war ich denn letztes Wochenende gewesen? Ich wusste es ja selber nicht. Teufel auch! Nicht einmal so eine einfache Frage konnte ich mir beantworten, geschweige denn ihm.
Er wartete, mich von der Seite betrachtend, auf meine Antwort. Als ich nicht weiter sprach, meinte er verständnisvoll: „Du warst bei den Schwestern, stimmt's?"
Wieder nickte ich. „Tut mir leid! Ich kann dir nicht mal sagen, wo ich war."
Er grinste. „Das kenn ich. Sie erzählen dir nicht, wo sie dich hinbringen. Du bist also noch eine Novizin!"
Peter verblüffte mich immer mehr. Ich war nicht davon ausgegangen, dass er sich über die scheinbar so geheime Schwesternschaft so gut auskannte. Ich bestätigte seine Vermutung und sah ihn von nun an mehr als einen Eingeweihten.
„Wann trefft ihr euch denn wieder?"
„Weiß ich nicht. Angeblich in vier Wochen!", antwortete ich und verschwieg dabei ungewollt, dass mich noch eine Gartenparty und mein Auftrag erwarteten. Ich beschloss, beides für den heutigen

Abend zu vergessen und dem Konzert und Peter meine volle Aufmerksamkeit zu schenken. Für alles andere war noch genug Zeit.

Wie schnell diese verging, erlebte ich den Rest der Woche. Der nette Abend war viel zu rasch vorbei und meine Arbeit fraß Zeit und Muße. Ich hatte gar keinen Nerv, mir über die Party, mein Outfit und die Frage, wie ich einen Mann, den ich nicht kannte, dabei verzaubern sollte, Gedanken zu machen. So war es auch kein Wunder, dass ich am Tag vor dem Event weder wusste, was ich anziehen, noch, wie ich meinem Auftrag gerecht werden sollte.

Am Tag der Feier hatte ich frei und widmete mich, nachdem ich ordentlich ausgeschlafen hatte, meinem Kleiderschrank. Ich wählte ein hellblaues Sommerkleid, welches mir dem Anlass und der Temperatur angemessen erschien. In diesem Kleid fühlte ich mich wohl und genau das brauchte ich. Der Rest würde schon kommen. Ich nahm mir vor, die Dinge einfach laufen zu lassen.

Wenn man plante, wurde man unspontan und unflexibel. Ich wollte beide Eigenschaften gern positiv zu meinen Gunsten nutzen. Ich warf noch einmal einen Blick in den kleinen Hefter, den Vanessa mir gegeben hatte, und war überrascht, wie viele Detailinformationen darin aufgeführt waren. Seine Lieblingsfarbe und das Auto, das er fuhr. Es wirkte mehr wie ein Geheimdienstdossier und wie schon so oft fühlte ich mich wie James Bond.

Ich aß ein wenig Salat zu Mittag und überlegte gerade, mich hinzulegen, als es an meiner Haustür klingelte. Sicherlich wieder der Postbote oder jemand, der versehentlich die falsche Klingel gedrückt hatte. Zu mir wollten die, die an meiner Tür schellten, in den seltensten Fällen. Ich ging durch mein kleines Zimmer und öffnete. Viel hätte ich erwartet, aber nicht Anja Weißmann bei mir zu Hause. Mit ihrer großen, dunklen Sonnenbrille, dem weiten Oberteil und der verwaschenen Jeans sah sie zwar mehr wie ein Tourist aus, der sich verlaufen hatte und nach dem Weg fragen wollte, aber sie war es ohne Zweifel. Teufel auch!

„Hi!", sagte ich, nachdem ich mich gefangen hatte. Mehr brachte ich vor lauter Verwunderung nicht heraus. Ich überlegte, was das alles zu bedeuten hatte. Mir fiel im Wirrwarr meiner Gedanken nur ein, dass sie eine Vestalin und ich eine Novizin war und ich vor ihr knicksen musste. Schnell senkte ich die Knie und verbeugte mich. Doch Anja schob mich in die Wohnung, sodass ich fast rückwärts umgefallen wäre.

„Nicht hier!", raunte sie nur. Schon hatte sie die Tür hinter sich geschlossen. Ich schaute verwirrt. Hatte ich was falsch gemacht? Langsam betrat sie mein Zimmer und begutachtete aufmerksam den Raum. Ich bereute, nicht am Vormittag aufgeräumt zu haben. Aber wann kommt bei mir schon einmal ein Weltstar vorbei?

„Schön hast du's hier!" Sie ging zu meinem kleinen Tisch und setzte sich. Schließlich nahm sie die Sonnenbrille ab. Ich stand weiter an der Tür und beobachtete von dort die Szene. Topmodel in my house! Trotz ihres Outfits wirkte sie natürlich schön. Eine positive Aura, die meine Wohnung nun ausfüllte, umgab sie.

Sie hatte diesen Schlabberlook wahrscheinlich als Tarnung gewählt, um nicht von Fotografen oder anderen verfolgt zu werden. Nun drängte sich in mir die Frage auf, was sie hier wollte. Da sie keine Anstalten machte, irgendetwas zu erklären, fragte ich sie schließlich: „Was führt dich zu mir? Möchtest du etwas trinken?"

„Wasser bitte!"

Ich ging und füllte ein Glas mit Mineralwasser, stellte es vor sie hin und setzte mich neben sie. Ich wartete. Anja nahm einen Schluck. Dann sah sie sich wieder suchend in meinem Zimmer um. „Zeig mir mal, was du heute Abend anziehen willst", bat sie endlich.

Überrascht, aber folgsam stand ich auf und zeigte ihr alles, was ich bisher herausgelegt hatte. Daher wehte also der Wind. Ich wurde sozusagen kontrolliert. Anja würde mir ihr Gütesiegel geben oder verweigern. Ich brachte ihr noch die Schuhe, welche ich passend zum Kleid ausgesucht hatte. Sie betrachtete alles lange und schien zu überlegen. Plötzlich stand sie auf und sagte: „Komm, wir gehen shoppen!" Stylecheck wohl nicht bestanden!

Sie hatte mir keine Zeit gelassen, lange darüber nachzudenken. Sie hatte mich gepackt und ich hatte gerade noch meine Tasche greifen können. Ihr Fahrer wartete vor meiner Wohnung auf uns, und ehe ich mich versah, waren wir schon unterwegs. Anja schärfte mir ein, auf was es ihrer Meinung nach heute Abend ankam. „Sei freundlich, aber gib nicht zu viel von dir preis!" Es würde so viel geredet, und die Leute, die dort sein würden, müssten nicht alles wissen.
„Lass dir nichts unterjubeln!", war noch einer ihrer Hinweise. Ich überlegte, was sie damit gemeint haben könnte, unterbrach sie aber nicht in ihren Ausführungen. Dazu war die ganze Szene auch zu skurril. Anja Weißmann hatte mich zu Hause abgeholt, um mit mir shoppen zu gehen. Mich!
Jetzt, als ich sie ganz für mich hatte, hätte ich sie so vieles fragen können. Aber nun, da sich die Gelegenheit bot, fiel mir nichts Konkretes ein. Deshalb verzichtete ich darauf, schaute aus dem Fenster und genoss es einfach, mit ihr durch die Straßen Münchens zu fahren. Sie schien besorgt um mich. Es war echt total nett, dass sie mir half. Sie war immer so lieb und freundlich gewesen, dass ich mich fast alleine ihr zuliebe verpflichtet fühlte, meine Aufgabe gut zu erledigen.
Sie gab mir Tipps und erzählte von den Gästen, die auf der Party sein würden. Schließlich hielt der Wagen an.

Als der Fahrer bereits ausgestiegen war, um die Türen zu öffnen, und wir kurz alleine im Fahrzeug waren, sah sie mir noch einmal eindringlich in die Augen und flüsterte mir rasch zu: „Und sag keinem, dass ich bei dir war! Verstanden!" Die Tür wurde geöffnet. Schnell stieg sie aus, ohne dass ich reagieren konnte. Hörte der Chauffeur sie ab? Ich kletterte ebenfalls aus dem Auto und wir betraten „Louise Fashion".
Eine Frau, die offensichtlich die Besitzerin des Bekleidungsgeschäfts war, schien auf uns gewartet zu haben. Sie begrüßte uns überschwänglich. Anja und sie umarmten sich. Louise, wie sie sich uns vorstellte, war ungesund dürr und roch, als ob sie in einer Parfümflasche geschlafen hatte. Ihre Haare waren dunkel gefärbt, was sie jünger aussehen ließ, als sie vermutlich war. Neben ihr grinste ein junger, unübersehbar schwuler Mann, der ebenfalls bereitstand, unsere Wünsche zu erledigen.
Anja erklärte, auf was es ihr ankam. Schon verschwanden die Angestellten, um Kleidungsstücke für mich zu organisieren. Louise führte uns zu zwei bequemen Sesseln und brachte eine Flasche Sekt. Nach wenigen Minuten führte man uns einige Kleider vor, welche alle nicht nur umwerfend, sondern auch verdammt teuer aussahen. Anja und Louise diskutierten und schickten mich schließlich in die Kabine, um einige der Roben anzuprobieren.
Ich kam mir vor wie ein Laufstegmodel, das sich ständig umziehen musste, um dann der Kritik der

Modenschaugäste ausgesetzt zu werden. Die beiden Frauen debattierten und kritisierten, bis sich Anja letztendlich für eines der Kleider entschied. Es war ein weißes Sommerkleid mit einem unverschämt tiefen Ausschnitt. Der Stoff legte sich eng um meine Taille und betonte meine Brüste. Der rüschenbesetzte Rock teilte sich zwischen meinen Beinen und gab den Blick auf meine Oberschenkel frei. Ich fühlte mich verboten und sexy. Teufel auch! Das Kleid saß wie angegossen. Aber ich konnte mir diesen Fummel auf keinen Fall leisten!

Nachdem wir das Kleid gefunden hatten, brachten einige Mädchen und der junge Mann eine Reihe von Schuhen, welche sie alle auspackten und fein säuberlich vor uns aufreihten. Wieder begann ich, einen nach dem anderen zu probieren, und Anja kommentierte das Geschehen. Ihr machte die Sache sichtlich Spaß. Das alles wirkte so unglaublich teuer und edel, dass ich Angst hatte, etwas kaputt oder dreckig zu machen. Nachdem ich mich nicht zwischen zwei Veloursleder-Plateausandalen von Jimmy Choo und Charlotte Olympia entscheiden konnte, verfügte Anja, dass sie mir dann eben beide schenken würde. Es gäbe sicher auch einen Anlass für das zweite Paar.

Ich war sprachlos und bedankte mich überschwänglich bei ihr, doch sie wehrte bescheiden ab. Sie drückte mir, als wir das Geschäft verließen, noch eine Visitenkarte und eine kleine Schachtel mit

einer Schleife in die Hand. Noch ein Geschenk? Auf der Karte war die Adresse eines Friseurs.
„Die warten dort schon auf dich", war ihr banaler Kommentar. Sie grinste.
„Kommst du nicht mit?", fragte ich und war enttäuscht, als sie den Kopf schüttelte.
„Ich muss heute Abend in Paris sein, aber ich werd' hören, wie's gelaufen ist. Du machst das schon!" Sie umarmte mich kurz und stieg dann schnell in ihren Wagen.
„Das Kleid und die Schuhe bringen sie zu dir nach Hause", rief sie mir aus dem offenen Fenster zu. Dann fuhr sie ab.

Wie versprochen, hatte man in „Sascha's Hair Studio" auf mich gewartet. Zwei Mädchen und der Chef nahmen mich in Empfang, nachdem ich einer Dame an der Anmeldung die Visitenkarte gegeben und erklärt hatte, wer mich schickte. Da auch dieses Studio eine teure Aura umgab, machte ich gleich klar, dass ich leider kein Geld dabei hatte und demnach nicht sofort bezahlen konnte. „Das ist kein Problem. Frau Weißmann hat bereits alles erledigt!", war der lächelnde Kommentar der Empfangsdame. Wahnsinn! Nachdem man mich ausgiebig beraten hatte, begann der Meister sein Werk. Die Mädchen unter seiner Anleitung legten und lockten, föhnten und frisierten. Während ich saß und sah, wie meine Frisur langsam ihre Gestalt veränderte, überlegte ich, wie viel Anja heute für mich ausgegeben hatte. Alleine jedes Paar Schuhe war über 500 € wert, ganz abgesehen von dem Kleid. Sie hatte mich für mehrere Tausend Euro getuned und ich fragte mich wozu?

Ich nahm das Päckchen, welches sie mir vor ihrer Abreise gegeben hatte, und öffnete es. Ich traute meinen Augen kaum. Darin waren zwei große, mit funkelnden Steinen besetzte Ohrhänger. Ich nahm einen heraus und fühlte die Schwere in meiner Hand. Die mussten auch unglaublich teuer sein. Ehrfurchtsvoll legte ich sie wieder zurück, fast so, als könnte bereits mein Atem Kratzer hinterlassen.

Ich war am Morgen bei Leibe nicht hässlich gewesen, kam mir nun aber vor, als hätte mich ein italienischer Bildhauer eben aus Marmor neu erschaffen. Jetzt empfand ich mich erst recht als verpflichtet, heute Abend eine gute Figur zu machen. Eigentlich konnte ich gar nicht mehr zurück!

Nachdem der Meister und seine zwei Mädchen fertig waren, hielt er mir den Spiegel vor das Gesicht. Ich staunte nicht schlecht. Meine dunklen Haare glänzten förmlich im Licht des Studios. Über den vorderen Kopfbereich und die Stirn hatten sie die Haare glatt meinem Kopf angelegt, um sie in meinem Nacken auf kleine Klammern und Spangen zulaufen zu lassen. Von dort ab fielen sie in Locken über meine Schultern und Rücken.

Ich war überwältigt von dem Ergebnis. Tränen der Dankbarkeit gegenüber Anja stiegen in mir auf. Als ich mich wieder im Griff hatte, schnappten sich die Mädchen meine Hände und Füße und ich erhielt eine professionelle Maniküre und Pediküre und zuletzt ein Profi-Make-up. Wie es aussah, sollte nichts dem Zufall überlassen werden. Anja hatte für alles gesorgt.

Kapitel 9
„Das Flüstern einer schönen Frau hört man weiter als den lautesten Ruf der Pflicht."
Pablo Picasso

Ich nahm ein Taxi, um nach Hause zu gelangen. Dort betrachtet ich mich kurz im Spiegel und konnte nicht fassen, wie ich jetzt aussah. Ich hatte Kleid, Schuhe und Ohrringe bereits angelegt und fühlte mich in dem Moment, als ich mich sah, selbstbewusst und begehrenswert. Meine Lippen glänzten, meine Augen strahlten, meine Nägel funkelten und ich war bereit für den Abend. Ich machte mich also erneut per Taxi auf den Weg, da ich mir in Bus oder S-Bahn komisch vorgekommen wäre. Ich wollte mir das Gefühl des Exklusiven nicht auf dem Weg zur Party verderben.
Die letzten Meter bis zur Villa ging ich zu Fuß. Ich merkte, wie meine Hüften und Po sich im Rhythmus des Klangs der High Heels wiegten. Ich fühlte die Schwere an meinen Ohren, welche mir immer wieder bewusst machte, dass heute, gleich, wenn ich das Haus betrat, alle auf mich schauen würden. Das musste einfach so sein und ich freute mich auf den

Augenblick, fieberte ihm förmlich entgegen. Es würde **mein** Moment werden.

Was hatte Anja noch gesagt? „Schau, dass du Begehren in ihnen weckst!" Und genau dazu war ich bereit. Oder war alles too much? Ich drängte diesen Gedanken gleich wieder beiseite, ließ ihn nicht zu und sagte mir, dass mich ein Topmodel bei der Kleiderwahl beraten hatte. Wer konnte das schon von sich behaupten!

Das Eingangstor erschien und ich trat selbstbewusst darauf zu, klingelte und ein stämmiger, braun gebrannter Mann mit Sonnenbrille öffnete. Ich hielt ihm lächelnd meine Einladung entgegen, woraufhin er wortlos zur Seite trat und mich passieren ließ. Offenbar war es den Türstehern bei den Vestalinnen verboten, zu reden oder zu lächeln. In seinem schwarzen Anzug mit schwarzer Krawatte und weißem Hemd wirkte er wie ein Agent der Men in Black.

Ich schaute mich kurz um, ob jemand käme, um mich in Empfang zu nehmen Aber da war niemand. Also ging ich auf die Geräusche und das Licht zu, die mich durch ein weites, offenes Wohnzimmer in Richtung Terrasse und Garten zogen. Das Wetter hätte nicht besser sein können, als ob die Schwestern auch das beeinflussen könnten.

Draußen standen viele Leute, die sich in kleinen Gruppen unterhielten oder am Büfett bedienten. Ich sah Kellner in schwarz-weißer Kleidung und Männer in

Anzügen, die wichtig aussahen. Ich atmete einmal tief durch. Gerade wollte ich auf die große, offenstehende Glastür zu gehen, als ich jemanden neben mir bemerkte.

„Nervös?", raunte Vanessa zur Begrüßung. Sie hielt mir ein elegant geschwungenes Sektglas entgegen. Ihr bodenlanges, violettes Seidenkleid gab durch einen Schlitz ab dem Knie die Sicht auf ihre nicht enden wollenden Beine frei. An ihrer rechten Schulter konnte ich ein Tattoo, einen kleinen Stern, erkennen. Sie war, so wie sie da stand, eine Ehrfurcht einflößende Erscheinung, groß und erhaben. Ein feines Silberband lief verspielt über ihre Stirn, um sich dann im Dunkel ihrer pechschwarzen Haare zu verlieren.

„Bisschen!", antwortete ich ebenso knapp und nahm das Glas. Sie nippte und ich konnte aus den Augenwinkeln sehen, wie sie mich begutachtete, während ich weiter die Leute draußen beobachtete.

„Du siehst gut aus!", lobte sie und ich entschied mich, das Gesagte unkommentiert im Raum wirken zu lassen. Hatte ich ihre Erwartungen in mich erfüllt? War sie zufrieden? Hoffte sie, ich würde ihren Auftrag erledigen können?

Was hatte sie gesagt? Ich wäre genau sein Typ. War das der springende Punkt? Die Idee keimte in mir, dass Vanessa mich nur wegen meines Aussehens ausgewählt hatte, weil dieser Banker genau auf meinen Typ Frau stand. War das alles von langer Hand geplant? War ich nur Teil eines Spiels? Wieder wischte ich die lähmenden Zweifel einfach beiseite. Ich würde nicht weiter über das Wenn und Hätte nachgrübeln!

Als Vanessa bemerkte, dass ich nicht auf ihren Kommentar einging, sagte sie: „Komm mit, ich stell dir jemanden vor", und ging voraus in den Garten. Ich folgte ihr, ohne den Eindruck zu erwecken ich würde ihr nachlaufen. Jetzt war es endlich so weit. Jetzt betrat ich die Bühne dieses Abends.

Ich ging ihr also nach, und als ich die Tür passierte, drehten sich beiläufig einige der Leute nach Vanessa und mir um. Ich triumphierte, als ich merkte, wie die Blicke einen Augenblick länger als nötig an mir klebten. Wie die Männer einen zweiten Ausblick riskierten und die Frauen mich einer näheren, kritischen Musterung unterzogen. „Wer ist das denn?", schien in ihren Augen geschrieben.

Vanessa führte mich zu einer kleinen Gruppe, in der zwei Herren sowie eine junge Frau und Lady Bibiana standen und sich angeregt unterhielten. Als wir kamen, unterbrachen sie ihr Gespräch. Sie stellte mich allen vor. Der eine Herr war Simon Warner, der Programmdirektor des ZDF. Der andere Detlef Küppers, der stellvertretende Chefredakteur. Wir begrüßten uns höflich. Ich konnte im weiteren Verlauf beobachten, wie dieser Küppers immer wieder kurze Blicke auf mich richtete und schnell wegsah, wenn ich versuchte, seinen Blick zu erwidern. Ich fühlte mich wie ein Angler, der zum ersten Mal das Zucken seiner Schnur bemerkt.

Achtsam folgte ich der Unterhaltung. Die beiden Männer unterhielten sich angeregt mit Bibiana, die alles tat, um die Aufmerksamkeit der Herren nicht zu verlieren. Sie flirtete auf eine sehr subtile Weise, ohne zu anzüglich zu werden. Ich ging davon aus, dass Vanessa mich zu dieser Gruppe gestellt hatte, damit ich die ersten wichtigen Leute kennenlernen konnte. Ich versuchte, mit beiden Herren ins Gespräch zu kommen, aber es war sinnlos. Bibiana hatte beide bereits verhext.

Die andere junge Frau und ich wechselten kurze Blicke. Auch sie hatte mitbekommen, was da lief. Offenbar suchten sie für eine bekannte Samstagabend-Show einen neuen Moderator. Lady Bibiana ließ nicht unerwähnt, dass Lady Carmen über ausreichend Erfahrung in dieser Branche verfügte. Wir beide standen da, lauschten und begannen uns nach einiger Zeit zu langweilen, da keiner der Männer Anstalten machte, sich mit uns zu unterhalten.

Als ich fast schon gehen wollte, tauchte wie aus dem Nichts „zufällig" Carmen auf und begrüßte alle überschwänglich. Sogar ich wurde von ihr herzlich umarmt, als wären wir alte Freundinnen. Ihr Auftritt war gekonnt und verbindlich. Hätte sich Bibiana nicht vorher derartig für sie ins Zeug gelegt, hätte ich glauben können, das alles wäre ungeplant geschehen. Wieder führte Bibiana das Gespräch auf die Show, für

die es bisher nur Absagen gehagelt hatte. Carmen und die Männer scherzten. Schließlich hakten sich die beiden bei je einem der Herren ein und man beschloss, die Unterhaltung im Haus unter vier Augen fortzusetzen. Uns ließen sie einfach stehen, was mich zugegebenermaßen ein Stück weit kränkte.
Wie bestellt und nicht abgeholt stand ich jetzt da und ließ meinen Blick suchend durch den Garten wandern. Vanessa war, kurz nachdem sie mich hier abgestellt hatte, verschwunden. Ich konnte sie auch in der Menge der Menschen nicht mehr finden. Dafür erspähte ich Corinna. Froh, jemand Bekannten gefunden zu haben, wanderte ich zu ihr hinüber.
Fast hätte ich sie nicht erkannt. Corinna hatte sich für den Abend die Haare in einen sanften Braunton gefärbt. Dazu trug sie ein schickes, olivfarbenes Kleid mit tiefem Ausschnitt, der knapp unter den Brüsten von zwei parallel verlaufenden, mit Strasssteinen bestückten Linien begrenzt wurde. Kleine silberne Halbmonde baumelten an ihren Ohren. Von der Zurückhaltung, die sie im alten Kloster an den Tag gelegt hatte, war nichts mehr zu spüren.
Sie freute sich ebenfalls, mich zu sehen, fühlte doch auch sie sich hier etwas verloren. Wir schlenderten gemeinsam zum Büfett, welches auf einer langen Tafel im Garten aufgebaut war. Ich nahm mir belegte Brote und Obst und wir stellten uns an einen der aufgestellten Tische. Wir redeten und die Zeit verging. Mich wunderte, dass sie nicht fragte, warum ich auch

hier war, wo ich doch keine Einladung erhalten hatte. Zumindest nicht so, dass sie davon wissen konnte. Ihr schien dieser Umstand nicht aufzufallen und sie wurde erst daran erinnert, als wir hinter uns eine Stimme hörten.

„Wirklich komisch, wen man hier trifft. Ich kann mich gar nicht erinnern, dir eine Einladung gegeben zu haben", flötete Nina so laut, dass einige Leute sich zu ihr umdrehten.

„Vielleicht liegt's an deinem Erinnerungsvermögen!", konterte ich trocken und ebenso laut. „Soll ja nicht bei jedem gleich gut sein, was man so hört. Womöglich zu warm geföhnt?"

Ihr Blick drohte mich zu durchbohren, aber ich hielt ihm stand. Ich war heute nicht die kleine, neue Novizin. Heute war ich ihr ebenbürtig. Sie trug wieder eines ihrer schwarzen Minikleider, die ihr zweifellos unheimlich gut standen, die aber nicht den Touch des Besonderen versprühten, so wie ich in diesem Moment. Ich drückte mein Kreuz durch und meine Brüste schoben sich nach vorne. Fast wie von selbst hob ich leicht mein Kinn und sah herausfordernd auf sie herab. Aber sie tat mir den Gefallen nicht mehr.

Wir funkelten uns noch kurz an, dann verschwand sie so schnell, wie sie gekommen war. Corinna lächelte mich vielsagend an, sagte aber nichts. Wir verstanden uns auch so. Unsere Abneigung gegen Nina schweißte uns zusammen. Ich wusste nicht, was alles zwischen den beiden schon gelaufen war, aber durch meinen Auftritt hatte ich mir Corinnas Respekt erworben.

Wieder beobachteten wir die Leute, die an uns vorbeigingen. Wir kommentierten die Kleider der Frauen und tuschelten uns zu, wenn einer der Männer seinen Kopf nach uns drehte. Die meisten der Partygäste waren nicht in unserem Alter, und so verstanden wir die uns zuteilwerdende Aufmerksamkeit mehr als ein Kompliment, als dass wir wirklich versuchten, hier mit jemandem ins Gespräch zu kommen. Ich holte mein Handy aus der Tasche und sah, dass die Zeit schon fortgeschritten war. Ich musste mich langsam daran machen, diesen Wolfgang zu suchen.

„Wollen wir ein Stück laufen?", fragte ich Corinna und wir verließen unseren Stehtisch und wagten uns unter die Leute. Wir hielten uns an die mit Steinen befestigten Wege, die den großen Garten durchzogen, und schlenderten durch die zahlreichen kleinen Menschengruppen. Lady Rachel hatte wirklich viele eingeladen. Ich versuchte mir das Bild des Mannes, den es für mich jetzt zu finden galt, ins Gedächtnis zu rufen. Suchend ließ ich meine Augen über die Menge gleiten, konnte ihn aber nirgends entdecken. War er vielleicht schon gegangen? Aber noch gab ich nicht auf.

Mit zunehmender Dauer des Abends wurde die Luft nunmehr schwülwarm und mein Kleid begann, leicht an mir zu kleben. Meine Hände wurden feucht und ich vermochte nicht zu sagen, ob Wetter oder Nervosität dafür ausschlaggebend waren.

„Wer ist eigentlich deine Tutorin?", fragte ich nach einer Weile Corinna, als wir langsam weiter durch den Garten wanderten.

„Lady Rachel. Ich denke, deshalb hab ich auch eine Einladung bekommen. Und deine?"

„Vanessa!" Sie nickte kurz. „Wie hat Rachel dich gefunden?"

Corinna lächelte und musste kurz ausweichen, um nicht mit einem entgegenkommenden Pärchen zusammenzustoßen. „Ich hab ein Praktikum in der israelischen Botschaft gemacht. Sie war auch da und – na ja – du weißt sicher, wie es dann gelaufen ist. Wir haben uns angefreundet und irgendwann hat sie mir etwas zeigen wollen und mir von den Schwestern erzählt. Ich konnte nicht Nein sagen. Jetzt bin ich eben hier."

„Das klingt alles nicht sehr überzeugt!"

„Bist du's denn?" Ich schwieg, denn ich konnte ihr die Frage auch nicht beantworten. „Keiner weiß genau, was die Schwestern machen und um was für einen Preis. Jede von uns hat ihre Aufgabe, aber wir wissen eben nur das, was wir wissen sollen. Ich frag mich, wo der Haken steckt." Mich überraschte, dass auch Corinna ihre Zweifel hatte. Irgendwie schienen wir alle im Nebel zu tappen und dennoch gab keine von uns freiwillig auf. Schweigend gingen wir weiter, als mir, wie durch Zufall, Vanessa ins Blickfeld geriet. Sie stand alleine mit ihrem Sektglas unter einem kleinen Baum. Als sie mich sah, wanderte ihr Blick in Richtung einer Gruppe von Männern, die sich unterhielten.

Meine Augen folgten den ihren und ich erkannte diesen Wolfgang in der Gruppe. Mein Herz begann sofort schneller zu schlagen. Nun war es so weit. Teufel auch! Ich hatte mir immer noch nicht genau überlegt, wie ich es anstellen wollte, damit er auf mich aufmerksam wurde. Ich musste mir etwas einfallen lassen. Keine Zeit mehr für Ausflüchte. Verstohlen aus der Entfernung musterte ich meine Zielperson.

Wolfgang hatte helles, kurzes Haar, das ihm struppig vom Kopf stand. So zerzaust machte ihn das smart. Sein Dreitagebart und die dunkle Lederjacke verliehen ihm zusätzlich eine draufgängerische Note, anders als in Vanessas Dossier. Ich nickte Vanessa zu, um ihr zu signalisieren, dass ich verstanden hatte. Sie schien mich zu bewachen, zu kontrollieren, und erinnerte mich so daran, dass ich nicht zum Vergnügen hierher eingeladen worden war. Nun wurde es also ernst.

Ich blieb stehen und auch Corinna, als sie merkte, dass ich die Männergruppe beobachtete. Unschlüssig starrte ich in Richtung der Gruppe. Plötzlich hob einer der Männer seinen Kopf vom Tisch und ließ ihn beiläufig durch den Garten wandern. Im nächsten Moment kreuzte Wolfgangs belangloser Blick den meinen. Ich spürte eine Erschütterung tief in mir. Ich fühlte mich ertappt und zugleich registrierte ich, dass

auch dieser Wolfgang seinen Blick nicht mehr von mir lassen konnte. Eine unanständige Weile starrten wir uns beide wie magnetisiert in die Augen.
Was sollte ich jetzt tun? So vieles hatte ich mir überlegt. So oft hatte ich an den zahllosen Abenden in Discos und Bars geflirtet, aber das hier war etwas vollkommen anderes. Ich konnte mich nicht wie sonst von meinem Gefühl leiten lassen, denn für mich war das hier nur ein Job. Eine Aufgabe! Eine Mutprobe, nicht mehr.
In seinen Augen jedoch stand Leidenschaft geschrieben, gepaart mit Traurigkeit. Ich merkte, wie das Puzzle der Vestalinnen auf einmal ein Bild ergab. Anja war gekommen und hatte mir bei meinem Styling geholfen. In dem Moment, als sich unsere Blicke getroffen hatten, war mir bewusst geworden, wie exakt ich offenbar seinen Vorstellungen von Attraktivität entsprach. Sah ich einer vergangenen Liebe ähnlich? Ich sah ihn an und wusste im selben Augenblick, dass ich Macht über ihn hatte. Ich öffnete meinen Mund und meine Lippen formten ein Lächeln. Er erwiderte es. Alles war so einfach.
„Hallo? Was ist?" Wie aus weiter Ferne vernahm ich Corinnas Stimme. Ich schaute sie verständnislos an. „Ich hab gefragt, ob wir rübergehen sollen. Ich kenn einen der Typen." Ich betrachtete erst sie, dann Wolfgang, der mir seinen Blick wieder entzogen hatte, und dann seine Begleiter. Noch so ein glücklicher

Zufall, kam es mir in den Kopf. War auch Corinna Teil dieses Planes? Es passte alles so gut.

„Super!", antwortete ich und folgte Corinna, die auf die Gruppe und deren Stehtisch zuging. Sie begrüßte einen der Männer herzlich und stellte mich kurz vor. Der Typ, er hieß Michael, übernahm die Vorstellung seiner Freunde. Als er bei Wolfgang angekommen war, konnte man abermals dieses Verlangen in seinen Augen sehen, die einerseits müde und traurig und andererseits begierig wirkten. Wir stellen uns direkt nebeneinander, und die Männer setzten ihre Unterhaltung fort.

Ich merkte, wie Wolfgang seinen Bekannten nicht mehr im Gespräch folgte. Corinna tat ihr Bestes, um die anderen abzulenken. Sie hatte sofort verstanden, um was es mir ging, und hatte die Initiative ergriffen. Teamwork hätten wir das früher in der Schule genannt. Schweigend standen wir beisammen wie zwei Teenager beim Abschlussball. Er tat, als konzentrierte er sich auf die Unterhaltung am Tisch. Er mied meine Augen, als fürchte er, darin zu ertrinken. Irgendetwas hielt ihn jetzt von mir fern, und ich vermochte diese unsichtbare Macht nicht zu durchbrechen. War es seine Familie, an die er dachte? Ich merkte, dass es ihm zunehmend unangenehm war, neben mir zu stehen. Immer verkrampfter hielt er seinen Kopf von mir weg. Er lachte mit seinen Freunden und versuchte, entspannt zu wirken, aber ich wusste es besser. Ich fühlte seine Angespanntheit

und hatte dennoch kein Mittel dagegen. Du musst etwas sagen, dachte ich mir. Doch mir fiel nichts ein. Er hielt seine verbotene Erregung gut versteckt. Es kam jetzt auf mich an. Ich war mir total sicher, dass er mich attraktiv fand, attraktiv finden musste, aber ihm war das Unzulässige seiner Gefühle wohl bewusst. Er dachte bestimmt an seine Frau, an seine Kinder und redete sich ein, dass er sich zu keiner anderen Frau hingezogen fühlen durfte. Für ihn schien ich Luft zu sein.
Ich konnte nicht warten, bis er die Initiative ergriff. Es reichte offenbar nicht, einfach nur dazustehen, umwerfend gut auszusehen und sich zu gedulden, bis er auf mich zukam wie eine Motte auf das Licht. Ich musste mir was überlegen! Langsam rückte ich näher an ihn heran, bis wir uns leicht berührten.
Gerade, als ich mir meine Worte zurechtgelegt und ausreichend Mut gefasst hatte, löste er sich von meiner Seite. Er trat einen Schritt zurück, winkte seinen Freunden, Corinna und mir noch einmal freundlich zu und verabschiedete sich dann etwas zu hastig von allen. Zügig eilte er davon. Auf mich wirkte es wie eine rettende Flucht vor dem Feuer. Reglos stand ich da, tat, als würde mich sein Abgang kalt lassen, und dachte für einen Moment gar nichts.

Kapitel 10
„Was dein Feind nicht wissen soll, das sage deinem Freunde nicht."
Arthur Schopenhauer

Es war warm und sonnig, als ich die Theatinerstraße entlanglief. Obwohl der Sommer bisher heiß und trocken gewesen war, schaffte er es immer, noch einen draufzusetzen. Es war bestes Freibad- oder Biergartenwetter. Ich hatte beschlossen, dieses zu nutzen. Fast fluchtartig hatte ich die Klassenzimmer der Krankenpflegeschule verlassen, um mich mit meiner Freundin Laura zu treffen. Ich ertrug den Unterricht, obgleich ich tief in mir wusste, dass ich meine Ausbildung nicht zu Ende machen würde. Es war einfach nicht mein Gebiet und langsam setzte sich die Erkenntnis bei mir durch. Ich nahm die Erfahrung mit und war doch längst auf dem Sprung in etwas Neues, auch wenn ich noch nicht wusste, wohin.
Laura wartete an einem kleinen Café auf mich und sprang fröhlich auf, als sie mich sah. Wir umarmten uns und entschieden, Richtung Olympiapark zu laufen und uns dort eine Bank zu suchen und zu quatschen. Laura hatte etwas Unbefangenes, Naives an sich, was einen schnell entspannte und half, Probleme zu lösen. Sie kam unkompliziert auf den Kern einer Sache und hatte immer eine verblüffend logische und meist einfache Antwort parat. Ich brauche so jemanden, der mich aufbaute und ermutigte. Die Gartenparty,

Wolfgangs Flucht und mein damit verbundenes Versagen hatten mich die letzten Tage sehr beschäftigt.

Natürlich hatte ich versucht Vanessa zu erreichen, aber sie ging wieder einmal nicht an ihr Handy und ich wusste nicht, wie es um mich stand. Ich hatte alles vermasselt! Was erwarteten die Schwestern nun von mir? Wie sollte ich weiter vorgehen und bekam ich überhaupt noch eine Chance, alles doch noch gerade zu biegen? War mein Abenteuer schon vorbei?

Nach einem kurzen Spaziergang fanden wir einen Platz in der Sonne und setzten uns. Wenn wir lange hier sitzen blieben, würde ich einen Sonnenbrand bekommen, da ich vergessen hatte, mich einzucremen. Ich schob meine Sonnenbrille in die Haare und streckte mein Gesicht der Sonne entgegen.

„Herrlich!", entfuhr es mir und Laura schien mir schweigend zuzustimmen. Dann begann sie, von ihrem Job als Steuerfachangestellte zu erzählen, von unglaublichen Verwaltungsaktionen und spannenden Steuertricks, die ihrem Chef eingefallen waren. Ich ließ sie geduldig reden und hörte zu. Dann erzählte sie von Martin und Dominik, und ehe ich mich versah, war ich Juror im Vergleich der beiden ungleichen Freunde.

„Aber Martin ist sensibler", vernahm ich sie mit sich selber diskutieren. Ich richtete mich auf und schob die Sonnenbrille zurück auf die Nase. Aus irgendeinem Grund fand ich es besser, wenn meine Augen, bei dem, was nun kommen sollte, verdeckt waren. Ich brauchte einen Rat!

„Kann ich dich mal was fragen?", störte ich unvermittelt ihr virtuelles Casting. „Was würdest du machen, wenn dir ein Typ gefällt und du glaubst, dass du auch ihm gefällst? Ihr habt euch auf einer Party getroffen, habt aber nicht miteinander gesprochen. Keine Handynummer, nichts. Was würdest du tun?"

Sie schwieg und ich wusste im ersten Moment nicht, ob sie meiner Frage überhaupt aufmerksam gelauscht hatte. Dann grinste sie und fragte: „Wow! Wer ist es denn?"

Ich verdrehte die Augen und erinnerte mich sogleich, dass ich gerade diese mittels der Brille vor ihr verborgen hatte. „Kennst du nicht!", erwiderte ich genervt. „Sag schon! Was würdest du tun?" Sie überlegte eine Weile und betrachtete dabei den künstlich angelegten See, der uns zu Füßen lag.

„Weißt du, wo er wohnt?"

„Nein!" Ganz davon abgesehen, dass dort Frau und Kinder wären, aber das sagte ich ihr natürlich nicht, um sie nicht noch mehr von der Problemlösung abzulenken.

„Wo er arbeitet?", fragte sie weiter.

„Mhmm? Glaub schon!" Ich dachte kurz nach und erinnerte mich, in Vanessas Dossier etwas diesbezüglich gelesen zu haben, auch wenn dort seine Adresse sicher ebenso zu finden gewesen wäre.

„Super! Dann haben wir's doch. Pass ihn einfach dort ab, wie durch Zufall. Dann musst du ihn nur ansprechen! Ohne Reden kommt ihr nicht zusammen!" Ich verdrehte erneut ungesehen die Augen. Da hatte ich meine Antwort, so banal, wie ich sie mir selber nicht hätte denken können.

Bevor ich dazu kam, näher über Lauras Rat und dessen Umsetzung nachzudenken, kam mir eine SMS von Peter dazwischen. Sie erreichte mich, gleich nachdem ich am nächsten Tag nach einer Trainingseinheit mein Zimmer betreten und mich gerade zum Duschen ausgezogen hatte. Wieder war er es, der sich um ein Date mit mir bemühte. Ich bekam ein schlechtes Gewissen. Mir war klar, dass ich ihm Hoffnungen machte. Ich sollte mir vielleicht darüber Gedanken machen, wie ernst es mir mit ihm war, um ihn nicht unnötig zu verletzten. Ich fühlte mich unerklärlich mies, als ich seine Einladung für den morgigen Tag, ebenfalls per SMS, annahm.
Und wäre es zwischen uns zwei alleine nicht kompliziert genug gewesen, war da ja auch noch die Sache mit Wolfgang. So richtig es sich anfühlte, sich mit Peter zu treffen, so falsch fühlte es sich an, dabei an Wolfgang und meine Aufgabe zu denken. Was hatte diese Schwesternschaft mit mir gemacht? Hatte ich nicht meine moralischen Grundsätze jetzt schon über Bord geworfen, nur um weiter in ihrem Spiel zu bleiben?

Ich war besessen davon, einen Mann zu verführen, der mir nichts bedeutete. Gleichzeitig hatte ich einen anderen Verehrer, dem ich zumindest Hoffnungen machte. Wolfgang hatte Frau und Kinder. Als wäre das alleine nicht schlimm genug gewesen, ging es doch nur um eine Aufgabe, eine Wette, einen Test. Zerstörte ich sein Leben für einen Fake? Teufel auch! Nachdem ich geduscht hatte, ging ich zu meinem kleinen Tisch und klappte den Deckel des Laptops auf. Ich startete den Browser und gab bei Google einige Suchbegriffe ein. Ich musste mehr über diese mysteriöse Schwesternschaft wissen.

Das, was ich fand, war nicht viel. Es gab zahlreiche Treffer, die auf die alten Vestalinnen, die Priesterinnen im alten Rom, hinführten. Deren Hauptaufgabe war es gewesen, das Herdfeuer im Tempel der Vesta zu hüten. Allerdings fand ich keine Hinweise, was diese römischen Priesterinnen mit den heutigen Vestalinnen gemein haben konnten.

Nach weiterem Suchen fand ich einen Link, der auf die frühen studentischen Verbindungen am Ende des 19. und Anfang des 20. Jahrhunderts hinwies. Es waren damals viele neue Gemeinschaften an Universitäten gegründet worden. Diese waren üblicherweise für Männer gewesen. Parallel zu den Frauenrechtsbewegungen in England hatten sich, laut dieser Quelle, unter anderem die Vestalinnen etabliert. Schnell hatten sie sich allerdings von der rein universitären Vereinigung emanzipiert.

So etwas Ähnliches hatte Vanessa ja auch erzählt. Ich schloss den Browser und fuhr meinen Laptop herunter. Das Einzige, was ich jetzt wusste, war, dass es die Schwestern wirklich früher als Studentenverbindung gegeben hatte. Aber ich konnte nicht sagen, ob diese Verbindung damals etwas gemein mit den heutigen Vestalinnen hatte. Genervt hüpfte ich auf mein Bett und schaltete meinen Fernseher an. Vielleicht konnte mir Peter morgen mehr erzählen.

Ein Treffen mit Peter hatte immer etwas vom Wiedersehen eines alten Bekannten. Wir tickten von Anfang an auf einer Wellenlänge. Ich glaubte sogar, so was wie eine Seelenverwandtschaft zu fühlen. Er schien mich auf eine wortlose Weise zu verstehen, die es mir leicht machte, ihm zu vertrauen.
Er holte mich wie besprochen ab und ich fuhr mit ihm auf meinem rostigen, klapprigen Rad zu einem der Seen vor die Stadt. Wir breiteten eine Decke aus und setzten uns in die Sonne. Kurz redeten wir über Belanglosigkeiten, dann zog er seine Kamera aus einer Tasche. Er schoss ein paar Fotos von den Leuten, dann einige von mir. Ich lächelte.
„Was willst du damit? Verkaufen kannst du die nicht!"
„Mhmm, mal gucken!" Er grinste zurück. „Ich arbeite an einer Reportage über den Sommer in München. Da bring ich dich sicher unter. So was gefällt den

Schwestern." Er zwinkerte mir mit einem Auge zu und drehte sich wieder Richtung Wasser.

„Was weißt du über die Schwestern?", fragte ich, da ich meine Chance auf mehr Antworten gekommen sah. Zunächst reagierte er nicht. Doch dann ließ er die die Kamera sinken, kam zurück auf die Decke und legte sich neben mich.

„Nicht viel! Ich weiß aber, dass man sie nicht am Badesee in der Öffentlichkeit erwähnen sollte." Ich schwieg und war verdattert, da ich sonst nie den Eindruck gehabt hatte, er hätte mit der Nennung der Vestalinnen ein Problem. Hatte doch bisher er immer damit angefangen.

Dann fuhr er fort: „Sie sagen mir manchmal, wo sie sich treffen und manchmal geh ich hin. Ich kann Bilder und Artikel von ihnen in die Presse bringen. Deshalb dulden sie mich. Nur wer ihnen nützt, wird geduldet." Sein Blick wurde hart.

Er starrte weiter auf den See, fuhr aber fort: „Du kannst mit mir immer über die Schwestern sprechen, aber wir sollten es nicht in der Öffentlichkeit tun. Das hab ich damit gemeint." Er schien nun auf meine Ausführungen zu dem Thema zu warten. Ich wandte meinen Blick von ihm ab und schwieg. Ich wusste nicht, wie viel ich ihm erzählen sollte und entschied mich, doch zunächst alles für mich zu behalten. Mir wurde das Ganze immer suspekter und lieber erzählte ich erst einmal niemandem von alldem.

Ich guckte zum Himmel und sah Gewitterwolken aufziehen. Ich ergriff die Gelegenheit und meinte: „Wir sollten uns auf den Rückweg machen. Ich denke, da zieht ein Gewitter auf." Auch er schaute nach oben und wir urteilten gemeinsam, schnell nach München zurückzufahren.

Kapitel 11
„Versuchung ist ein Parfüm, das man so lange riecht, bis man die Flasche haben möchte."
Jean-Paul Belmondo

Am Donnerstag war der Tag gekommen, an dem endlich etwas passieren musste und es nicht mehr reichte, nur gute Vorsätze zu haben. Ich konnte es nicht länger vor mir herschieben. Ich hatte meine Zweifel und Bedenken so gut es ging verstummen lassen, um mich ganz meiner Aufgabe widmen zu können.
Ich meldete mich in der Krankenpflegeschule krank und nahm Vanessas Ordner nochmals zur Hand. Ich hoffte, wenn ich mich wieder um meine Aufgabe, meinen Job kümmerte, würde sie für mich am Handy auch von Neuem erreichbar sein. Unterbewusst stellte ich einen Zusammenhang zwischen den beiden Dingen her. Komischerweise ging ich fest davon aus, Vanessa und die Schwestern wussten, was ich tat oder nicht tat und was ich gerade plante und dachte.

Nach ein paar abkühlenden Gewittern war erneut strahlender Sonnenschein. Ich wertete diesen Umstand als erstes gutes Omen für mein Vorhaben. Ich hatte auf der Gartenparty definitiv wunderbar ausgesehen – wunderbar und exklusiv. Ich hatte Wolfgangs Aufmerksamkeit, aber irgendwie hatte ich den Eindruck, dass ihn mein Auftritt eingeschüchtert haben könnte. Sicher, er war der Ältere, der Erfahrenere, aber ich bildete mir ein, eine andere Larissa präsentieren zu müssen. Ich wollte mehr Sex-Appeal, weniger Stoff, aber dabei nicht zu jung erscheinen.

In Vanessas Dossier suchte und fand ich seine Arbeitsstelle und einen Vermerk darüber, wo er seine Mittagspause zu verbringen pflegte. Dort würde ich zuschlagen. Nachdem ich Ort und Zeit nochmals kontrolliert hatte, begab ich mich in mein kleines, aber aufgeräumtes Bad. Ich wählte einen knielangen, schwarzen Rock, betonte meine Figur mittels einer Korsage und streifte ein enges T-Shirt darüber. Zuletzt holte ich meine schwarzen High Heels aus dem Schrank.

Es war gewagt und frech. Unter normalen Umständen wäre ich nie am helllichten Tag damit unterwegs gewesen, sondern hätte dieses Outfit der Nacht und den Clubs vorbehalten. Aber hier musste ich etwas wagen. Ich betrachtete mich im Spiegel und befand, weder billig noch überdreht zu wirken. Nachdem ich mein Urteil gebildet hatte und zufrieden war, begann ich mich dezent zu schminken, ohne ins Unnatürliche abzugleiten. Diesmal hatte ich keine Designerkleider und keinen Visagisten zur Hand. Diesmal musste es echter und bodenständiger aussehen als auf der Party.

Als ich fertig war, trat ich einen Schritt zurück und begutachtete mein Werk. Ich war zufrieden! Heute konnte er mir nicht mehr davon laufen. Heute lief ich ihm nicht zufällig über den Weg, sondern ich bereitete das Spielfeld mir so zurecht, wie ich es brauchte. Ich rief mir ein Taxi und ließ mich zu dem kleinen Imbiss fahren, der das Ziel seiner mittäglichen Ausflüge war. Da ich nicht in diesem für mich ungewohnten Outfit auf der Straße herumlaufen oder von Bekannten gesehen werden wollte, blieb mir keine andere Wahl. Es wäre mir irgendwie peinlich gewesen.

Plötzlich ergriffen mich letzte Zweifel. Würde er auch kommen? Vielleicht hatte er ausgerechnet heute seinen freien Tag? Aber ich wischte alles beiseite und von da ab war ich nur noch die, die die Schwestern aus mir machen wollten. Als ich am Zielort ankam, stieg ich aus, zahlte den Fahrer und schaute mich kurz um. Ich suchte die Bank und das Bistro und setzte mich dann so auf eine der Parkbänke in der Nähe, dass ich beides gut im Blick hatte. Ich tat, als würde ich mit meinem Handy spielen oder SMS schreiben, behielt aber mit einem Auge die Bank im Blick. Er durfte mich hier vorher nicht bemerken und ich musste mitbekommen, wenn er kam.

Und er kam! Wie vorherbestimmt kam Wolfgang vier Minuten nach zwölf aus der Bank und ging zügig zu seinem Stammbistro. Hastig stand ich auf und machte mich auf den Weg. Ich versuchte auf dem Weg zur Tür lässig und hüftbetont zu laufen, ganz wie ich glaubte, es von Vanessa oder den Fernsehstars zu kennen. Am Eingang stockte ich noch einmal innerlich, ohne meinen Schritt zu verlangsamen. Wenn ich hier jetzt eintrat, gab es kein Zurück mehr. Teufel auch!
Wolfgang stand an der Theke und wartete auf seine Bestellung. Ich erkannte seine zerzausten, blonden Haare sofort, auch wenn er diesmal seine lässige Lederjacke gegen einen seriösen Anzug und Krawatte eingetauscht hatte. Ich trat durch die Tür, ging zur Theke und stellte mich in seine Nähe. Es war viel Betrieb. Ich tat, als wollte ich ebenfalls nur schnell einen Snack bestellen. Er bemerkte mich nicht.
Natürlich musste ich nicht lange auf die Aufmerksamkeit eines Kellners warten. Ich orderte einen Kaffee und ein Käsebaguette. Dann drehte ich mich mit dem Rücken zur Theke und ließ meinen Blick betont gelangweilt und ziellos durch das Lokal schweifen. Aber immer in Wolfgangs Richtung. Er stand da und wartete. Jetzt schau schon her, dachte ich, und begann Panik zu bekommen. Was ich wohl tun sollte, falls er mich nicht registrierte? Sollte ich ihm nachlaufen? Zudem fing ich an, unter der engen Korsage zu schwitzen.

Doch dann passierte es! Sein unvorsichtiger Blick berührte zufällig den meinen. Ich bemerkte erst Erinnern und dann Erstaunen in seinem Gesicht. Seine Augen verharrten auf meinem für ihn verhängnisvollen Anblick. Ich konnte eine Brise Unsicherheit, gepaart mit einer Portion männlichem Selbstbewusstsein, in seinen Zügen feststellen. Von dem Moment überwältigt und etwas überrumpelt, vergaß ich fast, überrascht zu wirken, als er mich anstarrte.
„Hi!", sagte ich so verwundert wie möglich. „Wir haben uns doch auf der Party getroffen! Das warst doch du, oder?"
Er nickte langsam, ohne den Blick von mir zu nehmen. „Glaube schon. So ein Zufall! Wie kommst du denn hierher?", fragte er und ich merkte, dass nun Small Talk gefragt war. Er wirkte leicht verunsichert, gab sich aber Mühe, höflich und locker zu erscheinen. Ahnte er, was lief?
„Öhm, zu Fuß", log ich und hoffte, dass man unter meinem Make-up nicht mitbekam, dass ich rot wurde. Ich lüge äußerst ungern und noch weniger so eklatant.
„Machst du grad Mittagspause?", legte ich mit der Frage nach dem Offensichtlichem nach.
„Ja!"
Ich musterte ihn. Mit meinen Schuhen war ich fast genauso groß wie er. Wie er so da stand, wirkte er auf mich ruhig und gelassen, fast souverän. Keine Spur mehr von dem Zauber, den ich auf der Party geglaubt

hatte, zwischen uns zu spüren. Vielleicht hatte ich es damals auch mehr gehofft als tatsächlich wahrgenommen. Und trotzdem war da eine Spannung, die ich nicht deuten konnte.

Ich setzte alles auf eine Karte, rückte näher an ihn heran, stellte meinen High Heel leicht nach vorne zwischen seine Schuhe und sagte: „Dann können wir doch auch zusammen was essen. Leistest du mir Gesellschaft?"

Ich wusste nicht, ob er noch über mein Angebot nachdenken wollte oder ob er von sich aus mitgekommen wäre, aber in diesem Moment kamen unsere beiden Bestellungen. Ich schnappte meinen Kaffee und mein Baguette in die eine Hand, nahm seinen Teller in die andere und nickte ihm aufmunternd zu. „Gehen wir da rüber!" Er folgte mir. Was hätte er auch tun sollen?

Er überholte mich und hielt mir, ganz der Gentleman, den Stuhl an einem der Tische bereit, bevor er mir seinen Teller abnahm. Ich stellte mein Essen ab und war froh, mich endlich setzten zu können, da die Schuhe nach dem langen Stehen an der Theke begonnen hatten zu drücken.

„Warum bist du am Freitag so schnell weg gewesen?", nahm ich den Gesprächsfaden wieder auf, nachdem wir uns gesetzt hatten.

„Musste auf die Kinder aufpassen!", antwortete er und nahm einen kräftigen Bissen. „Meine Frau hatte

Termine. Ich wollte eh nur kurz hin, weil ich es einem Freund versprochen hatte."
Ich schwieg. Da war es also wieder. Dieses Schutzschild, das alle Anmachversuche im Keim ersticken sollte. Familie! Kinder! Eigentlich hätte man bei jedem Flirt bei diesen Wörtern das Interesse verloren. Nur ich konnte mich dadurch nicht abwimmeln lassen.
„Ist es stressig mit Kindern?", tat ich interessiert.
„Manchmal!" Er wirkte nachdenklich, als er weiter an seinem Toast schnitt und einen nächsten Bissen nahm.
„Und was tust du sonst so, wenn du dich nicht auf Partys rumtreibst oder auf deine Kinder aufpasst? Was machst du beruflich?"
Ein Lächeln huschte über seine Mundwinkel. „Ich bin Banker. Einer der Bösen!"
Ich lächelte ebenfalls. „Auf mich wirkst du gar nicht böse." Wieder verzog er seine Lippen zu einem vieldeutigen Lachen. „Hast du auch Hobbys?"
„Ganz schön neugierig!" Ich grinste frech zurück und nippte an meinem Kaffee. „Klar hab ich Hobbys. Ich geh Joggen und Schwimmen und belege grad einen Spanischkurs an der VHS. Nebenbei halte ich dort Kurse in Informatik. So das kleine Einmaleins mit Windows und Office und so weiter."
„Cool!", war meine überraschte, wenn auch kindliche Reaktion. „Also, ich mein, ich finde das beeindruckend."

„Was?"
„Na das mit dem PC-Zeugs. Ich blick da nie durch! Aber den Spanischkurs hab ich selber schon gemacht. Er ist gut, aber es nützt nichts, wenn du niemanden hast, mit dem du sprechen und das Erlernte üben kannst."
Er nickte.
Ich sah, wie sich sein Toast langsam dem Ende zuneigte. Ich musste mir was einfallen lassen. „Wie heißt du nochmal?", fragte ich, und tat, als hätte ich seinen Namen von der Party bereits vergessen. Er konnte ja nicht wissen, dass ich mich mit einem geheimen Dossier auf dieses Treffen bestens vorbereitet hatte.
„Wolfgang! Und dein Name war?"
„Larissa!"
„Schöner Name!", bemerkte er und ich dankte es ihm mit einem warmen, ehrlichen Lachen.
„Also Wolfgang, pass auf, ich hab da einen Vorschlag. Ich helf dir mit dem Spanisch, damit du jemanden zum Sprechen hast. Du könntest mir im Gegenzug mit meinem Laptop unter die Arme greifen. Ich glaub, der ist voller Viren." Ich versuchte, ein möglichst hilfebedürftiges Gesicht zu machen.
Er runzelte die Stirn. „Wer sagt, dass ich niemanden zum Üben habe?", erwiderte er mit unergründlicher Miene.
Mist! Jetzt nur nicht den Kopf verlieren. „Hast du denn jemanden?", gab ich zurück und setzt ebenfalls

mein Pokerface auf. Ich beugte mich nach vorne und straffte meinen Rücken. Mein Ausschnitt schob sich ihm entgegen.

Für einen kurzen Moment starrten wir uns gegenseitig in die Augen und sagten nichts. Er schien nachzudenken. Abzuwägen. Teufel auch! Ich war bis unter die Haarspitzen gespannt. Ich fühlte die Korsage an meiner Brust und glaubte, sie würde mir die Luft förmlich ausquetschen.

Seine Augen und Hände verrieten mir Unsicherheit und spiegelten seinen inneren Kampf wieder. Er war sich der Situation also bewusst, dass es nüchtern betrachtet ungewöhnlich und womöglich seiner Frau nicht recht war. Mir wäre es jedenfalls nicht recht gewesen! Wenn ich jetzt abblitzte, würde es schwer für mich, nochmal eine Chance zu bekommen.

Nach einer gefühlten Ewigkeit meinte er: „Einverstanden! Ich geb dir meine Handynummer. Dann machen wir was aus. Ich helfe gern, wo ich kann." In mir fiel die Anspannung ab und ich zündete innerlich ein Feuerwerk der Erleichterung. Ich hatte es geschafft, ich hatte ihn an der Angel. Er stand auf und überreichte mir eine Visitenkarte. „Hier, für dich. Ich muss wieder ins Büro. Die Rechnung geht auf mich."

Dann ging er Richtung Tür, gab der Bedienung ein kurzes Zeichen und verließ, ohne sich nochmal umzudrehen, das Lokal. Ich schaute ihm durch die Fenster hindurch nach, bis er im Eingangsbereich der

Bank verschwunden war. Ich würde sagen, das war ziemlich gut gelaufen.

Die Ereignisse der kommenden Tage begruben mich und ließen wenig Zeit, um nachzudenken oder um neuerliche Skrupel zu entwickeln. Am nächsten Morgen schrieb ich Wolfgang gleich eine SMS: „Hola! Te deseo un buen día y una tranquila semana. Muchas gracias por invitarme ayer. Me gustaría devolverte el favor. Te voy a escribir otra vez en cuanto a mi computadora." Ich weiß nicht, ob das alles hundertprozentig stimmte, was ich tippte, aber er antwortete mir prompt.
„¡Gracias! Hacemos, si me persiga su virus."
Ich beließ es dabei, um nicht zu aufdringlich zu wirken, nahm mir aber fest vor, ihn in der kommenden Woche zu treffen. Allerdings war Wolfgang nicht der Einzige, der mir SMS schrieb. Peter meldete sich und forderte charmant und gewitzt ein erneutes Date ein, was ich ihm zwar gerne gewähren wollte, aber aufgrund der Situation erst einmal verschieben musste. Ich hatte noch nie zwei Typen gleichzeitig am Laufen gehabt. Neben meinem Gewissen, welches sich meldete, hatte ich einfach keine Zeit, mich aktuell mit ihm zu verabreden. Ich erzählte ihm etwas von Prüfungen und viel zu tun und vertröstete ihn auf nächste Woche. Ungern log ich ihn an, aber ich sah mir keinen anderen Ausweg.

Und dann war da noch Vanessa. Kurz, nachdem ich Wolfgang getroffen und bei ihm gepunktet hatte, meldete sie sich, als hätten wir uns erst tags zuvor gesehen. Wir verabredeten uns für eine Nacht in den Clubs. Als wir uns trafen, war es nicht mehr wie früher. Die Leichtigkeit des Jetzt war weg. Ständig achtete ich darauf, was ich tat und wie ich es tat. Ich beobachtete Vanessa, wie sie sich bewegte, wie sie ging, und versuchte es ihr nachzumachen.

Wir waren nicht mehr einfach auf der Tanzfläche auf Spaß aus und ließen uns treiben, nein, nun waren wir irgendwie auf der Jagd. Permanent versuchte ich ihr zu beweisen, dass ich ebenso jeden Typen haben konnte, den ich wollte. Ich war die Wölfin und um mich herum die Lämmer für eine Nacht. Wir trieben im Meer der Musik und schienen uns doch stets gegenseitig unterschwellig zu belauern.

Sie war nun innerhalb der Schwesternschaft meine Mentorin, meine Lehrerin. Lady Vanessa zeigte mir das, was ich in dieser Gruppe brauchte. Wie junge Katzen ihre Mutter imitieren, lernte ich von ihr. Wir trafen uns nun wieder öfters. Als ob es ein Verbot gäbe, sprachen wir kein Wort von den Schwestern, kein Wort von meiner Aufgabe. Entweder wusste sie bereits alles, was mich betraf, oder sie interessierte es nicht und es kam ihr nur auf das Ergebnis, auf meinen Erfolg oder mein Scheitern an.

Vier Tage, bevor sich die Vestalinnen erneut im alten Kloster trafen – meine Einladung hatte ich bereits erhalten – führte sie mich in eine kleine, schlecht beleuchtete Bar. Es war eine dieser Szenebars, welche probierten, mit konzeptioneller Antigemütlichkeit eine moderne Atmosphäre zu vermitteln. Gedimmtes blaues Neonlicht erleuchtete den Innenraum und die Gläserfront, die hinter der Theke die Wand dekorierte. Davor stand ein muskulöser Barkeeper in einem engen, körperbetontem schwarzen Hemd, der versuchte, möglichst lässig die Wünsche seiner Gäste zu erfüllen.

Zwei der Barhocker waren besetzt, der Rest der Bar war leer. Sie wirkte duster, was durch leise, dumpfe Musik zusätzlich betont wurde. Es schien zum Konzept zu gehören. Als wir eintraten, schwenkten die Köpfe von der Theke in unsere Richtung. Vanessa schenkte ihrer Umgebung gewohnt wenig Beachtung. Wie über einen Catwalk schritt sie die Länge der Bar ab und bedachte ihr Publikum keines einzigen, winzigen Blickes. Die Augen der Männer folgten uns, wandten sich aber ab, sobald wir außer Sichtweite waren, und richteten sich wieder auf ihre Cocktails.

Wir gingen bis ans Ende der langen Theke, wo wir auf eine kleine, unscheinbare Tür trafen. Vanessa öffnete diese und deutete mir mit einem Kopfnicken an einzutreten. Ich ging hindurch und hörte noch, wie die Tür hinter mir ins Schloss fiel, ohne dass Vanessa mir gefolgt war. Ich war alleine.

Der Raum wirkte unheimlich, wie eines dieser Hinterzimmer, in denen man in den Filmen die illegalen Glückspieler vermutete. Spärliches, gedämpftes, rotes Licht kam von irgendwoher. Der Raum roch, als ob hier erst vor Kurzem geraucht worden war. Als ich mich weiter umsah, erkannte ich in der Mitte des Zimmers zwei Sessel und eine Frau, die einen der Sessel bereits in Besitz genommen hatte.

Ich trat einen Schritt auf die Frau zu und merkte, wie Erregung in mir aufloderte wie eine alte Glut, die ein Windhauch erneut anfacht. Ich roch Lavendel und Vanille und plötzlich wurden meine Beine schwer. Sie war da, und ich hier mit ihr allein. Teufel auch! Was bedeutete das? Mit einem Mal war ich hellwach. Interessiert schauten ihre wilden, dunkel umrahmten Augen, die trotz des schwachen Lichts funkelten, in meine Richtung. Ich trat noch einen Schritt näher. Lasziv lag sie in ihrem Sessel und schien auf mich gewartet zu haben. Auf einem kleinen Tisch hatte sie ihr Cocktailglas abgestellt.

Ihr dunkles Kleid legte sich sanft über ihre Brüste und fiel weich bis auf den Boden. Die Oberschenkel waren übereinandergeschlagen und der Seidenstoff war verrutscht, sodass er den Blick auf eines ihrer Beine freigab. Ihre pechschwarzen Haare fielen, Locke für Locke, über ihre Schulter wie züngelnde Flammen auf der Suche nach Nahrung.

„Setz dich doch, Larissa", befahl sie mit ruhiger, gedämpfter, aber fester Stimme. Ich gehorchte umgehend. Ihre Worte waren weich und samten, wie es mir von unserer ersten Begegnung noch gut in Erinnerung war. Meine Schritte erfüllten den Raum. Schließlich setzte ich mich ihr gegenüber in den zweiten Sessel. Ich ließ mich tief in den Sitz hineinsinken. Fast hoffte ich, er würde mich ganz verschlingen, und ich könnte mich so Leonoras Aura entziehen.

Da war es wieder, dieses unvergleichliche Gefühl, diese Aura, die mich anzog. Ihre Augen bannten mich dort, wo ich war, ließen mich nicht mehr los und ich empfand diese Macht, die von ihr ausging. Kaum war ich in ihrer Nähe, fühlte ich mich gefangen, erfüllt von einem tiefen Verlangen, ihr zu gefallen. Ihr Anblick fesselte mich und mein Atem ging schwer. Sie beherrschte den Raum mit einer unglaublichen Autorität und Leidenschaft, die mich förmlich erdrückte und in die Knie zwang. Mein Mund war trocken. Ich wartete!

Nachdem sie mich lange genug gemustert hatte, fragte sie: „Wie ist es dir ergangen, Larissa?"

„Gut, danke!", keuchte ich und wusste nicht, was genau sie meinte. Es war so viel passiert. Manches war gut und manches weniger gut gelaufen. Wusste sie von Peter?

„Warum bin ich hier?" Wie so oft fiel mir keine bessere Frage ein, aber im Grunde war mir genau diese Frage auch noch nie zufriedenstellend beantwortet worden.

Leonora lächelte. „Immer noch dieselbe Frage wie beim ersten Mal!" Sie blickte mir tief in die Augen. Ich konnte ihrem Blick nicht standhalten und schaute verlegen zu Boden.

„Ich wollte dich sehen! Fragen, wie es dir geht und wie es dir mit meinen Schwestern bisher gefallen hat. Bist du zufrieden oder hast du Probleme?" Sie nahm einen Schluck von ihrem Cocktail.

„Kümmerst du dich um jede Novizin so?", erkundigte ich mich mutig und kam mir im nächsten Moment schon wieder ungeheuer vorlaut vor.

„Nein!", raunte sie und lächelte erneut. „In der Tat, da hast du recht." Sie richtete sich langsam im Sessel auf. Ihr langes, im düsteren Licht dunkelblau erscheinendes Kleid fiel ihr über die zuvor entblößten Beine. „Es gibt immer wieder Mädchen, die mir vorgestellt werden, an die ich keine Erwartungen habe. Diese Einschätzung ist meistens richtig. Du aber hast Potenzial – Talent! Ich sehe das besondere Etwas in dir, den Hunger nach mehr und frage mich, ob ich mich täusche oder ob ich richtig liege."

Mein Herz schlug mir bis in den Hals. Teufel auch! Es pochte und ich konnte jeden Schlag verfolgen. Es schien mir die Luft abzudrücken bei dem, was um mich herum passierte. Leonora war atemberaubend und ich macht- und wortlos in ihrer Gegenwart, so einnehmend war ihre Präsenz. In diesem Moment wusste ich, dass diese Frau alles bekam, was sie von einem Mann oder auch einer Frau wollte. Und im selben Augenblick begriff ich das Herz und die Seele der Vestalinnen.

„Was kann ich euch geben, was ihr nicht schon habt? Wie kann ich euch nützen?"

„Ahh", sagte sie verstehend und etwas belustigt. „Selbstzweifel! Immer wieder erstaunlich. Wie viel sich manche mit sehr wenig Können zutrauen und wie wenig die Begabten. Ich will dir eine Antwort geben." Sie rückte nach vorne und ihr Gesicht näherte sich dem meinen. Ich sah ihre makellose Haut, ihre wunderbaren Augen und ihre Schönheit nahm mich in Beschlag.

Flüsternd fuhr sie fort: „Die Kunst besteht darin, immer mehr Freunde als Feinde zu haben. Wir organisieren die Freunde. Du bist klug, schön und hast Ausstrahlung, alles Dinge, die uns helfen können, die Freunde für unsere Freunde zu arrangieren." Ihr Mund näherte sich dem meinen, als sie sprach und ich spürte ihren warmen Atem auf meiner Haut. „Erfülle deine Aufgabe. Selten habe ich etwas so Wichtiges einer Novizin anvertraut, aber ich vertraue dir! Enttäusche mich nicht!"

Für einen kurzen Moment ruhten ihre Lippen vor den meinen. Ich wagte nicht, mich zu rühren. Dann zog sie sich langsam zurück und erhob sich in einer anmutigen Bewegung aus dem Sessel. Ich hörte ihre Absätze auf den Holzboden treten, als sie sich zur Tür begab und grußlos den Raum verließ. Ich blieb zurück. In diesem Augenblick schwor ich mir, alles daran zu setzen, von Wolfgang geliebt und begehrt zu werden, wie es Vanessa und Leonora von mir verlangten.

Kapitel 12
„Das Lächeln, das du aussendest, kehrt zu dir zurück."
Indisches Sprichwort

Die Rückkehr zu dem geheimen Verbindungshaus der Vestalinnen, dem ich für mich den Spitznamen „Avalon" gegeben hatte, verlief denkbar unspektakulär. Wieder stand pünktlich für mich ein Wagen bereit, der mich, wie schon vor vier Wochen, blind zu meinem Ziel brachte. Diesmal war nicht mehr alles so fremd für mich. Es standen keine tuschelnden Mädchen auf der Treppe und mich nahm niemand in Empfang. Ich fand den Weg zu meinem Zimmer alleine und war froh, dort Corinna und Nadja bereits fröhlich auf ihren Betten liegend vorzufinden. Die Begrüßung war herzlich und freundschaftlich und wärmte mir die Seele. Ich stellte meinen Koffer in ein Eck und räumte einige Kleidungsstücke in den mir vorbehaltenen Schrank.

Dann schwang ich mich ebenfalls auf mein Bett und folgte von da ab den Geschichten der beiden. Nadja erzählte von einem Reitausflug, den ihr ihre Stiefeltern geschenkt hatten. Trotz knapper Mittel bemühten sie sich, ihrer Adoptivtochter das zu ermöglichen, wovon sie träumte. Leider reichte ihr Geld nicht aus, um Nadja ihren größten Wunsch, nämlich ein eigenes Pferd, zu erfüllen. Sie schwärmte für die Tiere auf eine Weise, die ich, und ich glaube auch Corinna, nicht nachvollziehen konnte, aber ich gönnte ihr die Freude.

Unvermittelt kamen wir auf die Schwestern zu sprechen und wir begannen zu fantasieren, welche bekannten und prominenten Frauen vielleicht auch Vestalinnen waren, ohne dass wir davon wussten. „Angela Merkel!", platzte es aus Nadja heraus und alle prusteten wir los. Mochte sie auch die mächtigste Frau Europas sein, mit den Vestalinnen hatte diese Person sicher nichts gemein.

„Kate Middleton", schlug Corinna vor und Nadja und ich sahen uns prüfend an.

„Kommt schon, das wäre genau der Stil der Vestalinnen", verteidigte Corinna ihren Vorschlag. „Sie ist jung, sieht super aus und wurde einem Prinzen gezielt zugeführt. Das passt doch alles wie die Faust aufs Auge!"

„Vielleicht treffen wir sie dann ja mal", spann ich Corinnas gedanklichen Faden weiter.

„Das wäre echt cool!", schwärmte Nadja.

Auch wenn ich meine dunkelhaarige Zimmergenossin total mochte, so hatte sie immer etwas Kindliches, Naives an sich. Corinna wirkte in jedem Punkt erwachsener, überlegter und letztlich dadurch auch begehrenswerter als Nadja. Ohne Frage war Nadja bildhübsch, hatte wie Vanessa lange, schwarz glänzende Locken und hatte einen leichten südasiatischen oder nahöstlichen Touch. Sie war aber bei Weitem nicht so groß wie meine Tutorin und schaffte es alleine deshalb nicht, deren Präsenz zu entwickeln.

Corinna hingegen verströmte ihren ganz eigenen, kühlen, nordischen Zauber, der nicht unattraktiv auf ihr Umfeld wirkte. Obwohl ich beiden traute, entschied ich mich allerdings, meine kürzliche Begegnung mit Leonora, unserer aller Priorin, erst einmal für mich zu behalten. Es musste ja keiner wissen, dass die Anführerin dieses ganzen Ensembles mich privat getroffen hatte. Genauso wenig, wie ich Anjas Rolle vor der Gartenparty dem Zimmerklatsch preisgeben wollte.

Als uns der Gong zum traditionellen Abendessen rief, sprangen wir kreischend auf. Nadja gewann das Rennen um den ersten Platz im Bad. Da ich wusste, dass sie definitiv eine gefühlte Ewigkeit nicht mehr herauskommen würde, entschloss ich mich, mich vorher umzuziehen und mein weniges Make-up, das ich auflegen wollte, an der Frisierkommode zu erledigen.

Ich kramte eine Korsage aus meinem Koffer und hakte sie mir umständlich ein. Dann streifte ich das schlichte, braune Novizinnenkleid über. Ich wollte dem Wunsch der Schwestern, die Novizinnen mögen doch beim Abendessen dezent wirken, entsprechen, aber dennoch bei dieser Gelegenheit eine gute Figur abgeben. Die Korsage schnürte und presste jedenfalls an den richtigen Stellen. Als ich zu Corinna sah, hatte die mein Manöver bemerkt und lächelte mich vieldeutig an.

Das Abendessen verlief, wie schon beim letzten Mal, nach dem immer gleichen, hundertjährigen Ritual. Man hatte mir diesmal eine Karaffe mit Wasser anvertraut, was mir mehr Arbeit bescherte als noch vor vier Wochen. Wieder standen die Novizinnen in ihren braunen Kleidern an der Wand des fensterlosen Raumes, während die Vestalinnen die Gelegenheit nutzten, ihre Designerkleider auszuführen. Ich klammerte mich an meinem Wassergefäß fest, wollte ich doch bei diesem steifen und etikettenbehafteten Event keinen Anlass für Klatsch oder Gelächter bieten. Im Vorfeld hatte ich mich noch einmal im Internet und auch bei Corinna schlaugemacht. Nun konnte ich einige der Schwestern näher zuordnen. Neben Leonora, Vanessa, Anja, Carmen und Bibiana, die ich schon kannte, waren wieder die Bundestagsabgeordnete und die Verlegerin vom letzten Mal da. Die Politikerin war Maria Dorfner, welche seit der vergangenen Wahl für die SPD im Bundestag saß. Sie wirkte mit ihrem blonden Kurzhaarschnitt modisch und tough. Die Verlegerin neben ihr, Lady Rebekka, hatte mehrere Druckereien und war Herausgeberin zahlreicher Mode-, aber auch Politikzeitschriften.

Über Corinnas Tutorin, Rachel Blumenthal, hatte ich nur wenig im Internet gefunden. Die natürlich, aber schüchtern wirkende junge Frau war Jüdin und besaß einen amerikanischen und einen israelischen Pass. Sie war Tochter reicher Eltern, aber ich hatte nicht ausfindig machen können, was sie beruflich machte. Ihre hellbraunen Haare umgaben ihren Kopf wie den Löwen seine Mähne, was ihr etwas Animalisches, Ungezähmtes verlieh. Immer, wenn ich sie sah, hatte sie ein großes goldenes Amulett um ihren Hals hängen, so etwas wie ihr Markenzeichen. Ob es eine besondere Bedeutung gab?

Daneben waren eine asiatisch aussehende und eine dunkelhäutige, dürre Frau, die ich beide überhaupt nicht kannte. Als letzte in der Reihe stach mir eine Vestalin mit flammend roten Haaren und künstlichen roten Kontaktlinsen in die Augen, welche ich als Lady Tabea identifizierte. Sie war freischaffende Künstlerin und konnte einige größere Ausstellungen weltweit vorweisen. Ihre auffällig gefärbten Haare verliehen ihr eine spezielle Aura. Ich war mir sicher, sie war auf jeder Party der Hingucker. Natürlich saßen da noch mehrere Schwestern, aber von meiner Position aus vermochte ich nicht alle zu erkennen. Ich begnügte mich für den Anfang mit denen, die ich von meiner Warte aus im Blickfeld hatte.

Außer dem Reichen von Wasser und dem Auffüllen meiner Karaffe hatte der Abend für mich nichts Spektakuläres zu bieten. Die Vestalinnen unterhielten sich angeregt, taten aber im Übrigen, als wären sie alleine im Raum. Als wären wir Novizinnen gar nicht da. Dabei waren gut ein Dutzend Mädchen im Raum, die sie den ganzen Abend bedienten. Vanessa schaffte es, während der gesamten Mahlzeit mir keinen einzigen Blick zukommen zu lassen. Wieder einmal war es nur Anja, die von mir Notiz nahm und mich ein paarmal mit einem kurzen Lächeln aufmunterte. Nach dem Essen räumten wir zusammen ab und gingen dann zügig zu Bett. Der kommende Tag würde anstrengend werden.

Auch der Samstag folgte seinem vorgegebenen Protokoll. Daher verloren wir nach dem Aufstehen keine Zeit. Wir losten die Reihenfolge im Bad aus, zogen uns an und huschten in den Speisesaal, wo wir gemeinsam frühstückten. Am Vormittag würde Sport auf dem Programm stehen und am Nachmittag die geistige Erbauung. Abends ging es dann zur Novizinnenparty im sogenannten Girls Club und morgen würde ich Gelegenheit haben mit meiner Tutorin zu sprechen.

Alles lief nach dem immer gleichen Muster ab. Ich hatte mich schon einige Male gefragt, worin der tiefere Sinn steckte, alle vier Wochen hier zusammenzukommen. Nur zum Essen doch sicher nicht. Das Kloster hier und der ganze Aufenthalt fühlte sich an wie eine Erziehungsanstalt für Töchter aus gutem Haus aus dem vorletzten Jahrhundert. Wir lernten uns zu benehmen, an uns zu arbeiten und standen doch jederzeit unter Beobachtung.

Ich beantwortete mir meine unausgesprochene Frage so, dass es eben gut war, wenn man sich regelmäßig sah und miteinander reden konnte. So riss der Kontakt nie ab und man blieb einander permanent verbunden. Vielleicht hatten die Schwestern ja auch dringende Dinge zu besprechen, was sie in geheimen, abgeschlossenen Räumen taten. Wer konnte das schon wissen. Uns Novizinnen erzählte man ja nichts oder nur wenig.

Corinna und Nadja eilten nach dem Frühstück beide schnell auf unser Zimmer, während ich noch sitzen blieb und meinen Kaffee in Ruhe austrank. Ich kannte mich inzwischen in dem Gebäude so weit aus, dass ich problemlos alleine zu zurückfand. Das alte Gemäuer hier hatte etwas von Hogwarths, nur dass die Gänge viel enger und zumeist mit Teppich ausgelegt waren. Vielleicht war Avalon als Spitzname falsch gewählt, aber darüber würde ich mir ein andermal Gedanken machen.

In aller Ruhe trank ich meinen Kaffee und genoss die wenigen ruhigen Minuten. Ich hatte noch ausreichend Zeit. Ständig war hier etwas zu erledigen und man war nie wirklich für sich, sodass mir die Abstinenz der beiden Mädels im Moment ganz recht war. Nachdem der letzte Schluck genommen war, stand ich auf und verräumte meine Tasse in die dafür vorgesehenen Behälter. Langsam schlenderte ich den Gang entlang, weg vom Frühstücksraum, hin zu meinem Zimmer. Ich nahm die lange Steintreppe und bog nach links in den nächsten Flur ein. Einige Novizinnen, die erst jetzt zum Frühstück aufbrachen, gingen an mir vorüber und wir nickten uns flüchtig zu.

Gedankenverloren bog ich um das nächste Eck, als wieder zwei Personen vor mir auftauchten. Ich erkannte sofort, dass es diesmal keine braun gekleideten Novizinnen, sondern Vestalinnen waren, und sank, als sie mir nahe genug waren, vor ihnen auf die Knie. Zu meiner Überraschung gingen sie nicht an mir vorbei, sondern blieben stehen.

Ich hob kurz meinen Blick, um zu sehen, was los war, ob ich ihnen vielleicht kniend den Weg versperrte, und erkannte Lady Bibiana und Lady Carmen, mich schweigend musternd. Schnell richtete ich die Augen wieder zu Boden und wartete. Was war hier los? Hatte ich etwas falsch gemacht? Die beiden Frauen schienen sich wortlos zu unterhalten, womöglich warfen sie sich gerade vieldeutige Blicke zu, aber ich bemerkte davon nichts. Ich wartete.

Als die Stille drohte, unangenehm zu werden, fragte Carmen schließlich: „Wie war nochmal dein Name?" Ihr hellbraunes Satinkleid umwehte spielerisch ihre Beine. Mehr als ihre Louboutins konnte ich aus meiner Position von ihr im Moment auch nicht erkennen.

„Larissa", gab ich kleinlaut zurück.

„Larissa", wiederholte Carmen so langsam, als wollte sie testen, wie sich mein Name auf ihrer Zunge

anfühlte. Irgendetwas Komisches ging hier vor und ich wusste nicht was. Teufel auch!
Meine Beine wurden schwer, da ich in der Verbeugung verharrte. Verstohlen hob ich meinen Kopf und sah die beiden Frauen Blicke wechseln. Ich musterte Bibiana. Wie immer hatte sie mit ihren platinblonden, glatten Haaren das Flair eines Playboybunnys. Aus ihrem schwarzen Lederkleid quollen ihre Brüste so hervor, dass ich von unten ihre Züge gar nicht erkennen konnte. Ganz gewiss hatte hier das Messer nachgeholfen.
Unsere Augen trafen sich, als sie sich leicht nach vorne beugte. Schnell richtete ich mein Gesicht wieder zu Boden. Auf eine unbewusste Weise fühlte ich mich ertappt. Ich wusste nur nicht wobei. Was hatte ich falsch gemacht? War ich einen verbotenen Gang gelaufen? Ich kniete und wartete.
„Was machst du beruflich?", wollte Carmen nach einer gefühlten Ewigkeit von mir wissen. Sie war eindeutig die Chefin hier.
„Ähm, ich lerne Krankenschwester!"
„Krankenschwester", echote Carmen erneut, wobei es sich diesmal abschätzig anhörte. Die Luft schien sich zwischen uns elektrisch aufzuladen. Die Spannung war mit den Händen zu greifen.
„Zeig mir mal deine Hände", verlangte sie dann. Ohne darüber nachzudenken, befolgte ich ihren Befehl.
Ihre braunen Augen, die unter dichten Wimpern neugierig funkelten, musterten meine Hände, als sie

sie in ihre manikürten Finger nahm und langsam drehte. Es war unangenehm. Ich fühlte mich kontrolliert wie ein kleines Kind, das sich nicht gewaschen hatte. Schließlich gab sie sie mir zurück und ich bereute erstmalig, mir vor dem Wochenende meine Nägel nicht lackiert zu haben. Die beiden Vestalinnen wechselten einen bedeutungsvollen Blick. Ohne mich noch einmal zu beachten oder etwas zu sagen, setzten sie ihren Weg endlich fort.

Wie so oft in diesem Haus entschied ich, Corinna und Nadja erst einmal nichts von meiner Begegnung zu erzählen. Vielleicht hatte sie ja auch nichts zu bedeuten. Später war noch ausreichend Zeit, die Sache zu besprechen, wenn ich das dann für richtig hielt. Wir zogen uns um und hasteten Richtung Sportplatz, wo sich bereits alle Novizinnen eingefunden hatten. Nina, unsere Sprecherin, übernahm eine kurze Einführung. Sie erklärte, dass wir heute von drei sportlich gebauten Herren in Nahkampftechniken unterrichtet würden.

Konnte definitiv nicht schaden, dachte ich, und teilte mich einer Gruppe gemeinsam mit Corinna und Nadja zu. Das Training war anstrengend und wir kamen gut ins Schwitzen. Die Jungs zeigten uns Griffe und Tritte und wir übten fleißig. Ich kann nicht sagen, warum ich bisher noch nie einen Kurs belegt hatte, fand aber derartige Ausbildungen für junge Frauen in diesem Moment ungeheuer wichtig.

Immer wieder konnte man von Übergriffen auf Frauen lesen. Jedes Mal fragte man sich, ob es stets hätte so kommen müssen, wie es laut Zeitungen gekommen war. Die Angreifer waren in der Regel körperlich überlegen und so mussten wir Geschicklichkeit der rohen Gewalt entgegensetzten. Am Ende des Vormittags fühlte ich mich richtig gut und gewappnet für die Großstadt. Die Übungen hatten mir etwas gebracht. Auf dem Rückweg zu unserem Zimmer war ich wieder alleine, da ich mich beim Auslaufen und abschließenden Dehnen noch ausgiebig mit Martina, einer weiteren Novizin hier, unterhalten hatte. Corinna und Nadja waren jedenfalls schon wieder verschwunden.

Ich trabte also langsam die vielen Stufen Richtung Zimmer, als ich wiederum Schritte vor mir vernahm, die auf mich zukamen. Diesmal war ich bereits darauf gefasst, einer der Vestalinnen über den Weg zu laufen und knickste, sobald ich mir sicher war, kein braunes Kleid an der Frau zu erkennen. Nachdem ich meinen Blick wieder gehoben hatte, erkannte ich zu meinem Vergnügen, dass ich diesmal Anja in die Arme gelaufen war. Was für eine Freude! Ich sah in ihr Gesicht und fand dort wie immer ein sympathisches, kameraerprobtes Lächeln.

„Hi! Geht's gut?", wollte sie wissen und deutete mir an, mich zu erheben. Ich nickte.

„Klar!"

Sie lächelte mich weiter an, wirkte aber irgendwie auch nachdenklich. Dann sah sie sich unauffällig über die Schulter. Als sie merkte, dass wir immer noch alleine am Gang waren, bückte sie sich rasch zu mir nach vorne und flüsterte: „Komm mal mit!"
Sie drehte sich um und stöckelte zügig den Gang hinunter, ich hinterher. Nach einigen Metern hielt sie vor einer Zimmertür, einer diesen schweren, hölzernen, und sperrte auf. Sie öffnete die Tür und deutete mir an, schnell einzutreten. Ohne einen weiteren Kommentar schloss sie die Öffnung, nachdem sie nochmals prüfend nach draußen geschaut hatte. Ich sah mich in dem kleinen Raum um, der wie ein Büro eingerichtet war. Wie bereits Vanessa beim letzten Mal, verdeckte sie rasch die Fenster mit Gardinen, sodass ich wieder nicht erkennen konnte, in welcher Stadt wir uns befanden. Jetzt war es hier drinnen düster.
Dann drehte sie sich zu mir und schaute mir mit festem Blick ins Gesicht. Sie trug erneut das silberfarbene Jerseykleid, das sie schon bei unserer ersten Begegnung getragen hatte. Anjas Aura war wie immer frisch und freundlich. Stets, wenn ich in ihrer Nähe war, fühlte ich mich geborgen und gut aufgehoben.
„Möchtest du mich nächste Woche einmal zu einem Fotoshooting begleiten? Ich habe einen Auftrag hier in München", begann die Vestalin unvermittelt.

„Öhm, ja! Klar! Gern!", stammelte ich, da ich mit so etwas nun gar nicht gerechnet hatte.
„Ich sag Bescheid und hol dich ab!"
Ich nickte. Hatte sie mich deshalb hier hereinkommen lassen? Ich erforschte ihre Züge, um darin mehr lesen zu können. Sie wirkte bedrückt, ganz so, als müsste sie erst nach den richtigen Worten suchen. Dann sagte sie: „Halt dich von Bibiana und Carmen fern. Sie sind nicht gut für dich. Halt dich an Vanessa und mich!" Ihr strenger Blick ruhte auf mir. Es klang wie ein Befehl, nicht wie eine Bitte.
Ich nickte wieder. „Okay!"
Sofort entspannten sich ihre Züge, als ob ihr mit dem Gesagten eine schwere Last genommen worden war. Zwar hätte ich gern gewusst, warum ich mich gerade von den beiden fernhalten sollte, aber wenn sich Anja damit besser fühlte, sollte es mir recht sein. Hier in Avalon war sowieso alles so geheimnisvoll, dass ich mich über nichts mehr wundern wollte.
Nachdem sie diesen Satz losgeworden war, ging sie an mir vorbei und schaute durch den Spion auf den Gang. Dann trat sie einen Schritt zurück und öffnete die Tür.
„Dann geh jetzt auf dein Zimmer! Ich melde mich bei dir!"
Ich ging an ihr vorüber Richtung Tür, hielt aber inne, als ich bereits in der Öffnung stand, und drehte mich noch einmal um. „Anja", sagte ich und hatte ihre volle, angespannte Aufmerksamkeit, als ob sie nicht

wollte, dass man uns gemeinsam in ihrer Tür stehen sah.

„Danke, dass du meine Freundin bist!" Ihre Züge entspannten sich wieder.

„Jeder braucht Freunde", erwiderte sie und schob mich vor die Tür.

Kapitel 13

„Man kann Prinzipien aufstellen wie Wegweiser oder wie Galgen."
Hans Kasper

Verstört fand ich den Weg zurück in unser Zimmer. Meine beiden Zimmergenossinnen waren wohl schon zum Essen aufgebrochen, sodass ich Bett und Bad für mich hatte. Ich wollte jetzt nichts essen. Ich ging ins Bad, zog mich aus, stellte mich unter die Dusche und ließ das warme Wasser über meine Haut laufen. Das tat gut!

Was hatte Anja damit gemeint, ich solle mich von Carmen und Bibi fernhalten? Als ob **ich** es gewesen wäre, die den beiden auf dem Gang aufgelauert hatte. Wieso wollte Anja bei unserem Treffen ganz offensichtlich nicht gesehen werden? Teufel auch! Alles wieder so verwirrend und mysteriös, dass ich abermals meine bekannten Zweifel niederkämpfen musste.

Hätte ich hier überhaupt vorzeitig abreisen können, wenn ich mich jetzt entschied, das Spiel nicht länger mitzuspielen? Wohl kaum! Aber was soll's. Ich wollte hier sowieso nicht weg. Denn trotz alledem war mein Wunsch, einmal selber als Vollmitglied, als Vestalin dieses Haus zu betreten, mehr als ungebrochen. Jede Hürde, jede Widrigkeit schien mich inzwischen anzuspornen, um mich noch mehr auf das alles einzulassen. Ich würde nicht wegen ein paar Merkwürdigkeiten aufgeben.

Nachdem ich mit Duschen fertig war, föhnte ich mir die Haare trocken und legte mich dann auf mein Bett. Nach einiger Zeit kamen meine beiden Gefährtinnen zurück und akzeptierten auf Nadjas Frage, wo ich denn gewesen sei, meine Antwort, ich hätte eben nach dem Sport keinen Hunger gehabt. Nicht einmal Corinna stellte eine Nachfrage und kein Blick verriet ihre Gedanken. Die kühle, oft undurchschaubare Blondine hatte irgendwie Talent darin, Zusammenhänge zu durchschauen und zu wissen, was gerade wirklich lief. Ahnte sie etwas? Ich wusste es nicht.

Wir machten uns auf Richtung Gemeinschaftsraum und ich erhielt meine zweite Lektion im Klavierspiel und Italienisch. Anschließend zog ich mich auf eine kleine, bequeme Couch in einer Ecke zurück und las mein Buch vom Vormonat weiter. Diese Bildungsnachmittage waren komischerweise entspannender, als ich dachte. Ich hatte wie schon beim letzten Mal ein positives Gefühl, etwas Sinnvolles gemacht zu haben.

Wie viel Zeit im Leben wurde sinnlos verschwendet! Bereuen würden wir das erst, wenn uns nicht mehr viel Zeit bliebe. Ich wollte mich ganz bewusst für diese Sache entscheiden und nicht, weil ich nichts Besseres zu tun hatte. Gegen 17:30 Uhr begaben sich alle Mädchen wieder auf ihre Zimmer, gingen anschließend abendessen und machten sich dann für die Party im Girls Club fertig. Die Fete war wie immer der Höhepunkt unseres Wochenendes.

Während Nadja sich in ein knappes, bordeauxfarbenes Stretchkleid zwängte und mit atemberaubenden High Heels aufwartete, entschied Corinna sich für ein glitzerndes Disco-Top mit einem schlichten, knielangen, weißen Rock. Da sie von Haus aus deutlich größer war als Nadja, bevorzugte sie flachere Pumps.

Und auch ich war diesmal besser vorbereitet als beim letzten Mal. Schließlich hatte ich ja nun gewusst, wie ein Wochenende hier ablief. Ich kramte einen schwarzen Stiftrock aus meinem Koffer und holte eine ebenfalls schwarze Seidenbluse aus dem Schrank. Ich ließ die obersten zwei Knöpfe offen und fühlte mich wie die Chefsekretärin beim Playboy. Nur, dass ich eben nicht blond, sondern brünett war. Mein Outfit passte irgendwie nicht zu Party und Disco. Es wirkte mehr geschäftsmäßig aufreizend, aber genau darin lag der Charme des Ganzen. Ich würde damit auffallen. Teufel auch! Ich sah gut aus!

Unten angekommen, holten wir uns an der langen Theke etwas zu trinken. Dann verteilten wir uns im Raum, jede in eine andere Richtung. Ich fand Martina, mit der ich am Vormittag gesprochen hatte, an einem der Stehtische, und gesellte mich zu ihr. Wir redeten über Belangloses und beobachteten die Mädchen. Heute gab es wohl keine Karten für irgendwelche Partys zu verteilen. So verlief der Abend ohne besondere Höhepunkte, fast, als galt es für alle die Sache hier aus Tradition abzuarbeiten.
Nach einiger Zeit kam Corinna von der Tanzfläche zu uns herüber und stellte sich neben mich. Als Martina eben schnell ein neues Getränk holen wollte, schob sie ihren Kopf in Richtung meines Ohres und fragte, durch die Musik fast unverständlich leise: „Setzt du dich mit mir da rüber?"
Sie nickte mit dem Kopf in Richtung einiger Sitzgelegenheiten und Tische, die gerade entvölkert und verlassen hinter uns lagen. Verwundert musterte ich ihr Gesicht. Warum wollte sie nicht mit mir hier stehen bleiben? Wir hätten uns doch auch hier unterhalten können. Im Licht einer altmodischen Discokugel leuchteten ihre kajalgeschwärzten Augen mich erwartungsvoll an. Na, wenn sie unbedingt wollte, dann kam ich halt mit. Ich nickte und folgte ihr. Sie setzte sich auf eine der Bänke und schob sich dann in eine kleine Nische, in der wir von den anderen fast nicht zu sehen waren. Kurz richtete ich einen Blick auf die Tanzfläche und sah in deren Mitte Nina ihre

private Show abziehen. Musste sie eigentlich immer im Mittelpunkt stehen? Für einen Moment beobachteten wir schweigend das Geschehen, dann begann Corinna zu sprechen: „Die meisten der Mädchen, die du da siehst, werden es nicht schaffen. Wir dagegen haben eine Chance!"
Verwundert löste ich meinen Blick von der Tanzfläche. War das ihr Ernst? „Wie kommst du denn da drauf?" Selbstverständlich hatte ich die Idee, Vestalin zu werden, nicht gänzlich abgeschrieben, aber so gute Chancen, wie Corinna uns beiden eben bescheinigte, gab ich mir auch wieder nicht. Es war noch ein hartes Stück Arbeit. Die Aufgabe musste erst erfüllt werden.
Sie nippte an ihrem Drink. „Weil sie uns echte Jobs anvertrauen. Keine Tests! Unsere Sachen haben Relevanz!"
„Wie kommst du da drauf?", fragte ich erneut und verstand nicht, wovon sie sprach.
„Leonora trifft sich doch mit dir. Du warst im Corazón! Glaubst du, das machen sie mit jeder?" Woher wusste Corinna nun das schon wieder? Gut, das mit dem Corazón hatte ich ihr erzählt, aber dass Leonora sich mit mir getroffen hatte, wusste niemand. Ich spürte, wie Unbehagen in mir aufstieg. Larissa, sei auf der Hut!
Die Musik wechselte. Nun hämmerten donnernde Bässe durch den Partykeller. Mein Bauch vibrierte. Ein unangenehmes Gefühl breitete sich um meinen Nabel aus. Am liebsten hätte ich aufstehen und gehen und

dieses Gespräch gar nicht weiterführen wollen. Ich wollte keine neuen Informationen, keine weiteren Komplikationen in diesem großen Gebilde von vielen mysteriösen Umständen. Aber meine Neugier hielt mich fest. Corinna hatte ihr Pokerface aufgesetzt. Ihre elfenbeingleichen Wangen bewegten sich keinen Millimeter. Keine noch so kleine Hautfalte verriet, auf was sie hinauswollte.

„Schau mal", raunte sie etwas weniger energisch. „Das hier läuft wie überall. Jede Tutorin versucht, ihre Novizin durchzubekommen. Rachel hilft mir, wo sie kann. Vanessa tut das gleiche bei dir, eben auf eine andere Art." Sie machte eine Pause und fuhr dann noch leiser und langsamer fort: „Ich dachte, wenn wir uns zusammentun, haben wir noch bessere Möglichkeiten!" Ihre grünblauen Augen funkelten verführerisch. Sie schloss die Lider und nahm genussvoll einen weiteren Schluck.

War das ein Deal? Bot sie mir tatsächlich einen Deal an? Konnte sie mir helfen oder war das alles ein Trick, ein Fake, um mich loszuwerden? Andere Novizinnen durften mich bei meiner Mission nicht unterstützen, das hatte Vanessa betont. Gut, andererseits hatte Anja mir auch schon indirekt geholfen. Ich begann zu überlegen, ob an dem, was Corinna da erzählte, wirklich etwas dran sein konnte.

„Der Typ von der Party hat doch mit deinem Auftrag zu tun, stimmt's?" Mit pochendem Herzen versuchte ich, meine ausdrucksloseste Miene aufzusetzen, was nur bedingt klappte. Um aus der Nummer herauszukommen, probierte ich, das Thema zu wechseln.

„Warum glaubst du, die Schwestern könnten mich wollen? Was sollten die so toll an mir finden? Oder dir?", ergänzte ich nach einer kurzen Pause.

„Sag du's mir". Sie grinste. „Ich finde, du hast sehr schöne Augen, in die man einfach hineinsehen muss. Du hast schönes Haar und atemberaubende Beine. **Und** du hast das spezielle Etwas. Jede Menge Argumente, die für dich sprechen."

Ich dachte nicht lange darüber nach, ob das, was Corinna sagte, auch stimmte. Sie konnte mir viel erzählen. Vielmehr stellte ich mir die Frage nach Corinnas ganz spezifischen Vorzügen. Sie hatte einen wachen Verstand und eine gute Beobachtungsgabe. Ihr entging nur sehr wenig. Sie schaffte es, eins und eins zusammenzuzählen. Sie hatte eine natürliche und ehrliche Art an sich, wodurch es ihr gelang, rasch Vertrauen in anderen zu wecken. Daran hatten die Schwestern ganz sicher Interesse.

Benutzte sie dieses Vertrauen gerade gegen mich oder war ihr Angebot echt? Was sagte mein Bauchgefühl, mein siebter Sinn? Sie schien meine Zweifel zu spüren. Ich sah auf die Tanzfläche, wo Nadja uns suchte. Wir hatten nicht mehr viel Zeit für das Gespräch. Auch Corinna hatte unsere Zimmergenossin bemerkt.

„Pass auf, ich verstehe, dass das alles jetzt etwas schnell für dich kommt. Ich biete dir Hilfe bei deinem Job an, dafür hilfst du mir bei meinem. Dass wir davon keinem erzählen sollten, versteht sich von selbst." Wieder machte sie eine Pause, um zu warten, ob ich auch alles verstanden hatte. Ich nickte ihr zustimmend zu.

„Nina wird nie auf so was zurückgreifen müssen, weil ihre Mutter Altvestalin ist. Sie hat ihren Platz schon gebucht, aber wir beide müssen noch um unseren Platz kämpfen. Gemeinsam haben wir eine Chance!" Jetzt war sie wieder energisch und eindringlich. „Ich schreib dir draußen eine SMS. Dann machen wir ein Treffen aus. Du kannst kommen oder nicht. Aber mein Angebot steht."

Corinna wirkte enttäuscht, ganz, als ob sie sich von mir mehr Hilfe versprochen hätte. Brauchte sie mich am Ende mehr als ich sie? Sie wollte bereits aufstehen, als ich sie leicht am Rock packte und nochmal zu mir auf die Bank zog. „Kannst du mir sagen, was an Carmen und Bibiana gefährlich sein könnte?" Ich fixierte ihre Augen, die unter perfekt gezupften Brauen ruhten, um keine Reaktion zu verpassen. Wenn sie wirklich so viel über die Schwestern wusste und mich immer verblüffte, dann würde sie auf diese Frage auch eine passende Antwort haben.

Sie rutschte zu mir heran, bis unsere Beine sich berührten und kam meinem Ohr wieder ganz nahe.

Ihre Haare fielen wie ein schützender Vorhang nach vorne, als sie sagte: „Es heißt, Bibi habe früher in einem Puff gearbeitet und Leonora habe sie da rausgeholt. Dadurch habe sie Kontakte ins Rotlicht – sagt man. Behalt's aber besser für dich! Carmen moderiert ein Magazin im Fernsehen, für das sehr hart recherchiert wird. Ich glaube, sie hat gegen fast jeden etwas in der Hand und kennt jedes dreckige Geheimnis. Mehr kann ich dir dazu nicht sagen."
Mit diesen Worten stand sie auf und winkte im selben Moment Nadja zu, als ob auch sie gerade nach ihr Ausschau gehalten hätte. Bis ich ihr noch einmal hinterherschauen konnte, war sie bereits auf der Tanzfläche verschwunden.

Die folgende Nacht war unruhig. Ich träumte wirre Sachen, die mich nicht zur Ruhe kommen ließen. Ständig schreckte ich hoch, ohne mich an den genauen Grund erinnern zu können. Gerädert und schlecht erholt erwachte ich am nächsten Tag, als Nadja das Bad für ihre Morgentoilette betrat und das Geräusch von Duschwasser mich zum letzten Mal aufschreckte. Ich fühlte mich wie überfahren, als wir drei schließlich zum Frühstück aufbrachen. Ich hatte meine tiefen Augenringe unter Make-up verborgen, sodass mir niemand meinen nächtlichen Kampf mit dem Schlaf ansah. Kein Zeichen der Schwäche aussenden war die Devise. Nicht hier!

Nach dem Essen schleppte ich mich unmotiviert in Richtung von Vanessas Büro, wohin ich den Weg diesmal alleine fand. Ich klopfte und fand meine Tutorin sitzend auf einem der Stühle wieder. Sie trug ein rotes Trägerkleid mit einem tiefen Ausschnitt, in dem ein großes, goldenes Sonnenamulett prangte, dazu trug sie rote High Heels. Die Fenster waren heute bereits verhängt.

Ich trat ein, verbeugte mich, wie es sich gehörte, und nahm ihr gegenüber Platz. Dann stellte sie mir viele Fragen zu den vergangenen Wochen. Natürlich wusste sie längst, was seit der ominösen Gartenparty passiert war. Meinen Fortschritt bei Wolfgang registrierte sie mit unzureichend verborgener Freude. Ich spürte, wie sie meinen Erfolg wollte oder vielleicht sogar selber brauchte. Hatte ich sie enttäuscht? War ich zu wenig weit gekommen? Lief mein Projekt zu langsam? Ich wusste nicht, was Vanessa von mir in vier Wochen erwartet hatte oder erwarten konnte. War ich eine gute Schülerin?

„Vanessa", begann ich zögernd, „ich weiß nur nicht, wie ich ihn rumkriegen soll. Was soll ich mit ihm genau anstellen? Du hast gesagt, ich soll nicht mit ihm schlafen, okay. Gut so! Aber in welche Richtung soll ich jetzt weitermachen?"

Sie ließ sich mit ihrer Antwort Zeit, um sich schließlich zu mir nach vorne zu beugen. Ihre dunklen, geheimnisvollen Augen hatten ein gewisses Leuchten, als sie sagte: „Mach, dass er dir gehört! Er muss dich

wollen, ohne dich zu kriegen. Das ist die Kunst. Mach ihn doch eifersüchtig mit diesem Peter, mit dem du dich triffst! Eifersucht ist ein guter Katalysator!"
Ich war entsetzt! „Lässt du mich beschatten?"
Vanessa lachte kurz auf. „Nein!", hob sie abwehrend die Hände. „Aber wir vertrauen dir mit diesem Auftrag sehr viel an. Ich hoffe, du erlaubst, wenn ich versuche, das eine oder andere mitzubekommen. Peter ist ja auch ganz süß. Triff dich weiter mit ihm, wenn du willst. Triff dich aber auch mit Wolfgang, und wenn du mich fragst, mach es bald. Und wenn er so weit ist, kann er dich ja zufällig mit Peter sehen. Wenn Männer merken, dass sie Konkurrenz haben, weckt das den Jagdtrieb in ihnen. War ja auch nur ein Tipp von mir. Mach es, wie du meinst! Es muss am Ende nur klappen."
„Okay!", murmelte ich nachdenklich und Vanessa entließ mich aus ihrem Büro. Ich würde Zeit brauchen, um wieder über alles, was sie mir gesagt hatte, nachzudenken. In meinem Zimmer traf ich auf eine deprimierte Corinna, deren Tutorin weit weniger zufrieden mit ihrem Fortschritt gewesen war.
Sie erzählte mir, solange Nadja noch nicht zurück war, dass sie nach Rachels Meinung die Gartenparty hätte besser nützen müssen, um den einen oder anderen Kontakt zu knüpfen, um zu flirten. Stattdessen wäre sie nur bei mir gewesen, was mir irgendwie ein schlechtes Gewissen bescherte. Als Nadja zurückkam, packten wir alle unsere Sachen und vor dem Verlassen

des Zimmers raunte Corinna mir nochmal ins Ohr: „Ich schreib dir eine SMS!" Dann verließen wir Avalon!

Kapitel 14
„Wir glauben, Erfahrungen zu machen, aber die Erfahrungen machen uns."
Eugène Ionesco

Als ich wieder zu Hause war, tat es gut, einfach joggen zu gehen. Ich schnürte die Schuhe, verließ das Haus und lief die Straße hinab, immer geradeaus. Ich hatte kein Ziel, wollte nur den Kopf freibekommen. Abermals war so viel auf mich eingestürzt. Wie so oft hatte ich den Drang, alles zu verdauen und setzen zu lassen.
Ich fühlte mich wie eine durch den Nebel irrende Wanderin. Jedes Mal, wenn ich glaubte, Wegweiser gefunden zu haben, blieben doch stets neue Fragen und neue Zweifel. Und dann dieses ewige Misstrauen! Ich wollte nicht ständig darauf achten, mit wem ich redete, oder aufpassen, wem ich was erzählte. Dieses permanente Nachdenken machte mich müde und paranoid.
Ich lief schneller und bog um eine Ecke. Fast wäre ich mit einem Passanten zusammengestoßen, konnte aber gerade noch ausweichen und entging auch knapp seinem bellenden Hund. Ich keuchte, gab aber nicht nach. Schneller! Meine Lungen brannten. Ich schwitzte, doch nachlassen wollte ich jetzt nicht.

Welche Rolle spielten Bibi und Carmen? Beide Frauen zusammen hatten so eine niederdrückende, verachtende Art, dass ich es im Nachhinein bemerkenswert fand, überhaupt Beachtung gefunden zu haben. Teufel auch! Ich musste auf der Hut sein. Beiden traute ich vieles, um nicht zu sagen, alles zu.
Ich lief und lief und nach einer Stunde schnellen Laufs kam ich erschöpft und nass geschwitzt, aber mit einem guten Gefühl zu Hause an. Ich duschte mich kalt, legte mich in einer frischen Jogginghose in mein Bett und schaltete den Fernseher an. Ich bemerkte Kopfschmerzen vom Nacken langsam aufsteigen und begann, meine Schultern zu massieren. Diese Art von Pein meldete sich stets, wenn ich Stress hatte oder mich Sorgen plagten. Ich wollte keine Tablette nehmen und entschied, falls meine Selbsttherapie nicht griff, früh schlafen zu gehen.
Ich wechselte zum Tatort und legte meinen Kopf zurück. Das entspannte! Schnell waren meine Gedanken abseits der Krimihandlung. War ich in Gefahr? Interessant, dass ich mir diese Frage bisher nie gestellt hatte. Konnte mir etwas passieren bei der Geschichte? Bislang war ich immer davon ausgegangen, das Schlimmste, was geschehen konnte, war nicht aufgenommen zu werden. War ich inzwischen mehr zu einem Spielball zwischen verschiedenen Gruppierungen innerhalb der Vestalinnen geworden? Ich dachte noch einmal scharf

über alle Vorkommnisse nach, fand aber keine eindeutigen Hinweise.

So abweisend Carmen und Bibi auch waren, umso mehr hatte ich doch das Gefühl, Leonora auf meiner Seite zu haben. Und sie war der Boss. Bei diesem Gedanken fluteten warme Erinnerungen heran. Sogleich war ich beruhigter. Ich stand unter ihrem Schutz! So musste es sein. Zumindest so lange, wie ich meine Sache gut machte. Also durfte ich sie nicht enttäuschen. So lange war alles in Ordnung.

Ich griff zum Handy, tippte mich zu Wolfgangs Nummer durch und schrieb: „Hallo Virenjäger! Ich konnte heute nicht mal mehr E-Mails abschicken. Mein Laptop ist am Ende. Passt's dir morgen? Ciao!"

Ich legte das Handy weg und fühlte mich gleich besser. Nach ungefähr zehn Minuten surrte der Vibrationsalarm.

„Morgen passt nicht. Kinder! Mittwoch? Schreib mir, wo du wohnst, dann komme ich um 19:30 Uhr vorbei. Bis dann! Der Virenjäger"

Ich überlegte, aber was sollte ich machen. Wenn er keine Zeit hatte, musste es wohl Mittwoch sein. Ich schrieb zurück und gab meine Adresse preis. Dann legte ich meinen Kopf in den Nacken, schloss die Augen und, bis ich mich versah, war ich eingeschlafen.

Am nächsten Tag erwachte ich früh, frei von Kopfschmerzen. Ich quälte mich aus dem Bett, machte mich frisch und frühstückte. Ich holte mir die Zeitung

aus dem Postkasten und stellte fest, dass der Landtagsabgeordnete aus München, Norbert Kammer, welchen ich vor einigen Wochen im Corazón gesehen hatte, nun zum Staatssekretär befördert worden war. Für ihn hatten sich die Schwestern ganz offensichtlich gelohnt. Es wirkte also! Wenn ich jetzt Zeit gehabt hätte, wären meine Gedanken wohl in eine mögliche Karriere, meine mögliche Karriere, abgeglitten. Aber ich musste ins Krankenhaus.
Ich fuhr mit der Bahn zu Arbeit, zu meiner neuen Praktikumsstelle in einer gynäkologischen Abteilung. Nach der freundlichen Begrüßung folgte der erste Tadel. Ob ich die Hygienevorschriften nicht kennen würde, da ich es gewagt hatte, mit bordeauxroten Fingernägeln auf Station aufzutauchen. Ich hatte sie mir gestern nach meiner Rückkehr extra noch lackiert. Natürlich kannte ich die Vorschriften. In diesem Moment wurde mir bewusst, dass sich meine Prioritäten inzwischen ziemlich verschoben hatten. Mein Körper und dessen attraktive Erscheinung waren zu meinem Kapital geworden. Das Einzige, was ich den Schwestern anbieten konnte und das Einzige, was sie interessierte. Ich musste darauf achten! Die Vestalinnen begannen, mich zu verändern.
Während des Tages kamen noch mehrere SMS. Keine von Wolfgang, sondern von Peter, der mich endlich wieder treffen wollte. Ich fand es süß, wie er sich bemühte. Sich seine blauen Augen nur vorzustellen, weckte Sehnsucht in mir, nur konnte ich nicht zwei

Typen parallel laufen lassen. Das ging einfach nicht. Das war dann doch zu viel. Ich würde schon noch alles gebacken kriegen.

Umso überraschter war ich, als er mich zum Ende meiner Schicht vor dem Krankenhauseingang abpasste. Als ich ihn sah, war es, als ob ein Schwarm Bienen in meinem Bauch aufstob. Er stand einfach vor dem Haupteingang und wartete. Lässig und sexy! Nun hatte ich keine Chance mehr auszuweichen. Ich begrüßte ihn freundlich, drückte ihn als Entschädigung für die lange Wartezeit, in der wir uns nicht gesehen hatten, und er lächelte sein ganz besonderes, geheimnisvolles Lächeln.

„Sorry, ich hab echt wenig Zeit!", entschuldigte ich mich gleich.

„Was hast du denn noch vor?"

„Nichts! Es ist nur ... Es ist im Moment bisschen viel!" Ich sah ihn an und wusste, dass ich heute nicht um ein Date herumkam. Er stand da und sagte nichts. Dann begann er, noch breiter zu grinsen. Irgendwann lächelte ich mit.

„Na also!", sagte er langgezogen, als wäre alles nur eine Frage der Zeit gewesen. „Ich hab einen Tisch bei einem Italiener. Ich lad dich ein und um zehn bist du zu Hause. Versprochen!" Was sollte ich da noch sagen?

Der Abend war wunderbar. Peter war voller Witz und Humor und verstand es, mir die Sorgen des Alltags und meine Probleme mit den Vestalinnen für eine

kurze Zeit zu nehmen. Ich konnte hier sein, wie ich war, und er schien mich genau so zu mögen, ja vielleicht auch ein bisschen zu lieben. Kein Verstellen und keine Spielchen. Wir lachten viel und ich erkannte in dieser Szene die echten Werte des Lebens. War das hier Glück? Fühlte es sich so an? Erst gegen Ende führte er mich zurück in meine Realität.
„Schon wieder eine Einladung bekommen?"
„Ja, schon. Ich bin jedes Mal wieder überrascht, aber noch melden die sich."
„Schön!"
Ich nickte. Er war von Anfang an über die Schwestern im Bilde gewesen. Ich fand nun auch nichts Bedenkliches daran, meine Erfahrungen mit den Ladys bis zu einem gewissen Grad mit ihm zu teilen. „Kannst du mir mal so eine Einladungskarte mitbringen?", fragte er beiläufig. „Ich würde die gern mal sehen!"
„Warum denn das?"
„Ach, nur so!"
Ich überlegte. „Okay, weil du's bist. Dafür gibt's aber nochmal ein Essen."
Er grinste. „Klar!"
Auch am nächsten Abend holte Peter mich nach Schichtende vor dem Klinikum ab. Teufel auch! Woher hatte er überhaupt gewusst, wo ich gerade arbeitete? Ich hatte es ihm nicht erzählt. Wieder einmal beeindruckten mich seine detektivischen Fähigkeiten.
Wir gingen spazieren, lachten viel und ich hatte ihm zum Dank für seine ehrliche Freundschaft die

Einladungskarte zu unserem letzten Aufenthalt in Avalon mitgebracht. Vorsichtig wendete er das feste Papier und betrachtete sie lange. Dann meinte er: „Sag bitte den Schwestern nichts davon. Sie sind manchmal etwas komisch. Ich will nicht, dass du wegen mir Probleme bekommst!"
Ich wollte das ebenso wenig und zog damit einen geistigen Schlussstrich unter die Angelegenheit. Ob nun Peter oder der Mülleimer, die Karte hatte ihre Schuldigkeit schon erledigt. Mit Peter war alles so leicht, so simpel. Ich schaute ihn verstohlen von der Seite an, als er gerade seine Kamera hob, die er immer dabei hatte, um ein Bild zu machen. In seinem knappen Sommerhemd und der kurzen Hose wirkte er, als ob Stress und Alltag mit ihm nichts zu tun hätten.
Dabei hatten wir die gleichen Probleme. Wohnen in München war teuer, sauteuer. Ihm wie mir drohte jeden Monat das finanzielle Desaster. Auch ich hatte zu tun, meine Miete zu bezahlen, und hätte ohne den einen oder anderen Zuschuss meiner Eltern, der unregelmäßig auf mein Konto kam, wohl keine Chance mehr gehabt, mein Zimmer auf Dauer zu halten. Ihm ging es da ganz ähnlich und so schmiedeten wir Pläne von Unternehmen, die wir gemeinsam gründen und damit viel Geld verdienen wollten. Alles war so einfach, wenn man mit Peter zusammen war.
Erst nachdem ich abends zu Hause war, wurde es wieder kompliziert. Meine Überlegungen kreisten um

ein anderes Thema. Morgen war Mittwoch, was bedeutete, dass ich nicht den Abend mit Peter verbringen konnte, sondern mich auf Wolfgang konzentrieren musste. Bereits beim Gedanken daran wurde ich nervös. In meinem Bauch rührte sich erneut ein Schwarm Bienen, aber diesmal andere als jene, die ich bei Peters Anblick verspürt hatte.

Um Peter aus dem Weg zu gehen und Zeit für die Vorbereitungen zu haben, meldete ich mich am kommenden Tag einmal mehr krank. Wer sollte das schon nachprüfen, da wir erst am dritten Tag einen Krankenschein vorlegen mussten? Morgen war ich ja wieder in der Arbeit. Teufel auch! Diese Art von Unzuverlässigkeit sah mir gar nicht ähnlich, aber irgendwie hatte ich mich verändert.

Der Tag bedeutete Warten, und da ich schlecht joggen gehen konnte, um mir die Zeit zu vertreiben, musste ich in meinem Zimmer bleiben. Ich legte mich aufs Bett, schaltete den Fernseher an und überlegte, was ich anziehen sollte. Vamp oder Schulmädchen? Heiß oder unschuldig? Ich wusste nicht genau, auf welchen Typ Wolfgang mehr stand. Was hatte ihn mehr angesprochen? Elegante Dame im Abendkleid oder sexy Frau zum Mittagsimbiss? Ich würde es spontan entscheiden!

So verging die Zeit, ohne dass ich sie mit Sinnvollem füllte. Gegen Nachmittag begann ich, mich umzuziehen. Ich probierte und wechselte, betrachtete mich im Spiegel und kramte im Kleiderschrank.

Unentschlossenheit kann manchmal sehr quälend sein. Schließlich fiel meine Wahl auf die engste Jeans, die ich finden konnte, in die ich mich zwanzig Minuten lang einzwängte. Ich puschte meine Brüste mit meiner vom letzten Mal bewährten Korsage und streifte ein der Hose an Enge kaum nachstehendes Oberteil über.
Derart eingeengt, färbte ich meine Lippen in ein unschuldiges, zartes Dunkelrosa und umrandete meine Augen schwarz. Meine Nägel erhielten das gleiche Bordeauxrot, welches sie Montagabend noch hatten abgeben müssen. Ich zupfte an meinen dunklen Haaren, bis jede Strähne und jede Locke ihren Platz gefunden hatte. Zuletzt legte ich mir ein dünnes, schwarzes Lederband, mit kleinen Kettchen um den Hals. Jetzt konnte er kommen. Ich war bereit.
Um die unerträgliche, unromantische Ruhe in meinem Zimmer auszutreiben, legte ich eine CD mit sanfter Jazzmusik im Hintergrund auf. So war es besser. Schweigend, denn mit wem hätte ich auch reden sollen, saß ich auf meinem Stuhl und wartete, bis es endlich an der Tür klingelte. Er war pünktlich. Teufel auch! Nun ging es los!

Kapitel 15
„Das Wichtigste ist, dass man als Erster eine Idee hat und sie mit Leidenschaft umsetzt."
Luciano Benetton

Ich sah ihn, in meiner Tür auf ihn wartend, die Treppen emporsteigen. Er hatte sich nach der Arbeit nicht umgezogen und trug Anzug und Krawatte. Als er mich erblickte, entspannte sich sein Gesicht und malte ein leichtes Lächeln. Ein angedeuteter Dreitagebart vermittelte etwas Abenteuerlustiges, Verwegenes.
„Komm rein! Schön, dass es geklappt hat."
Ich trat leicht zurück, so, als ob ich ihm den Weg durch die Tür freimachen wollte, machte aber nur einen kleinen Schritt, sodass er beim Durchschreiten meiner Wohnungsgrenze zwangsläufig ganz eng an mir vorbeistreifte. Unsere Körper berührten sich. Leicht bewegte ich meinen Kopf nach vorne, und als er sich umdrehte, um die Tür zu schließen, standen sein und mein Mund einander bereits zum ersten Mal gefährlich nahe gegenüber. Ich strahlte ihn mit meinen brauen Augen an und wartete, bis er etwas sagte und die Situation auflöste.
„Hi!", raunte er mit seiner dunklen, leicht belegten Stimme. Schon nach diesem einem Wort war mir klar, dass er genau wusste, worauf er sich hier eingelassen hatte. Er hatte seiner Frau nicht Bescheid gesagt, nicht erzählt, dass er zu einer attraktiven 21-jährigen gehen würde. Er war sich über die Brisanz dieses Umstands

vollends im Klaren. All das las ich aus diesem einem Wort.

Er war nicht die Fliege, die sich verhängnisvollerweise ins Netz der Spinne verirrt hatte, sondern er war der Torero, der sich der Gefahr bewusst war und der Herausforderung stellte. Er suchte dieses Abenteuer. Entweder er spielte mit mir wie ich mit ihm oder aber er wollte sich darauf einlassen. Wir würden sehen. Er nahm seinen Kopf zurück und machte sich im engen Eingangsbereich daran, seinen Anzug auszuziehen. Wieder berührten wir uns dabei leicht. Zu meinem Erstaunen verspürte ich neben der Nervosität nun auch Erregung.

Er betrat mein Zimmer, legte Anzugjacke und Krawatte auf meinem Bett ab und setzte sich dann an den Laptop, den ich ihm bereits hingestellt und gestartet hatte. Weit zu ihm nach vorne gebeugt erklärte ich, was alles nicht funktionierte und er machte sich sogleich an die Arbeit. Ein Saxofon unterlegte meine Erklärungen mit einer schrecklich einfühlsamen Melodie.

„Möchtest du etwas trinken? Ich hab Rotwein da!"

„Gerne!", antwortete er und lächelte tiefsinnig in sich hinein. Ich schenkte ein und reichte ihm das Glas.

„Soll ich uns noch was zum Essen machen? Das wäre kein Problem für mich und wäre auch gleich fertig."

„Bin ich zum Essen oder zum Arbeiten hier?", fragte er nicht unfreundlich. „Lass mich erst mal die Kiste richten. Dann trinken wir noch ein Glas zusammen.

Gegessen hab ich grad schon. Aber mach dir was, wenn du noch nichts gegessen hast." Dann begann er wieder zu tippen und Befehle in den Laptop einzugeben. Fast meinte ich, er würde sich an meinem Rechner festkrallen, damit ihm nichts Schlimmeres widerfahren könnte. Doch ich hatte die leichten Schweißflecke auf der Tastatur schon bemerkt. Er war nervös! Ich machte ihn nervös! Teufel auch!

Ich stellte mich rechts hinter ihn, schaute schweigend, aber interessiert zu und nahm einen kräftigen Schluck von meinem Wein. Dabei legte ich meinen Hals leicht in den Nacken, was mein Halsband zum Klimpern brachte. Die Luft im Zimmer hing schwer und parfümgeschwängert über uns.

Er murmelte etwas in sich hinein. „Du hast ja nicht mal eine Firewall oder ein Virenprogramm. Kein Wunder!"

Ich ging neben ihm in die Knie, sodass mein Kopf nun auf Höhe seines rechten Arms war. Meine Jeans spannte höllisch und ich fühlte, wie sie mir stützstrumpfgleich das Blut aus den Beinen presste. „Was machst du da?"

„Ich muss erstmal dein ganzes System reinigen. Du hast alles voller Viren und so weiter." Er griff in seine Hose und nahm einen USB-Stick heraus. Dann steckte er ihn in den Rechner und Daten wurden übertragen. „Ich hab alles dabei! Ich hab mir schon gedacht, dass ein Laptop in einem weiblichen Singlehaushalt über nicht viel Ausstattung verfügen kann." Ein spöttischer

Blick erreichte mich. Wieder nahm ich einen Schluck und er murmelte weitere unverständliche Wortfetzen in sich hinein.

Da ich nicht groß beachtet wurde, stand ich auf, ging zu meiner Kochzeile und schenkte mir Wein nach. So konnte es auf jeden Fall nicht weitergehen. Irgendwie musste mir mehr einfallen, um am Ende sagen zu können, das Treffen sei erfolgreich verlaufen. Es musste etwas passieren! Kurz musterte ich ihn aus der Entfernung und dachte nach. Dann ging ich wieder zu ihm hinüber und stellte mich neuerlich schweigend hinter ihn. Schließlich senkte ich meinen Kopf und fragte mit sanfter Stimme in sein rechtes Ohr: „Wie lange wird's noch dauern?"

„Willst du mich schon wieder loswerden?" Seine Augen blieben am Laptop haften, fast als würde er anderfalls in ein tiefes schwarzes Loch gezogen.

„Nein, auf keinen Fall! Also, ich mein, so war das nicht gemeint. Ich wollte nur wissen, wann du dich auf mich konzentrieren kannst und wir anfangen können, Spanisch zu reden?"

„Wann ich mich auf dich konzentrieren kann, soso. Fühlst du dich von mir zu wenig beachtet?"

Flirtete er etwa mit mir? Sollte es nicht anders herum sein? Ich war verwirrt. Ich verkniff mir eine Bemerkung und sagte stattdessen: „Ich wollte mich nur an meinen Teil unserer Abmachung halten."

„Noch dreißig Minuten, Señorita! Dann hast du meine volle Aufmerksamkeit!"

Wieder flogen seine Finger über die Tastatur. Programme wurden installiert und gestartet. Ich hatte keine Ahnung, was er da machte, aber es wirkte, als wüsste er, was er tat. Ich ging wieder neben ihn in die Hocke, so nah, dass meine Haare auf seinen Unterarm fielen, und folgte seinen Aktionen. Eine Strähne rutschte nach vorne. Mit einer betonten Bewegung strich ich sie mir hinter das Ohr und leckte gedankenverloren mit meiner Zunge über meine Unterlippe.

„Ach Mist! Vertippt!", stöhnte er, als er gerade ein neues Icon doppelklicken wollte und ein falsches gestartet hatte.

„Mache ich dich nervös?", fragte ich spöttisch mit laszivem Unterton und erntete dafür einen teils irritierten, teils verwunderten Blick. Natürlich machte ich ihn nervös! Doch er sagte nichts und fuhr mit seiner Arbeit fort.

Nach ungefähr zwanzig Minuten ließ er seinen rechten Zeigefinger final auf der Enter-Taste niedergehen. „So, geschafft! Ich lasse jetzt noch ein Programm drüberlaufen, aber nun müsste alles wieder gehen."

Er nahm sein Glas Rotwein, dass er bisher noch kaum angerührt hatte, stand auf und kam zu mir an den kleinen Esstisch, an dem ich inzwischen Platz genommen hatte. Lässig setzte er sich mir gegenüber und stieß mit meinem Glas an „Prost!", rief er und wir tranken. Wenn ich gekonnt hätte, hätte ich jetzt gerne einmal tief Luft geholt, aber meine Korsage hinderte mich mit Macht daran.

Sein Blick wanderte durch mein kleines Zimmer, als hoffte er, hier ein Gesprächsthema zu finden. Dann trafen seine umherschweifenden Augen meine schwarzen High Heels, die ich zuerst anziehen wollte, aber den absurden Gedanken doch verworfen hatte. Wer läuft schon mit Absätzen durch seine Zwanzigquadratmeterwohnung?

„Kannst du auf denen echt laufen?", wollte er verwundert von mir wissen.

„Sogar tanzen, wenn's sein muss", verkündete ich keck.

„Beweise?"

„Jederzeit!"

„Okay – am Samstag in einer Woche ist im Rivera Nights Tanzabend. Würdest du mich begleiten, wenn ich dich einlade?", fragte er leicht angespannt, ganz, als ob er selber nicht genau wusste, ob das eine gute Idee war. War das ein spontaner Einfall oder ein lange geplantes Manöver? Ich war von seiner forschen Einladung überrascht. Daher zögerte ich, weil ich spürte, dass nun die nächste moralische Grenze gebrochen wurde. Im Hintergrund wechselte das Lied und nach kurzer Pause erfüllte ein rhythmischer Song mit viel Gitarre und Saxofon den Raum.

„Und deine Frau?"

„Hat keine Zeit!"

„Na, wenn das so ist, nehme ich die Einladung natürlich gerne an!" Ich hob mein Glas und erneut stießen wir an. „Auf uns!"

Kapitel 16
„Dankbarkeit ist manchmal ein Band, oft aber eine Fessel."
Johann Wolfgang von Goethe

Die kommenden Tage wurden stressig und kompliziert. Wolfgang und ich hatten uns noch lange unterhalten, ehe er so gegen 23:00 Uhr den Heimweg angetreten hatte. Es war spät geworden und ich hatte versucht, das Gespräch so kurzweilig wie möglich zu halten.
Wolfgang war nicht unangenehm, wenn auch nicht mein Typ. Er wirkte manchmal unsicher, fast verklemmt, ganz so, als ob er sich bei mir nicht hundertprozentig wohlfühlen würde. Als er ging, verabredeten wir uns dennoch für Donnerstagabend zu einem gemeinsamen Lauftraining. Natürlich nahm ich die Einladung gern an, doch war ich verwundert, dass die Initiative für unsere Treffen mehr von ihm ausging. War das möglich? Hatte ich ihm tatsächlich den Kopf verdreht? Bei dieser Überlegung überkam mich ein kleines Triumphgefühl und meine kleinen Teufel auf der Schulter klatschten sich ab wie nach einem Homerun.
Durfte man das? Ich verlor mein schlechtes Gewissen gegenüber seiner Frau und seinen Kindern, als ich mir

sagte, dass er sich freiwillig mit mir traf. Es gehörten immer zwei dazu und außerdem wollte ich seine Ehe ja auch nicht gefährden. Es würde nichts passieren. Niemand würde etwas erfahren. Wenn er sich auf dieses Spiel einließ, war er mindestens so schuldig wie ich, wenn nicht noch mehr.
Am Donnerstagmorgen versuchte ich, Peter zu erreichen, um mich mit ihm für diesen und auch gleich den kommenden Mittag fest zu verabreden. So ging ich einem Überraschungsdate am Abend aus dem Weg und hatte somit Zeit für Wolfgang. Nun waren es also doch zwei Typen parallel. Larissa, was bist du doch für ein Luder!
Als wir uns am Abend zum Joggen trafen, rannten Wolfgang und ich eine ganze Weile gemeinsam nebeneinander her, ohne viele Worte zu wechseln. Es mochte am schnellen Tempo gelegen haben, aber ich wollte ihn so oder so nicht noch mehr unter Druck setzen, schon gar nicht in der Öffentlichkeit. Am Samstag in einer Woche wollten wir ohnehin tanzen gehen. Mich drängte daher nichts, ihm noch mehr auf die Pelle zu rücken. Es lief gut!
Auch Peter freute sich, dass ich von mir aus die Initiative ergriffen hatte. Ich nährte wohl so erneut seine Hoffnung, bei mir landen zu können. Als wir Donnerstagmittag Seite an Seite die Straße hinabliefen, schlang er seinen Arm um meine Hüfte und ich ließ es unkommentiert passieren. Ich hatte nichts dagegen. Wenn das mit Wolfgang erledigt war,

würde ich es mit Peter darauf ankommen lassen. Was konnte schon schiefgehen? Es war klar, dass er mich wollte, und ich fand ihn süß, lustig und nett. Seine unglaublichen blauen Augen faszinierten mich jedes Mal aufs Neue. Bisher hatten sich nur wenige Männer so viel Mühe um mich gegeben. Er hatte definitiv eine Chance mehr als verdient.
Auch Freitagmittag traf ich mich mit Peter, wobei mich ein Anruf davon abhielt, anschließend wieder pünktlich zur Arbeit zu gelangen. Anja meldete sich und versprach, mich in zwanzig Minuten für das verabredete Fotoshooting abzuholen. Ich brannte vor Neugier und wollte auf keinen Fall absagen. Wann bekommt man schon so eine Gelegenheit?
Mit gespielt geschmerzter Miene tischte ich meiner Stationsleitung eine Geschichte von Bauchschmerzen, Migräne und Regelblutungen auf. Was sollte sie dagegen schon sagen? Ich schlich gequält aus der Klinik und fuhr mit der S-Bahn zum abgemachten Treffpunkt. Pünktlich rollte die dunkle Limousine heran. Ich kletterte neben Anja auf einen der hinteren Sitze. Es war einer dieser großen Mercedes, in denen man automatisch nur wichtige und reiche Leute vermutete. Schon von klein auf hatten diese getönten Scheiben auf mich den Anschein von immerwährender Macht.
„Hallo! Du, ich bin jetzt gar nicht passend angezogen. Ich war bis eben noch in der Arbeit. Macht das was?", entschuldigte ich mich nervös. Flüchtig versuchte ich,

mit meinen Händen mein T-Shirt noch glatt zu streichen, was aber den ersten Eindruck nicht mehr zu verwischen vermochte. Wer konnte schon damit rechnen, in der Mittagspause für ein Fotoshooting abgeholt zu werden? Passierte ja auch mir zum ersten Mal.

„Nein, warum? Die wollen mich fotografieren und nicht dich. Mach dir nicht so viele Gedanken. Ich pass schon auf dich auf."

Damit hatte sie mir ein Stichwort gegeben, welches ich nur allzu gerne aufgreifen wollte. Ich erforschte ihre Miene, um herauszufinden, ob für meine Frage der richtige Zeitpunkt war. War sie gestresst oder nervös wegen ihres Shootings? Mir fiel auf, dass sie kein bisschen geschminkt war, sondern ihre weiche Haut rein und natürlich im fahlen Licht der verdunkelten Scheiben schimmerte. Ich entschied, dass ich es wagen konnte.

„Gilt das auch bezüglich der Schwestern?"

„Was?"

„Das Aufpassen!" Ihre Augen verengten sich und die feinen Brauen schoben sich misstrauisch über der Nase zusammen.

„Hast du Angst?"

„Nicht direkt, aber du hast mir doch geraten, vorsichtig zu sein. Du wirst dir sicher etwas dabei gedacht haben." Ich spürte, dass ihr das Thema wichtig war. Egal, womit sie sich eben noch gedanklich beschäftigt hatte, nun hatte ich ihre volle

Aufmerksamkeit. „Ich will nur nicht, dass ich eine Marionette in einem Spiel bin. Ich will wissen, wenn Sachen mich betreffen, die bedeutend für mich sind!"
Anja musterte mich, blieb aber stumm.
Kleinlaut fuhr ich fort: „Ich würde halt gern verstehen, warum die Schwestern gerade mich aufnehmen wollen. Ich hab doch nichts Besonderes und frage mich nach dem Sinn!"
„Nimm's doch einfach hin. Wenn du eine Vestalin bist, kannst du dir alle Wünsche erfüllen, die du möchtest. Das Warum ist dann doch egal."
Wir fuhren einige Zeit, bis wir endlich am Set ankamen. Es lag außerhalb Münchens an einem idyllischen Waldstück. Neben einer Wiese, die an einen Wald angrenzte, war da ein kleiner, seerosenbewachsener Weiher. Ebenfalls ein perfekter Hintergrund für Bilder. Als wir ausstiegen, war die Luft erfrischend rein und kühl, ganz anders als in der von Autoabgasen überfluteten Stadt. Ich fühlte mich an meine Oberpfälzer Heimat erinnert, an die Pilze, die es bald in den Wäldern geben würde. Unvermittelt musste ich an meine Eltern denken und fragte mich, ob sie guthießen, was ich gerade mit meinem Leben anfing.
Anja stieg aus, begrüßte Crew und Fotograf namens Tom und stellte mich kurz vor. Dann setzte sie sich auf einen Stuhl und zwei Visagisten machten sich über sie her. Als sie fertig waren, wurden ihr Kleider gebracht, die sie nach und nach anzog und dann posierte. Anja

drehte und wendete sich vor der Kamera, als würde sie mit ihr flirten – oder mit dem Typen dahinter. Es wirkte wie ein lange einstudierter Tanz. Eine Choreografie, anmutig und schön zugleich.

Für mich war alles furchtbar aufregend und interessant. Anja diskutierte mit dem Fotografen und probierte immer neue Posen aus. Er fotografierte sie im Wald und am Weiher neben den Seerosen. Dann wurden wieder die Bilder betrachtet und bewertet. Aus den Gesichtern schloss ich, dass beide, Model und Bildermacher, mit den Aufnahmen nicht zufrieden waren. Schließlich sagte Anja etwas zu Tom und sein Kopf drehte sich in meine Richtung. Dann kam er, die Kamera lässig in der Hand haltend, auf mich zu.

„Hast du Lust, dich umzuziehen? Wir hätten gern ein zweites Model und so schnell bekommen wir jetzt keins mehr her. Anja meint, du könntest das übernehmen und hübsch genug wärst du allemal."

„Ich?", entfuhr es mir, halb erstaunt, halb entsetzt.

Anja betrachtete mich neugierig aus dem Hintergrund. War wieder einmal alles eingefädelt und inszeniert oder nur schöner Zufall? Aber was hatte ich schon zu verlieren? Mehr als unbrauchbare Fotos konnten nicht dabei herauskommen.

„Okay!", nickte ich und Tom wies mit einem Arm in Richtung des Stuhls, auf dem zuvor Anja gesessen hatte.

Wieder kamen die beiden Visagisten und schminkten diesmal mich. Mir wurde ein langes, rotes Seidenkleid gebracht, genau das gleiche, wie es Anja bereits anhatte. Dann entschied der Fotograf, dass wir uns in den Wald, in eine kleine Buschgruppe stellen sollten. Vorsichtig tastete ich mich mit den mir überreichten Designerschuhen in die Sträucher. Dort angekommen drehten wir unsere Körper zueinander, rückten näher und näher, bis ich ihren Rumpf fest an dem meinen spürte. Ich atmete einmal tief durch, schaute zu Anja, die mich aufmunternd ansah, und drehte mein Gesicht dann Richtung Kamera. Tom begann zu knipsen.

Es machte klick, klick und klick. In rasender Geschwindigkeit fertigte er seine Bilder, rief uns Anweisungen zu und korrigierte. Ich verstand kaum, was er sagte, und machte einfach alles Anja nach. Sie war die große Stütze für mich wie eine ältere Schwester. Wir machten noch einige Posen im Wald, zogen uns dann um und gingen auf die Wiese.

Zu guter Letzt durfte ich mir ein blütenweißes Brautkleid anziehen und in den mit Seerosen bewachsenen Weiher eintauchen. Alles hatte total Spaß gemacht, und als ich wieder abgetrocknet und angezogen war, bedankte ich mich tausend Mal bei Tom und Anja. So ein tolles Erlebnis! Wir mussten das unbedingt noch einmal machen. Das hieß, wenn sie mich noch einmal bei so etwas mitmachen ließen.

Die Zeit war viel zu schnell vergangen, als mich Anja mit ihrer dunklen Limousine wieder nach Hause brachte und vor der Tür abstellte. Wir versprachen, in

Kontakt zu bleiben, und drückten uns zum Abschied. Es war ein ehrlicher Gruß und ich fühlte Anjas Freundschaft in diesem Moment wie nie. Nachdem sie abgefahren war, kramte ich in meiner Handtasche nach dem Schlüssel und sperrte die Haustür auf. Auf dem Weg nach oben zog ich mein Handy aus der Tasche, da ich, als ich den Schlüssel zurücklegen wollte, sah, dass ich eine SMS bekommen hatte. Ich blieb stehen und las Corinnas Nachricht: „Heute 23:30 Uhr im Kino Leuthmann!"

In mir machte sich eine unbestimmte Unlust breit. Eigentlich hatte ich keine Lust auf dieses Treffen und versprochen hatte ich Corinna auch nichts. Allerdings wäre es mit dem freundschaftlichen Verhältnis zwischen uns sicher schnell vorbei, wenn ich ihr meine Hilfe verweigerte. Sie hatte es zwar wie einen Pakt unter Gleichen aussehen lassen wollen, ich hatte aber den Eindruck gehabt, sie brauchte meine Unterstützung mehr als ich ihre. War es klug, ihr diese vorzuenthalten?
Ich wartete also, bis es kurz vor elf war, und machte mich dann mit der S-Bahn auf den Weg. Das Kino lag in einer kleinen, spärlich beleuchteten Seitenstraße. Alles wirkte alt und verkommen. Auch das Filmangebot war antiquiert. Um 23:30 Uhr lief nur ein französischer Stummfilm aus dem 50er Jahren. Unter normalen Umständen hätte ich um dieses Haus samt

Film einen weiten Bogen gemacht, aber was war in meinem Leben schon noch normal?

Ich löste eine Karte, setzte mich in einen der hinteren Ränge und wartete. Außer mir war nur eine ältere Frau mit grauem Zopf in der dritten oder vierten Reihe und erwartete ebenfalls den Film. Kurz nachdem dieser begonnen hatte, schlich Corinna in eine dunkle Lederjacke gekleidet in den Saal. Sie setzte sich neben mich und saß die ersten fünf Minuten schweigend an meiner Seite. Dann, als sie sicher war, dass niemand mehr kommen würde und sie sich mehrfach umgesehen hatte, schob sie ihren Kopf langsam in meine Richtung und flüsterte: „Schön, dass du gekommen bist. Ich wusste nicht, ob du es dir nicht anders überlegt hast."

„Na, dann schieß los! Es ist schon spät und ich bin müde", sagte ich etwas unwirsch. Corinna rückte näher an mich heran.

„Also schön. Es ist so: Ich soll einem Fußballverein zum Aufstieg in die 3. Liga verhelfen. Rachel meint, wie ich das mache, ist egal, aber ich denke, alleine schaff ich das nicht. Sie meint, ich soll den Ausgang von Schlüsselspielen manipulieren. Frag mich nicht wie. Die neue Spielzeit beginnt jetzt. Wenn ich nicht zeigen kann, dass ich zumindest in der Lage bin, auch nur irgendetwas Positives für die Mannschaft zu machen, bin ich raus."

„Was wollen die Vestalinnen denn mit einem Fußballverein?", entfuhr es mir etwas zu laut, sodass sich die Frau aus den vorderen Reihen kurz zu uns umdrehte.

„Pssst!", mahnte Corinna. „Keine Ahnung. Vielleicht ist das doch nur ein Test, aber ich glaube eher, das ist ein Gefallen für einen ihrer Freunde. Irgendein Politiker oder Manager, der sie darum gebeten hat. So könnte ich es mir zumindest vorstellen."

„Und warum machen sie es nicht selber und schicken dich da vor?"

„Hab ich mich auch schon gefragt. Ich denke, sie sind für gewisse Jobs zu alt oder wollen sich nicht auf ein bestimmtes Niveau herabgeben. Ich mein, es würde auffallen, wenn Topmanagerinnen oder Bundestagsabgeordnete sich um einen Verein kümmern, der sie vorher nie interessiert hat." Da war was dran. Corinna verstand es, die Dinge nüchtern zu betrachten. Sie versuchte immer, die Hintergründe zu erfassen. Fast instinktiv lag sie dabei oft richtig.

„Und was machst du jetzt?"

„Was bleibt mir schon? Ich könnte versuchen, gute Spieler zu organisieren, aber wie soll ich das anstellen? Ich könnte jemanden bestechen, wozu mir das Geld fehlt. Es wäre mir auch zu riskant. Ich denke, mir bleibt nur eins."

„Und was?"

Bei dieser Frage tauchte trotz der Dunkelheit im Vorführraum ein Leuchten in ihren Augen auf.

„Weibliche Reize, wenn du verstehst." Ich verstand!

„Was wäre die Macht einer Frau ohne die Eitelkeit der

Männer. Ich weiß nur noch nicht, was ich am besten mache."

„Aha! Und dazu brauchst du mich?"

Corinna schwieg kurz. „Eine Fußballmannschaft sind elf Leute. Minimum! Entweder ich schnapp mir einen Schiedsrichter, und auch das sind in dieser Liga drei, oder eine gegnerische Mannschaft. Und das sind minimal elf Männer. Ich brauch also Hilfe."

„Und was genau sollen wir machen?"

Sie musste meiner Stimme entnommen haben, dass ich von ihrem Plan alles andere als begeistert war. „Nichts, was du nicht willst!", beschwichtigte sie schnell. Für einen kurzen Moment herrschte Schweigen. „Was ist eigentlich mit deinem Auftrag?", wechselte sie das Thema. Die Frau aus den vorderen Reihen sah sich wieder genervt zu uns um. Sollte ich ihr das jetzt wirklich erzählen? Bisher hatte sie mir immer geholfen, aber sie war es auch gewesen, welche mir geraten hatte, nicht jedem in der Schwesternschaft blind zu vertrauen.

„Du musst diesen Typ von der Party rumkriegen. Stimmt's?"

„Ja! Denke schon."

„Warum?"

„Weiß ich nicht!" Nun war ich genervt.

„Was macht er denn beruflich?"

„Er arbeitet in einer Bank!"

„Dann geht's um einen Kredit oder die wollen einen Mann in der Bank haben. Sie wollen ihn erpressbar machen oder du sollst ihn zu etwas überreden."
Entsetzt starrte ich in die Dunkelheit des Kinos. „Meinst du echt?" Die grauhaarige Frau zischte vernehmlich.
„Was sonst! Sie arbeiten gerade an einem Großprojekt und brauchen dafür Geld. Ich denke, dass es damit zu tun hat." Teufel auch! Woher wusste Corinna nun das schon wieder? Ehrlich gesagt wurde mir die ganze Sache zu heiß! Viel zu heiß!
„Also, was ist?", drängte sie nun. „Hilfst du mir?"
Ich war in einer Zwickmühle. Wenn ich Nein sagte, hatte ich eine bisher gute Freundin bei den Vestalinnen definitiv vergrault. Und gute Freunde waren wichtig und selten zugleich. Wenn ich ja sagte, wurde ich in Sachen mit hineingezogen, mit denen ich nichts zu tun haben wollte. Zudem war mir nicht klar, wie Corinna mir im Gegenzug bei meinem Auftrag helfen konnte. Allerdings musste ich fairerweise zugeben, dass sie mir auf der Party ja schon zur Seite gesprungen war.
„Also, gut", sagte ich leise. „Aber ich mach nicht bei allem mit!"
Ich sah Corinnas Nicken in der Finsternis und glaubte, Erleichterung und Zufriedenheit auf ihren Zügen wiederzufinden. Vielleicht war es aber auch nur Einbildung. „Wer zuerst eine echte Vestalin ist, hilft der anderen in die Schwesternschaft! Das ist der

Deal." Sie schob mir ihre Hand entgegen und, nach kurzem Zögern, ergriff ich sie.

Kapitel 17
„Das einzige Mittel, den Irrtum zu vermeiden, ist die Unwissenheit."
Jean-Jacques Rousseau

Nervös stand ich auf der Schwelle des Rivera Nights Club. Was hatte ich mir nur dabei gedacht? Was hatte sich Vanessa gedacht? Was dachten sich die Schwestern überhaupt? Nach dem Gespräch mit Corinna betrachtete ich einige Dinge von einer anderen Seite. Ging es hier wirklich nicht nur um eine Art Mutprobe? Die Frage, ob ich es wagen würde, einen verheirateten Mann zu verführen, oder tatsächlich um Kredite und Geld? War es so einfach? So simpel? So verboten und unmoralisch? War es überhaupt verboten?

Mir schwirrte seit einer Woche der Kopf, aber ich hatte die Gedanken nicht zugelassen. Nicht jetzt, da mich Wolfgang um ein Date gebeten hatte. Jetzt, als es zwischen uns zu laufen begann, und jetzt, da ich mich fast am Ziel glaubte. Ich betrat den Club und ein Kellner nahm mich in Empfang.

„Herr Bolz hat reserviert." Der junge Mann schaute in einen Plan und wies mir mit der Hand den Weg. Er ging voraus und führte mich zu einem Tisch, an dem Wolfgang bereits auf mich wartete. Als ich mich ihm näherte, erhob er sich und lächelte mir entgegen. Er trug ein sommerliches, hellblaues Hemd zu einer dunklen Hose. Keine Krawatte, dafür hatte er sich seine Haare gegelt. Außerdem war er glatt rasiert, was mich leicht enttäuschte. Mit seinen Stoppeln hatte er mir besser gefallen.

Ich hatte selbstverständlich wieder lange überlegt, was ich anziehen sollte, und mich für ein hübsches, blauweißes Sommerkleid entschieden. Es wirkte elegant und der Ausschnitt war eine eindeutige Aufforderung. Obendrein passte das Kleid gut zu dem zweiten Paar High Heels, welches mir Anja vor der Gartenparty geschenkt hatte. Ich trug die gleichen Ohrhänger wie bei unserem ersten Treffen, quasi als Erinnerung. Wolfgang hatte sich seit unserem Joggingausflug zweimal bei mir gemeldet. Beide Male waren wir etwas trinken gegangen. Wir hatten in Deutsch und Spanisch uns von unserem Leben erzählt, ohne es zu eindeutig werden zu lassen.

Auch mit Peter hatte ich mich in der letzten Woche öfters getroffen. Es war uns zur Gewohnheit geworden, dass er mich in der Mittagspause abpasste und wir diese zusammen verbrachten. Vor zwei Tagen waren wir abends vor die Stadt gefahren und hatten uns von einem kleinen Aussichtspunkt aus den wunderbaren Sonnenuntergang angesehen. Herrlich kitschig, aber irgendwie süß. Ich hatte ihn eingeladen, mit mir gemeinsam zu meinen Eltern in die Oberpfalz

zu fahren, da auch wir dort tolle Sonnenuntergänge und mehr zu bieten hätten.
Natürlich hatte er sich darüber gefreut. Erst auf dem Rückweg wurde mir klar, dass ich diesen Moment als den Beginn einer ernsthaften Beziehung werten musste. Ich lud ihn zu mir nach Hause ein und fand den Gedanken hervorragend. Wir waren zusammen! Nur Wolfgang und diese Geschichte standen noch zwischen uns. Ich sollte das hier schnell hinter mich bringen. Ich setzte mich an den Tisch und wir bestellten beide einen Rotwein.
„Wartest du schon lange?"
„Nicht lange! Ich bin eben erst gekommen. Gefällt es dir hier?"
Ich sah mich um. Der Club war auf südamerikanische Tanzbar gedrillt mit vielen Tischen, die um eine große Tanzfläche gruppiert waren. Da es warm war, waren die Türen offen und man konnte ungehindert die Terrasse betreten. Auf der Bühne spielte eine Liveband. Sie spielten gut. Ich nickte zustimmend.
„Sehr gute Wahl, Herr Bolz!"
Für kurze Zeit lauschten wir beide der Musik, dann sagte Wolfgang: „Möchtest du etwas essen?"
Ich schüttelte den Kopf. „Ich bin doch hier, um einen Beweis anzutreten, nicht um zu essen." Herausfordernd grinste ich ihn an. Natürlich hämmerte mein Herz wie verrückt und ich hoffte, nicht vor lauter Aufregung zu stolpern.

„Ich hab schon gesehen, mit welchem eleganten Gang du das Lokal betreten hast. Alle Achtung!" Der Kellner kam und stellte den Wein zwischen uns.

„Wollen wir tanzen?", fragte ich, da er keine Anstalten machte, mich aufzufordern.

„Gern!" Er lächelte verlegen und schien mir nun wieder unsicher. Ich trat neben ihn und legte meine manikürte Hand an seinem Arm. Ich glaube, wir waren in diesem Moment beide sehr nervös. Wie bei einem Abschlussball vor dem Einmarsch. Langsam führte er mich Richtung Tanzfläche.

Dort angekommen legte er seine rechte Hand fest auf meinen Rücken. Ich reichte ihm meine und kurz standen wir uns wort- und tatenlos gegenüber. Er zog mich näher an sich heran und beim nächsten Atemzug konnte ich seinen männlichen Geruch in mich aufnehmen. So nah waren wir uns noch nie. Dann gab er mir mit seiner Hand ein Signal und wir begannen, über die Tanzfläche zu gleiten.

Er war ein guter Tänzer und ich auch nicht ungeübt. Selbstverständlich bereitete mir das Schuhwerk keine Probleme. Wenn es anders gewesen wäre, hätte ich mich auf das hier auch nicht eingelassen. Schweigend tanzten wir und kurz vergaß ich, mich eigentlich zu Peter hingezogen zu fühlen. Ich drückte meinen Körper näher an Wolfgang und merkte, wie das irgendetwas in ihm auslöste. Unsere Hände wurden feucht von der Anstrengung und der Aufregung zu gleichen Teilen. Das Lied endete und ein neues begann. Wieder wiegten wir uns in der Musik.

„Beweis genug?", fragte ich, um ein Gespräch in Gang zu bringen.

„Ohne jede Frage."

„Also meinst du, dass ich eine gute Figur hier mit dir abgebe?" Er zögerte.

„Larissa – du bist wirklich eine außergewöhnlich schöne Frau – in jeder Hinsicht!"

„Wie meinst du das?"

Wieder machte er eine Pause, suchte nach Worten. Schließlich sagte er: „Du weißt, dass ich verheiratet bin und zwei Kinder habe?"

Ich erstarrte innerlich, als hätte mich etwas Großes, Mächtiges in den Magen getroffen. Das hier war der Moment, auf den ich hingearbeitet und den ich irgendwie auch gefürchtet hatte. Es gab so vieles, was ich an dieser Stelle hätte sagen können, und ich entschied mich für einen Satz, für den ich mich immer noch selber verabscheue.

„Ja, aber ich glaube, ich liebe dich trotzdem." Aus irgendeinem unerfindlichen Grund stiegen mir Tränen in die Augen. Ich neigte meinen Kopf leicht nach vorne, und ehe ich mich versah, küsste er mich auf den Mund. Die Musik endete, und wie für uns gemacht, brandete Applaus auf.

Ich erwiderte den Kuss und für einen kurzen Augenblick küssten wir uns leidenschaftlich mitten auf der Tanzfläche. Als mir bewusst wurde, was ich tat,

machte ich mich hastig von ihm los und trat einen Schritt zurück. Verwirrt und keuchend stand ich da und wusste nicht, was ich jetzt tun sollte. In seinem Gesicht war das gleiche Gefühlschaos zu finden. Lieber Gott, was hatten wir getan?
„Sorry!", stammelte ich unbeholfen und machte mich auf den Weg zu unserem Tisch, aber wir konnten doch nicht weitermachen, als wäre nichts gewesen. Ich drehte mich um, sah Wolfgang total durcheinander mir folgend. „Tut mir leid!", flüsterte ich und lief dann, so schnell es die Schuhe zuließen, Richtung Ausgang.

Kapitel 18
„Gehe nicht, wohin der Weg führen mag, sondern dorthin, wo kein Weg ist, und hinterlasse eine Spur."
Jean Paul

Was hatte ich nur getan? Wieso war ich zu so etwas imstande gewesen? Wolfgang hatte mir nichts bedeutet. Nun war ich in sein Leben eingedrungen, nur um zu beweisen, dass ich es konnte. Ich war verwirrt, fühlte mich schuldig und ekelte mich vor mir selbst. Für mich war klar, dass ich die Sache beenden würde. Ich würde mich irgendwie aus Wolfgangs Leben zurückziehen. Wenn das das Ende meiner Karriere in der Schwesternschaft bedeutete, dann war es eben so.
Ich wollte nicht mehr diese Dinge tun, nur weil Vanessa, Leonora oder andere irgendwelche Pläne

hatten, die sowieso keiner verstand. Zu Hause angekommen zog ich mich rasch aus, schminkte mich ab und fiel ins Bett. Morgen würde ich alles regeln! Ich schlief schlecht, träumte wirres Zeug und war am nächsten Tag nicht ausgeruht. Gott sei Dank war Sonntag und ich musste nicht zur Arbeit. Ich machte mir einen Kaffee, setzte mich an meinen Tisch, auf dem die Post von gestern lag. Um mich abzulenken, begann ich, sie nach der Reihe zu öffnen. Werbung, Rechnungen, Kontoauszüge.

Vor allem die letzten beiden Briefe in Kombination machten mich unruhig. Mein Schwesternschülerinnengehalt reichte nicht, nicht einmal für dieses kleine Zimmer. München war sauteuer. Entweder ich schaffte es, eine neue Einnahmequelle zu eröffnen, oder ich musste mich um einen Platz im Schwesternwohnheim bewerben. Noch ungefähr zwei Monate und mein Konto wäre heillos im Minus. Ich dachte an gestern Abend, an Wolfgang, an den Kuss und an meine Flucht. Irgendwie hatte ich mich kindisch verhalten. Gar nicht souverän wie sonst. Ich hätte bleiben und vor Ort die Sache gleich klären können. Ich hatte mich aufgeführt wie ein Teenager nach dem ersten Mal. Einfach peinlich.

Ich unterließ es, Wolfgang am Sonntag anzurufen oder zu schreiben, und verschob diese unangenehme Aufgabe auf Montag. Am Montag verschob ich sie auf Dienstag und zwang mich dann abends dazu, endlich

eine SMS zu tippen: „Hi. SORRY! Ich hab mich völlig kindisch benommen. Würde dir gern alles erklären. Meld dich bitte kurz. Larissa!"
So unzureichend diese Nachricht auch sein mochte, umso erleichterter war ich, als ich sie abgeschickt hatte. Doch Wolfgang meldete sich nicht. Mittwochmorgen schrieb ich noch eine SMS, mittags noch eine, und als er sich abends nicht gemeldet hatte, rief ich ihn auf seinem Handy an. Der Teilnehmer sei leider gerade nicht zu erreichen, würde aber eine SMS über den Anruf erhalten. Ich hatte nicht einmal die Möglichkeit, ihm eine Nachricht auf der Mailbox zu hinterlassen. War er sauer auf mich? Grund genug hätte er auf jeden Fall gehabt. Ich konnte mich ja selber nicht mehr leiden und spürte, dass dieses Gefühl erst besser werden würde, wenn ich mit Wolfgang gesprochen hatte.
Während ich noch versuchte, ihn zu erreichen, meldete sich Peter. Er hatte Karten für ein Motocrossrennen. Um mich abzulenken, begleitete ich ihn. Es war nicht wie sonst. Natürlich wollte er irgendwann wissen, was los war. Logischerweise konnte ich es ihm nicht sagen, war des Weiteren übellaunig und einfach nicht bei der Sache. Etwas verstimmt, aber im Ganzen verständnisvoll, verabredeten wir uns für das kommende Wochenende erneut.
Peter war mir wichtig geworden, und ich wollte es echt nicht versauen. Teufel auch! Endlich war ich

wieder einmal verliebt und dann drohte diese Kiste mit den Schwestern mir alles zu verhageln. Ich hatte die ganze Woche nichts von den Vestalinnen gehört. Nicht von Anja und auch nicht von Vanessa. Vielleicht war ich schon als erledigt in ihren Akten verbucht. Na, was soll's! Auch egal! Umso erstaunter war ich, als ich Freitagmorgen eine Karte unter meiner Tür durchgeschoben fand. Sie trug das Logo der Vestalinnen, eine violette Hand, welche eine Fackel hielt. Vor Aufregung begann mein Herz zu pochen und meine Hände wurden feucht. Für eine Einladung war es zu früh. Jetzt würden sie mir den Laufpass geben. Ich setzte mich, öffnete das Schreiben mit zittrigen Fingern und las:

„Liebe Novizin Larissa,

ich darf Dir im Namen unserer Schwesternschaft meine herzlichen Glückwünsche ausdrücken. Du hast Deine Aufgabe erledigt, ganz, wie wir es von Dir erwartet haben. Deine Tutorin hat Dich zur Aufnahme in unsere Gemeinschaft vorgeschlagen. Ich darf ihr beipflichten. Ich werde bei der nächsten Versammlung Deine Initiation beantragen. Kehre ein letztes Mal als Novizin zu uns zurück, um dann als Vestalin eingeführt zu werden.

Hochachtungsvoll
Lady Leonora, Excelsa Mater"

Jetzt war ich baff. Ich hatte es tatsächlich geschafft. Teufel auch! Aber wieso? Was war passiert? Ich hatte doch eigentlich alles falsch gemacht. Wolfgang war weg, ging nicht an sein Handy und damit hatte ich meinen Einfluss auf ihn verloren. Egal! Ich begann laut in meinem Zimmer zu kreischen und schrie meine Freude einfach hinaus. Was war am Samstag schon Entscheidendes geschehen, und vor allem, wie um alles in der Welt hatten sie es mitbekommen? Ich hatte niemanden davon erzählt. Hatten sie mich doch beobachtet? Egal!
Ein unglaubliches Gefühl durchflutete mich und spülte alle Probleme der letzten Woche einfach mit sich weg. Tausende Gedanken schossen mir durch den Kopf, was jetzt alles passieren und aus mir werden würde. Bilder von roten Teppichen und tollen Abendkleidern wechselten sich ab. Es war einfach zu geil!
Ganz in Ekstase verließ ich das Haus und ging zur Arbeit. Ich war den gesamten Tag unkonzentriert und hibbelig. Mittags passte mich, wie fast zu erwarten, Peter ab. Ich erzählte ihm sofort die freudige Neuigkeit und er vermochte meine Freude mit mir zu teilen. Er war eben ein echter Partner. Wir passten einfach zusammen. Mein Leben war perfekt! Als ich am Abend wieder zu Hause war, wusste ich erstmal nicht, was ich jetzt tun sollte. Sollte ich Vanessa anrufen oder Anja? Tausend Dinge schwirrten mir schon den ganzen Tag durch den Kopf. Weil es am

einfachsten war, griff ich zur Fernbedienung und schaltete meinen Fernseher an.
Auf SAT.1 lief gerade Carmens Vorabendmagazin. Heute sah ich sie mit ganz anderen Augen. Ihr schickes, schwarzes Seidenoutfit mit der Bluse und dem Rock saß wie angegossen, als sie ihre Moderation abspulte. Was würde sie zu meiner Beförderung sagen? Würde sie es gut finden? Würde sie mich endlich anerkennen oder immer noch so herablassend behandeln wie bisher? Wir würden sehen.
Ich schaltete weiter, und auf ProSieben sah ich eine kurze Reportage über deutsche Models in Paris, bei der auch Anja Weißmann zu sehen war. Wo man hinschaute, waren Vestalinnen zu finden. Es war unglaublich! Und ich würde nun bald ein Teil von ihnen werden. Ich konnte es immer noch nicht fassen. Nicht zum ersten Mal an diesem Tag fasste ich mir mit beiden Händen an den Kopf. Unvorstellbar geil!
Fast wie aus abendlicher Gewohnheit wanderten meine Gedanken auch wieder zu Wolfgang. Er hatte sich immer noch nicht gemeldet. Was wohl mit ihm war? Meine SMS waren alle unbeantwortet geblieben. Ich beschloss, ihn ein letztes Mal anzurufen. Da sich das Handy als Kommunikationsquelle die vergangenen Tage als unzureichend erwiesen hatte, nahm ich dieses Mal seine private Festnetznummer. Ich hatte nichts mehr zu verlieren und wollte ihn einfach nochmal sprechen,

um die Sache sauber abzuschließen. Es läutete einige Male, dann nahm eine Frau ab.

„Bolz!"

„Ähm, guten Abend. Hier ist La... Ähm, Frau Driller. Ist Herr Bolz zu sprechen?"

„Um was geht es bitte?" Es musste sich um seine Ehefrau handeln. Sie klang weder misstrauisch noch unfreundlich.

„Ich – es geht um etwas Geschäftliches – einen Kredit. Herr Bolz weiß Bescheid! Er wollte sich eigentlich bei mir melden, hat es heute aber verpasst, mich zurückzurufen."

„Tja, das tut mir jetzt leid, Frau Driller. Er musste vor fünf Tagen überraschend zu einer wichtigen Dienstreise. Ich kann ihn leider im Moment auch nicht erreichen."

„Oh, das ist dumm!" Komisch! Davon hatte er mir nichts erzählt. Hatte sein plötzliches Verschwinden etwas mit mir und unserem Kuss zu tun? Auf jeden Fall war nun klar, dass ich hier nicht weiterkam.

„Na, wenn das so ist, dann entschuldigen Sie die Störung." Ich legte auf. Wolfgangs Frau hatte nicht danach geklungen, als wüsste sie mehr als das, was sie mir eben erzählt hatte. Letztlich konnte es mir nun ja auch egal sein. Ich hatte versucht ihn zu erreichen, die Sache zu erklären. Was konnte man mehr von mir verlangen? Ich glaubte nun, meine Schuldigkeit ihm gegenüber erfüllt zu haben, und zog für mich einen Schlussstrich unter dieses Kapitel.

Wenige Tage später kam die Einladung zu unserem nächsten Wochenende in Avalon. Ich hatte der Karte diesmal schon sehnsüchtig entgegengefiebert. Der Text unterschied sich nicht von den vergangenen Einladungsschreiben. Auch sonst war alles wie immer. Ein dunkler Wagen brachte mich zu dem alten Kloster, von dem ich nun bald erfahren würde, wo genau es war. Ich betrat das Gebäude durch die großen, mächtigen, altehrwürdigen Türen und ging in mein Zimmer.

Wie beim letzten Mal waren Corinna und Nadja schon da. Die Begrüßung war herzlich. Corinna deutete mit keiner Regung an, dass wir uns zwischenzeitlich heimlich getroffen hatten. Lange hatte ich überlegt, was ich ihr bezüglich meiner neuen Situation sagen sollte, mich aber entschieden, bis zu meiner sogenannten Initiation nichts davon zu erzählen. Meine Laune war überschwänglich gut. Fast befürchtete ich, Corinna würde von alleine darauf kommen, was bei mir passiert war.

Das Abendessen verlief wie immer nach dem gleichen Muster, nur dass ich diesmal alles mit anderen Augen sah. Das nächste Mal würde ich mit am Tisch sitzen und ich freute mich schon riesig, bis es so weit war. Auch der Samstag folgte dem gewohnten Ablauf. Ich vermied es, viel mit den Novizinnen zu reden, um mich nicht zu verplappern. Ich fühlte mich ihnen auch nicht mehr gleichwertig. Irgendwie kam mir ein

Geschwätz unter Freundinnen nicht mehr angemessen vor.

Nina, unsere Klassensprecherin, wie wir sie nannten, schenkte mir, wie auch allen anderen, ein arrogantes Lächeln während unserer Sportstunde. Sie ließ durchblicken, sie würde in die Schwesternschaft aufgenommen, sobald sie 18 Jahre alt sei. Das sei bereits beschlossene Sache. Ich kochte innerlich wegen ihrer Überheblichkeit, hielt aber tapfer meine Klappe. Sie würde schon sehen, wer vor uns zuerst eine Vestalin war. Schon das nächste Mal musste sie vor mir niederknien und ich freute mich jetzt bereits auf diesen Moment.

Auch ging ich an diesem Wochenende Corinna aus dem Weg und hielt mich, anders als sonst, mehr an Nadja. Als es soweit war, sich für die Party Samstagabend fertigzumachen, ließen wir beide Corinna großzügig den Vortritt im Bad. Gemeinsam zogen wir uns im Zimmer um und fanden in unseren Kleiderschränken zwei nahezu gleich aussehende, glitzernde Discotops. Wir entschieden uns, im Partnerlook zur Party im Girls Club zu erscheinen.

Um mit niemandem reden zu müssen, warf ich mich gleich zu Beginn der Party auf die Tanzfläche und war fest entschlossen, die Nacht durchzutanzen. Und es klappte. Am nächsten Morgen wachte ich dafür leicht verkatert in unserem Zimmer auf. Corinna war meine das ganze Wochenende anhaltende gute Laune nicht entgangen. Sie begann, nun doch Fragen zu stellen.

„Nichts wieso? Es ist letzte Woche einfach gut gelaufen. Ich hab nen neuen Freund", grinste ich und hatte dabei nicht einmal gelogen.

„Das ist ja super!", rief Nadja und stürmte zu mir aufs Bett, um mich in die Arme zu nehmen. Corinnas Miene jedoch wurde ernster und fester.

„Dann sag den Schwestern nichts davon!", empfahl sie mir trocken und wie immer kryptisch. Ich runzelte die Stirn, hatte aber heute keine Lust, mir über Corinnas ewige Bedenken Gedanken zu machen. Wir gingen zum Frühstück und anschließend besuchten wir unsere Tutorinnen.

Ich betrat Vanessas Zimmer. Voller Freude und Stolz kam sie mir entgegen und schloss mich in ihre Arme.

„Gratuliere! Der Rat hat gestern deiner Initiation zugestimmt. Du bleibst einen Tag länger! Heute Abend findet die Aufnahme statt."

„Heute Abend schon!" Das war ja der Hammer. Teufel auch! Jetzt ging es Schlag auf Schlag. Ich hatte gar keine Zeit mehr, über alles nachzudenken oder meine Gedanken zu sortieren.

„Und was muss ich da machen? Ich hab nichts zum Anziehen dabei!"

„Egal! Entspann dich erstmal!" Vanessa nahm mich an den Schultern und führte mich zu einem der Sessel. Diesmal trug sie ein sommerliches gelbes Kleid, welches dieselbe Lebensfreunde vermittelte, wie ich sie gerade empfand. Die Fenster waren dieses Mal nicht mehr zugezogen und ich konnte viele Bäume und einige Häuserdächer sehen. München war das nicht!

„Anja und ich werden dich heute Abend als Patinnen begleiten. Wir kümmern uns um alles. Du brauchst gar nichts tun." Anja war auch dabei! Diese Tatsache beruhigte mich noch mehr, denn nur ihr hatte ich bisher in diesem Haus bedingungslos vertrauen können.

„Mensch, ich bin so stolz auf dich!", entfuhr es Vanessa erneut. Sie hatte sich mir gegenübergesetzt und meine beiden Hände ergriffen. Sie freute sich wirklich von ganzem Herzen, das konnte man sehen. Ich fühlte mich, als hätte ich verkündet, ich sei schwanger und Vanessa würde zum ersten Mal Oma.

„Warum hab ich jetzt eigentlich bestanden? Ich hab doch gar nichts mehr gemacht. Woher wisst ihr überhaupt, was ich mit Wolfgang angestellt habe?"

„Schätzchen, natürlich weiß ich, dass er dich geküsst hat. Mehr wollten wir auch nicht haben!"

Sie lächelte etwas unsicher, und ich entnahm ihrer Körpersprache, dass sie mir damit noch nicht alles erzählt hatte. Gut, sie hatten mich beschattet, aber irgendwie hatte ich das ja immer vermutet. Sei's drum! Ich wollte nicht mehr darüber nachdenken. Ende gut, alles gut! Heute Abend würde ich eine Vestalin sein. Dann würde ich schon nach und nach hinter alles kommen. Heute war mein Tag!

Kapitel 19
„Zuerst verwirren sich die Worte, dann verwirren sich die Begriffe, und schließlich verwirren sich die Sachen."
Chinesische Weisheit

Nervosität war keine Beschreibung mehr für meinen Zustand. Meine Nerven lagen blank, während Vanessa und Anja versuchten, mich zu beruhigen. Die Anspannung hatte sich von Stunde zu Stunde gesteigert und gipfelte jetzt und hier in diesem Raum. Nach dem Gespräch mit Vanessa war ich in mein Zimmer zurückgegangen. Ich hatte mich von Nadja und Corinna verabschiedet und so getan, als würde ich als Letzte abreisen. Dann war ich den ganzen Nachmittag auf meinem Bett gelegen und hatte gewartet. Es gab keinen Fernseher, keinen Computer und kein Buch.
Aber was hätte ich schon tun können? Alle meine Gedanken kreisten um meine Aufnahme. Um die Initiation. Um das Ritual, welches mich zum Vollmitglied machen würde. Alles war so geheimnisvoll! Ich verbrachte den Tag damit, mir in meiner Fantasie verschiedene Aufnahmerituale auszumalen. Brauchten sie dazu mein Blut? Ich kam mir vor, wie eine Braut, die wartet, von einem Vampir gebissen und so zur Unsterblichen gemacht zu werden.
Ja, so musste es sein. Leonora und ihre Freundinnen würden mich heute zu einer Unsterblichen machen –

zumindest glaubte ich damals, dass Macht und Ruhm in unserer Gesellschaft dem gleichkamen. Nur noch wenige Stunden. Dann waren es nur noch Minuten, bis Vanessa versprochen hatte, mich abzuholen. Teufel auch! Ich wurde fast wahnsinnig vor Aufregung.

Gegen 18:00 Uhr kam sie endlich und erlöste mich von meinem Leiden. Sie nahm mich sanft bei der Hand und führte mich in einen kleinen Eckraum in einem der Türme. Ich hatte eine wunderbare Übersicht über die abendliche Landschaft, aber keinen Nerv, sie zu genießen. Anja war ebenfalls da. Beide erklärten mir, ich müsse mich komplett ausziehen. Komplett! Ich stellte keine weiteren Fragen, wollte jetzt alles einfach hinter mir haben. Ich zog mich aus und erhielt im Gegenzug ein langes, blütenweißes Kleid, so wie man sich die Priesterinnen im alten Griechenland oder eben Vestalinnen im alten Rom vorstellt. Auf Unterwäsche wurde verzichtet.

Anja flocht meine Haare zu einem netten Zopf und krönte mich mit einem Kranz aus weißen Blüten. Sie brachten mir bereitgestellte weiße Stilettos und schlussendlich einen schweren, goldenen Pokal und eine Fackel, ganz wie auf dem Wappen der Schwesternschaft abgebildet. Zuletzt setzten sie mich auf einen Stuhl und Anja kümmerte sich um mein Make-up. Ich ließ das alles über mich ergehen und konnte mich vor lauter Anspannung kaum konzentrieren. Während der Vorbereitungen redeten wir nur das Nötigste miteinander. Eine gespannte Ruhe hatte sich im Zimmer breitgemacht.

Nachdem die beiden mit mir fertig waren, zogen sie sich schnell ähnliche weiße Kleider über und machten sich ebenfalls vor dem Spiegel kurz zurecht. Bei meinen beiden Patinnen blieben die Haare offen. Wir hätten jedem Catwalk Ehre gemacht. Als alle bereit waren, ließ Vanessa eine kleine Klingel läuten. Von tief unten aus dem Gemäuer antwortete ein dumpfer, aber mächtiger Gong.

„Es geht los!", raunte Vanessa und drückte mir die inzwischen entzündete Fackel sowie den schweren, aber leeren Pokal in die Hand. Zwischenzeitlich hatte ich beides abgelegt. Sie öffneten die Tür und gingen mir, die Treppen hinab, voraus. Ich folgte, rechts das Feuer, links das Trinkgefäß.

Wir stiegen tief in das Gebäude hinunter und mussten im Keller oder noch tiefer angelangt sein. Mit jeder Stufe wurde die Luft um uns kälter. Ich hörte langsam anschwellende Musik von einer Harfe, aber keine Stimmen oder andere Geräusche. Am Ende der Treppen betraten wir einen nur von Fackeln und Kerzen erleuchteten Raum. Hier drinnen war es deutlich wärmer. Schwere steinerne Wände trugen die wenigen Lichter, die alles in gespenstisch flackernde Schatten tauchten. Unglaublicherweise schaffte ich es in diesem Moment, mir Gedanken über Lüftungsanlagen in Kellern zu machen. Lady Tabea zupfte an einer großen Harfe. An der Spitze vieler schöner, weiß gekleideter Frauen erwartete mich Leonora.

Ich betrachtete kurz die Gruppe und stellte fest, dass die Vestalinnen vollständig erschienen waren. Ich sah Carmen und Bibiana, Maria, Rachel und Rebekka. Auch alle anderen verharrten in ihren weißen Kleidern und warteten, bis ich endlich vor Leonora angekommen war. Unserer Priorin schaute ich einmal fest in die Augen und senkte dann automatisch den Blick. Wie jedes Mal, wenn ich sie sah, konnte ich auch diesmal ihrem atemberaubenden Anblick nicht standhalten. Als wir nahe genug vor ihr standen, kam sie einen Schritt auf uns zu. Abrupt stoppte die Prozession und die Musik endete.

Anja und Vanessa machten beide einen Schritt zur Seite und gaben so den Blick auf mich frei. Die Stimmung um mich herum war überwältigend. Der Raum war von alter Macht und Würde erfüllt. Das Ganze fühlte sich an wie eine Mischung aus einer dunklen, okkulten Messe und einer Königskrönung.

Ich spürte die Blicke der Schwestern auf mir, die mich alle durch ihre wunderschönen Augen erwartungsvoll anstarrten. Ohne dass jemand etwas zu mir sagte, ließ ich mich vor Leonora auf die Knie sinken. Ich richtete meinen Kopf zu Boden, in den Händen immer noch Pokal und Fackel haltend. Als hätten sie meine Gedanken erraten, nahmen mir meine beiden Patinnen die Initiationsinsignien ab und Leonora begann zu sprechen.

„Willkommen Novizin Larissa!" Ihre Stimme hallte von den Wänden zurück. „Mit welchem Begehr kommst du in diese Runde?"
Ich blickte auf, da es sich ja nur um eine rhetorische Frage handeln konnte. Ich öffnete meinen Mund, war aber zu langsam, denn Vanessa antwortet bereits für mich: „Ehrenwerte Mutter Leonora, Prima Vestalia. Wir erbitten für Schwester Larissa die Aufnahme in unserer Gemeinschaft. Als Patinnen stehen ich, Lady Vanessa, und Lady Anja bereit, die Initiation zu bezeugen."
Leonora hatte diese wohl vorgefertigte Antwort abgewartet. Nun wandte sie sich an mich. „So sei es, Larissa! Möchtest du vor mich hintreten als deine Priorin, deine Prima Vestalia dieses Ordens und mir Treue, Gehorsam, Loyalität und Vertrauen schwören?"
Immer noch kniend antwortete ich spontan: „Ja, ich will!" Ich musste mich zusammenreißen, um nicht laut loszuheulen. Der ganze Rahmen war so feierlich, dass es mir schwerfiel, die Fassung zu bewahren.
„Dann folge mir!"
Leonora drehte sich zu den übrigen Vestalinnen. Die Schwestern wichen ehrfürchtig vor ihr zurück wie die Dunkelheit vor dem Licht und gaben den Blick auf einen kleinen Altar frei. Immer noch ergriffen, erhob ich mich und folgte der Priorin in Richtung des steinernen Tisches. Anja und Vanessa kamen mir nach. Als unsere Prozession erneut bei Leonora

angekommen war, drängten sich die Vestalinnen abermals dicht um uns. Jetzt stand ich im Zentrum der Frauen, direkt neben Leonora. Ich atmete tief durch und konnte, wie so viele Male vorher, ihren ganz speziellen Geruch in mir aufnehmen.

Sie holte sich von Vanessa den Pokal und drückte ihn mir wieder fest in die Hand. Dann schenkte sie aus einem Krug, der auf dem Altar bereitstand, eine rötliche Flüssigkeit in das Trinkgefäß. Auch unter allen anderen Vestalinnen wurden kleine Pokale verteilt, die ebenfalls mit dem gleichen Getränk gefüllt waren. Ich schaute mich verstohlen um und sah in strenge und ausdruckslose Mienen. Sie nahmen die Sache alle ziemlich ernst. Schließlich setzten alle weiße Masken auf und zogen Kapuzen über die Köpfe, sodass die Gesichter verdeckt waren. Erst jetzt stellte ich fest, dass ich das einzige Kleid ohne Kopfbedeckung anhatte.

Wartend stand ich am Altar, den Pokal in meiner Hand. Nachdem das Geraschel geendet hatte und alle wieder auf Leonora und mich starrten, verkündete die Priorin mit machterfüllter Stimme: „Lasst uns die Aufnahme von Lady Larissa in diese Gemeinschaft beschließen. Mögen wir von nun an als ewige Schwestern leben!"

Sie setzte ihren Trinkbecher an die Lippen, die Übrigen folgten ihrem Beispiel. Wie auf Kommando führte auch ich das schwere Gefäß mit beiden Händen zum Mund und trank. Es schmeckte warm und süß und gut. Ich trank und trank, und während Schluck für Schluck durch meine Kehle rann, machte sich ein wohliges Gefühl in mir breit. Gierig sog ich auch den letzten Tropfen in mich ein, ehe ich den Pokal keuchend auf dem Altar abstellte. Sofort war meine Nervosität verflogen. Ich schaute mich um und wollte einen kleinen Schritt nach vorne machen, merkte aber, dass ich schwankte.

Ich wollte nach Vanessa suchen, konnte die Schwestern aber nur sehr verschwommen sehen. Ich kniff die Augen fest zusammen, um einen besseren Blick zu bekommen, aber es half nichts. Ich fühlte mich beschwipst, ganz so, als hätte ich eine Flasche Wein ausgetrunken. Wieder sah ich mich suchend um und bemerkte, dass sich die weiße Schar langsam und im Rhythmus der Harfe auf mich zubewegte. In mir machte sich eine undefinierbare Müdigkeit breit, eine angenehme Erschöpfung, die mir die Lider niederdrückte. Ich versuchte, dagegen anzukämpfen und riss die Augen auf, so weit ich konnte.

In meinem Kopf hörte ich die Klänge der Harfe nachdröhnen, laut und dumpf. Ich spürte die Musik, als wäre sie tief in mir drinnen und nicht einige Meter von mir entfernt. Die Töne der Harfe schwollen an. Ich wurde müder und müder. Nicht einschlafen, Larissa! Du musst jetzt wach bleiben! Die Schwestern waren fast bei mir angekommen. Eine der Frauen hielt ihre Hand in meine Richtung ausgestreckt, da übermannte mich die Müdigkeit und ich fiel in einen sanften, befriedigenden Schlaf.

Als ich wieder erwachte, lag ich in einem weichen Bett und Sonne schien mir ins Gesicht. Ich hätte einen Kater oder Kopfschmerzen erwartet, aber nichts von dem war der Fall. Ich fühlte mich gut und ausgeruht. Man hatte mir mein weißes Kleid nicht ausgezogen, sodass es mich noch immer sanft umhüllte. Ich setzte mich auf, fand ein Glas Wasser, welches auf einem Nachttisch bereitstand, und trank einen Schluck. In dem Raum war außer dem Bett nur noch ein kleiner Tisch, auf dem ein Laptop leise vor sich hin surrte.
Ich wunderte mich, warum man mir gerade einen Laptop mit ins Zimmer gestellt hatte. Als ob das Nächste nach der Initiation wäre, eine E-Mail oder so zu schreiben. Ich stand auf und ging neugierig zu dem Tisch. Irgendeine Bedeutung musste es ja haben. Ich berührte das Touchpad und der Bildschirmschoner verschwand. Ein Video war geöffnet und ein Play-Symbol prangte in der Mitte des Bildschirms. Vielleicht eine Videobotschaft? Ich führte die Maus auf das dreieckige Zeichen und drückte auf Start.
Das Video begann vor mir abzuspielen. Nach wenigen Augenblicken des Realisierens wurde mir übel. Ich drehte mich zur Seite und glaubte brechen zu müssen. Eine Woge von Gefühlen aus Abneigung, Ekel und Wut überkam mich so schnell, dass ich in eine Ecke stürzte und mich übergab. Keuchend kehrte ich zum

Tisch zurück. Auf dem Laptop lief ein Video und es zeigte mich! Meine Initiation war zu sehen, und zwar die Teile, an die ich mich nicht mehr erinnern konnte. Ich sah in mein Gesicht, in leere, schläfrige Augen. Und ich sah das, was die Schwestern mit dem Rest meines Körpers machten.

Ihr Lippen und Münder waren überall. Der Reihe nach traten sie an meinen inzwischen nackten Leib heran und berührten ihn an Brust und Scham. Sie leckten und saugten an mir. Trotz der Schlafmittel, die ich offenbar bekommen hatte, konnte man Lust und Erregung in meiner Miene lesen. Anscheinend hatte man mich mit Drogen oder anderen Rauschmitteln betäubt. Auch die übrigen Vestalinnen wirkten unter ihren Masken wie in einer ekstatischen Trance. Und, als wäre das nicht schon widerlich genug gewesen, saugte auch ich an mir entgegengestreckten Brüsten, Ärschen und Muschis. Es war eine Orgie! Beschämend und ekelhaft! Die Züge der Schwestern waren verhüllt, nur mein Gesicht war klar und deutlich zu erkennen.

Wieder wandte ich mich ab. Mir wurde umgehend klar, dass dieses Video, sollte es in die falschen Hände geraten, ausreichte, um jede bürgerliche Existenz zu zerstören. Die Vestalinnen hatten mich in der Hand. Ich war in die Falle gegangen! Wahrscheinlich wollten sie mich damit erpressen. Ich würde irgendetwas tun müssen, um dieses Video zu bekommen und es vernichten zu können. Ich musste schnellstmöglich etwas unternehmen!

Immer noch von Übelkeit gequält, sprang ich panisch auf und stürzte zur Tür. Diese war zu meinem Erstaunen nicht verschlossen. Trotzdem kam ich mir wie eine Gefangene vor, wie eine Verurteilte nach dem Richterspruch. Ich gelangte in einen kleinen Raum, in dem zu meiner Verwunderung Anja und Vanessa saßen und auf mich warteten. Als sie mich sahen, unterbrachen sie ihre Unterhaltung. Alle Aufmerksamkeit war auf mich gerichtet.
Blanker Hass durchfuhr mich. Diese beiden, die ich für Freundinnen gehalten hatte, hatten mich in diese Situation gebracht. Sie hatten mich ins offene Messer laufen lassen und hatten wahrscheinlich dabei mitgemacht, mich zu berühren, mich zu missbrauchen! Sie waren schuld! Ich verabscheute sie beide. Wütend stürzte ich auf Vanessa zu und die Tasse Kaffee, die sie eben in aller Ruhe mit Anja getrunken hatte, ging zu Boden.
„Was habt ihr getan?", brüllte ich sie an und wollte sie mit der Faust zu treffen. Ich trommelte gegen ihren Oberkörper, schlug und trat. Sie stand da und versuchte nicht, sich zu wehren. Hysterisch ging ich auf sie los, aber sie legte lediglich ihre Arme schützend um mich und zog mich zu sich heran. Ich versuchte, weiterzutreten und zu stoßen, doch sie war stärker. Nach einiger Zeit ergab ich mich kraftlos ihrer Umarmung. Jetzt lag mein Kopf an ihrer Brust und ich weinte hemmungslos. Bäche von Tränen ergossen sich

über ihr Kleid, während Vanessa mir langsam über den Rücken streichelte.
„Ist ja gut! Alles ist gut", murmelte sie.
Nachdem ich mich ausgeheult und wieder einigermaßen beruhigt hatte, kam Anja von hinten und schloss mich ebenfalls in ihre Arme. Ich hatte keine Tränen mehr, um erneut loszuheulen. Müde starrte ich über ihre Schulter ins Leere.
„Es ist uns allen so gegangen!", sagte sie schließlich. „Du bist nicht die Einzige, es gibt von allen ein Video! Es gibt von mir eins, von Vanessa, ja, selbst von Leonora existiert eins."
„Warum habt ihr das zugelassen! Ihr hättet mir das vorher sagen müssen", klagte ich beide verbittert an.
„Nein, das wäre nicht möglich gewesen. Jede, die von den Videos weiß, ist entweder selbst mit im Boot oder eine Gefahr für die ganze Gemeinschaft. Du darfst es nie gegenüber irgendjemandem auch nur andeuten. Verstehst du?" Anja hatte meinen Kopf nach vorne genommen und starrte mir eindringlich in die Augen. „Das ist gefährlich!"
„In was habt ihr mich da reingeritten!", fuhr ich sie erneut an und entriss mich ihrer Umarmung.
„Ach, Larissa", flüsterte Anja verständnisvoll. „Du wirst jetzt noch so viel erfahren und in einem Jahr kannst du gerne über mich oder Vanessa urteilen."
Da mochte etwas dran sein. Ich hatte mich auf etwas eingelassen, was zu groß für mich war. Ich wollte sein wie Ikarus, mit den Göttern fliegen, und hatte mir wie

er die Flügel verbrannt. Allerdings war der Gedanke, mit allen anderen im gleichen Boot zu sitzen irgendwie beruhigend. Es war nicht ich alleine die Dumme. Alle Schwestern hier hatten denselben, fatalen, lebenslang bindenden Fehler begangen. Was sollte ich nun tun?
Ich trat beiseite und fuhr mir mit beiden Händen in die Haare. „Ich brauche Zeit!", flüsterte ich schließlich. „Darf ich mich von München entfernen? Gibt es Regeln, die ich nachlesen kann, damit ich sie nicht breche?" Ich hatte jetzt höllische Angst, ich könnte das Missfallen der Schwesternschaft erregen und sie würden das Video zum Einsatz bringen. Dieses Video durfte nie in den Umlauf gelangen, so viel war mir klar.
Vanessa ging zu einer Schublade und holte ein kleines, gebundenes Buch hervor. „Hier ist unser Kodex! Du darfst hingehen, wo du willst. Die einzige Regel, die du beachten musst, ist Gehorsam. Wenn Leonora dich ruft, haben wir zu kommen. Das ist alles."
Anja fügte hinzu: „Fahr ein paar Tage weg und erhol dich von deinem Initiationsschock. Glaub mir, es ist allen so ergangen. In ein paar Tagen wirst du die Sache schon anders sehen. Auch, wenn du uns das im Moment sicher nicht abnimmst: Wir beide stehen immer an deiner Seite. Wir sind deine Patinnen und deine Freundinnen. Denk bitte daran." Ich nahm das Buch. Ohne die beiden anzusehen, verließ ich das Zimmer.

Kapitel 20
„Die Frauen müssen wieder lernen, den Mann auf das neugierig zu machen, was er schon kennt."
Coco Chanel

Tief keuchend rannte ich über einen kleinen Hügel. Ich sprang über Wurzeln, wich Sträuchern aus und jagte, so schnell meine Füße trugen, weiter durch den Wald. Meine Eltern hatten sich über meinen unangekündigten Besuch sehr gefreut. Selbstverständlich hatte ich ihnen die wahren Hintergründe verschwiegen. Jeden Tag war ich lange spazieren gegangen, hatte im Wald Pilze gesammelt oder joggte durch die Landschaft. Hier im sommerlichen Oberpfälzer Wald waren alle meine Probleme weit weg. München war weit und ich hatte Zeit, den Kopf freizubekommen.
Bei Peter hatte ich mich kurz gemeldet und in der Arbeit Bescheid gegeben. Jetzt rannte ich mal wieder über einen kleinen Trampelpfad durch das Dickicht. Ich wollte nicht nachgeben, auch wenn Muskeln und Lunge mich an meine begrenzten körperlichen Kapazitäten erinnerten. Irgendwann brach ich laut keuchend auf dem Waldboden zusammen. Ich schaffte es noch, mich mit dem Rücken an einen Baum zu lehnen. Wie hatte es nur so weit kommen können, Larissa?
Ich hatte lange, sehr lange über alles nachgedacht, die Optionen rauf und runter überlegt. Im Grunde hatte

ich keine Wahl. Der oder besser diejenige, die das Video hatte, war der Boss. Sie hatte mich in der Hand. Ich musste alles tun, um die Veröffentlichung und den Gebrauch dieses Videos zu verhindern.

Also musste ich ein gutes, treues und fleißiges Mitglied der Vestalinnen werden. Ich konnte nur hoffen, irgendwann einen Ausweg aus dieser Sache zu bekommen. Irgendwelche Hintertüren musste es geben und ich schwor mir, sie zu finden. Bis es so weit war, hatte ich keine Wahl. Mühsam rappelte ich mich auf und machte mich zu Fuß zurück zum Haus meiner Eltern. Ich würde eine Stunde gehen müssen, aber ich hatte Zeit.

Zurück in meinem Zimmer zog ich mich aus und duschte lange. Jeden Tag hatte ich geduscht, mich gewaschen und so gehofft, die Abdrücke der Hände und den Geruch ihrer Zungen auf mir loszuwerden. Doch es klappte nicht. Ständig musste ich daran denken, was sie mit mir gemacht hatten. Ekel, vor mir und dem Rest der Welt, war mein permanenter Begleiter.

Nach dem Duschen zog ich mich wieder an und wollte mich noch einige Zeit auf der Terrasse, die am Spätnachmittag schon leicht im Schatten lag, ausruhen. Ich griff mein Handy und sah, dass ich eine neue Nachricht erhalten hatte. Meine Bank informierte mich über eine Einzahlung. Ich musste zweimal und dann noch ein drittes Mal auf das Display sehen, um auch wirklich zu glauben, was da

geschrieben stand. Auf mein Konto waren heute 20.000 € eingezahlt worden. Zwanzigtausend! Teufel auch! Verdammte Scheiße! Wo kam das denn her?
Als Verwendungszweck war nur ein Wort zu lesen: „Leonora"! Es war unglaublich! Ich warf mein Handy auf den Tisch und schlug die Hände vor meinem Gesicht zusammen. Zwanzigtausend Euro! Offenbar hatte das Vestalinsein auch vorteilhafte Seiten. Natürlich gab es unter den Novizinnen Gerüchte, dass jede Vestalin an den Geschäften beteiligt wurde, aber dass es wirklich stimme, machte mich einfach sprachlos.

Zurück in München, hatte ich meinen Frieden mit meiner aktuellen Situation gemacht. Ich konnte alles drehen und wenden, hadern und bedauern, nur ändern konnte ich jetzt nichts mehr. Es war, wie es war. Ich musste das Beste aus meiner Lage machen. Ohne Leonoras Zustimmung konnte ich die Gemeinschaft nicht mehr verlassen und so musste ich mich in ihr einrichten. Ich ärgerte mich bei dem Gedanken, dass dies vor genau einer Woche noch mein größter Wunsch gewesen war. War mir wirklich nichts Besseres eingefallen? Hatte es nichts Wichtigeres für mich gegeben?
Freilich wollte ich mich nicht einfach kaufen lassen wie eine billige Prostituierte, aber das Geld auf meinem Konto entschädigte für so manches. Ich würde meine Wohnung in München halten können

und hatte Spielraum, mir das eine oder andere zu leisten. Ich versuchte, die guten Seiten des Vestalinseins zu betrachten. Wieder zu Hause angekommen, wusste ich erst gar nicht, was ich mit mir anfangen sollte. Sollte ich zur Arbeit gehen, als wäre nichts gewesen, oder würden mich meine neuen besten Freundinnen dafür belächeln? Keine Ahnung, was ich machen oder wie ich mich verhalten sollte, so als Vestalin im großen München.

Ich beschloss, auf die beiden Menschen zu vertrauen, die genau dieses vergangene Wochenende noch derb missbraucht hatten. So wählte ich Vanessas Nummer und tatsächlich hob sie ab. Es war mir unangenehm, hatte ich sie doch bei unserem letzten Treffen mit Flüchen und Beschimpfungen verlassen. Aber Vanessa war wie immer. Offenbar war es wirklich jeder von ihnen ähnlich ergangen. Sie nahm mir meine Worte nicht übel. Ich im Gegenzug verzichtete auf weitere Vorwürfe und konnte sagen, ihr und Anja ehrlich verziehen zu haben. Ich schaute nach vorne.

Vanessa beantwortete geduldig alle Fragen und hatte den einen oder andern Rat für mich parat. Dann erzählte sie von verschiedenen Treffen der Schwestern, zu denen meine Anwesenheit erwartet wurde. Wir würden uns in ein paar Tagen in der Münchner Promidisco P1 mit Leuten aus der Wirtschaft treffen. Wieder einige Tage später würden wir uns eine Ballettaufführung in der Staatsoper ansehen. Auch hierzu seien wichtige Leute eingeladen.

Nach dem Telefonat schwirrte mir der Kopf, ich wusste aber, dass ich dringend neue Kleider und Schuhe kaufen musste. Mit meinen C&A-Klamotten war es nicht mehr getan. Wie durch Fügung meldete sich einen Tag nach meiner Rückkehr Anja. Ich ergriff die Gelegenheit und wir verabredeten uns für eine kleine Shoppingtour. Auch sie tat, als wäre nichts gewesen, nichts Elementares vorgefallen und ich ersparte auch ihr neue Vorwürfe. Wer weiß, was passiert wäre, wenn sie mich gewarnt hätte! Selbstverständlich wurden wir wieder von ihrem Fahrer in einer schwarzen Limousine abgeholt. Auf ihren Vorschlag hin brachte er uns, wie beim letzten Mal, ins Louise Fashion.

„Du solltest dir eine neue Wohnung suchen. Die hier ist viel zu klein und zu schäbig!", riet sie mir, nachdem wir losgefahren waren.

„Meinst du echt? Aber München ist ganz schön teuer. Ich bin froh, wenn ich jetzt diese hier zahlen kann."

„Aber du müsstest doch inzwischen genug Geld haben, oder?"

„Bekomm ich das Geld etwa regelmäßig?" Ich dachte, das wäre sowas wie ein Willkommensgeschenk gewesen.

„Jeden Monat so viel wie Leonora für angemessen hält!" Es war einfach unglaublich. Teufel auch!

Louise Fashion bot so viel exklusive Auswahl von Kleidung, Schuhen und Schmuck. Das Beste war, ich hatte diesmal das Geld, nach Lust und Laune shoppen zu können. Anja hatte mir auf mehrere Nachfragen immer wieder bestätigt, dass ich es ruhig ausgeben solle und mein Konto sich durch Zauberhand neu füllen würde.

Ich dachte nicht lange darüber nach, was ich noch alles für diesen Geldsegen tun musste und beschloss, mich für die kommenden Events einzudecken. Zusammen mit Anja ging ich durch die vielen Abteilungen und Stockwerke. Wir ließen uns Kleider und Schuhe vorführen und probierten das eine oder andere aus. Nach dem ganzen Stress und dem Streit zwischen uns hatte ich eine angespanntere Atmosphäre erwartet. Aber nichts von dem, was ich befürchtet hatte, war eingetreten. Anja hatte wohl bereits öfters derartige Situationen erlebt. Wer konnte schon sagen, wie sie damals auf diesen Initiationsschock reagiert hatte.

Ich entschied mich schließlich für ein beigefarbenes, bodenlanges Chiffonkleid von Tory Burch im Wert von schlappen 950 €. Es war mit Sicherheit angemessen genug für die Staatsoper. Passende Schuhe für das Kleid hatte ich noch vom letzten Mal, wollte aber den Laden heute nicht ohne ein neues Paar High Heels verlassen. Mit so viel Geld auf meinem Konto konnte ich meinem Schuhfetisch einfach nicht widerstehen. Ich kaufte mir unter Anjas kritischer Anleitung zwei

Paar Velourslederpumps mit abartigen Absätzen in zwei unterschiedlichen Blautönen, jedes Paar für lässige 500 €. Vestalin sein machte Spaß.

Das P1 war der Inbegriff des Münchner Jetsets und ich war mittendrin. Ich fragte mich, warum ich nicht schon früher einmal hier gewesen war, gestand mir aber ein, dass mich die Preise wohl abgeschreckt haben mussten. Die Türsteher wären sicher auch vor meiner Zeit als Vestalin kein Problem gewesen, aber bis vor Kurzem hatte ich um jeden Euro kämpfen müssen und mich zumeist an die kleinen Szeneklubs gehalten.

Neben mir waren Carmen, Anja, Tabea, Rachel und Maria ebenfalls mit von der Partie. Zu uns gesellten sich zwei Stadträte aus München, ein Musiker samt Band und zwei junge Männer in Anzügen, die durchblicken ließen, gerade bei BMW ins obere Management eingestiegen zu sein. Ohne Anja und Vanessa kam ich mir unter meinen neuen Freundinnen etwas verloren vor, auch wenn mir keine Anlass dazu gab. Alle waren mit sich oder besser mit ihren Männern beschäftigt. Jede hatte sich einen geschnappt, mit dem sie flirtete. Von außen mochte es wie eine Gruppe junger Leute wirken, die sich amüsierten und das nötige Kleingeld dazu hatten, aber es war Geschäft!

Ich fühlte mich nicht wohl bei der Sache. Fast wie ein kleiner Vogel, den man in einen goldenen Käfig gesperrt hatte und der nun aufgefordert wurde, etwas

Nettes zu singen. Natürlich taten die Schwestern auch etwas für mich und dafür wollte ich mich auch irgendwie revanchieren. Andererseits wusste ich, was passieren würde, wenn ich es nicht freiwillig tat.

Wir tranken also Sekt und Cocktails und ich schnappte mir einen der beiden BMW-Manager, den ich zwar eingebildet und arrogant, er mich aber wohl interessant und sexy fand. Immerhin! Als die Party spät am Abend vorüber war, brachte er mich zu Fuß nach Hause, nicht ohne weiter von seinen diversen Auslandsaufenthalten in USA und China zu erzählen. Ich glaubte, er nahm sich unheimlich wichtig. Ich wusste nicht, wie viel von dem, was er sagte, auch Substanz hatte. Er war auf jeden Fall nicht mein Typ, stand aber sehr wohl auf den meinen.

Vor uns hielt ein Bus und einige Leute stiegen aus. Ich war überrascht, als ich Laura, Martin und Dominik unter ihnen erkannte. Ich hob die Hand, um nach ihnen zu rufen, zog sie aber ohne gerufen zu haben wieder zurück. Meine alten Freunde passten nicht in meine jetzige Welt, in mein neues Umfeld. Es war eine Mischung aus eigener Arroganz und Scham, die mich davon abhielt, mich zu ihnen zu gesellen und alles zu erklären. Ich wollte nicht, dass sie mich mit diesem fremden Mann sahen. Sie hätten es ja doch nicht verstanden. Kurz nach zwölf lieferte Andreas mich vor meiner Haustür ab.

Pünktlich um 19:30 Uhr trafen sich alle vor der Staatsoper. Es war die erste Gelegenheit, um mein neues Kleid auszuführen. Ich war froh, mit Anja einkaufen gewesen zu sein. Alle anderen Frauen überboten sich mit Luxus, Glamour und Eleganz. Ohne teures Abendkleid hätte ich sicherlich Minderwertigkeitskomplexe bekommen. Alle waren so perfekt, so schön, dass ich immer den Druck auf mir spürte, nicht nachzulassen in meinen Bemühungen, ähnlich perfekt zu werden.

Ich war am späten Nachmittag zu Vanessa gefahren und wir hatten uns gemeinsam auf den Abend vorbereitet. Das Stylen machte zu zweit mehr Spaß. Vanessa spendierte die erste Flasche Champagner des Tages, bevor wir überhaupt losgefahren waren. Jetzt, da ich eine Vestalin war, hatte sich unser Verhältnis komischerweise noch einmal verbessert. Es gab keine Schranken mehr zwischen uns. Ich warf ihr ihr Schweigen vor meiner Initiation auch wirklich nicht mehr vor.

Seit meiner Aufnahme, meinem Wutausbruch und meiner Flucht zu meinen Eltern war sie fürsorglich und meine beste Freundin gewesen. Sie hatte sich täglich gemeldet und mir über viele Dinge etwas erzählt, über die wir vorher nicht sprechen konnten. Zum Beispiel konnte sie mir nun die Hintergründe zu meinem Auftrag erklären. Corinna hatte recht gehabt und die Schwestern hatten von Wolfgangs Bank einen Kredit gebraucht. Irgendwie, mir war die Sache immer noch nicht restlos klar, hatte ich mitgeholfen, diesen Kredit auch zu bekommen.

Die Vestalinnen waren am Bau eines großen Einkaufszentrums in München beteiligt und organisierten gemeinsam mit ihren Partnern die Realisierung. Es war ein Millionenprojekt. Auch Staatssekretär Kammer half mit, die nötigen Genehmigungen zu beschaffen. Dafür hatte man ihm einen Job im Finanzministerium verschafft. Kontakte! Das alles hatte zwar in meinen Augen einen leicht üblen Geruch nach Vetternwirtschaft und Mauschelei, aber ich akzeptierte, dass große Projekte eben so entstanden. Es lief nun einmal so und richtig illegal war dabei nichts! Wir ließen uns zusammen zur Oper fahren. Nachdem wir ausgestiegen waren, begrüßte Leonora mich mit einer freundschaftlichen Umarmung.

„Hallo, Larissa, meine Liebe! Du siehst einfach fantastisch aus."

„Danke! Du aber auch. Das Kleid steht dir wirklich fabelhaft." Sie lächelte mich an. Die Höflichkeiten waren ausgetauscht.

„Darf ich dir Herrn Regler vorstellen. Er ist der kommende Stern am Himmel des politischen Journalismus. Er wird in die Redaktion des Heute-Journals wechseln. Ich denke, ihr werdet euch gut verstehen." Damit zog sie einen Herrn um die Vierzig zu mir heran. Er trug einen ordentlichen schwarzen Anzug, eine Brille mit dickem Rand, der gerade in

Mode zu kommen schien, und war doppelt so alt wie ich. Seine Haare an der Stirn gewährten reichliche Einsicht auf seine Haut.
Leonoras Blick verhieß mir, dass ich mich um Herrn Regler für diesen Abend kümmern sollte. Er war quasi mein Date für heute. Egal! Der oder ein anderer. Was sollte ich machen? Er reichte mir die Hand, deutete einen Handkuss an und ich hakte mich bei ihm unter.
„Ganz ohne die Hilfe Ihrer lieben Freundin hätte ich die Stelle auch nicht bekommen", erklärte er mir, noch leicht in Leonoras Richtung gewandt. „Der Stellenmarkt ist hart umkämpft. Erst die Fürsprache von Frau Caldera hat letztlich den Ausschlag für mich gegeben."
Er wirkte zufrieden mit sich und seinem Erfolg. Hätte ich auf so etwas stolz sein können? Er hatte seine Kontakte spielen lassen und sich so auf der Besetzungscouch nach vorne gebracht. Aber wahrscheinlich liefen auch auf dieser Ebene die Dinge eben so, wie sie liefen. Ich würde daran nichts ändern. Hoffentlich konnte Peter mich so nicht sehen. Bei diesem Gedanken durchzuckte mich ein Stich. Er würde die Situation sicher missverstehen. Ich wusste nicht, ob ich ihm alles erklären konnte. Andererseits wusste er im Grunde genommen, was die Schwestern machten. Vielleicht hatte er sich insgeheim schon damit abgefunden. Wir mussten darüber einmal sprechen.

Ich wollte ihm treu sein und das in jeder Hinsicht, aber irgendwie war das hier jetzt so etwas wie mein Beruf. Es gab Geld und von dem Geld war ich abhängig. Ganz zu schweigen von den anderen Druckmitteln, die sie gehabt hätten. Ich durfte gar nicht erst anfangen, darüber nachzudenken.

Kapitel 21
„Leute, die im Kleinen nichts leisten, bilden sich gerne ein, sie seien für etwas Größeres geboren."
Karl Heinrich Waggerl

Eines Abends kam Peter zu mir zu Besuch. Wir hatten uns zu einem DVD-Abend verabredet und uns nach langem Hin und Her für mein kleines, aber innenstadtnahes Zimmer entschieden. Ich öffnete eine Flasche Rotwein. Wir legten uns gemeinsam auf mein Bett und sahen uns „Departed – Unter Feinden" an.
„Wenn man sich hier so umsieht, würde man nicht glauben, dass hier eine Vestalin wohnt!", brachte er uns unvermittelt auf das von mir gern gemiedene Thema.
„Wieso? Wie wohnen die denn?"
„Na, nen Tick teurer. Die sind doch alle berühmt!"
„Was soll das jetzt heißen? Bin ich dir zu unbekannt?"
Bisher war alles im Spaß gesagt worden, aber ich fühlte mich komischerweise durch seine Bemerkung gekränkt. Wollte er, dass ich schnell Karriere machte,

damit er die Fotos mit mir oder noch besser gleich eine Homestory verkaufen konnte?

„So mein ich das doch nicht. Ich hab nur gesagt, dass die Vestalinnen normalerweise sich teuerere Wohnungen, Kleider, Autos und so weiter zulegen. Schau sie dir nur an. Ich find's gut, dass du nicht so abhebst. Für welchen Job haben sie dich jetzt abgestellt?", wollte er beiläufig wissen, als er gerade den nächsten Schluck Rotwein zu sich nahm. Ich überlegte und gleichzeitig meldete sich bei mir etwas. Zunächst einmal hatte ich noch keinen echten Auftrag. Leonora und ich würden uns erst darüber unterhalten müssen. Warum wollte er so etwas wissen? Irgendwo in meinem Hinterkopf war eine Stimme, die mir sagte, nicht so offen mit dem Wissen über die Vestalinnen umzugehen, selbst nicht bei Peter. Es war auch für ihn besser, wenn er nicht alles wusste. Interna waren tabu!

„Ich hab noch keinen", brummte ich abwehrend und konzentrierte mich wieder auf den Film. „Willst du noch Rotwein?"

Nach Wochen voller Partys, Feiern und Empfängen stand das nächste Wochenende in Avalon an. Die Einladung hatte sich kaum von meinen bisherigen unterschieden. Nur die Anreise war komfortabler. Vanessa hatte mich eingeladen, mit ihr gemeinsam hinzufahren und ich nahm das Angebot dankend an. Es war gut, wenn man eine Freundin um sich wusste.

Sie vermittelte mir in diesem neuen Umfeld so etwas wie Vertrautheit.

Die Anfahrt unterschied sich nur unwesentlich zu der der Novizinnen. Auch Vanessa wurde Freitagnachmittag von einer schwarzen Limousine bei sich zu Hause abgeholt. Nur dass ihre Fenster entgegen dem, was ich bisher gewohnt war, nicht mehr verspiegelt waren. Wir fuhren also los und ließen München hinter uns. Es dauerte eine Weile, bis der Verkehr sich lichtete und wir von der Autobahn wieder abfuhren. Nach ungefähr einer Stunde Fahrt kamen wir in einem kleinen Ort namens Warngau, südlich von München, an.

Vanessa hatte mir während der Autofahrt erzählt, dass ich mit meiner Vermutung, es müsse sich um ein altes Kloster handeln, richtig lag. Avalon war früher ein Benediktinerkloster gewesen, aber bereits lange verlassen und wurde in den Listen der bayerischen Klöster nicht mehr geführt. Dafür hatten unserer Vorgängerinnen gesorgt.

Das Areal hinter den dicken Steinmauern war perfekt für die Zwecke der Schwesternschaft. So traf sich die Münchner Loge schon einige Jahrzehnte hier in Warngau. Es ließ sich nicht vermeiden, dass sich der eine oder andere Dorfbewohner seine Gedanken machte. Im Grunde waren aber alle froh, dass nicht die Gemeinde, sondern jemand anders für den Unterhalt des Klosters aufkam. Da tolerierte man auch die Limousinenparade alle vier Wochen und stellte keine Fragen.

Hatte das Anwesen die letzten Male bereits groß auf mich gewirkt, so fühlte es sich nun noch größer an, als wir die alten Mauertore durchfuhren. Selbstverständlich wurden uns unsere Koffer nicht vor dem Haupteingang abgestellt. Diese selber zu tragen war vorbei. Ich fühlte mich neuerlich wie eine kleine Prinzessin und lächelte in mich hinein. Vanessa war meine Freude nicht entgangen. „Du hast dir das alles verdient!"

Zu meinem Erstaunen verfügte das alte Gemäuer sogar über eine Tiefgarage. „Wir haben hier früher ein bisschen umgebaut", beantwortete Vanessa meine unausgesprochene Frage, als sie meine Verwunderung bemerkte. Wir stiegen aus und ließen die Koffer im Auto zurück. Pagen würden sie uns direkt aufs Zimmer bringen. Offenbar gab es im Haus neben Vestalinnen und Novizinnen noch weiteres Personal, von dem ich bisher nichts mitbekommen hatte. Ich folgte Vanessa, die mich über einen Aufzug in ein enges Treppenhaus lotste, um mich dann in den Teil des Gebäudes zu führen, welcher bis heute für mich tabu gewesen war.

Nur für die Tutorien hatten wir uns hier in diesem Trakt mit den Vestalinnen getroffen. Sonst war dieser Flügel Sperrgebiet. Hierher konnten sich die Schwestern zurückziehen und das machen, von dem die Novizinnen immer nur gerüchteweise hörten. Vanessa drückte gegen eine dieser schweren

Holztüren. Mir eröffnete sich ein geräumiges Zimmer mit Bett, Frisierkommode, Schrank und sogar einem Fernseher. Daneben war ein Bad nur für mich alleine. Wahnsinn! Damit hätte ich hier nicht gerechnet. Alles wirkte so weitläufig und frisch wie in einem Fünfsternehotel und nicht mehr wie in einer Jugendherberge.
„Du bekommst noch ein Büro im Tutorinnenblock. Das ist nur noch nicht ganz fertig, aber du hast ja auch noch kein Mädchen, um das du dich kümmern musst."
Vanessa zwinkerte mir kurz zu. Sie überreichte mir den Schlüssel, sagte, sie würde mich rechtzeitig vor dem Abendessen hier abholen. Dann zog sie die Tür hinter sich zu. Hier war von jetzt ab mein Reich.

Es war ein unbeschreiblich gutes Gefühl, zum ersten Mal beim traditionellen Dinner mit am Tisch sitzen zu dürfen. Man hatte mich zwischen Anja und Vanessa platziert. Ich strahlte vor Glück und Stolz. Wie früher auf das Christkind freute ich mich auf Corinnas, Nadjas und auch Ninas Reaktion. Diese reichten von erstaunter Freude bis hin zu blankem Neid. Für alle war es definitiv eine Überraschung. Sicherlich hatten sie sich schon gewundert, wo ich geblieben war.
Ich wollte nicht hochnäsig erscheinen und bedachte alle meine Freundinnen mit dem gleichen wohlwollenden Lächeln, widmete mich aber ansonsten der Unterhaltung mit Anja. Zwischen uns war es, als wären wir durch die letzten Ereignisse

wieder einmal noch enger zusammengerückt. Ich konnte jedes Mal diese tiefe Vertrautheit aufs Neue spüren. Wir beide waren echte Schwestern!

Sie war vorher auf mein Zimmer gekommen und hatte mich bei der Kleiderauswahl beraten. Ich hatte einige mitgenommen. Natürlich wollte ich bei meinem ersten Auftritt alles richtig machen. Wir hatten uns für das Chiffonkleid von Tory Burch entschieden, welches ich erst zum Ballett getragen hatte. Selbstverständlich hatte ich mir einen Kopf gemacht, ob das denn möglich sei, das gleiche Kleid innerhalb von vier Wochen zweimal anzuziehen. Aber Anja hatte mich beruhigt. Die Schwestern waren zwar meist extravagant, aber noch nicht total versnobt, wie sie es blumig umschrieb. Wir hatten Schuhe von Charlotte Olympia, Schmuck von Jamie Wolf und Make-up sorgfältig ausgewählt, sodass ich mit einem guten Gefühl in den Abend startete, als Vanessa mich holen kam.

Auf dem Weg zum Speisesaal hatte sie mir erzählt, dass die meisten Mädchen deutlich länger auf ihre Aufnahme warten mussten. Viele verbrachten über ein Jahr als Novizin, bis über sie entschieden war. Ich war also ganz schön schnell aufgestiegen. Wieder einmal fragte ich mich, wem oder was ich das zu verdanken hatte. Wir sammelten uns alle in einem kleinen Salon vor einer doppelflügeligen Holztür, bis wir dann auf das Signal einer Klingel den Raum

betraten. Nachdem alle an ihrem Platz waren, erschien Leonora durch eine andere Tür.
So schön wir auch alle sein mochten und wie herrlich unsere Kleider auch glänzten, sie übertraf uns alle. Mit ihr erfüllte eine frühlingshafte Brise den ansonsten fensterlosen Raum. Wie auf Kommando hatten wir uns erhoben, die Fäuste ans Herz gelegt und die Köpfe gesenkt. Man hatte Leonoras Schritte in der Stille gehört. Erst, als sie sich gesetzt hatte, hatte das Festessen begonnen.
Ich unterhielt mich mit Anja über Belanglosigkeiten, über Dinge, die man seiner Freundin eben so erzählt. Immer wieder bewunderte ich ihr schwarzes Kleid von Lanvin, welches eine Mischung aus Tunika und Etuikleid darstellte. Sie war stets so natürlich und brauchte wenig Schmuck oder Make-up, um in einem Raum richtig zur Geltung zu kommen.
Ständig tippte ich an mein Rotweinglas, sodass Nina nachschenken musste. Mir stieg der Wein bald zu Kopf, aber für mich war es ein Vergnügen, von ihr bedient zu werden. Die Zeit verging schnell – zu schnell. Nachdem wir alle satt waren, erhob sich Leonora von ihrem Stuhl. Wie auf einen unsichtbaren Befehl schoben alle Schwestern ihre Stühle nach hinten und verließen mit ihr den Raum. Die Novizinnen blieben schweigend zurück. Damit war der Abend aber noch nicht vorbei. Anschließend sammelten wir uns in einem Salon direkt hinter der doppelflügeligen Holztür, vor der wir eben noch

gewartet hatten. Wir teilten uns in kleine Grüppchen, welche zusammenstanden und sich unterhielten.

Der Raum war geschmackvoll mit alten Möbeln eingerichtet und man fühlte sich in das späte 18. Jahrhundert zurückversetzt. Manche der Frauen rauchten auf einem Balkon, andere nahmen einen Drink. Ich sah mich um und fand eine Bedienung in einem schicken schwarzen Hausmädchenkleidchen. Sie reichte mir ein Glas Sekt. Wer trank heutzutage schon Wasser?

Ich gesellte mich zu Anja und Vanessa, die mit Maria Dorfner die Entwicklungen der Eurokrise und deren Auswirkungen auf den Immobilienmarkt diskutierten. Während Lady Maria sich für den Abend für ein hochgeschlossenes marineblaues Kleid entschieden hatte und ihre kurzen blonden Haare modisch zu Schau stellte, verkörperte Vanessa in ihrem cremefarbenen, schulterfreien Rüschenkleid das genaue Gegenteil von brav und seriös. Ihre schwarzen Haare umspielten große Creolen. Hätte man nur Vanessa vor Augen gehabt, hätte man sich an eine Strandbar in Jamaika versetzt fühlen können. Ihre Haare glänzten wie lackiert im hellen Licht der Kronleuchter.

Im Gegensatz zu Vanessas feurigem Auftritt wirkte Marias kühle Aura abgeklärt und professionell. Ihre Frisur vermittelte das Gefühl, auch bei Wind und Wetter perfekt zu sitzen. Kleine Diamanten in ihren Ohrläppchen malten das Bild einer kalten

Winternacht. Genau diese Ausstrahlung hatte ihr laut Wikipedia schon zweimal in Folge den inoffiziellen Titel der Miss Bundestag bei einem Boulevardblatt eingebracht. Ich wechselte unruhig von einem Bein auf das andere, da mich die neuen Schuhe langsam zu drücken begannen. Auch wenn ich heute Abend mit Blasen ins Bett gehen würde, ich konnte die Gesellschaft an meinem ersten Freitag hier in Avalon noch nicht so früh verlassen.

Alle um mich herum wirkten verdammt wichtig, wenn sie so wichtige Dinge besprachen! Ich hörte heraus, dass die Schwestern viel Geld in Immobilien gesteckt hatten. Nun überlegte man, jetzt Gewinne mitzunehmen oder mehr zu investieren. Dabei war man natürlich auch ein bisschen von den politischen Entwicklungen abhängig. Genau da kam Maria ins Spiel, die für die SPD im Bundestag saß. Ich stand schweigend da und hörte aufmerksam zu.

„Weißt du, Vanessa, wir haben nicht die Mehrheit. Die Union ist am Drücker. Die sehen eben manches anders." Es entstand eine kleine Pause.

Da niemand darauf einzugehen schien, fragte ich in die Stille: „Warum ist es eigentlich so schwer, einen guten Kompromiss über die Parteigrenzen hinweg zu finden? Dieser ewige Streit geht den meisten doch auf die Nerven." Ich hatte mich zum ersten Mal in das Gespräch eingemischt. Maria sah mich irritiert von der Seite an, ganz, als bemerke sie erst jetzt, dass zu ihrer Rechten auch noch jemand stand.

„Hört sich sehr einfach an, nicht wahr", antwortete sie mir in knappem, sachlichem Ton. Sie schien nach Worten zu suchen und setzte zu einem Konter an, nachdem sie sich alles zurechtgelegt hatte. „Natürlich kann man das leicht von außen sagen: Setzt euch doch mal zusammen. In Wirklichkeit ist jede Entscheidung ein Prozess, ein unglaublich komplizierter. Parteizugehörigkeit spielt sicherlich eine Rolle, aber noch wichtiger ist dein Netz und letztlich deine Lobby."
Sie hielt inne und betrachtete kurz Anja und Vanessa. Dann fuhr sie fort: „Es ist verdammt hart in diesem System, als Frau anerkannt zu werden. Ich habe mir das hart erarbeitet. Den meisten fällt es schwer zu begreifen, dass man gut aussehen kann und trotzdem in der Lage ist, komplizierte Zusammenhänge zu verstehen. Die Frauen aus Neid und die Männer, weil es ihren Horizont übersteigt."
Jetzt war ich beschämt, da ich Marias Leistungen im Parlament auf keinen Fall hatte schmälern wollen. Bevor ich mich aber entschuldigen oder etwas anderes sagen konnte, nahm Anja mich mit einem Lächeln in Marias Richtung zur Seite, um die Situation etwas zu entspannen.
„Ich hätte für dich einen Termin für ein Fotoshooting organisiert. Nichts Großes, aber die würden dich als Model buchen. Nicht wie beim letzten Mal. Es wäre dein erster echter eigener Auftrag. Natürlich nur, wenn du willst!" Na und ob ich wollte. Mir konnte

nichts Besseres passieren, als wenn jemand mit Anjas Format mich bei den entscheidenden Leuten empfahl. Eigentlich hatte ich nie den Wunsch verspürt zu modeln, dachte mir aber, ich sollte diese Gelegenheit beim Schopf packen.

„Na klar! Gern! Gehen wir auch mal wieder gemeinsam einkaufen oder mal was trinken?"

„Selbstverständlich!" Anja lächelte. Jedes Mal, wenn sie das tat, wusste ich, dass ich mich im Grunde auf sie verlassen konnte, egal was passierte.

Kapitel 22
„Die Welt wird nicht bedroht von den Menschen, die böse sind, sondern von denen, die das Böse zulassen."
Albert Einstein

Gut erholt durch die deutlich bequemeren Betten, erwachte ich am nächsten Tag. Gleich nach meinem Erwachen erschien eine der Hausangestellten und brachte mir in ihrer schwarz-weißen Zimmermädchenuniform das Frühstück ans Bett. Donnerwetter! Ich war beeindruckt. Bisher waren mir die guten Geister des Hauses nie aufgefallen. Der Vormittag war der Erholung und der Bildung gewidmet, ehe wir uns am Nachmittag zu Vorträgen und Diskussionen treffen würden. Man konnte etwas Sport machen, sich in der Bibliothek Bücher ausleihen, seine als Novizin gewählte Sprache oder sein Musikinstrument weiter erlernen oder sich im

Wellnessbereich der Anlage eine Massage geben lassen. Ich hatte die Wahl!
Ich entschied mich für Letzteres und brach gemeinsam mit Vanessa und Rachel zu einem Saunagang auf. Wir machten zwei Gänge, ehe sie mich wieder verließen. Ich aber wollte noch nicht zurück und setzte mich alleine in den gut temperierten Whirlpool. Alleine nur so lange, bis Maria Dorfner kam und sich zu mir gesellte.
„Schon eingelebt?", wollte sie von mir wissen, als sie sanft ins Wasser glitt. Sie hatte eine schlanke, nur leicht gebräunte Figur. Wahrscheinlich kam sie selten dazu, sich in die Sonne zu legen.
„Ich glaube, so schnell geht das nicht. Es ist doch ziemlich viel neu hier."
Maria war eine toughe Frau, der man nicht so leicht etwas vormachen konnte. Sie beherrschte die politischen Spielchen und hatte in manchem Untersuchungsausschuss von sich Reden gemacht. Sie war die Art von Mensch, der man bei Verhandlungen gern aus dem Weg ging. Und ich saß hier nackt mit ihr im Pool. Teufel auch!
„Schon eine Aufgabe von Leonora bekommen?", setzte sie das Verhör fort. Sie rutschte mit geschlossenen Augen tiefer ins Wasser und legte ihren Nacken am Rand des Beckens ab.
„Nein, noch nicht!"

„Wenn du willst, hätte ich was für dich." Sie öffnete wieder die Augen und inspizierte mich interessiert von der Seite.

„Was wäre das für ein Job?"

„Du hast doch gestern gesagt, wenn wir Politiker einfach uns auf unsere Arbeit konzentrieren würden, könnten wir alle Probleme schnell lösen. Ich gebe dir die Gelegenheit, daran mitzuarbeiten."

So hatte ich das bestimmt nicht gemeint. Ich war mir fast sicher, dass ich es auch nicht so formuliert hatte, aber ich wollte mehr von ihrem Angebot hören. „Und das heißt konkret?"

„Du müsstest dafür deine Ausbildung beenden. Es handelt sich um eine Festanstellung." Jetzt war meine Neugier endgültig geweckt. Da ich sowieso keine Lust mehr auf Krankenpflege hatte und meine Kündigung nur eine Frage der Zeit war, hörte ich weiter aufmerksam zu.

„Einer meiner Fraktionskollegen hier aus München sucht jemanden für sein Büro. Du würdest jede Menge Kontakte sammeln und sehen, wie die Dinge so laufen. Eine echte Chance!" Ich beobachtete Maria, wie sie mich beobachtete. In Windeseile schossen Überlegungen durch meinen Kopf, was hinter ihrem Angebot stecken könnte. Was plante diese Frau? Oder war das Angebot wirklich nur gut gemeint?

„Geht das überhaupt so einfach? Und was hast du davon?" Ich wusste, dass alles, was die Schwestern machten, irgendwo einem größeren Plan diente, einem Zweck, den es zu finden galt.

„Sagen wir mal so: Wenn jemand etwas hört und weiß, dass das jemand anderen interessiert, dann könnte man sich sicherlich in der Sauna oder auf einer Massagebank treffen und unterhalten." Sie schmunzelte breit und aufgesetzt. Na, dann war ja alles klar.

„Ich überleg's mir!", antwortete ich ausweichend, lächelte noch einmal verbindlich und kletterte aus dem Pool, während Maria mir wortlos hinterhersah. Ich musste das nicht jetzt entscheiden. Ich fühlte mich wieder einmal wie eine Schachfigur auf dem Spielbrett. Nur wusste ich nicht, ob ich Bauer, Turm oder Dame spielen durfte. Wahrscheinlich war die Sache für mich nicht all zu heikel, aber eine Nacht darüber schlafen konnte nicht schädlich sein.

Auf dem Rückweg zu meinem Zimmer folgte das Highlight des Tages. Gott sei Dank hatte ich mich dagegen entschieden, im Bademantel durch die Gänge zu laufen, und mir Rock und Bluse mit in den Wellnessbereich genommen. Meine Haare waren frisch geföhnt. Ich wirkte munter und entspannt, als mir Nina und ihre Freundinnen im Gang über den Weg liefen. Augenscheinlich kamen sie gerade zurück von der Sportstunde. Sie trugen alle ihre kurzen, weißen Sportröcke und waren verschwitzt, als sie mir direkt entgegenkamen.

Ich blieb stehen. Als sie mich erkannten, stockte die Gruppe. Für einen Moment funkelte Nina mich aus dunklen Augen herausfordernd an. Offenbar überlegte sie, was sie machen sollte. Auch die Gesichter ihrer Begleiterinnen verrieten Skepsis. Ständig hatte sie sich mir überlegen und im Vorteil gewähnt. Nun standen wir hier, ich als Vestalin und sie als Novizin. Ja, so kann's gehen. Schließlich, nach einer gefühlten Ewigkeit, senkte sie mit verbissener Miene ihre Knie. Mein Tag war gerettet. Auch ihre Freundinnen knieten sich nun nieder und ein Gefühl von Macht erfüllte mich. Na geht doch, dachte ich bei mir.
„Novizin Nina!", grüßte ich gnädig und betrachtete die drei Frauen von oben herab, die mir zu Füßen lagen. Was für eine Genugtuung. Hatte Nina diese Demütigung wirklich verdient? Egal! Ohne weitere Worte stolzierte ich an ihnen vorbei. Ich fühlte mich wie die Kaiserin von Deutschland.
Zum Mittagessen trafen wir uns alle in einem separaten Raum. Der Vormittag hatte allen gutgetan. Die meisten waren deutlich lockerer als gestern. Auch die Kleidung spiegelte dieses Gefühl wieder. Die Frauen trugen vorwiegend leicht sommerliche, geschäftsmäßige Kleider. Der Catwalk würde erst heute Abend erneut eröffnet werden.
Nach dem Essen ging es hinüber in einen größeren Saal, wo wir uns alle um einen wuchtigen Tisch setzten und mehreren Vorträgen lauschten. Maria

und Rachel hielten Referate über gesellschaftliche Entwicklungen, wobei Maria mehr den innenpolitischen und Rachel mehr den internationalen Part hatte. Anschließend fand eine Aussprache statt, bei der alle laut überlegten, wie man das Gesagte für die Schwesternschaft nutzen konnte und welche Schritte es als Nächstes zu unternehmen galt.

Es wurde gemunkelt, dass in Holland bald die Königin abdanken und ihr Sohn den Thron besteigen würde. Dieser wäre dann einer der reichsten Männer der Niederlande und so wurde überlegt, welche Männer in seinem Umfeld wir „ansprechen" sollten. Wieder einmal war ich beeindruckt von den Schwestern, wenn auch bei Weitem nicht mehr überrascht.

Nachdem alle Meinungen ausgetauscht waren, trat Leonora vor die Frauen und erläuterte den Stand des Einkaufszentrums, von dem mir Vanessa schon erzählt hatte. Es war ihr aktuelles Großprojekt. Alle Genehmigungen waren inzwischen erteilt. Die Finanzierung stand, auch dank meiner Unterstützung. Man hätte mit dem Bau beginnen können, wenn sich nicht eine Bürgerinitiative gegen das Vorhaben gegründet hätte.

„Wir dürfen uns dieses Projekt nicht mehr entgehen lassen. Zuviel Zeit haben wir alle darauf verwendet. Ich möchte, dass wir diese Gruppe in den Griff bekommen." Leonoras Rede war kraftvoll und mitreißend. Sie schien jede im Raum persönlich anzusprechen. Jede Schwester wiederum hatte den

Eindruck, dass Leonoras Augen sie direkt anstarrten. Wie so oft war ich von ihr beeindruckt. „Carmen! Bibiana! Ihr kümmert euch um die Sache!" Ihre Befehle schnitten durch die Stille wie eine Klinge aus Edelstahl.
Keine der Vestalinnen traute sich, ihr zu widersprechen. Nachdem sie sich gesetzt hatte, dauerte es einige Zeit, bis die Nächste eine Frage zu einem anderen Thema stellte. Es wurde noch viel diskutiert. Ich war äußerst erstaunt, als ich erfuhr, dass die Schwestern es bisher geschafft hatten, die Fertigstellung des Berliner Großflughafens erfolgreich zu verhindern. Ohne sie schien auch in der Hauptstadt wenig zu laufen, auch wenn es dort noch eine weitere vestalische Schwesternschaft gab. Überhaupt existieren in allen Großstädten und auch außerhalb von Deutschland ähnlich strukturierte Verbünde!
Nachdem alle Meinungen ausgetauscht waren, schloss Leonora die Sitzung. Wie eine Flutwelle schwappten wir durch die großen Holztüren, um uns für den Abend zurechtzumachen. Wieder holten wir alle unsere Abendkleider hervor und stylten uns vor dem Spiegel. Ich fragte mich wofür? Mir kam das Ganze ein bisschen vor wie das Balzgehabe von Pfauen, die ihr Rad schlugen, nur um andere zu beeindrucken. Männer waren keine da. Daher konnte es sich nur um Prahlerei und Eitelkeiten handeln.
Es war für mich, obwohl ich erst kurz dabei war, mehr eine Last als ein Vergnügen. Diese permanente

Perfektion, die Angst vor einem modischen oder gesellschaftlichen Fehler war allgegenwärtig. Es war nicht einfach ein netter Abend mit netten Frauen, sondern ein immerwährender Druck, nur nichts falsch zu machen. Ich konnte nicht schnell ein T-Shirt überziehen. Es war wie eine ewig andauernde Oscarverleihung.

Nach einer Stunde trafen wir uns wieder in dem Saal, in dem wir schon das Mittagsessen eingenommen hatten. Eine kleine emsige Schar von Dienstmädchen versorgte uns mit Speisen und Getränken. Anschließend verlagerte sich das Geschehen erneut in den Salon mit den alten Möbeln, der bereits gestern unsere Gesprächsrunde beheimatet hatte. Diesmal hatte ich die abendliche Kleiderwahl selbst getroffen und mich für einen violetten Tulpenrock in Kombination mit einer passenden Seidenbluse entschieden. Zwar stach ich nicht heraus, fiel aber auch nicht negativ unter den anderen Frauen auf.

Wie gestern gesellte ich mich zu Anja und Vanessa und war schnell in ein nettes Gespräch mit Lady Tabea verstrickt. Die freischaffende Künstlerin mit ihren feuerroten Haaren war auf jeder Party der Hingucker. Sie lud mich ein, eine ihrer Ausstellungen zu besuchen. Natürlich könnte ich, wenn ich wollte, auch selber etwas zeichnen und könnte mich von ihr beraten lassen. Auf den ersten Blick waren alle Schwestern immer verdammt hilfsbereit zu mir, aber ich behielt mir meine zurückhaltende Skepsis. Gut so, Larissa!

Nach einer ganzen Weile, der Abend war schon fortgeschritten, näherte sich Leonora unserer Gruppe. Als mir ihr Geruch nach Lavendel und Vanille in die Nase kroch, stieg mein Puls schlagartig an. Mir wurde heiß und ich bekam feuchte Hände. Ich konnte mir ihre Wirkung auf mich immer noch nicht erklären. Aber ich fühlte mich von ihr angezogen wie die Erde von der Sonne. Sie war das Zentrum dieses kleinen Universums. Ich reagierte auf sie wie die Ozeane auf den Mond.

„Liebe Schwester, darf ich dich mal unter vier Augen sprechen?", hauchte sie mir leise ins Ohr und schob mich mit einer Hand an meiner Hüfte auch schon von den anderen weg. Diese schienen meine Entführung nicht einmal mitzubekommen.

„Larissa, ich denke, es ist wichtig, dass du weißt, wie sehr ich persönlich von dir als Teil unserer Gemeinschaft überzeugt bin. Du wirst der Schwesternschaft große Dienste erweisen. Dir stehen jetzt alle Türen offen. Du kennst unsere Regeln von Treue, Vertrauen und so weiter. Ich kann mich doch auf dich in dieser Hinsicht verlassen?" Wir hatten uns abseits in eine Ecke gestellt, sodass sie ungestört sich mit mir unterhalten konnte.

In ihrer Frage schwang leichtes Misstrauen mit, welches ich von ihr nicht gewohnt war. Bisher war Leonora immer voller Vertrauen in mich und meine

Fähigkeiten. Hatte ich etwas falsch gemacht? Hatte ich vielleicht sogar gegen den Kodex verstoßen? Oh nein! Es durfte einfach nicht sein, dass ich Leonoras Missfallen erregt hatte. Ich konnte mir nicht vorstellen, sie nicht mehr auf meiner Seite zu haben. Gab es einen Anlass, einen Auslöser für ihre Frage?
„Selbstverständlich!", brachte ich keuchend vor Nervosität hervor. „Du bist meine Prima Vestalia. Ich werde dich nie enttäuschen!" Sie lächelte glücklich. Ihre Augen, die zuvor verengt waren wie die einer Löwin vor dem entscheidenden Sprung auf die Beute, funkelten wieder voller Sympathie für mich. Sie schien mit sich zufrieden, als sei es ihr ein ernsthaftes Bedürfnis gewesen, mich nochmal auf die Regeln hinzuweisen.
Ich suchte in Gedanken nach dem Grund, fand aber auf die Schnelle keinen. Wenn es etwas Konkretes gewesen wäre, wäre Leonora sicher deutlicher geworden. So beschloss ich, nicht länger darüber nachzudenken und ergriff die Gelegenheit, meine Priorin etwas zu fragen, wenn sie schon greifbar war.
„Leonora, warum hab ich es so schnell geschafft, meinen Auftrag zu erfüllen? Es war alles so einfach. Ich weiß nicht mal genau, was ich gemacht habe. War es Glück?" Aber ich konnte mir beim besten Willen nicht vorstellen, dass die Schwestern nur aufgrund glücklicher Zufälle ihre Mitglieder bestimmten.
„Du warst einfach genau die Richtige für diesen Job", entgegnete sie mir lapidar. „Ich bin sehr zufrieden mit

deiner bisherigen Arbeit. Du schaffst es, die Männer schnell in deinen Bann zu nehmen. Das ist gut." Sie machte eine Pause und schaute versonnen in die Runde. So, als würde sie über irgendetwas nachdenken. Irgendetwas Wichtiges. Schließlich wandte sie sich wieder mir zu. „Hast du dir schon Gedanken gemacht, in welcher Funktion du dich in unsere Gemeinschaft einbringen willst?"

Ich lächelte kurz. Eigentlich hatte ich mir noch nichts überlegt, aber Maria hatte mir unwissentlich schon aus der Patsche geholfen. „Schwester Maria hat mir angeboten, mich bei einem Kollegen im Büro unterzubringen. Wenn es dir recht ist, würde ich mich fürs Erste dort engagieren. Es sei denn, du hast andere Pläne."

Hatte sie nicht! „Prima! Schnupper bisschen in das eine oder andere hinein. Sag mir dann, was du machen möchtest. Ich könnte mir für dich auch eine Modelkarriere oder andere Aufgaben im Fernsehbereich vorstellen. Du bist so hübsch, die Welt sollte dich kennenlernen." Selbstverständlich schmeichelten mir ihre Worte, vernebelten meine Sinne, sodass meine Aufmerksamkeit nachließ. Fast hätte ich gesagt, ich würde alles mit meinem Freund besprechen, schluckte den Satz aber rechtzeitig hinunter. Teufel auch!

Corinna hatte mich gewarnt, die Sache mit Peter den Schwestern zu erzählen. Nun wäre es mir fast herausgerutscht. Oder wusste Leonora bereits alles?

Unruhe machte sich in mir breit. Ich stammelte etwas von „übertriebenem Kompliment" und „alle Schwestern wunderschön" und meinte dann, ich müsse jetzt zu Bett gehen. Es sei alles sehr neu und anstrengend für mich gewesen.

Auf eine Sache hätte ich während dieses Aufenthalts gerne verzichtet. Ich war schon im Bett, als es leise, aber deutlich an meiner Zimmertür klopfte. Erst glaubte ich, mich verhört zu haben, stand aber doch auf und öffnete die Tür. Wie eine Katze schob sich Corinna wort- und grußlos an mir vorbei. Verdutzt verschloss ich hastig die Tür hinter ihr.
„Was machst du denn da? Und um diese Zeit! Novizinnen dürfen hier nicht sein!"
„Ach, willst du mich jetzt verpetzten?" Natürlich wollte ich das nicht. Corinna wirkte abgekämpft, gestresst. Es schien ihr nicht gut zu gehen. Hatte sie getrunken? Ihr sonst so seidengleiches, blondes Haar hing strähnig in ihr Gesicht. Im fahlen Schein des Mondlichts fiel es mir schwer, mehr von ihr zu erkennen, konnte aber von ihren Augen den Stress und den Kampf des Tages ablesen.
„Ich musste hier herkommen, weil ich dich morgen wohl nicht mehr zu Gesicht bekomme. Ich wollte dich an dein Versprechen erinnern!"
Sie brauchte mich nicht extra daran erinnern. Ich wusste genau, was wir vereinbart hatten, und trug diese Zusage schon das ganze Wochenende wie eine

schwere Last mit mir herum. Ich konnte ihr nicht dabei helfen, ihr Leben an diese Schwesternschaft zu verkaufen. „Corinna, es ist nicht alles so, wie es von außen aussieht. Diese Gemeinschaft hat auch sehr – sehr dunkle Seiten."
„Du willst also unseren Deal brechen? Verdammt, Larissa, du hast es versprochen!"
„Was hab ich versprochen? Was hast **du** schon gemacht, um **mir** zu helfen?" Sie verstummte. Ich drehte mich zum Fenster und starrte in die düstere Nacht.
„Ich habe mich ganz allein in meine jetzige Situation gebracht", flüsterte ich, mehr zu mir.
„Larissa, bitte!", flehte Corinna hinter mir. „Das ist meine letzte Chance. Wenn ich bis zum nächsten Mal keine Erfolge vorweisen kann, bin ich raus! Ich muss es schaffen, zumindest ein Spiel zu verschieben, egal wie!"
„Schämst du dich nicht dafür? Was Rachel von dir fordert, ist unsportlich, illegal, einfach verwerflich. Willst du dein Leben wirklich mit diesen Mitteln prägen, dein Leben so vergeuden?" Corinna schien meine Andeutungen nicht zu verstehen oder wollte das auch gar nicht. Für sie war ich nur die, die sie nicht mehr dabei haben wollte in dieser ach so tollen Schwesternverbindung.
„Ich vergeude mein Leben nicht und wenn, ist es meine Entscheidung. Ich möchte im Leben etwas

erreichen. Die Vestalinnen sind für mich eine herausragende Chance." Sie klang verbittert.

„Ich darf keine gescheiterte Novizin sein! Ich muss in diese Schwesternschaft. Ich weiß zu viel. Wenn ich es nicht schaffe, dann ... Ich weiß, worauf ich mich einlasse!"

„Glaub mir, das weißt du nicht!" Zwischen uns machte sich neben der Dunkelheit, denn ich hatte das Licht nicht eingeschaltet, bedrückendes Schweigen breit.

„Hältst du dich an dein Wort oder nicht?"

Es stimmte! Wir hatten uns versprochen, diejenige, die als Erste aufgenommen wird, muss der anderen helfen. Durfte ich ihr das wirklich antun? Auch von ihr würde ein Video gemacht werden. Man würde sie missbrauchen und dann hätte sie keine Wahl mehr, was sie mit sich anfangen wollte. Dann gehörte sie den Schwestern!

Aber konnte ich mein Wort brechen? Ich hatte so viel gelogen und geheuchelt. War es dann nicht gut, wenigstens einmal zu seinem Wort zu stehen? Wo blieben die Prinzipien, wenn man sie zu jeder Gelegenheit aushebelte. Und zu guter Letzt, konnte mir eine weitere Freundin in dieser Gruppe auch nützlich sein. Aus einer Mischung zwischen altertümlichem Ehrgefühl und stupidem Egoismus gab ich schließlich ihrer Bitte nach! Sie weinte vor Erleichterung, als sie sich bei mir bedankte. Ich fühlte dieses schwarze Etwas, was begann, meine Seele von innen aufzufressen. Ich war zu einer Dämonin geworden.

Kapitel 23
"Entweder man lebt, oder man ist konsequent."
Erich Kästner

Der Wind der Veränderung fegte durch mein Leben, und ich ergab mich meinem Schicksal. Nebenbei war es auch nicht das Schlechteste, jeden Monat einen fünfstelligen Betrag bezahlt zu bekommen und sich Abend für Abend mit der High Society zu treffen. Wenn wir zusammen unterwegs waren, schaffte ich es meist ganz gut, den Paparazzi auszuweichen, die hinter Carmen, Anja, Maria oder irgendeiner anderen Schwester her waren.
Ich für meinen Teil wollte so lange wie möglich anonym bleiben und weder mit der einen noch mit der anderen aufs Titelblatt. Nicht mal mit Anja. Man hatte schnell ein Image verpasst bekommen. Ich bemühte mich, selber zu entscheiden, mit was ich auf mich aufmerksam machen wollte, oder ob überhaupt. Wir besuchten Aufführungen und Ausstellungen, organisierten Partys und Empfänge und waren immer mittendrin in der hohen Gesellschaft, der High Society. Teufel auch! Wenn mir das einer vor einem Jahr gesagt hätte!
Wenn anwesend, gesellte ich mich zu Waldemar Regler oder Andreas Halbritter. Nicht, weil ich die

beiden sympathisch fand, sondern weil mir zum einen Leonora es aufgetragen hatte. Und zum anderen, weil sich keine der anderen Schwestern erbarmte, mir den jungen Manager abzunehmen. Er stand nun mal auf mich. Zwischen mir und den Männern entwickelte sich mit der Zeit eine, wenn auch unehrenhafte, Beziehung. Was Andreas betraf, wollte er einfach mit mir ins Bett und wurde von Mal zu Mal aufdringlicher. Aber da konnte er lange warten. Ich war mit Peter zusammen und das sollte auch so bleiben.

Wenn neue Männer in unsere Runde kamen, die wir bisher noch nicht kannten, welche aber für wert befunden wurden, wichtig genug zu sein, hatten die Schwestern ein geschicktes Rotationsprinzip entwickelt. Beiläufig nahmen wir alle einmal Kontakt mit ihnen auf und probierten so, welche Frau seinen Geschmack am meisten traf, auf wen er am ehesten ansprang. Hatten wir ein Ergebnis, so musste sich die Gewinnerin dieses verdeckten Castings in Zukunft um ihn kümmern. So einfach lief das.

Gleich nach dem letzten Avalonaufenthalt kündigte ich meiner Arbeitsstelle mit einem kurzen Schreiben. Ich würde nicht mehr kommen, bedankte mich für die gemachten Erfahrungen und bedauerte die Umstände. Wenige Tage später trat ich meine Stelle im Büro von Werner Sievers, einem MdB in der SPD-Fraktion aus der Umgebung, an. Er und Maria teilten sich die Wahlkreisarbeit in München.

Die Arbeit war nicht kompliziert! Ich machte Termine aus, nahm Telefonate entgegen und konnte meist nach vier bis fünf Stunden bereits wieder gehen. Meine Stelle war mehr einem kollegialen Gefallen als dem Umstand geschuldet, dass er mich wirklich brauchte. Natürlich bekam ich so einiges mit und Maria freute sich, davon zu hören. Nur Peter hatte meine Meldung, ich würde meine Arbeitsstelle wechseln, mit Unwillen quittiert.

„Sie zwingen dir ihr Leben auf. Sie machen dich abhängig von ihnen und ihrem Geld. Merkst du das nicht?"

Wenn er wüsste, wie abhängig ich war, hätte ihn mein Stellenwechsel nicht mehr interessiert, aber das konnte ich ihm natürlich nicht mitteilen. Genauso wenig, wie ich unsere Beziehung den Schwestern offenbart hätte. Sie hätten in Peter keinen Nutzen gesehen, keinen Vorteil und hätten mich somit der Zeitverschwendung bezichtigt. Aber für mich war es mehr als eine Kosten-Nutzen-Rechnung. Ich genoss die unverfälschte, ehrliche Zeit mit ihm. Er war mein Anker. Irgendwann, wenn ich dem Geheimbund den Rücken gekehrt und nebenbei noch viel Geld verdient hatte, würden wir beide unsere Träume verwirklichen. Da ich privat nun auch mehr Zeit hatte, suchte ich mir endlich einen Halbmarathon im Internet heraus, bei dem ich teilnehmen wollte. Ich fand einen Lauf Ende Oktober und entschied, dort meinen ersten echten Test zu absolvieren. Ich machte das Datum fix, indem

ich mich anmeldete, und konnte fortan nicht mehr zurück. Jetzt war es amtlich. Ich erstellte mir Trainingspläne und intensivierte meine Bemühungen. Wenn ich lief, baute ich kleine Intervallläufe ein, die mich mehr erschöpften als das Müdevorsichhinlaufen. Aber es war eine gute Erschöpfung.
Ende August wurde das Wetter schlechter. Ein wunderbarer Sommer mit Sonne und wolkenlosen Himmeln ging zu Ende. So viel hatte sich für mich in dem letzten halben Jahr verändert und mit Vanessa hatte alles begonnen. Wir gingen immer noch öfters gemeinsam in Clubs. Ich hatte den Eindruck, Vanessa war schon wieder auf der Suche nach meiner Nachfolgerin, auf der Suche nach ihrem nächsten „Opfer".
„Muss jetzt die Nächste dran glauben?", fragte ich sie einmal scherzhaft hinter einer Bar sitzend und nach einigen Wodka-O.
„Wie meinst du das?"
„Na, du suchst doch ein neues Mädchen, das du zu Leonora bringen kannst."
„Möglich!" Sie schien nicht recht darüber reden zu wollen, sagte dann aber doch: „Ich bin ein Scout für die Schwestern. Mein Job ist es, immer die Augen offen zu halten. Mädchen wie dich gibt es nicht viele. Da musste ich zuschlagen." Ihr schwarzes Latexkleid umhüllte ihren Körper wie eine zweite Haut und wirkte nahezu magnetisch auf die Männeraugen in ihrer Umgebung. Vanessa verstand es, sich in Szene zu

setzen und hatte damit ja irgendwie auch mich beeindruckt.

„Um sie dann von den Schwestern missbrauchen und erpressen zu lassen?" Ungewollt kochte in mir die längst begrabene Wut hoch. Vanessa hingegen bereute nichts.

„Lebt es sich denn so schlecht mit uns? Du wolltest in die höchsten Kreise. Jetzt bis du da. Du hast Geld auf dem Konto und dir ist nichts passiert. Es gibt Regeln und wer sich dran hält, dem geschieht nichts. Und dass sich alle daran halten, das liegt an den Videos. Mach dir keine Sorgen und genieß dein Leben." Ich kippte meinen Drink auf einmal nach unten, bestellte noch einen und dachte über Vanessas Worte nach. Womöglich stimmte das, was sie sagte.

„Was gibt es noch außer Scout?", wollte ich wissen, da mir dieser Begriff neu war. Ich hatte mir schon gedacht, dass es innerhalb der Gruppe eine Art der Aufgabenverteilung gab. Einige der Schwestern waren betont in der Öffentlichkeit, prominent und weltweit bekannt, während andere gar nicht erst versuchten, Beachtung zu bekommen, ja sie eher sogar vermieden.

Vanessa nahm ebenfalls einen Schluck von ihrem Getränk und drehte sich in meine Richtung. Nun hatte ich ihre ungeteilte Aufmerksamkeit. Erst jetzt bemerkte ich, wie eng ihr Kleid ihre Oberweite betonte.

„Du kannst Spion werden. Das sind die Mädchen, die sich in erster Linie mit Informationsbeschaffung beschäftigen. Carmen ist so eine. Dann haben wir so was wie Diplomatinnen. Die halten Kontakt mit anderen Schwesternschaften in Deutschland und im Ausland. Du könntest für einige Zeit nach Moskau oder London gehen. Überall gibt es Filialen. Dann haben wir noch unsere Kriegerinnen. Die Frauen fürs Grobe."

„Bibiana?", unterbrach ich ihre Rede. Ein vieldeutiges Lächeln entstand um ihre Mundwinkel und ich wusste, dass ich ins Schwarze getroffen hatte.

„Zum Beispiel. Sie hat Kontakte, die wir ab und an nutzen, ohne selber in Erscheinung zu treten. Es ist wichtig, sich die Hände nicht schmutzig zu machen."

„Hast du keine Skrupel?" Aus meiner Magengegend kam eine undefinierte Angst, an Handlungen beteiligt zu sein, die nicht legal waren.

„Stell einfach keine Fragen", quittierte sie meine Bedenken mit einem spöttischen Blick. „Überleg dir, was du machen willst und sag Leonora Bescheid", beendete sie das Gespräch, glitt vom Hocker und stöckelte Richtung Tanzfläche.

Ich blieb an der Bar alleine zurück. Mit der rechten Hand umgriff ich das Glas, welches mir der Barkeeper neu hingestellt hatte, und nippte daran. Vanessa war für mich sehr schwer zu durchschauen. Man konnte den Eindruck gewinnen, dass sie die Arbeit und die Aktivitäten der Schwesternschaft im Grunde gut hieß.

Dass sie nichts Schlechtes daran fand, Leute gezielt zu manipulieren und Erpresservideos von jungen Frauen zu machen. Man konnte glauben, sie wäre freiwillig bei den Vestalinnen geblieben, auch ohne Video. Vanessa hatte sich in der Gemeinschaft eingerichtet. Bei Anja kam mir das anders vor. Ich fühlte, dass auch sie gerne einen Weg gefunden hätte, um von den Schwestern loszukommen.
Ich hatte sie in den letzten Monaten immer besser kennengelernt. Inzwischen glaubte ich, in ihr eine Seelenverwandte getroffen zu haben. Wahrscheinlich war auch sie über irgendwelche unglücklichen Umstände auf der Suche nach Erfolg und Anerkennung an die Vestalinnen geraten, die es verstanden hatten, ihre Schönheit für sich auszunutzen. Dafür bezahlte sie nun den gleichen hohen Preis wie ich, nur, dass sie durch die Schwestern weltweit berühmt geworden war, was ich von mir noch nicht behaupten konnte.
Sie schien sich, soweit es ging, aus den inneren Angelegenheiten des Zirkels herauszuhalten, um so wenig Ärger wie möglich zu haben. Sie war in dieser Hinsicht mein Vorbild. Wie versprochen hatte Anja mir einen kleinen Modeljob vermittelt und ich erhielt für einige Aufnahmen meine erste Gage. Es war keine große Sache, aber der Fotograf schien begeistert und wollte mich öfters buchen. Ich war zufrieden.
„Lust, mit mir nächste Woche nach New York zu fliegen? Ich hab da zwei Modenschauen und ich

würde dich mitnehmen, wenn du willst!", fragte Anja, nachdem der Fotograf alle Bilder gesehen und für gut befunden hatte. Selbstredend war ich baff und sagte natürlich spontan zu. Das mit meiner Arbeit würde sich schon regeln. Überhaupt war dieser Spontantrip in die USA der absolute Hammer. Das durfte ich mir nicht entgehen lassen.

Selbstverständlich flogen wir First Class. Als das Flugzeug abhob, hatte ich nur ein leicht schlechtes Gewissen. Peter hatte wieder einmal sehr verstimmt und auch besorgt reagiert, als ich ihm gesagt hatte, mit wem ich reise und vor allem, wohin. Er hatte gemeint, Anja und ich würden nicht zusammenpassen. Ich solle aufpassen und auf keinen Fall dürfe ich zu viel von mir preisgeben. Auf keinen Fall dürfe ich ihr von unserer Beziehung berichten. Erst, als ich ihm das zugesagt hatte, ließ er mich mit einem kurzen Abschiedskuss ziehen. Manchmal war er schon komisch.

Wenn jemand bei den Vestalinnen kein Drama aus meinem Verhältnis mit Peter gemacht hätte, war es Anja. Aber versprochen war versprochen und im Grunde war es ja auch egal. Vielleicht war es wirklich besser, und ich behielt mein Geheimnis tatsächlich noch einige Zeit für mich. Umso erstaunter war ich, als während des Fluges auch Anja mir ganz leise von einem Freund erzählte, den sie seit Längerem habe.

Es sei schwer, mit den Paparazzi alles geheim zu halten, und auch sie wolle den Schwestern nichts davon sagen. Leonora war relativ streng, wenn sie von derartigen Sachen nichts wusste. Anja hatte es bereits erlebt, dass man auf Vestalinnen Druck ausübte, ihre externen Beziehungen zu beenden. Unwissentlich teilten wir also das gleiche Geheimnis. Alleine diese Tatsache schwor uns beide noch mehr aneinander. Irgendwann, so sagten wir uns, wenn auch ich einen festen Partner hätte, würden wir gemeinsam nach New York fliegen. Bis dahin wollte ich nicht mehr von ihr wissen.

Unser Aufenthalt in den USA war ein Fest und ich würde noch lange davon zehren. Wir tingelten zusammen durch die diversen Clubs, in der Gewissheit, dass wir hier zumindest drinnen unbeobachtet waren. Hier gab es keine Spione. Nur draußen wartete der eine oder andere Fotograf und versuchte, Fotos von Anja zu ergattern.

Sie ließ mich mit hinter die Bühnen der Modenschauen und ich konnte das ganze Flair der Stadt und der Modewelt an sich in mir aufnehmen. Ich konnte mir gut vorstellen, auch Teil dieses Geschäfts zu sein. Ich ertappte mich bei einem kleinen Stoßgebet, es möge so kommen, dass Anja und ich gemeinsam über einen der großen internationalen Laufstege schreiten würden. Als wir wieder im Flieger nach Hause saßen, kam mir die Zeit viel zu kurz vor. Ich wünschte, wir beide hätten länger in den USA bleiben können. Nur die Freude auf Peter trotzte der Wehmut.

Zurück in München überraschte und besorgte mich ein Anruf zugleich. Bibiana rief mich an und erzählte, ich solle mit ihr auf das nächste Boxevent in der Stadt gehen. Voltan Kubic würde am kommenden Samstag in der Olympiahalle einen WM-Kampf austragen. Sie hätte zwei Karten. Eine für sich und eine für mich.

„Wie kommst du gerade auf mich?", wollte ich von ihr wissen, erhielt aber nur unzureichende Erklärungen. Um nicht unhöflich zu sein, sagte ich zu, hatte aber von da ab immer Anjas Warnung Bibiana betreffend im Hinterkopf. Die Frau fürs Grobe war mir bisher nur gemeinsam mit Carmen begegnet. Beide schienen deutlich weniger Skrupel zu haben als viele andere der Vestalinnen. Wenn Bibi mich extra anrief, um mir eine Karte für einen Boxkampf anzubieten, führte sie sicher was im Schilde. Ich entschied mich, Peter diesbezüglich ins Vertrauen zu ziehen.

„Hmm, von Bibiana weiß ich nicht viel. Es gibt nur Gerüchte, nichts Konkretes. Wieso fragst du?"

Natürlich konnte ich ihm nicht alle Hintergründe zu meinen Bedenken ausbreiten und beließ es bei einer Light-Version. Ich wusste nicht, was passieren würde, wenn ich Interna der Vestalinnen an Außenstehende verraten würden. Aber ich wusste, dass es mir nicht gefallen würde. „Sie ist immer so unfreundlich zu mir."

„Kann ich mir nicht vorstellen, dass das mit dir zu tun hat. Sie hängt viel mit Carmen rum. Ich treff die

Schwestern aber nur selten, wie du weißt. Du bist die Expertin."

„Ich weiß! Wir haben nächste Woche eine Zusammenkunft im Corazón. Ich hab dir eine Einladung organisiert. Wir können zusammen hingehen."

Seine Reaktion auf mein Angebot befriedigte mich nicht. Er wirkte, als hätte ich ihn zum Kniggekurs mit einer ungeliebten Schwiegermutter angemeldet. „Oh, danke!", stammelte er, aber seine Freude war überschaubar.

„Ich dachte, wir machen mal wieder etwas gemeinsam. Wenn wir getrennt kommen, fällt das nicht weiter auf. Du warst doch schon öfters dort", versuchte ich, ihn zu überreden.

„Mal schauen", murmelte er, schien aber mit den Gedanken bereits woanders. Ich war enttäuscht. Ich hatte gehofft, er würde sich über meinen Einsatz für ihn freuen und würde anerkennen, dass ich alles probierte, um einmal einen Abend mit ihm zu verbringen.

Die Schwestern und meine Termine, über die ich ihm nichts sagen durfte, hatten in den letzten Wochen oft zwischen uns gestanden. Immer weniger war er bereit gewesen, meine ständige Abwesenheit zu tolerieren, was ich auch verstehen konnte. Es waren diese ewigen kleinen Geheimnisse, die ich vor ihm hatte, haben musste. Dabei wollte ich ihn nur schützen und mich lästigen Fragen entziehen. Tatsächlich konnte es nicht ewig so weiter gehen. Irgendwann würde ich mich zwischen ihm und den Schwestern entscheiden müssen.

Kapitel 24
„Der Unwissende hat Mut, der Wissende hat Angst."
Alberto Moravia

Viele Leute strömten in Richtung der Olympiahalle. Das große RTL-Boxevent zog zehntausend Interessierte nahezu magisch an. Vielleicht war das der Grund, dass Carmen Bibiana nicht begleiten konnte. Möglicherweise durfte sie als SAT.1-Angestellte nicht auf RTL Großveranstaltungen. Konnte doch sein. Warum auch immer, jedenfalls traf ich Bibiana an diesem Abend zum ersten Mal alleine und ohne ihre permanente Begleiterin.
Wir redeten nicht viel, als wir uns langsam bis in eine der vordersten Reihen durchschlängelten. Bibi tat einiges, um aufzufallen. Mit jedem Schritt wiegte sie ihr Hinterteil wie das einer Sambatänzerin. Sie trug hochhackige schwarze Stiefel zusammen mit einem knappen schwarzen Lederrock. Ein dunkles Trägertop bedeckte ihre künstlichen Brüste nur unzureichend. Der Rest der gut gebräunten Haut blieb frei. Sie hatte ihre platinblonden Haare offengelassen und hielt sie nur durch ein geflochtenes dunkles Lederstirnband aus ihrem Gesicht fern.

Aber ihr Outfit war nur die eine Seite der Medaille. Sie schien mit diesem übertriebenen sexy Auftritt etwas zu überspielen, etwas, das ihr Angst machte. Hinter dem perfekten Make-up, dem Lippenstift und den akkurat gezupften feinen Augenbrauen war etwas, das sie beunruhigte. Und das beunruhigte wiederum mich. Ständig sah sie sich um, als würde sie jemanden suchen. Mit der Zeit kam ich mir mehr wie ihre große Schwester vor als wie jemand, dem sie einen Gefallen mit dieser Eintrittskarte gemacht hatte. Weiterhin wechselten wir kein Wort, vielleicht weil wir uns auch nichts zu sagen hatten.

Der Ringsprecher betrat den Ring und startete seine Moderation. Sponsoren wurden vorgestellt, die Kämpfer ausgiebig beklatscht und kleine Filme von ihren bisherigen Karrieren eingespielt. Er heizte die Stimmung gekonnt an, aber es würde mindestens noch eine Stunde dauern, bis einer der Kontrahenten den Ringboden berührte. Wir hatten Zeit. Bibis Unruhe, die stetig wuchs, übertrug sich mehr und mehr auf mich. Auch ich begann, mich immer wieder umzusehen, nur mit dem Unterschied, dass ich nicht wusste, wonach wir suchten.

Mehrfach ließ sie ihre Augen über die Menschen kreisen. Als ihr Gesicht für einen Moment erstarrte, wusste ich, dass sie fündig geworden war. Sie stupste mich an und meinte, ich solle ihr folgen. Wir schoben uns vorbei an Zuschauern und Reportern, die in ihre Vorberichte vertieft waren, und gelangten zu einer

kleinen Gruppe von Männern. Bereits beim ersten Anblick war mir klar, dass diese Leute kein guter Umgang für brave Mädchen waren. Bibianas Nervosität war erklärt. Offenbar war ihr bei dem Gedanken, diese Herren hier zu treffen, schon die ganze Zeit nicht wohl gewesen.
Sie trugen Kutten der berüchtigten, zwielichtigen Rockergang der „Outlaws". Immer wieder konnte man in Zeitung oder Fernsehreportagen von Gerichtsprozessen gegen Mitglieder der Gruppe lesen und hören. Man wusste nicht genau, welchen Geschäften sie nachgingen, aber ganz legal waren diese bestimmt nicht. Sofort wollte ich hier weg, konnte aber meine Schwester nicht einfach stehen lassen.
Die Augen der Männer richteten sich gierig auf uns. Sie musterten erst Bibiana und mit einiger Verzögerung auch mich – wenn auch nicht weniger intensiv. Ich war froh, mich mit meinem hellbunten Batikkleid weit bedeckter eingekleidet zu haben und damit nicht so ganz ihren Erwartungen an eine Frau zu entsprechen. Ich hob mein Kinn und versuchte, ihren Blicken mit Selbstbewusstsein zu begegnen.
Einer der Männer grinste breit und nickte kurz mit dem Kopf. Bibi und er traten zur Seite. Seine Kumpels starrten mich weiter an. Fast wollte ich schon fragen, was es da zu glotzen gäbe, entschied aber, dass es klüger wäre, hier niemanden unnötig zu provozieren. Sollten sie glotzen. Um gleichgültig zu wirken, schaute

ich erst Richtung Ring und dann zu Bibiana, die sich immer noch mit dem Mann, der der Anführer zu sein schien, unterhielt. Sie redeten eine ganze Weile. Die beiden diskutierten heftig. Plötzlich griff der Rocker nach Bibis Kinn und zwang sie, ihn anzusehen.
Beide funkelten sich gegenseitig an. Er bedrohlich und warnend, sie mit Verachtung und Abscheu. Was passierte da? Warum waren wir hier? Was hatte ich damit zu tun? Wir mussten hier weg und dann würde ich Bibiana zur Rede stellen. Ich wollte schon nach vorne stürzen, um meiner Schwester zur Hilfe zu eilen, als er ihr Kinn aus seinem Griff entließ und sie mir hastig entgegenstürzte.
„Hauen wir ab!", rief sie, als sie an mir vorbeiging. Ich folgte ihr zurück zu unseren Plätzen. Die Blicke der Männer auf unseren Hüften waren uns gewiss.

Die Rückkehr in das Corazón war für mich wie eine Heimkehr. Hier hatte alles begonnen. Hier hatte ich Anja und die anderen das erste Mal getroffen. Es fühlte sich gut hier an. Vanessa, Rachel und ich setzen uns auf die gleiche Couch, auf der ich das letzte Mal auch gesessen hatte. Peter wollte später zu uns stoßen, damit man keinen Verdacht schöpfen konnte. Anja hatte kurzfristig nicht kommen können.
Wieder waren Leute aus Politik und Musik mit im Raum. Alle schienen sich prächtig zu amüsieren. Ich hatte schon zwei Gläser Sekt getrunken, als Peter die Lounge betrat und sich nach einiger Zeit unauffällig zu

mir gesellte. Jedes Mal, wenn jemand hereinkam, erfüllten die Beats der Tanzfläche dröhnend den Raum.

„Frag doch den Kammer, ob er dir ein Interview gibt. Du fotografierst bisher nur Models oder Schauspieler. Ein Politiker wäre mal was Neues. Du könntest in andere Bereiche der Presselandschaft vordringen", motivierte ich ihn.

„Mal sehen. Ich geh später vielleicht mal rüber", raunte er und machte sich auf, um ein Gespräch mit einem Sänger der Band „Thriller" anzufangen. Ich bestellte mir noch ein Glas Sekt und beobachtete die Leute. Ähnlich wie beim letzten Mal, bewegte sich nach einiger Zeit der Vorhang und Leonora blickte wieder aus dem Vorraum heraus in die Lounge. Sie trug das gleiche gelbe Kleid und ihr Blick wirkte gleichermaßen feurig, wie ich ihn noch in Erinnerung hatte.

Unruhe machte sich breit. Jeder, den sie für kurze Zeit fokussierte, stand auf und verließ den abgetrennten Bereich. Zu meinem Erstaunen streifte ihr Blick auch mich. Ich verstand die unausgesprochene Aufforderung und folgte dem Rest. Vanessa, Bibiana, Carmen und ich gingen mit einigen Männern, unter ihnen Staatssekretär Kammer, vor die Lounge. Gleich nebenan war ein kleiner Raum mit bequemen Sesseln. Als alle eingetreten waren, wurde die Tür verschlossen. Ohne Umschweife startete Leonora ihre

Rede. Temperamentvoll und leidenschaftlich begann sie, für das geplante Einkaufszentrum zu werben.

„Unabhängig von den Verträgen ist es an der Zeit, Taten sprechen zu lassen, meine Herren. Ich halte sie alle für fähig und einfallsreich genug, sich bezüglich der aufgetauchten Probleme etwas einfallen zu lassen."

Dann wandte sie sich direkt an Kammer. „Herr Staatssekretär, sie sind ein so mächtiger Mann und ich eine so unbedeutende Frau. Sie haben doch sicher ein Ass im Ärmel. Große Männer sollten immer große Pläne haben. Sie lassen sich doch nicht von einer Meute dahergelaufener Querulanten aufhalten. Sie wollen mich doch nicht enttäuschen?" Jeder im Raum spürte ihre Macht, ihren Einfluss und auch bei Kammer hinterließen ihre Worte Wirkung.

„Wenn es uns nicht gelingt, kommen schwere Zeiten auf uns alle zu. Ich kann nicht zulassen, dass wir unseren Zeitplan nicht einhalten. Denken Sie bitte auch an ihre Familien, Ihre Karrieren. Was das alles für Auswirkungen hätte – nicht auszumalen." Leonora ließ diese unverhohlene Drohung im Raum wirken. Keiner der Anwesenden wagte, sich zu bewegen. Die Kulisse wirkte erstarrt. Nur das Hämmern von der Tanzfläche ließ sich von Leonoras Rede nicht beeindrucken.

„Setzten Sie sich bitte heute Abend noch an eine Problemlösung oder unsere Berater ...", sie betonte das Wort auffällig, „ ... werden Ihnen behilflich sein.

Fräulein Bibiana hat bereits Kontakt mit unserer Agentur aufgenommen. Ich möchte nicht ins Detail gehen." Schweißperlen bildeten sich auf Kammers Stirn. Auch die anderen Herren schienen sich in diesem Raum nicht mehr wohlzufühlen.

„So, da das Geschäftliche geklärt scheint, wollen wir zum gemütlichen Teil kommen. Seien Sie unsere Gäste. Wenn Sie einen Wunsch haben, werden wir Ihnen diesen sicher erfüllen können." Während sie die nunmehr zuckersüßen Worte sprach, fixierte sie Bibiana, die mit traurigem Blick ins Leere starrte. Offenbar wusste sie genau, was Leonora damit meinte. Es schien ihr nicht zu gefallen, mehr noch, sie zu betrüben. Die Priorin erhob sich und verließ, ohne sich noch einmal umzudrehen, den Raum. Langsam, wie nach einem heftigen Donner, rappelten wir uns aus den Stühlen auf und folgten ihr zurück in die Lounge.

Kapitel 25
„Vertrauen ist Mut, und Treue ist Kraft."
Marie von Ebner-Eschenbach

Seit ich eine Vestalin war, hatten sich zwar viele Fragen beantwortet, aber stetig waren neue hinzugekommen. Lange überlegte ich, was ich genau bei diesem Boxkampf an Bibianas Seite gemacht hatte. Warum sie sich mit den „Outlaws" traf und was das alles im Zusammenhang bedeutete.

Ich begann, die Presse zu verfolgen und recherchierte im Internet über das geplante neue Einkaufszentrum in München. Eine Investorengemeinschaft hatte viele Grundstücke im Zentrum der Stadt aufgekauft. Wie es aussah, hatten sie einiges getan, die Gebäude leer zu bekommen. Nun waren die Pläne für die neue Shoppingmall fertig und genehmigt, aber eine Bürgerinitiative hatte Klage eingereicht. Nach dem Stand der Dinge hatte der Münchner Abgeordnete und Staatssekretär Kammer seinen Einfluss geltend gemacht, um das Projekt zu unterstützen. Die Beschwerde der Initiative gegen den Neubau war die letzte Hürde, die das Vorhaben noch zu Fall bringen konnte.

Die Sprecher betonten, sie wollten ihren Stadtteil lebens- und liebenswert erhalten, mit den vielen kleinen Parks und der aktuellen Struktur. Ein Einkaufszentrum mit einem großen Parkhaus passe einfach nicht in ihr Viertel. Außerdem gebe es schon genug Einkaufsmöglichkeiten in der Nähe. Auch Staatssekretär Kammer stand in der Kritik. Unbekannte hatten sein Auto beschädigt. Seine Kinder wurden mit Polizeischutz zur Schule gebracht. Die Stimmung unter den Wutbürgern war aufgeheizt.

Allerdings fragte ich mich, ob wirklich die Gegner des Bauprojekts so weit gehen würden, Gewalt gegen Sachen anzuwenden. Oder ob nicht doch die Schwestern etwas mit dem Ganzen zu tun hatten? Wollte man dem Abgeordneten Angst einjagen, Druck auf ihn ausüben? Das, was Leonora gegenüber dem Staatssekretär geäußert hatte, war eine unverhohlene Drohung gewesen. Langsam fügten sich die Puzzleteile bei mir zu einem Bild.

Corinna hatte mir mal erzählt, Bibiana habe Kontakte zur Unterwelt, und Kontakt zu den „Outlaws" kam dem schon ganz nahe. Ich reimte mir zusammen, dass die Schwestern über Bibiana als Schnittstelle die Rocker beauftragt hatten, den einen oder anderen der Projektgegner unter Druck zu setzen. Denn auch bei den Demonstrationen gegen das Projekt kam es immer wieder zu Verletzten. Konnte es so gewesen sein? Teufel auch!

Wenn dem so war, stellte sich wiederum die Frage, was **ich** dann dort zu suchen hatte. War ich als Zeuge oder als Aufpasserin mitgekommen? Wollte Bibiana einfach nicht alleine zu diesem Treffen gehen oder hatte es noch mehr Gründe? Ich mochte mir gar nicht weiter den Kopf zerbrechen.

Neben all diesen Überlegungen und der Angst, ich könne tiefer mit in die Sache hineingezogen werden, lief mein Leben ganz normal weiter. Ich ging ins Büro zur Arbeit und suchte in meiner Freizeit nach einer neuen, größeren Wohnung. Peter hatte es gleich gewusst, dass mir irgendwann mein Zimmer zu klein werden würde, wenn man sich die Beträge auf meinem Bankkonto länger ansah.

Ich bot ihm an, mit mir zusammenzuziehen, aber er lehnte mein Angebot ab. Er murmelte irgendwas von „Freiheit" und „noch zu früh" und ich fühlte, dass sich irgendeine unsichtbare Wand zwischen uns aufgebaut hatte.

„Vertraust du mir nicht oder warum ziehen wir nicht zusammen?"

„Ich hab's dir doch schon gesagt. Ich finde, es ist zu früh. Außerdem will ich nicht in einer Wohnung wohnen, die von den Schwestern bezahlt wird."

„Aber wer das bezahlt, ist doch egal. Ob nun deine Verleger oder meine Freundinnen."

„Nein, das ist nicht egal", entgegnete er mir aufgebracht. „Meine Verleger sind ehrliche Menschen. Deine Freundinnen haben Blut an ihren Händen." So erregt hatte ich ihn noch nie erlebt.

„Stimmt doch nicht! Es ist nur ..."

„Es ist nur was? Es ist alles geheim! Es ist alles exklusiv und es sind alles Dinge, von denen ich nichts wissen darf. Die Sache mit dem Vertrauen hat zwei Seiten, Larissa! **Ich** bin es nicht, der damit ein Problem hat."

„Ich doch auch nicht!", schrie ich jetzt zurück. „Ich vertraue dir doch!"

„Aha, und warum kannst du mir dann nicht sagen, wohin du alle vier Wochen fährst? Warum kannst du mir nicht sagen, wo ihr euch immer abends trefft und mit wem? Nein Larissa, du vertraust mir nicht!"

„Tu ich doch", murmelte ich trotzig, fast wie ein kleines Kind.

„Dann sag mir doch, wo dieses Avalon ist, von dem du immer redest."
Schweigen! Langes, tiefes Schweigen. Ich konnte es ihm einfach nicht erzählen. Es war zu gefährlich für ihn und vor allem auch für mich! Nach einer Weile sagte er: „Da siehst du's!", und verließ meine Wohnung.
Es dauerte einige Tage, bis er sich beruhigt hatte und wir wieder normal miteinander sprechen konnten. Trotz allem stand das Thema künftig zwischen uns und begann, uns immer weiter zu trennen. Keine Beziehung übersteht Heimlichkeiten für eine lange Zeit. In diesem Fall musste ich etwas unternehmen, wenn ich ihn nicht verlieren wollte. Und ich wollte ihn nicht verlieren. Doch bevor ich mich intensiver darum kümmern konnte, riss mich eine SMS aus meinen Überlegungen.
„Heute Abend, 21:00 Uhr vor dem Black Pearl!", lautete Corinnas knappe Nachricht. Es war also so weit. Mein Versprechen wurde eingefordert.
Glücklicherweise blieb mir nicht viel Zeit, mir nochmals groß Gedanken über Corinnas Situation zu machen und neue Ausreden für mich zu erfinden. Ich musste da jetzt durch. Also ging ich zu meinem Schrank, holte ein schwarzes Minikleid mit tiefem Ausschnitt heraus, das wie gemacht für einen Freitagabend in der Disco war, und ging ins Bad.
Nach einiger Zeit war ich fertig. Ich nahm mein Handy vom Tisch, steckte es in meine kleine schwarze

Handtasche und stelzte die Treppen hinab vor die Haustür. Ich hatte überlegt, mit der S-Bahn zu fahren, wollte mir aber nicht die ewig dummen Anmachsprüche der halbstarken Jugendlichen in meinem Alter anhören müssen. Also rief ich mir ein Taxi.

Zehn Minuten vor Neun stellte ich mich vor den Eingangsbereich des Black Pearl und wartete. Ich sah die Menschen an mir vorbei ziehen und den Club betreten. Einige der Männer sahen sich nach mir um. Manche pfiffen leise und wieder andere wollten mich einladen mit ihnen gemeinsam feiern zu gehen.

Ich war es inzwischen gewohnt, angesprochen zu werden, war ich doch zunehmend mit sexy Abendkleidung und High Heels unterwegs. Es war so etwas wie meine Dienstkleidung geworden, und die mir entgegengebrachte Aufmerksamkeit störte mich auch nicht sonderlich. Allerdings wurde mir in dem knappen Kleid langsam kalt. Wo blieb nur Corinna?

Ich musste noch einige Minuten mehr warten, bis sie auf mich zugelaufen kam. Auch sie hatte sich für die Disconacht ins Zeug gelegt. Sie trug ein schwarzes Bikini-Top mit einem Rock, den mein Vater als „breiten Gürtel" bezeichnet hätte. Dazu die obligatorischen Pumps. Ihre frisch geföhnten, blonden Haare wehten elfengleich im Wind, als sie auf mich zukam. Lange silberne Ohrhänger baumelten neben ihren Wangen. Sie wirkte aufgekratzt und überschwänglich fröhlich, als sie mich begrüßte.

„Hi Larissa! Mensch, schön dass du gekommen bist! Freut mich echt, dass du mich nicht hängen lässt!" Mit ausgebreiteten Händen fiel sie mir um den Hals.
„Hast du was genommen?", war meine raue und ernst gemeinte Begrüßung.
„Und wenn schon", flötete sie, „Ist doch auch egal. Heute zählt's! Ich setze heute alles auf eine Karte."
„Was bedeutet du setzt alles auf eine Karte?", wollte ich wissen. Corinna grinste!
„Rachel hat auf das morgige Spiel zehntausend Euro setzen lassen. Wenn ich es schaffe, das Match zu verschieben, werde ich aufgenommen. Wenn nicht, bin ich raus!" Sie sagte das so beiläufig und gleichgültig, dass ich mir nun ernsthafte Sorgen um sie machte. Was um Himmels willen hatte sie sich eingeworfen? „Wenn das hier nicht klappt, kann ich mich nur noch aufhängen!"
„Sag so was nicht", erwiderte ich empört, aber Corinna verzog keine Miene, wurde nur etwas ernster.
„Die Schwestern würden so einen Verlust nie dulden und von mir gleich zweimal nicht!", fügte sie bitterernst hinzu.
„Aber sie bringen deshalb keinen um! Du wärst halt raus, weg von der Schwesternschaft, aber deswegen muss man sich nicht aufhängen. Du solltest keine Drogen nehmen!" Ich war nun ärgerlich, aber mehr, weil ich mit der Situation nicht klarkam. Da Corinna nicht zurechnungsfähig war, hatte ich so etwas wie

die Verantwortung für sie oder glaubte zumindest sie zu haben.
Corinna starrte auf die Straße, schaute dann auf und beobachtete die Leute, die in den Club gingen. Als sie mich wieder ansah, hatte sie Tränen in den Augen.
„Vielleicht schicken sie mich auch nur in einen Puff. – Larissa, ich hab einen Fehler gemacht. Es ist schon einige Zeit her, aber bei mir ist es nicht wie bei dir. Ich kann von den Schwestern nicht mehr weg. Wenn ich nicht aufgenommen werde, bin ich erledigt. Ich weiß nicht, was sie dann mit mir machen, aber ... aber ich hab Angst, was dann passiert."
Von einem Moment auf den anderen war ihre Stimmung von manisch zu depressiv gekippt. Jetzt stand nur noch ein Häufchen Elend vor mir. Was konnte sie getan haben, das sie so in die Enge getrieben hatte? Ich wusste es nicht, aber mir war nun klar, dass ich ihr helfen musste, was immer es auch kostete.
„Ach, Corinna", flüsterte ich daher nur und nahm sie in meine Arme. „Was hast du denn nur angestellt?" Ich streichelte ihr behutsam über den nackten und inzwischen kühlen Rücken, bis sie sich wieder im Griff hatte.
„Also, pass auf!", sagte sie schließlich, als die Tränen getrocknet waren. „Morgen spielt ein Verein aus der Nähe von Stuttgart gegen den Verein, von dem ich dir erzählt habe. Da drinnen feiern die Jungs gerade den Geburtstag ihres Stürmers. Unser Job ist es, dass es

eine unvergessliche Party wird. Keiner der Spieler darf morgen auch nur annähernd fit genug sein, um ein Regionalligaspiel zu bestreiten. Wie wir das anstellen, ist mir scheiß egal!" Sie grinste mich an.
„Und was genau willst du jetzt machen?"
„Na wir gehen rein, feiern ein bisschen und schauen, dass sie ordentlich trinken."
„Das ist dein Plan?"
„Das ist mein Plan! Also los!"
Ich seufzte: „Ein scheiß Plan ist das!"

Kapitel 26
„Essen und Beischlaf sind die beiden großen Begierden des Mannes."
Konfuzius

Corinna und ich betraten gemeinsam den Club. Die Türsteher ließen uns kommentarlos passieren. Ich war froh, endlich in der schwitzigen Wärme des Black Pearl angekommen zu sein, da mir langsam aber sicher kalt wurde. Herbstnächte konnten sehr frisch sein, und da ich wenig Stoff trug, musste ich mich erst einmal aufwärmen. Aber Corinna ließ mir keine Verschnaufpause und so stöckelten wir suchend über die Tanzflächen. Der Innenraum wirkte dunkel und wurde zudem mit künstlich erzeugtem Rauch vom Dancefloor her erfüllt. Die Scheinwerfer bestrahlten den so entstandenen Nebel und zauberten wunderbare Lichtspiele.

Als hätte meine Begleiterin ein irgendwie geartetes GPS-System, fanden wir die Gruppe der feiernden Fußballer sehr bald. Es mochten so sieben bis acht Spieler sein, die ziemlich ausgelassen tanzten und tranken. Die meisten von ihnen trugen Jeanshosen zusammen mit luftigen Hemden. Für die Disco waren sie alle etwas zu steif angezogen. Ihre Körper ließen erahnen, wie oft sie jede Woche trainierten.
Ich konnte mir nicht vorstellen, dass bei ihrer Feier viel Alkohol mit im Spiel war, da morgen ja für sie ein wichtiges Fußballspiel anstand. Ehe ich noch einmal kurz mit Corinna sprechen konnte, war sie auch schon auf dem Weg zu den Männern und begann sich bereits an einen der Spieler anzutanzen. Ich folgte mit Grummeln in der Bauchgegend. Ich fühlte mich hier nicht wohl, wollte am liebsten gleich wieder weg. Aber nach allem, was Corinna mir erzählt hatte, und nach dem, was ich selber über die Schwestern wusste, musste ich meiner Freundin jetzt beistehen. Vielleicht hätte ich es mir ansonsten nie verziehen, sie im Stich gelassen zu haben.
Ich steuerte also ebenfalls auf die Gruppe zu. Natürlich dauerte es nicht lange, bis auch ich die Aufmerksamkeit von einem der Männer hatte. Wir tanzten und nach einiger Zeit fragten sie uns, ob wir nicht mit zu den anderen kommen wollten. Konrad, so hieß ihr Stürmer, würde heute Geburtstag feiern. Selbstverständlich ließen wir uns diese Gelegenheit nicht entgehen, gratulierten artig und setzten uns

zwischen die Jungs. Corinna lief zur Hochform auf und schien mit allen gleichzeitig flirten zu wollen. Sie machte das, trotz ihres offensichtlichen Drogeneinflusses, gar nicht billig oder aufdringlich. Es war mehr so, dass ihr ganz von alleine alle Aufmerksamkeit zukam.

Erstaunt beobachtete ich, wie einer der Männer eine Runde Wodka für alle brachte und die Sportler diesen bereitwillig tranken. Die Stimmung wurde besser und verwundert stellte ich fest, dass Corinnas Plan Chancen hatte zu funktionieren. Sie wollte die Truppe einfach besoffen machen.

Auch ich flirtete mit den Jungs in meiner Umgebung. Robert, der sich als der Torwart herausstellte, schien Gefallen an mir gefunden zu haben. Allerdings hatte er Konkurrenz von Toni. Ich kokettierte mit beiden und stachelte so ihren männlichen Ehrgeiz erst richtig an. Nach einiger Zeit machten sich ein paar der Spieler auf, nach Hause zu gehen, und ermutigten auch die übrigen, ihrem Beispiel zu folgen. Corinna legte sich ins Zeug, um noch so viele wie möglich hier im Club zu behalten. Verheißungsvoll küsste sie den einen und forderte einen weiteren zum Tanzen auf. Sie hatte die Sache gut im Griff. Tatsächlich legten drei ihrer Verehrer ihre Jacken wieder beiseite und trotteten ihr nach auf die Tanzfläche. Jeder von ihnen hoffte wohl auf mehr.

„Bleibt nicht mehr zu lange. Ihr wisst ja, wegen des Spiels", meldete sich einer der sich verabschiedenden

Spieler, aber seine Kollegen schienen ihm kein Gehör zu schenken. Auch Robert und Toni blieben bei mir sitzen.

„Die gehen ja richtig ran", bemerkte Robert, als er Corinna mit ihren drei Trabanten beobachtete.

„Möchtest du auch tanzen?", fragte ich mit laszivem Unterton.

„Der kann doch gar nicht tanzen", verkündete Toni kichernd von der Seite, da ich offenbar seinem Teamkollegen zu viel alleinige Aufmerksamkeit hatte zukommen lassen.

„Dann schlage ich vor, ihr holt uns noch eine Runde. Nicht, dass ihr euch auf der Tanzfläche verletzt", frotzelte ich. Toni sprang auf und holte neuen Wodka. Ich hätte gelogen, wenn ich behaupten würde, die Beachtung der beiden Männer hätte mir nicht gefallen. Jeder Frau würde das gefallen. Ich fühlte mich nur schlecht, weil ich keine ehrlichen Absichten mit beiden hatte. Ich wollte sie nur zu etwas verleiten, was sie ohne mich nicht gemacht hätten, nämlich länger als nötig im Black Pearl zu bleiben und zu viel Schnaps zu trinken.

Morgen würde ihr Trainer allen kräftig den Kopf waschen und ich war schuld. Aber für lange Überlegungen hatte ich keine Zeit. Toni kam mit den Getränken und ich ermutigte beide, zu trinken. Natürlich zeigte der Alkohol Wirkung, aber für einen Ausfall am morgigen Tag würde es noch mehr brauchen. Corinna kehrte zurück, küsste diesmal

einen anderen und bestellte eine Runde Bacardi für alle. Dann taumelte sie zu mir rüber und schrie, um die Musik zu übertönen: „Kommst du mit aufs Klo?"
Ich folgte ihr. In der Toilette angekommen, stellten wir uns beide vor den Spiegel und Corinna überprüfte Make-up und Haare. Dann kramte sie in ihrer Handtasche und zog zwei Kondome heraus, die sie mir zusteckte.
„Was soll ich damit? Ich dachte, wir füllen sie nur ab und das war's."
„Wozu du die Dinger verwendest, ist mir egal, aber morgen darf dein Torwart nicht am Spielfeld stehen!" Sie war wieder sehr ernst, gar nicht mehr ausgelassen und offensichtlich berauscht wie noch vor fünf Minuten. Sie suchte weiter und reichte mir zwei dunkle Fläschchen mit klarem Inhalt.
„Was ist das?"
„Kipp's ihnen in die Getränke!" Mit dieser Information verließ sie auch schon wieder die Toilette. Ich folgte ihr wie ein Hund dem Frauchen. Auf was hatte ich mich da nur eingelassen? Wir kamen zurück und wurden bereits sehnsüchtig von den fünf verbliebenen Spielern erwartet. Ohne Umschweife oder ein weiteres Wort steuerte Corinna zielsicher wieder auf ihre drei Jungs zu, welche es sich der Reihe nach auf einer kleinen Bank bequem gemacht hatten. Auf dem Weg zu ihnen ließ sie heftig die Hüften kreisen, was die Drei noch geiler machte, als sie

ohnehin schon waren. Hatte sie sich auf dem Klo etwa weitere Drogen eingeworfen?

Ich hörte noch, wie Corinna einem der Männer zu laut ins Ohr rief: „Du kannst ihn reinstecken, wo du willst." Ganz offensichtlich hatte sie sich nicht mehr im Griff. Ach Corinna, was hast du nur alles angestellt, dachte ich bei mir.

Lange konnte ich nicht darüber grübeln, denn auch meine beiden Männer buhlten weiter um meine Gunst. Zwischen Toni und Robert schien eine Art von Alkohol geschwängertem Wettbewerb ausgebrochen zu sein. Offenbar lief eine Wette, wer mich heute Abend ins Bett bekam. Mein Gott, wie billig, dachte ich. Mir konnte es ja nur recht sein.

Ich flirtete mit beiden, so gut es möglich war, und beobachte eine halbe Stunde später entsetzt, wie Corinna mit ihren drei Jungs aufbrach. Was hatte sie vor? Auch Robert und Toni registrierten den Abmarsch ihrer Kollegen. Die Vier winkten uns zum Abschied zu und nahmen meine Freundin in die Mitte, die sich rechts und links bei jeweils einem Spieler einhakte. Der Abend war noch nicht vorbei!

„Na, wo werden die jetzt hingehen – zu viert", flüsterte Toni mir anzüglich ins Ohr.

„Ich weiß nicht. Sag du's mir", stellte ich mich dumm.

„Wir könnten ja auch aufbrechen. Fragt sich nur, mit wem du lieber abziehen möchtest." Sein breites und wenig verlegenes Gesicht signalisierte mir, dass wir am springenden Punkt angelangt waren und ich nun

Schiedsrichter ihrer Wette spielen sollte. Aber so einfach würden sie mir nicht davonkommen.

„Ich sage mal, ich bestellt euch beide noch ein Weizen. Wer es als Erster leer hat, mit dem geh ich dann heim. Ich will ja einen echten Kerl!" Die Männer schienen mit meinem Vorschlag einverstanden zu sein, hatte ich doch dadurch ihren sportlichen Egowettbewerb nur noch zusätzlich befeuert. Ich ging also zur Bar, bestellte zwei Weizen und brachte den Barkeeper mittels Augenaufschlag dazu, noch jeweils etwas Hochprozentiges dazuzugeben. Mit den präparierten Gläsern kehrte ich zurück.

Für einen Moment hatte ich überlegt, Corinnas Fläschchen zum Einsatz zu bringen, den Gedanken aber schnell verworfen. Ich wusste ja nicht einmal, was da drinnen war und ob die Jungs nach diesem Anschlag überhaupt nochmal wach wurden. Wenn sich jemand die Kante gab, weil er mich beeindrucken wollte, dann war das zwar im größten Maße idiotisch und weniger attraktiv, aber zumindest nicht illegal, was bei den Fläschchen mit Sicherheit anders gewesen wäre.

Mit gekonnter Serviererinnengeste stellte ich die Gläser auf den Tisch, beugte mich nach vorne und schaute beiden tief in die Augen. So etwas wirkte meistens. „Jungs, jetzt zählt's." Beide schienen schon startklar. Auf mein Zeichen setzten sie an und tranken die braune Flüssigkeit auf Ex. Zu meinem Bedauern konnten **beide** anschließend noch sitzen. Ich hatte gehofft, dass sie endgültig von ihren Stühlen fielen.

„Herzlichen Glückwunsch, Robert", flötete ich stattdessen. „Du hast eine unvergessliche Nacht gewonnen. Wusstest du das?"

In Roberts Augen sah ich Gier, in Tonis Zügen gleichgültige Enttäuschung. Die beiden konnten nicht mehr viel mitbekommen, was um sie herum geschah. Trotzdem schafften sie es, aufzustehen und mit mir den Club zu verlassen. Wir machten uns auf und bestellten zu dritt ein Taxi. Beiden schien es nicht mehr gut zu gehen. Wie zur Bestätigung entleerte Toni seinen Mageninhalt in die Fahrgastzelle. Es war ekelhaft.

Robert hatte sich besser in Griff und wir hatten begonnen, uns zu küssen. Natürlich hatte ich diese Grenze nicht überschreiten wollen, aber auch ich war vom Alkohol enthemmt und hatte in diesem Moment keinen Gedanken für Peter übrig. Er war irgendwo in einem hinteren Raum meines Gedächtnisses, gut verschlossen und aufgeräumt. Ihn würde ich erst wieder hervorholen, wenn dieser Abend endgültig vorbei war.

Robert trug Toni in sein Bett und legte ihn dort vorsichtig ab. Seinem Zimmergenossen war die ganze Sache gar nicht recht und er schimpfte fürchterlich. Wie man sich nur so unprofessionell verhalten könne. Aber Robert ignorierte ihn einfach. Dann führte er mich, mit einer Hand an der Hüfte, in Richtung seines

Schlafgemachs. War auch er zu zweit einquartiert? Mit Bedauern stellte ich fest, dass sein Zimmer leer war. Ich hatte gehofft, mich doch aus dem Staub machen zu können. Ich wollte nicht mit Robert schlafen! Ich war schon viel zu weit gegangen.

In mir machte sich, da wir die Zimmertür durchschritten hatten, ein dumpfes, ungutes Gefühl breit. Ich wollte nicht, ich konnte nicht länger hierbleiben. Doch Robert hatte die Tür zugeschlagen und kam in langsamen Schritten auf mich zu. Das, was er wollte, war in seinen Augen abzulesen.

„Du hör mal: Vielleicht solltest du dich jetzt besser noch etwas ausruhen. Ihr habt doch morgen ein Spiel."

„Glaub mir, ich weiß schon, was mir guttut", lallte er und kam weiter auf mich zu. Er berührte mich an der Schulter und streifte meinen rechten Träger ab. Das Kleid rutschte und meine Brust entblößte sich.

Oh mein Gott, oh mein Gott! Ich saß verdammt nochmal in der Falle. Teufel auch! Warum hast du dich auf diese Sache nur eingelassen? Mein Herz begann zu rasen. Panik machte sich breit. Ich dachte daran, einen Selbstverteidigungskurs zu belegen, aber das half mir auf die Schnelle auch nicht weiter. Natürlich war Robert größer und stärker als ich und stand zwischen mir und der Tür. Ich versuchte, seine Hände abzuwehren, aber er drückte sich enger an mich ran. Dann spürte ich seine Finger hart an meiner Brust. Es tat weh und ich stöhnte leise vor Schmerz auf, was Robert als Anfeuerung verstand.

„Nicht! Du tust mir weh!", flehte ich ihn an. Ich hatte Angst. Er packte fester zu und presste sich weiter gegen mich. Rein körperlich hatte ich hier keine Chance. Ich hätte heulen können, aber damit hätte ich meine Lage nicht verbessert. Also versuchte ich, mich zu beruhigen und nachzudenken. Um nicht weiter seinen Unwillen zu erregen und Zeit zu gewinnen, begann ich, an seiner Hose rumzufingern. Ich öffnete Gürtel und Knöpfe geschickt und hatte bald meine Hand an seinem Glied. Lustvoll stöhnte er auf und ließ gleichzeitig von meiner Brust ab.

Was sollte ich tun? Was Robert mit mir machen wollte, war klar, aber wie konnte ich ihm entkommen? Ich merkte Übelkeit in mir aufsteigen. Warum musste ich mich auch nur in diese Scheiße begeben? Hätte ich doch Corinna ihren Mist selber klären lassen. Wo sie wohl war? Sie hatte sich mit drei Männern gemeinsam verabschiedet.

Schicksalsergeben ließ ich mich an seinen Füßen hinabsinken, bis mein Mund auf Höhe seines Glieds war. Mit der linken Hand griff ich danach und begann zu reiben. So gewann ich Zeit. Wenn es schon sein musste, war es mir so lieber, als ihn auf und in mir zu ertragen.

Er stöhnte und meine Bewegungen wurden intensiver. Plötzlich, als hätte jemand versehentlich die falsche Steuerungstaste betätigt, entfernte sich sein Glied langsam von mir. Mit einer unbeholfenen Seitwärtsbewegung fiel er dumpf zu Boden. Ein tiefes Grunzen drang aus seiner Kehle, gefolgt von lauten Schnarchgeräuschen. Der Alkohol hatte doch noch gewonnen. Schnell raus hier, dachte ich, nahm meine Schuhe von den Füßen, hastete zur Tür und lief den Gang hinunter. Teufel auch! Nie wieder würde ich mich in so eine Situation bringen! Nie wieder!

Kapitel 27
„Vertrauen wird dadurch erschöpft, dass es in Anspruch genommen wird."
Bertolt Brecht

Als ich am nächsten Tag erwachte, hatte ich Kopfschmerzen und mir war übel. Von mir selber entsetzt, rekapitulierte ich die Vorkommnisse der letzten Nacht. Mit Abstand betrachtet, war ich extrem leichtsinnig gewesen, ganz abgesehen von den moralischen Aspekten meines Handelns. Ich war über das Ausmaß meiner dunklen Seite angewidert.
Wie leicht ich alle meine Grundsätze über den Haufen geworfen hatte und mich nur von dem Verlangen nach Macht und meinen Trieben leiten ließ. Ich hasste mich dafür. Dass ich dabei selber betrunken war, reichte nur unzureichend als Entschuldigung aus. Trotzdem gab es tief in mir drinnen einen Teil, der sich ganz wohl in seiner Haut fühlte. Der es genoss, beachtet und bewundert zu werden und dem das

Leben auf Partys und unter Prominenten gefiel. Was davon war wirklich ich?

Ich wälzte mich aus dem Bett und suchte eine Schmerztablette. Auch ich hatte gestern nicht unerheblich getrunken und bekam nun die Quittung. Was war mit Corinna geschehen? Ging es ihr gut? Sie war mit drei Typen gleichzeitig abgezogen. Und was, wenn ihr etwas passiert war? Ich suchte mein Handy und fand es in meiner Handtasche. Müde wählte ich ihre Nummer und wartete. Nach einigen Augenblicken nahm sie ab. Auch ihrer Stimme klang geplagt.

„Ja, was gibt's?"

„Hi, hier ist Larissa. Ich wollte nur hören, ob es dir gut geht."

„Geht's mir", war die knappe, verkaterte Antwort.

„Du hörst dich aber nicht so an", hakte ich, wie eine nervige Mutter, nach.

„Ich glaube, du bist in diesem Punkt kein guter Ratgeber", war ihre genervte Erwiderung.

„Nein, vielleicht nicht. Aber nach allem, was passiert ist, hab ich ein Recht darauf zu erfahren, was du gestern noch gemacht hast. Was hast du mit den drei Typen angestellt?"

Ein langes Schweigen erreichte mich, solange, dass ich glaubte, sie hätte aufgelegt. Dann vernahm ich ein tiefes Seufzen. „Keiner läuft heute auf. Das sollte dir reichen."

„Haben sie dir was getan? Haben sie dich zum Sex gezwungen?"

„Gezwungen?", Corinna lachte höhnisch auf. „Nein, haben sie nicht. Mir ist nichts passiert, was ich nicht wollte. Mehr musst du nicht wissen." Musste ich nicht? Ich wäre wegen ihr fast vergewaltigt worden und sie tat das alles ab, als wären wir mal eben zum Bäcker ums Eck gegangen. Sie realisierte wohl, dass ihre Antwort zu aggressiv war, und fügte daher versöhnlich hinzu: „Du, es tut mir leid. Danke, dass du gestern mitgekommen bist. Ich hätte es ohne dich nicht geschafft. Wenn du wegen mir Stress hattest, dann tut's mir echt leid."
„Schon gut!", erwiderte ich härter als beabsichtigt. „Jetzt ist ja alles gut. Versprich mir, dass du so was nicht mehr machst."
Erneut ein Seufzen. „Versprochen!", aber es klang nicht, als ob sie es meinte, wie sie es sagte.
„Du, ich leg mich wieder hin!", beendete sie schließlich das Gespräch und wir verabschiedeten uns.

Neugier trieb mich erst am Nachmittag aus dem Bett und vor meinen Laptop. Ich wollte das Spiel der SV Ludwigsburg hier in München am Liveticker mitverfolgen. Bereits im Vorbericht konnte ich lesen, dass der SV durch eine Magen-Darm-Infektion stark geschwächt worden war. Es hieß, fünf Stammspieler konnten wegen Krankheit nicht an der Partie teilnehmen. Dem haushohen Favoriten würde heute ein hartes Match bevorstehen. Und genauso kam es. Die ersatzgeschwächten Ludwigsburger mussten mit

ihrem Reservetorwart antreten, da auch die eigentliche Nummer eins mit schweren gesundheitlichen Problemen zu kämpfen hatte.
Unglaubliche sechs Mal musste Roberts Ersatzmann hinter sich greifen und so endete das Spiel mit 6:1 für die Münchner. Als ich das Endergebnis las, überkam mich ungewollt ein Gefühl von Macht. Nur Corinna und ich wussten, dass dieses Ergebnis alles, aber kein Zufall war. Wir hatten es geschafft, eine ganze Fußballmannschaft außer Kraft zu setzen. Auch wenn der Preis in meinen Augen sehr hoch gewesen war, fühlte ich mich wie die Herrin über Sieg und Niederlage. Teufel auch!
Dieses Resultat bedeutet auch, was immer Corinna gedroht hatte, sie war gerettet. Die Schwestern hatte durch Wetten wohl viel Geld gewonnen. Sie würde nun in die Schwesternschaft aufgenommen werden. Auch mein Versprechen hatte ich somit gehalten.

Den ganzen Samstagabend und auch den Sonntag hatte mich eine Frage nicht mehr losgelassen. Vor was hatte Corinna so viel Angst gehabt? Was wäre ihr passiert, wenn sie es nicht geschafft hätte, ihre Aufgabe zufriedenstellend zu erledigen? Ich hätte Anja fragen können oder auch Vanessa, entschied mich aber Rachel, Corinnas Tutorin, anzurufen und sie um ein Gespräch zu bitten.
Wir trafen uns Sonntagnachmittag in genau dem Café, in dem mir meine Patin damals das erste Mal von den

Schwestern erzählt hatte. Rachel war eine angenehme Erscheinung, bei der man nie davon ausgig, sie würde jemanden anlügen oder etwas im Schilde führen. Sie war immer offen und ehrlich, wirkte nur meist schüchtern. Stets trug sie ihr großes Amulett um den Hals, welches für sie wie ein Markenzeichen war.
Ihre dunkelblonde Mähne umrahmte ihr makelloses Gesicht. Neben Anja war sie die einzige Vestalin, die meistens mit wenig Make-up auskam. Ihre dunklen sanften Augen hatten einen so natürlichen und ruhigen Ausdruck, dass sie mit zu viel Farbe nur verunstaltet worden wären. Wir bestellten uns beide Kaffee und Kuchen, dann legte ich los.
„Erst mal schön, dass du dir so schnell Zeit nehmen konntest. War ja ziemlich kurzfristig."
„Für eine Schwester mach ich das doch immer. Es hat sich am Telefon auch ziemlich wichtig angehört."
„Ist es auch, zumindest für mich. Ähm – Du bist Corinnas Tutorin und weißt sicher, was sie für einen Plan hatte, um ihre Aufgabe zu erfüllen." In Rachels Zügen verriet kein Muskel, was sie gerade dachte. „Ich nehme an, du hast ihr geraten, sich Hilfe zu holen?"
Immer noch schaute ich in Rachels regungslose, freundliche Miene. Da sie keine Anstalten machte, auf mich einzugehen, versuchte ich es anders. „Corinna hatte sehr viel Angst vor dem, was ihr passieren könnte, wenn sie es nicht schaffen würden. Kannst du mir sagen, warum es bei ihr anders war als bei anderen Novizinnen?"

Rachel begann, in ihrem Kaffee umzurühren und von dem Kuchen zu essen. Ich saß ihr gegenüber und wartete auf ihre Antwort. Die Ruhe zwischen uns wurde nur durch das Klappern und Klirren des Bestecks durchbrochen.

Als das Schweigen zu mächtig wurde, schaute sie mich schließlich an und sagte: „Du weißt, dass wenn das, was du sagst, stimmt, hier einige Regeln der Schwesternschaft verletzt worden wären? Mit Konsequenzen für alle Beteiligten. Bei der Aufgabe der Novizinnen darf niemand helfen. Die Novizin darf niemandem erzählen, was sie macht und wie ihr Status in der Gemeinschaft ist." Sie hielt kurz inne, um einen Bissen zu essen. „Darum sage ich, mal rein hypothetisch, könnte es so sein, dass ein Mädchen, aus welchen Gründen auch immer, zu viel über die Schwestern herausbekommen hat. Wenn das der Fall wäre, blieben uns nur zwei Möglichkeiten. Entweder wir stellen sicher, dass es nichts, aber auch gar nichts weitererzählt oder wir versuchen es aufzunehmen, falls sich eine Tutorin findet. Wenn es ein solches Mädchen nicht schafft, sich würdig zu erweisen, haben wir ein großes Problem. Wir können sie nicht einfach verstoßen wie die anderen, sondern wir müssten sie für alle Zeit unter Kontrolle behalten." Sie machte erneut eine kleine Pause. „Es gibt immer wieder Aufgaben, die wir nicht selber erledigen wollen. Sie haben Risiko und sind nicht angenehm. Es wäre vorstellbar, dass dieses Mädchen solche

Aufgaben erledigen müsste." Rachel nahm abermals einen Schluck von ihrem Kaffee und schaute mich über den Rand der Tasse an. Teufel auch!

Kapitel 28
"Lernen, ohne zu denken, ist eitel. Denken, ohne zu lernen, gefährlich."
Konfuzius

Durch die Geschehnisse der letzten Monate hatte ich mich verändert. Ich achtete mehr auf mein Äußeres und versuchte, die mich umgebende Perfektion zu erreichen. Ich war disziplinierter und härter geworden. Ich war dem Leben gegenüber nicht mehr so offen wie früher und überlegte, wo ich zuvor spontan gewesen war. Das alles machte mich irgendwie erwachsener und reifer, wenn auch auf eine beschwerte Art und Weise. Disziplin brauchte ich auch für mein Vorhaben, einen Halbmarathon zu laufen. Es waren noch knapp fünf Wochen und ich trainierte nach festem Plan. Ich fühlte mich fit und der Herausforderung gewachsen. Das Training machte mich frei im Kopf und ich hatte Zeit nur für mich.
Andere Aspekte meines Lebens waren nicht mehr so einfach. Das Thema der Vestalinnen stand immer mehr zwischen mir und Peter. Es wuchs wie ein Tumor, der unsere Beziehung zerfraß. Eigentlich liefen alle Diskussionen immer auf den gleichen Punkt hinaus, nämlich, dass ich ihm zum Zeichen meines

Vertrauens entweder den Ort des Klosters oder aber weitere Namen der Mitglieder nennen sollte. Für beides sah ich keine Veranlassung, hielt es teilweise sogar für gefährlich.

Dass die Schwestern kein loser Zusammenschluss waren, war mir spätestens bei meiner Initiation klar geworden. So freundlich sie auch vordergründig waren, im Grunde wollten sich alle in ihrem jeweiligen Streben nicht behindern lassen. Nicht von mir und schon gar nicht von Peter. Sie wollten nicht in das Licht der Öffentlichkeit gezogen werden und mehrmals hatte man mich ermahnt, niemandem von unserem Bund zu erzählen. Ich hatte keinen Drang herauszufinden, was genau die Konsequenzen waren, wenn ich es doch täte.

Eigentlich hatte ich mit Peter über ganz andere Dinge sprechen wollen. Über uns, unsere Zukunft und vielleicht auch, wann wir den nächsten Schritt machen sollten. Selbstverständlich küssten wir uns, wenn wir uns trafen, und verbrachten viel Zeit zusammen, hatten aber bisher nicht miteinander geschlafen. Ich wollte anfänglich auch nichts überstürzen. Nunmehr fand ich es aber an der Zeit, diesen entscheidenden Schritt zu gehen, und wollte mich aus tiefstem Herzen endlich auf diese Weise mit Peter verbinden.

Die Zeit war reif und ich bereit. Teufel auch! Das hörte sich jetzt wahnsinnig pathetisch an. Wenn man mich die letzten Wochen so gesehen hatte, fiel es sicher schwer zu glauben, dass ich im Grunde eine treue

Seele war. Mir waren diese altmodischen Tugenden wichtig und ich hatte noch nie einen One-Night-Stand. Allerdings kam alles anders. Wir lagen auf meinem Bett und hatten den Fernseher laufen. Wir küssten und streichelten uns. Ich fand es den geeigneten Moment, die Initiative zu ergreifen. Meine Küsse wurden heftiger, leidenschaftlicher und ich begann, seine Hose zu öffnen. Anfangs steigerte er seine Erregung mit mir, um sich irgendwann von mir loszumachen.
„Ich halte das für keine gute Idee", keuchte er.
„Warum?", wollte ich tief atmend und verstört von ihm wissen.
„Larissa, so was sollte man nicht machen, nur weil es langsam an der Zeit wäre. Man sollte einander vertrauen."
„Aber ich vertraue dir!", beteuerte ich zum wiederholten Male.
„Nein, tust du nicht. Zumindest nicht so, wie man es in einer Beziehung sollte."
Genervt drehte ich mich auf den Rücken. Ich wusste, was nun folgte.
„Du brauchst nicht so genervt zu schauen. Ich verlange ja nichts Außergewöhnliches. Ich möchte nur wissen, wohin meine Freundin immer geht, wenn sie weggeht. Ist das zu viel verlangt? Wenn du dieses Vertrauen nicht aufbringen kannst, dann sollten wir mit dem Sex auch noch warten."

„Ach, Peter", seufzte ich und wandte mich wieder zu ihm hin. „Es geht einfach nicht und es hat doch keine Bedeutung."
„Für mich schon!"
Ich überlegte. War es wirklich ein so großes Problem, wenn er wusste, wo unser Kloster stand? Wem sollte er es schon preisgeben? Er war aufgestanden und hatte sich etwas zu trinken geholt. Ich sah in seine hellblauen Augen. In seinen erwartungsvollen Blick, der fast gierig auf meine Antwort wartete. Er wirkte nervös und unnatürlich angespannt.
„Ich will es dir ja erzählen, aber ich weiß es selber nicht", log ich.
„Tust du doch! Jede Vestalin weiß, wo sie hin muss, wenn Leonora ruft."
Ich musste mich entscheiden. Für oder gegen ihn. Was war mir wichtiger? „Okay, ich sag's dir, aber du darfst es unter keinen Umständen jemandem weitersagen." Ein letztes Mal holte ich tief Luft, ehe ich begann: „Alle vier Wochen ist ein Gemeinschaftswochenende mit Vestalinnen und Novizinnen. Wir treffen uns in einem alten Gebäude, einem Kl...", der Rest des Satzes blieb unausgesprochen, da mein Handy klingelte. Schnell sprang ich auf und meldete mich, froh Zeit gewonnen zu haben. Ich horchte in den Hörer. Aus den Augenwinkeln sah ich, wie Peter zornig aufsprang und die Tür hinter sich ins Schloss schlug.

Ich wollte aufspringen, ihm hinterher, aber Leonoras Stimme hielt mich am Handy fest. **Sie** rief mich an! Teufel auch! Ich kam mir ungeheuer wichtig vor und lauschte dem, was sie zu sagen hatte. Sie lud mich für den gleichen Abend zu einem kleinen Empfang zu sich nach Hause ein. Sie nannte mir die Anschrift ihrer Villa und meinte, ich solle so gegen 21:00 Uhr bei ihr sein. Dann legte sie auf und ich mich ins Zeug. Ich hatte jetzt keine Zeit mehr über Peter, seinen Ärger und unsere Beziehung nachzudenken. Leonora erwartete von mir einen perfekten Auftritt. Aus diesem Grund machte ich mich unverzüglich ans Werk. Ich duschte und rasierte mich, zupfte meine Augenbrauen nach und bewegte mich dann zu meinem Schrank, um die Kleiderwahl zu treffen.

Meine Wahl fiel auf ein knielanges, blaues Abendkleid von Issa, welches mir, nach meiner Auffassung, besonders gut stand. Ich drehte mir kleine Locken, nahm Ringe, Ohrringe und Armreifen aus meinem Schmuckkästchen und umhüllte mich mit einem starken, markanten Duft. Meine dunkelroten, kräftigen Lippen passten zum Laub der herbstlich gefärbten Bäume, die um Leonoras Villa standen. Ich hatte ein Taxi bestellt, um mich dort hinzubringen, und war überrascht, dass trotz der vorgerückten Stunde keine anderen Autos zu sehen waren. Ich öffnete meine Handtasche, entlohnte den Fahrer und stieg dann aus dem Wagen und die Treppen zum Eingang hinauf.

Es war eine große Tür, die dem Haus etwas von einer alten adeligen Macht vermittelte, auch wenn das Gebäude sicherlich erst neueren Datums war. Ich klingelte und eine junge Frau in Dienstmädchenuniform öffnete mir und führte mich in einen wohnlichen Raum mit Kamin und einer kleinen Sitzgruppe.

Feuer knisterte wohlig vor sich hin. Es schien, als habe Leonora auf mich gewartet. Als wir das Zimmer betraten, legte sie das Buch, in das sie gerade vertieft war, ab, erhob sich und kam mir entgegen. Auch sie hatte sich für den Abend mächtig herausgeputzt. Sie trug ein rotes Abendkleid, rote Sandaletten mit Absatz, was mit ihren pechschwarzen Haaren einen atemberaubenden Kontrast abgab.

„Danke, Fiona, Sie können gehen", sagte sie in Richtung des Dienstmädchens, welches sich sofort entfernte.

„Larissa, schön, dass du gekommen bist. Setzt dich doch", begrüßte sie mich herzlich und bat mich mit einer Geste, mich mit ihr an den kleinen Tisch zu setzen.

„Wo sind die anderen?"

„Welche anderen? Es kommt niemand mehr!"

„Aber ich dachte ..."

Sie lachte kurz auf. „Ich wollte nur, dass wir beide uns etwas Schönes anziehen, wenn wir uns hier treffen. Ich mag gut gekleidete Menschen um mich herum."

Sie lächelte ein verträumtes Lächeln und deutete mir erneut mit einer Hand an, mich an den Tisch zu begeben. Wir setzten uns und sie schenkte uns je ein Glas Rotwein ein. Als wir tranken, taxierte sie mich auffällig von oben bis unten. Ich versuchte, aus ihren Augen ihr Urteil über mich abzulesen, erriet aber nichts.

„Larissa, es ist an der Zeit, dir unsere Möglichkeiten aufzuzeigen und dir einen Vorschlag zu machen." Ich nickte.

„Leonora, ich darf sagen, dass ich mich bei meiner Patin schon über die diversen Optionen informiert habe. Ich bin mir nur noch nicht sicher, was ich genau machen möchte."

Meine Unsicherheit schien sie nicht im Geringsten zu stören noch zu beeindrucken. Wie so oft in ihrer Gegenwart wurden meine Hände feucht. Ich wusste nicht, ob das Kaminfeuer, ihre atemberaubende Erscheinung oder der allgegenwärtige Geruch nach Lavendel und Vanille in mir diesen Effekt erzeugte. Schnell trank ich einen großen Schluck Wein.

„Du hast bei uns unendliche Möglichkeiten, die sich dir bieten." Leonora saß mir gegenüber völlig ruhig und entspannt. Sie schien sich insgeheim darüber zu amüsieren, wie unbeholfen ich mich hier fühlte. Ich stellte das Glas auf dem Tisch ab, um es nur Augenblicke später wieder aufzunehmen. Ständig nippte ich am Wein, ohne wirklich zu trinken. Ihr Blick fiel auf meine feuchten Hände. Leonora schien ihre Wirkung auf mich zu belustigen.

„Ehrenwerte Mutter", stammelte ich. „Ich überlege ernsthaft für einige Zeit ins Ausland zu gehen – nach Moskau zum Beispiel, um von den Schwestern dort zu lernen."

Sie nickte interessiert, hatte aber offenbar andere Pläne für mich. „Nun, das wäre eine Option. Moskau ist für hübsche Frauen mit speziellen Fähigkeiten derzeit das ideale Pflaster. Lady Svetlana, eine russische Senatorin, wird uns demnächst besuchen. Ich könnte sie dir vorstellen. Es gäbe da natürlich auch noch eine andere Möglichkeit", sagte sie warm und rückte näher zu mir heran, sodass wir uns direkt nebeneinandersaßen. Vorsichtig legte sie ihre Hand auf meinen Oberschenkel und wie schon damals in der Bar, näherten sich ihre Lippen den meinen. Erregung durchflutete jede Zelle in mir. Wie wenn man den Knopf einer Sprühdose betätigte, wallte Ekstase in mir auf.

„Ich würde dir gern vorschlagen, meine persönliche Mitarbeiterin zu werden", hauchte sie. „Wir könnten gemeinsam große Dinge vollbringen. Wunderbare Dinge."

Erregt und nervös suchte ich mit meiner Hand das Glas und nahm es schützend zwischen mich und Leonora. Lange würde ich ihr hier nicht widerstehen können.

„Das Angebot ehrt mich! Ähm ... Darf ich darüber nachdenken?"

„Solange du willst", antwortete sie und zog sich gleichzeitig wieder etwas zurück. „Du solltest keine Angst haben. Ich kann die Menschen gut einschätzen. Ich weiß, dass das hier genau das Richtige für dich wäre. Ich habe dich so lange beobachtet und alle deine Wege verfolgt. Ich gebe dir diese Chance, weil ich weiß, dass du es wert bist." Immer noch lag ihre Hand auf meinem Oberschenkel.

„Was müsste ich machen und wie würde die Zusammenarbeit aussehen?"

„Nun, ich würde sagen, du könntest hier mit einziehen. Ich habe abgetrennte Räume in meiner Villa. Ich brauche jemanden, der mir zuarbeitet. Schnell und zuverlässig."

Ich schluckte. Ihr Angebot war verlockend. Ich wusste, wenn ich jetzt in ihre dunklen Augen sah, würde ich dem Vorschlag nicht länger widerstehen können. Es war ein großer Schritt und ich begann, ernsthaft darüber nachzudenken. Langsam, fast in einer streichelnden Bewegung zog Leonora ihre Hand zurück und setzte sich in ihre Lehne. Sie nahm ihr Glas, legte behutsam ihre roten Lippen an und trank.

Ihre Offerte war nicht abwegig. Ich fühlte mich von dieser Frau magisch angezogen, verhext, sodass mir die Aussicht, ihr immer ganz nah zu sein, als logische Verbesserung erschien. Zudem würde ich alles mitbekommen und sie würde ihre schützende Hand über mich halten. Ihre Augen lagen funkelnd auf meinem Gesicht, während ich das ihre erforschte. Nicht ohne Begierde wartete sie auf meine Antwort. Ich sah ihre gut gebräunte, samtene Haut, ihren leicht geöffneten Mund, der von zarten Lippen umrahmt wurde. Mir wurde heiß und kalt, als ich flüsterte: „Einverstanden!"

Kapitel 29
„Das gefährlichste aller Rauschgifte ist der Erfolg."
Billy Graham

Die Vestalinnen kamen mir vor wie ein See, in den ich geworfen worden oder selber gesprungen war. Nun strampelte und schwamm ich nach Kräften, um im kalten Wasser nicht unterzugehen. Leonora war wie ein Boot auf diesem See, das mich aufnahm und mich sicher über das Gewässer geleitete.

Was hätte man nicht alles anders machen können, aber ich war es leid, immer das „wenn" und das „hätte" zu überlegen. Ich würde zu ihr ziehen, meine alte Wohnung dabei nicht aufgeben und sicherlich sehr viel über die Schwesternschaft und deren Strukturen lernen können. Und vielleicht konnte ich es so schaffen, irgendwann wieder frei von den Zwängen dieser Gemeinschaft zu werden.

Möglicherweise hatte Leonora die Videos bei sich zu Hause. Irgendwo mussten sie ja sein. In Avalon wären die Daten zu unsicher verwahrt gewesen. Vermutlich wäre jede Schwester daran interessiert, ihr Video aus dem Verkehr zu ziehen. Also war der Gedanke gar nicht so abwegig. Während ich nachdachte, wurde ich nervös. Mein Herz pochte heftig in meiner Brust. War das die Lösung? Musste ich einfach in Leonoras Villa suchen und könnte bald frei sein? Hoffnung mit einer Prise Trauer, weil ich auf gewisse Dinge dann verzichten müsste, vermischten sich in mir. Oder konnte ich beides haben? Glamour und Freiheit?

Die Zeit flog dahin, und ehe ich mich versah, waren wir alle zurück in unserem von starken, dicken Mauern umgebenen Hauptquartier. Die Anreise, das Abendessen und die sich anschließenden Unterhaltungen im Salon zerflossen in oberflächlichen, nichtssagenden Konversationen. Man sprach über Mode, Klatsch und Politik, ohne dabei zu heikel zu werden.

Die Spannung stieg, als wir uns Samstagnachmittag trafen und alle zusammen die aktuellen Projekte besprachen. Leonora hatte am Kopf des Tisches Platz genommen. Sie füllte den Raum aus wie eine Königin ihren Thronsaal. Sie beantragte die Aufnahme von Corinna Gradinger sowie von Nina Westphal in die Schwesternschaft. Anders als sonst würden gleich am Abend die Initiationen stattfinden. Wir teilten uns in zwei Gruppen. Irgendwie war ich froh, nicht bei Corinnas Verdammung zugegen zu sein. Ich musste stattdessen bei Ninas Aufnahmeritual mitwirken, aber sie war mir herzlich egal. Vielleicht wusste sie ja durch ihre Mutter schon, was auf sie zukam, und hatte diesen Weg bewusst gewählt.

Dann verkündete Leonora, dass Carmen die neue Moderatorin der beliebten Samstagabendshow „Wetten, dass ...?" im ZDF werden würde. Sie sei sehr stolz, dass es gelungen war, diesen begehrten Job mit einer Vestalin zu besetzen. Auch Anja würde eine neue Aufgabe als Jurorin bei „Germany's Next Topmodel" erhalten. Wir applaudierten artig und waren alle zufrieden. Jede der Frauen hoffte, demnächst einen ähnlichen Karrieresprung mithilfe der Schwestern hinzulegen.

Natürlich träumte insgeheim jede von einer Karriere, von den großen Dingen, die das Leben für einen bereithielt. Ich nahm mich dabei nicht aus. Nur wusste ich für meinen Teil ja noch nicht einmal, was ich genau machen wollte. Die Arbeit im Abgeordnetenbüro war ganz nett, füllte mich aber nicht aus und forderte mich letztlich nicht so, wie ich mir das vorstellte.

Wenn ich jetzt zu Leonora zog, würde mein Leben definitiv interessanter werden. Ich schaute zur Seite, wo Anja neben mir in ihrem Stuhl saß. In ihrem Gesicht fand ich nicht die bekannte Freude oder die gewohnte gelassene Fröhlichkeit. Sie wirkte nachdenklich, bedrückt und traurig. Ich nahm mir vor, sie später darauf anzusprechen. Vielleicht würde es doch irgendwann etwas werden, wir beide gemeinsam auf einem der großen Catwalks dieser Welt. Teufel auch! Träumen war erlaubt.

Nach den erfreulichen Nachrichten begann Leonora, über unser Einkaufszentrum zu sprechen, ein Millionenprojekt, das zu scheitern drohte. „Wenn dieses Shopping Mall nicht gebaut wird, haben wir alle versagt!" Leonora wirkte in ihrer Ungehaltenheit stark und mächtig. Fast rechnete ich damit, im nächsten Moment Blitze durch den Raum zucken zu sehen. Sie war das Herz und die Seele dieser Gruppe.

„Ich möchte, dass sich jede von euch in den kommenden Wochen mit diesem Projekt beschäftigt. Maria!", sie deutete mit ihrem Kinn in Lady Marias Richtung. „Du wirst persönlich alle deine Parteifreunde in dieser verdammten Stadt zum Essen einladen und die Sache regeln. Carmen!" Ihr Kopf fuhr zur anderen Seite. „Isabella und du teilt euch die Investoren auf und sprecht mit jedem einzelnen. Es darf keiner mehr abspringen. Ladet sie zum Essen ein, schmeißt eine Party oder vögelt sie allesamt. Wie ihr das macht, ist mir egal."

Es war faszinierend mitzuerleben, wie sich ihr Zorn, aber auch ihre Leidenschaft in den Raum ergoss. Ich glaubte, ihre Augen glühen zu sehen, als sie sich an Bibiana wandte: „Und was haben deine Jungs bisher gemacht? Ein paar verletzte Demonstranten! Dass ich nicht lache. Sie sollen sich gefälligst mehr Mühe geben." Ihr Blick schweifte einmal über alle unsere Gesichter. „Ach, und wo wir gerade beim Thema sind. Ich möchte nicht, dass eine Schwester, die als Publica eingeordnet ist, mit den „Outlaws" in Kontakt

gebracht wird. Die Jungs sind schlecht für die Karriere und das wisst ihr auch."
Unwillkürlich zuckte ich zusammen. Meinte sie etwa mich? Hatte ich etwas falsch gemacht oder war vielleicht genau das Bibianas Absicht gewesen? Wollten sie mich in die Nähe dieser Rocker rücken, damit ich für eine Karriere, wo auch immer, nicht mehr infrage kam? Teufel auch! Ich musste noch vorsichtiger werden! Carmens Gesicht starrte wie versteinert auf die Tischplatte.
„Larissa, Rebekka und Rachel, ihr informiert euch über die Richter, Anwälte und alle, die mit dem Verwaltungsgerichtsverfahren in Zusammenhang stehen. Was ihr mit denen macht, ist egal!", befahl sie. Wir hatten verstanden.
Anschließend hatten alle das Wort. Tabea bat uns, für ihre kommende Vernissage Werbung zu machen. Wir sollten Größen aus Politik, Kultur und Wirtschaft mitbringen, da so ihre Ausstellung mehr Gewicht bekäme.
Leonora verwies noch auf den morgigen Besuch der russischen Senatorin Svetlana Lenenkova und ihrer deutschen Kollegin Lady Beatrice aus der Kölner Loge. Über den einzelnen Schwesternschaften in den verschiedenen Städten gab es so etwas wie einen Rat von erfahrenen Schwestern, die bundesweit die Vestalinnen repräsentierten. Diese Abgeordneten nannte man Senatorinnen. Nach der Sitzung verließen wir den Raum. Leonoras Wutrede lag uns allen im

Magen. Keine der Frauen lachte oder scherzte. Heute Abend würden wir uns zu den Initiationen wiedertreffen.

Als ich auf mein Zimmer kam, lagen ein weißes Kleid mit Kapuze und die Maske schon für mich bereit. Ich schob alles beiseite und legte mich auf das Bett. Ich musste eingeschlafen sein, als ein dumpfer Glockenton von irgendwoher durch die Mauern drang. Ein kurzer Blick auf die Uhr sagte mir, dass ich mich beeilen sollte. Ich zog mich aus, das Kleid an und setzte mich vor dem Spiegel, um mein Make-up aufzufrischen. In unserer Gemeinschaft gab es keinen Raum für Nachlässigkeiten oder für Schwächen. Jede musste perfekt sein. Dieser Druck belastete mich zunehmend. Aber was konnte ich schon machen.
Ich verließ mein Zimmer, begab mich zu unserem Treffpunkt. Angeführt von Maria stiegen wir in die Tiefen unter das Kloster hinab. Dort angekommen. betraten wir das steinerne Gewölbe mit seinen Fackeln und dem Altar in der Mitte, das ich nur all zu gut in Erinnerung hatte. Nachdem wir alle dort angelangt waren, ließ Maria einen großen Gong anschlagen und Tabea begann, auf ihrer Harfe zu spielen.
Es dauerte einige Zeit, bis Nina sich mit ihren beiden Patinnen bei uns einfand. Leonora sprach ihre rituellen Worte und die kleine Prozession wendete sich zum Altar. Nachdem sie den steinernen Fels

erreicht hatten, wurde die rote Flüssigkeit an uns alle verteilt. Als jede in ihrem Trinkbecher etwas davon hatte, tranken wir. Vielleicht hätte ich mich schuldig fühlen oder Ekel empfinden sollen in dem Wissen auf das, was nun kam, aber ich empfand nichts. Ich ertappte mich dabei, sogar neugierig auf das Kommende zu sein und tadelte mich für den Gedanken, Nina hätte es nicht anders verdient.
Dann spürte ich wie schon beim letzten Mal, wie die Musik in meinem Kopf dröhnte. Sie wurde übernatürlich laut. Die Frauen in ihren weißen Gewändern verschwammen im Licht der Fackeln. Ich fühlte mich gut, mir wurde warm und ich empfand eine tiefe Lust in mir aufkommen. Ich sehnte mich nach Berührung und Küssen, und der Frau unter der Kapuze neben mir schien es auch so zu gehen. Eine Frau streichelte mich am Rücken, dann eine an meinem Hinterteil.
Langsam und wie ferngesteuert drängten wir alle in die Mitte Richtung Altar. Dort stand Nina, nackt und auf den steinernen Tisch gestützt und tat genau das, was ich aus meinem Initiationsvideo zu Genüge kannte. In meinem Kopf war kein Platz für Überlegungen, nur Dröhnen und Verlangen. Jemand kam von der Seite und küsste mich. Unsere Zungen verschmolzen. Ich wurde weitergeschoben. Und dann stand ich vor Nina.

Es musste irgendeine Art von spezieller Droge sein, die uns dort unten im Keller eingeflößt worden war. Anders konnte ich mir die Sache nicht erklären und das Gefühl nicht beschreiben, als ich am nächsten Tag in meinem Zimmer erwachte. Diesmal hatte ich keine Erinnerungslücken. Die Scham über das Getane brach aus mir heraus. Wie es Corinna wohl nun ging? Würde sie auch so reagieren wie ich? Ich durfte nicht mehr darüber nachdenken. Ich beschloss, am Vormittag wieder unseren hauseigenen Wellnessbereich aufzusuchen, und war froh, dass ich diesmal die Einzige dort war. Es tat gut. Pool und Sauna entspannten mich auf eine sehr wohlige Art und Weise und halfen mir zu vergessen. So hätte ich ewig liegen können.

Dennoch verließ ich irgendwann den Ruheraum und machte mich auf in mein Zimmer. Ich verabredete mich mit Vanessa zum Mittagessen und nahm mit ihr gemeinsam die Mahlzeit in unserem Speisesaal ein. Anja war nicht aufzufinden und meine Patin sehr schweigsam, sodass ich es vermied, die Ereignisse des vergangenen Abends mit ihr aufzuwühlen.

Rechtzeitig gingen wir auf unsere Zimmer und begannen uns umzuziehen. Diesmal fiel meine Wahl für diesen letzten Auftritt auf ein kornblumenblaues, knielanges Seidenkleid, welches sich wunderbar um meine Taille legte. Dazu nahm ich die Pumps von Brian Atwood im selben Blau. Es sah einfach fantastisch aus. Dann setzte ich mich wieder vor den

Spiegel der Frisierkommode, klatschte mir Make-up ins Gesicht und begann meine Haare mit kleinen Klammern zu befestigen.

Gegen 14:30 Uhr machte ich mich auf den Weg in unseren Salon, in dem der Empfang stattfand. Als ich das Zimmer betrat, waren noch nicht viele Frauen da. Unschlüssig stand ich neben der Tür, als sich jemand mir von hinten näherte.

„Ich hab gehört, du hast den Rockern nicht sonderlich gefallen. Du solltest dir deine Titten operieren lassen. Vielleicht klappt's dann besser", flüsterte sie mir ins Ohr. Ich erkannte Carmens gehässige Stimme sofort. Wenn sie wollte, konnte sie so freundlich und liebenswert sein und war doch in Wirklichkeit voller Hass und Neid. Aber warum?

„Carmen, ich hab dir nichts getan. Lass mich doch einfach mit deinen Spielchen in Ruhe", antwortete ich, so ruhig ich vermochte. Ihre Züge waren undurchdringlich, formten aber ein herzliches Lächeln, als sich Lady Rebekka zu uns beiden umdrehte. Für einen langen Moment starrte ich in ihre dunklen, braunen Augen und suchte nach Ursachen für ihre Verachtung. Ohne ein weiteres Wort wandte sich Carmen von mir ab und begrüßte überschwänglich und immer noch lächelnd Rebekka.

Es gab keinen Grund, warum sie so gemein zu mir war. Von Anfang an war sie voller Geringschätzung und Neid. Mich ärgerte ihre Bemerkung jetzt noch mehr als vorhin. Offenbar hatte sie doch mit meinem

Ausflug mit Bibiana zu tun. Ihr Plan war nur leider nicht aufgegangen. Ich stellte mich an einen der Stehtische, als Corinna und Rachel den Salon betraten. Ich winkte ihnen zu und beide kamen zu mir rüber.

„Wie geht's dir?", wollte ich von meiner Freundin wissen. Sie wirkte mitgenommen und niedergeschlagen, hatte sich aber deutlich besser im Griff als ich damals.

„Geht schon", antwortete sie leise mit müder Stimme. „Es ist gut so, wie es ist." Ihre Lippen verzogen sich zu einem gezwungenen Lächeln. Mit der Zeit füllte sich der Raum. Nachdem alle versammelt waren, betraten Leonora und die beiden Senatorinnen das Zimmer. Unsere Priorin sah einfach umwerfend aus. Sie hatte sich ein funkelndes Diadem auf ihren Kopf gesetzt, was sie wie eine Königin wirken ließ. Alle verbeugten sich. Unwillkürlich wurden Erinnerungen an die alten Sissifilme in mir wach.

Leonora setzte sich auf einen erhöhten Stuhl, ihren Thron. Auch die anderen beiden Frauen sahen blendend aus. Lady Beatrice war eine gut aussehende Frau Mitte vierzig, die sich für ihr Alter gut gehalten hatte. Ihre Haare hatte sie an ihrem Hinterkopf zu einem strengen Knoten befestigt. Sie wirkte freundlich, aber resolut genug, harte Entscheidungen durchsetzten zu können.

Lady Svetlana dagegen versprühte den ganzen Glanz und Glamour, den nur die russischen Oligarchen entfalten konnten. Ihre Haare waren füllig wie eine

Mähne. Ohrringe, Armreifen und Ringe funkelten um die Wette. Der Hals war unter einer wuchtigen Kette kaum zu sehen. Ihr violettes Designerkleid stach elegant aus der Menge der schönen Kleider heraus. Ihre Aura erfüllte den Raum und schien jede von uns zu berühren. Kein Wunder, dass gleich zwei russische Milliardäre ihrem Charme erlegen waren und bei den jeweiligen Scheidungen teuer dafür bezahlt hatten.

Dann eröffnete Leonora das Treffen. Sie beschwor die lange Tradition unserer Schwesternschaft und ihre Bedeutung. Anschließend begrüßte Beatrice den Gast hier in Deutschland. Ihre leicht näselnde Stimme war nicht ganz so laut wie Leonoras und entfaltete dementsprechend auch nicht deren Wirkung auf ihre Zuhörerinnen. Schlussendlich war Svetlana an der Reihe. Zu meiner Überraschung konnte sie perfekt Deutsch. Sie erzählte über die Organisation in Russland, über die Herausforderungen von jungen Frauen in einem mit harter Hand geführten Staat. Dann ging sie auf die globalen Aufgaben ein. „Wir müssen unsere Strukturen in den kommenden Ländern dieser Erde ausbauen. In China und Indien gibt es viel zu tun. Dass unsere Arbeit dort nötig ist, wird uns immer wieder bewusst gemacht. Vergewaltigung ist in Indien an der Tagesordnung. Viele Mädchen erleiden aufgrund ihrer Herkunft ein trauriges Schicksal. Es ist an uns, dieses Schicksal zu ändern. Darum suche ich Patinnen für eine neue Filiale in Indien. Liebe Schwestern, wir haben in den letzten 100 Jahren viel erreicht. Deutschland, England oder Amerika wären nicht das, was sie sind, ohne die Schwesternschaften. Wir lassen Kriege ausbrechen oder beenden sie, ganz wie wir wollen. Mit dieser Macht müssen wir gut umgehen und uns ihr stets bewusst sein."

Mit jedem Wort traf sie mehr und mehr ins Herz meiner Hoffnung. Eine so große und mächtige Organisation würde keine Rücksicht auf mich oder meine Bedürfnisse nehmen. Ich hatte keine Chance. Keine Chance zu entkommen. Keine Chance, mich ihr zu entziehen. Mein kleiner Kampf um Freiheit verglühte in Anbetracht dieses weltumfassenden Bündnisses.

Ihre Rede endete und alle applaudierten höflich. Sofort kamen Dienstmädchen und brachten Sektgläser, die sie verteilten. Svetlana und Beatrice mischten sich unter die Frauen und es entstand ein regelrechtes Gedränge um sie herum. Ich schaute mich suchend nach Anja um, konnte sie aber nicht finden. Sie musste doch irgendwo sein, denn bei diesem Anlass durfte keine der Vestalinnen fehlen. Leonora hatte keine Entschuldigungen gelten lassen.

Im Getümmel fand ich Vanessa „Wo ist denn Anja? Ich seh sie gar nicht." Sogleich verschwand von ihrem Gesicht das höfliche Lächeln und sie wurde ernst. Sie zog mich an meinem Kleid zur Seite, weg von den übrigen Schwestern. „Sie ist im Turm!", flüsterte sie schließlich zu meinem Ohr gebeugt.

„Im Turm?" Verständnislos sah ich sie an.
„In den Turm kommen die Frauen, die gegen die Regeln der Gemeinschaft verstoßen haben. Sie ist seit gestern Abend dort."
„Oh nein!", entfuhr es mir und sogleich wollte ich von hier weg, um meiner Freundin beizustehen. „Kann ich sie sehen?" Vanessa nickte.
„Komm! Ich bring dich zu ihr!"

Kapitel 30
„Der Mensch ist erst wirklich tot, wenn niemand mehr an ihn denkt."
Bertolt Brecht

Vanessa schaute sich kurz um. Ohne dass die anderen es bemerkten, huschten wir aus dem Salon. Sie leitete mich durch enge Gänge und schließlich zu einer Treppe, die nach unten führte. Die letzten Stufen ging ich alleine. Feuchte Kühle drang vom Keller herauf. Dort angekommen, stoppte ich entsetzt. In einem kleinen, mittelalterlich anmutenden Käfig hing, ungefähr einen Meter über dem Boden, Anja. Als sie mich hörte, hob sie verwundert ihr müdes Gesicht.
Man sah ihr die lange Nacht im Zwinger förmlich an. Tiefe Augenringe und die zerzausten Haare, die wirr über die Wangen hingen, zeugten von einer schlaflosen Nacht. Sie wirkte erschöpft und schwach. An Armen und Beinen waren schwere Ketten befestigt, ganz so, wie man es aus Ritterfilmen kannte.

Auch um den Hals hing ein Eisenring. Alles fühlte sich im höchsten Maße demütigend an. Was hatte sie nur gemacht?

Im Verlies roch es, als hätte man sie die Nacht nicht zur Toilette gehen lassen. Ihr Kleid, das gestern Abend fraglos noch sauber und schön gewesen war, war verdreckt und zerknittert. Offenbar hatte man ihr auch das Umziehen vor der Verbringung in diesen Käfig verwehrt.

„Hallo!", sagte ich, als ich mich ihr langsam näherte. Eine Mischung aus Scham und Trauer stand in ihren Augen.

„Hi", antwortete sie mir müde. „Du solltest nicht hier sein! Nicht, dass sie dich auch noch einsperren. Es reicht, wenn ich hier sitze."

„Was hast du denn angestellt?" Bereits als ich die Worte ausgesprochen hatte, schämte ich mich, weil es sich in meinen Ohren sensationslustig und neugierig anhörte. Ein flüchtiges Zucken umspielte ihre Mundwinkel. Dann schüttelte sie den Kopf.

„Nichts! Nichts von Bedeutung. Ich hab mich eben nicht an den Kodex gehalten und erhalte jetzt die Quittung. Ich werd's schon überstehen." Sie versuchte ein Lächeln, aber es gelang ihr nicht.

„Warte ich hol dich raus!" Ich konnte nicht tatenlos zusehen, wie meine Freundin hier an Armen und Beinen gefesselt in diesem Käfig hing und auf ihr Urteil, von wem auch immer, wartete.

„Nein!", schrie sie entsetzt. „Lass mich hier! Es wird sonst noch schlimmer und du bekommst auch Ärger. Glaub mir, es wird alles wieder gut." Verdutzt blieb ich vor dem Käfig stehen. Als Anja versuchte, ihre Beine zu bewegen, klirrten die Ketten. Ihr hübsches Modelgesicht, das immer so voller natürlicher Schönheit gewesen war, wirkte gealtert und sah gar nicht mehr nach den Laufstegen in Paris oder New York aus.
Jetzt wusste ich nicht, was ich machen sollte. Sie wollte sich nicht von mir helfen lassen und lange Gesellschaft leisten konnte ich ihr auch nicht. Irgendwann würde jemand kommen, um ihr etwas zum Essen zu bringen. Dann würde man mich finden. Bei diesem Gedanken kam Angst in mir auf. Ich wollte nicht gefesselt in diesem oder einem anderen Käfig hängen müssen. Keine Stunde würde ich das aushalten und bestimmt keine Nacht.
„Was sind das nur für Schwestern, die so etwas anstellen? Das ist nicht richtig. Das kann nicht richtig sein! Diese Schwesternschaft ist böse!", schimpfte ich.
„Ach Larissa, du siehst das zu eng. Man kann innerhalb dieser Gemeinschaft auch viel Gutes tun. Ich hab mich eben nicht an den Kodex gehalten. Das ist alles. Geh jetzt!", flehte Anja. „Es wird alles gut, Larissa", hörte ich sie noch hinter mir sagen, als ich die Treppen wieder hinaufstieg. Einmal drehte ich mich noch um, dann war sie verschwunden.

Am späten Nachmittag verließ ich Avalon mit einem sehr ungutem Gefühl. Es war falsch, Anja hier zurückzulassen. Diese hundert Jahre alten Regeln waren nicht mehr zeitgemäß und ihre Bestrafung in diesem Käfig unmenschlich. Ich musste mit Leonora sprechen. Am nächsten Tag versuchte ich, Anja auf ihrem Handy zu erreichen, bekam aber nur die Mailbox. Grundsätzlich war das nichts Ungewöhnliches. Sie war eben oft beschäftigt oder im Ausland, aber diesmal trug es nicht dazu bei, mir meine Sorgen zu nehmen. War sie immer noch eingesperrt?

Mit einer mulmigen Vorahnung ging ich zur Arbeit, telefonierte und tippe Mails und lenkte mich am Nachmittag mit einer Trainingseinheit ab. Noch drei Wochen bis zu meinem großen Lauf. Beim Training konnte ich abschalten und war inzwischen fast zu einem Lauf-Junkie geworden. Jeder Kilometer befriedigte mich und ich war im Stande, meine Gedanken zu ordnen.

Am gleichen Abend rief ich Peter wieder an, der sich zwar beruhigt, aber leider keine Zeit für mich hatte. Aus einem unerfindlichen Grund war er kurz angebunden und schien irgendwie in Eile zu sein. Vielleicht hatte er einen wichtigen Auftrag, den er nicht vermasseln durfte. Na ja, auf jeden Fall konnten wir uns nicht sehen und verabredeten uns für den darauffolgenden Tag. Dann wollte ich das Thema der

Vestalinnen noch einmal mit ihm erörtern und nach einer Lösung suchen.

Ich kaufte ein paar Sachen ein, kochte mir etwas zum Abendessen und setzte mich vor den Fernseher. Das Programm bot, wie nahezu immer, nur seichte Unterhaltung. Aber nach anspruchsvollem Zeitvertreib stand mir eh nicht der Sinn. Ich ging zu Bett, nicht ohne noch einmal an Anja gedacht zu haben. Ich holte mein Handy und versuchte, Leonora zu erreichen, gelangte aber auch nur bis zu ihrer Mailbox. Dann musste es eben morgen sein.

Am nächsten Tag erwachte ich gut erholt, ging in meine Küche und machte Kaffee. Ich schaltete den Fernseher an, um nebenbei das Morgenmagazin laufen zu lassen. Sofort bemerkte ich an den aufgeregten Moderatoren, dass etwas vorgefallen war. Etwas Schlimmes. Unter dem Bild lief eine Textzeile, ganz wie es bei Top-News üblich war. Ich las die Zeile und erstarrte.

Meine Tasse fiel zu Boden und zerschlug klirrend in tausend Stücke. Nein! Oh mein Gott, das durfte einfach nicht wahr sein. Alle Kraft wich aus meinem Körper. Meine Beine versagten den Dienst. Mir wurde schwindelig und ich ließ mich kraftlos zu Boden sinken. Nein! Nein! Nein! Unter den beiden Sprechern lief folgender Text: „Topmodel Anja Weißmann ermordet. Das 26-jährige Model wurde heute Morgen tot in ihrer Münchner Wohnung aufgefunden."

Fassungslos kauerte ich inmitten meines Zimmers. Dann kamen die Tränen. Hemmungslos heulte ich los, als ich begriff, was das bedeutete. Sie war tot, würde nie mehr wiederkommen. Alles, was ich die letzten Monate gefühlt und erlebt hatte, brach sich nun eine Bahn und entleerte sich durch meine Augen.
Nebenbei sickerten die Informationen in mein Bewusstsein. Anja war mit einer Vielzahl von Messerstichen wohl vergangenen Abend ermordet worden. Die Polizei ging davon aus, dass sie den Täter gekannt habe, da es keine Einbruchspuren in ihrer Wohnung gab. Weitere Hinweise wurden nicht mitgeteilt. Lediglich eine Karte mit einer Fackel darauf sei auf der Toten gefunden worden. Anja war die Topnachricht des Tages.
Lange lag ich weinend am Boden, bis ich mich wieder im Griff hatte. Tausende von Überlegungen schossen mir durch den Kopf. Was hatte ich nur getan! Ich hätte sie nicht alleine da zurücklassen dürfen. Was hatten die Schwestern getan? Was konnte so schlimm sein, dass man Anja dafür ermordet hatte? Purer Hass erfüllte mich bei dem Gedanken an die Vestalinnen. Es konnte gar nicht anders sein!
Der Turm! Der Käfig und die Fackel. Alles deutete auf meine ach so integren Freundinnen hin. Nur wer hatte es getan? Wer hatte Anja das angetan? Waren es mehrere oder nur eine gewesen? War es Carmen? Oder Bibiana? Oder vielleicht Leonora persönlich?

Hatte Anja gewusst, was ihr bevorstand, als wir uns vorgestern getrennt hatten?

Ich musste etwas unternehmen. Ich wollte jemanden anrufen, aber wen? Sollte ich zur Polizei? Wie in Trance packte ich meine Laufsachen, zog mich um und verließ das Haus. Dann rannte ich los, immer schneller, bis ich den Englischen Garten erreicht hatte. Mein erster Gedanke war, nach Avalon zu fahren, aber was hätte ich dort gemacht? Hätte ich nach Spuren suchen und die Mörderin selber überführen sollen?

Dann kam mir ein anderer furchtbarer Einfall. War auch ich in Gefahr? War ich die Letzte, die sie lebend gesehen hatte, einmal von ihren Mörderinnen ausgenommen? Wusste eine der Schwestern, dass ich über Anja und den Turm informiert war? Würde man auch mich beseitigen, da ich eine unliebsame Zeugin war? Nein, ich durfte nicht mehr in das Kloster zurück. Ich musste weg von diesem Ort, weg von dieser verdammten Schwesternschaft. Ich würde fliehen. Keine der Vestalinnen würde mich jemals wieder sehen. Teufel auch!

Doch dann entsann ich mich der überwältigenden Macht, des globalen Netzwerks und Resignation überkam mich. Ich dachte an meine Familie, die in der Oberpfalz lebte. Die Schwestern würden mich jederzeit finden können, außer ich würde auch meine Eltern und Geschwister zurücklassen. Das würde ich nicht übers Herz bringen.

Also hatten sie mich in der Hand, in ihrer Gewalt. Wieder einmal! Es blieb mir nichts anderes übrig, als gute Miene zum bösen Spiel zu machen und so zu tun, als wüsste ich nicht, wer Anjas Mörder waren. Es gab vielleicht noch eine Chance, falls mich niemand gesehen hatte, als ich im Turm bei ihr war. Also beschloss ich, Vanessa anzurufen. Erschöpft und mit Seitenstechen blieb ich stehen, sank auf eine der Bänke und holte mein Handy heraus. Ich wählte Vanessas Nummer und kurz darauf hatte ich sie in der Leitung. Auch sie klang total aufgelöst.
„Larissa, es ist einfach furchtbar. Ich weiß auch nur das, was ich im Fernsehen gehört habe. Leonora hat angerufen. Wir treffen uns alle heute Abend in Warngau!"
Ich legte auf und dachte nach. Konnte Vanessa etwas mit dem Mord zu tun haben? Sie hatte mich zu Anja geführt und hatte mir immer geholfen. Sie wirkte ehrlich betroffen. Wenn sie mich verriet, würden die anderen wissen, dass ich über alles Bescheid wusste. Mir blieb nichts übrig, als mich auf sie zu verlassen.
Aber wem konnte ich jetzt noch vertrauen? Was hätte ich Laura und den Freunden aus meinem früheren Leben erzählen sollen und noch viel schlimmer: Wenn ich mit ihnen darüber redete, brachte ich sie auch in Gefahr. Nur Peter kannte sich mit der Schwesternschaft aus und war nicht ein Teil von ihr. Nur mit ihm konnte ich darüber sprechen und mich beraten. Ich raffte mich auf und nahm einen

langsamen Lauf auf, zurück zu meiner Wohnung. Ich musste zu Peter!

Kapitel 31
"Mit dem Wissen wächst der Zweifel."
Johann Wolfgang von Goethe

Als ich in meiner Wohnung zurück war, ahnte ich nicht, was der Tag noch alles für mich bereithielt. Ich streifte die verschwitzten Klamotten ab und trat unter die Dusche. Das warme Wasser entspannte mich und ich schaffte es, meine Gedanken zu sortieren. Ich durfte jetzt keine übereilten Entscheidungen treffen. Peter war mein einziger Vertrauter, mit dem es möglich war, offen über die Sache zu reden. Die Sache! Das Wort war zu nüchtern, zu neutral für das, was Mord bedeutete. Aber mir waren keine unnötigen, sentimentalen Gefühle gestattet.
Die Vestalinnen trafen sich heute Abend. Wenn ich nicht erschien, würden sie Verdacht schöpfen. Nebenbei hätte ich selber noch einmal gegen den Kodex verstoßen. Wenn ich hinging und sie wussten von meinen Überlegungen, wussten von meinem Besuch im Turm und wussten, dass ich mit Peter darüber sprechen wollte, säße ich ebenfalls in der Falle.
Hingehen oder nicht hingehen, das war jetzt die Frage. Wie viel Risiko konnte ich vertragen? Ich stoppte das Wasser, trat aus der Dusche und

trocknete mich ab. Ich ließ meine Haare ungeföhnt und nass, wie sie waren. Bewaffnet mit Jeans und braunem Oberteil ging ich zurück in mein Zimmer und schaltete mit gewohnter Handbewegung den Fernseher ein. Ich wollte auf dem Laufenden sein.

Die Nachricht vom Mord an Anja Weißmann war noch immer Topthema auf den meisten Sendern. Sie war mit insgesamt zwölf Messerstichen, die mit großer Brutalität ausgeführt worden waren, getötet worden. Das ließ auf eine Beziehungstat schließen, so die Sprecher. Zudem seien im Haus Symbole gefunden worden, wozu die Ermittler allerdings keine weiteren Angaben machen wollten. Die Reporter im Studio spekulierten wild. Sie fragten sich, ob die am Morgen von der Polizei erwähnte Fackel eine Rolle spielen konnte. Dann wurden sogenannte Experten befragt, die über Fackeln oder andere Zeichen Auskunft gaben. Wilde Verschwörungstheorien wurden laut.

Wie nah sie an der Lösung waren, wussten die Fernsehleute natürlich nicht. Aber ich wusste es. Mich wunderte nur, dass die Schwestern ihr Symbol hinterlassen hatten, und dass derartige Brutalität zu Anjas Hinrichtung nötig gewesen war. Als ich sie das letzte Mal gesehen hatte, war sie gefesselt, schwach und müde. Da hätte es keine zwölf wuchtigen Messerstiche gebraucht.

Irgendetwas passte nicht ganz in das Bild, aber ich würde schon noch dahinterkommen. Ich ließ den Fernseher weiterlaufen, stellte auf lautlos und rief

Peter an. Zu meiner Erleichterung hob er ab. Alleine an seiner Stimme erkannte ich, dass er über alles informiert war. Wahrscheinlich hatte auch er die Nachrichten verfolgt.

„Alles klar?", wollte ich von ihm wissen. Er wirkte so gehetzt, so wirr, wie ich ihn sonst nicht kannte.

„Ja, ja, alles klar. Es ist nur ...", stammelte er. Peter war wirklich sehr unruhig.

„Ich weiß", hauchte ich in den Hörer und wurde unvermittelt von einem Weinkrampf befallen. Es dauerte eine Weile, bis ich wieder sprechen konnte, dann sagte ich mit festerer Stimme: „Wir müssen uns treffen. Sofort!" Anstelle einer Antwort hörte ich zuerst Rauschen im Telefon, dann etwas, was sich wie raschelndes Papier oder das Fingern in einer Schublade anhörte.

„Peter?", fragte ich, nachdem ich keine Erwiderung erhielt.

„Ja!", fauchte er genervt. „Es geht nicht!" Ich war enttäuscht. Konnte er sich nicht denken, dass ich ihn jetzt brauchte und gerade jetzt bei ihm sein wollte? Ich brauchte ihn so dringend.

„Sie haben sie umgebracht", verkündete ich schließlich meinen Verdacht. Das Rascheln endete.

„Wer?"

„Na, die Schwestern!" Nun herrschte am anderen Ende der Leitung Stille. Peter schien über meine Worte nachzudenken.

„Wo bist du?", wollte nun er von **mir** wissen.

„Das ist doch jetzt egal!"
Ich hörte ein leicht wahnsinnig klingendes Kichern oder vielleicht auch nur ein unterdrücktes Schluchzen, als er sagte: „Wir müssen uns treffen! Wo bist du?"
„Na, in meiner Wohnung wo sonst!"
„Okay! Pass auf! Es ist wichtig, dass du mir sagst, wo ihr euch trefft. Ich kann sonst nichts für dich machen. Du musst mir vertrauen. Ich muss es wirklich wissen."
Er klang nun nicht mehr so unaufmerksam, sondern wieder mehr wie er selbst. Ich hielt es für den denkbar ungünstigsten Zeitpunkt, die alte Diskussion erneut zu führen und vor allem nicht am Telefon. Peter war sowieso total durch den Wind und ich fühlte sogar auf die Entfernung, dass er ebenso verängstigt und verunsichert war wie ich.
„Komm einfach vorbei!", bat ich ihn und legte auf.
Genervt warf ich das Handy aufs Bett. Alles war so furchtbar und Peter genauso durcheinander wie ich. Irgendwie konnte ich das auch verstehen. Aber ich brauchte ihn jetzt und erwartete, dass er sich die Zeit für mich nahm. Lange konnte ich nicht über das Telefonat nachdenken, denn mein Mobiltelefon klingelte erneut. Die Nummer war unterdrückt, aber ich hob ab.
„Hallo?", vernahm ich eine bekannte Stimme aus dem Hörer.
„Nadja?"
„Ja! – Ich wollte dir nur sagen, dass ich raus bin. Sie haben mich entlassen. Ich werde keine Vestalin sein."

Sie klang traurig und leicht belegt, ganz als ob sie Tränen zurückhalten müsste. Oh nein, dachte ich. Ich hatte jetzt keinen Nerv mich auch noch um Nadjas kleine, unbedeutende Probleme zu kümmern. Sollte sie froh sein, dieser ganzen Geschichte entkommen zu sein, nur sagen konnte ich ihr das natürlich so nicht.
„Ich darf eigentlich nicht anrufen", fuhr sie fort. „Ich darf gar keinen Kontakt mehr zu einer von euch aufnehmen, das haben sie mir noch gesagt."
„Und warum machst du es dann doch?", antwortete ich und schämte mich sofort für die schroffe Art. Ich war kein besserer Mensch nur, weil ich aufgenommen worden war. Irgendein ekelhafter Teil von mir fühlte sich zwar nun, da ich akzeptiert und sie verstoßen war, ihr überlegen, aber tief in mir wusste ich, dass ich die Verdammte von uns beiden war.
„Es ist nur – Kammer liegt im Krankenhaus. Er hatte einen Autounfall. Ich dachte, du solltest es wissen", murmelte sie kleinlaut.
„Warum erzählst du das gerade mir?"
„Weil ich dir vertraue! Kammer war mein Job, mein Auftrag – Larissa, ich bin nicht so dumm oder naiv, wie ihr glaubt. Ich kapier vielleicht nicht alles, aber ich weiß, dass da was läuft. Ich weiß, dass er von den Schwestern unter Druck gesetzt wurde. Und dann das mit Anja ..." Sie ließ den Satz unvollendet.
Abermals stiegen mir Tränen in die Augen. „Ja, ich weiß!", schluchzte ich ins Telefon.

„Ich leg jetzt auf!", murmelte sie. Dann war die Leitung tot.
Konnte das alles ein Zufall sein? Erst Anja, dann Kammer. Oder gab es keinen Zusammenhang? Etwas schien gerade furchtbar falsch zu laufen. Oder gab es doch andere Gründe für Anjas Tod und Kammers Unfall? Alles wirkte, als hätte es vordergründig, auf irgendeine teuflische Art und Weise, mit den Schwestern zu tun. Hatten der Mord und der Unfall irgendetwas gemeinsam, irgendwelche Parallelen?
Ich musste mehr darüber erfahren und startete daher meinen Laptop. Ich brauchte mehr Informationen. Mit einem Auge kontrollierte ich den Bildschirm und las die Texte, die unter dem Bild eingeblendet wurden, aber erfuhr nichts nennenswert Neues. Ich hatte noch zwei Stunden, dann sollte ich mich entschieden haben, ob ich Leonoras Ruf folgte und nach Warngau fuhr oder nicht. Zwei Stunden!
Während mein Laptop hochfuhr, holte ich meinen Kodex aus dem Schub, den mir Vanessa nach meiner Aufnahme überreicht hatte. Es musste sicherlich auch etwas über Regeln und deren Strafen darin stehen. Ich blätterte, suchte und fand schließlich, dass die Todesstrafe für schweren Verrat möglich war. Sie konnte verhängt werden, wenn eine der Schwestern die Gemeinschaft verraten hatte und dadurch deren Existenz bedrohte.
Also doch! Ich hatte es geahnt. Jetzt hatte ich es schwarz auf weiß. Aber was konnte Anja gemacht

haben? Ich musste herausfinden, warum genau Anja im Turm gefangen gehalten worden war. Konnte Vanessa mir diese Frage beantworten? Wenn Anja wirklich von den Vestalinnen hingerichtet worden war, mussten mehrere führende Mitglieder dem Ganzen zugestimmt haben. War Vanessa ein führendes Mitglied? Teufel auch!
Dann wandte ich mich wieder meinem Laptop zu, der inzwischen funktionsbereit war. Ich startete den Browser und stand vor der Frage, nach was ich eigentlich suchen wollte. Ich tippte „Anja Weißmann" ein, um zu sehen, ob ich in ihrem Umfeld irgendetwas fand, was mich weiterbrachte. Gab es vielleicht noch mehr Morde oder Unfälle?
Ich surfte über sämtliche Münchner Zeitungen und wühlte mich durch Foren. Es war wenig zu finden. Selbst über Anjas Tod stand noch kaum etwas im Netz, außer natürlich in den großen Boulevardblättern. Aber echte Neuigkeiten hatten auch die nicht zu bieten. Doch dann wurde ich stutzig. In einer kleinen Schlagzeile in der Onlineausgabe des Münchner Merkurs fand ich eine Notiz, dass ein prominenter Bauunternehmer am letzten Samstag erhängt in seiner Wohnung aufgefunden worden war. Alles sah nach Selbstmord aus. Schulden wurden als Grund der Tat angegeben. Es wäre nichts weiter Sonderbares an dieser Nachricht zu finden gewesen, soweit der Tod eines Menschen nicht schlimm genug war, aber der Name des Mannes kam mir bekannt

vor. Irgendwo hatte ich ihn schon mal gehört. Ich gab den Namen in eine Internetsuchmaschine ein und sondierte die Treffer. Das konnte nicht sein! Das durfte nicht sein! Robert Fricke war einer der Bauunternehmer, der an dem Einkaufszentrum der Schwesternschaft beteiligt war. Er war ein großer Befürworter des Projekts gewesen. Daher kannte ich den Namen. Und jetzt war er tot! Wie Anja, und wie fast Kammer!

Hatte Leonora nicht gesagt, man müsse dafür sorgen, dass niemand mehr abspringt! Ein Schaudern durchlief mich. Oh mein Gott! Hatten die Schwestern auch ihn umgebracht oder umbringen lassen? Hatte Bibi die Outlaws angestiftet? Aber was nützte er den Vestalinnen tot? Anja, Kammer und Fricke waren letztlich **für** das Vorhaben gewesen und irgendwie auf Leonoras Seite. Wollte Fricke vielleicht aussteigen und war dann ermordet worden? Oder war es wirklich Selbstmord, wie behauptet wurde? Jetzt hatte ich schon drei Opfer im nächsten Umfeld zu den Vestalinnen und dem geplanten Einkaufszentrum. Was würde ich noch finden?

Die Zeit war schnell vergangen, zu schnell für mich. Nun musste ich mich entscheiden. Peter war bisher nicht aufgetaucht. Ich konnte nicht länger warten. Sollte ich nach Warngau fahren oder nicht? Unschlüssig tigerte ich durch das Zimmer. Wenn nur eine der Schwestern herausfand, was ich wusste, war ich geliefert. Sie würden mich in diesen stinkenden

Käfig stecken und sonst etwas mit mir anstellen. Auf keinen Fall! Schnell hastete ich zu meinem Schrank, tat einige Kleidungsstücke in einen Koffer, packte meine Toilettentasche und rief mir ein Taxi zum Bahnhof. Ich musste weg, weit weg!

Kapitel 32
„Reue ist Verstand, der zu spät kommt."
Ernst Freiherr von Feuchtersleben

Der Tag war schon fortgeschritten, als ich meinen Koffer hob, den Schlüssel vom Tisch nahm und auf die Tür zustapfte. Zu viel war heute passiert, zu viel für einen Menschen. Ich war traurig, müde, verwirrt. Ich hoffte, morgen aufzuwachen und festzustellen, dass alles nur ein böser Albtraum gewesen war. Das alles konnte einfach nicht wahr sein. Ich wünschte mich zurück an den Ort in jener Bar, in der ich Vanessa getroffen hatte. Dort hatte alles begonnen und dort, so glaubte ich, hätte ich jetzt alles rückgängig machen können. Die Schwestern, das Video, den Mord.
Ich fühlte mich mitschuldig an alledem. An Anjas Tod, an den Unfällen und den Verletzten. Die Vestalinnen hatten mich zu einem rücksichtslosen Miststück gemacht. Wie eine Welle spürte ich Traurigkeit in mir aufkommen. Diesmal weinte ich um die alte Larissa und um Anja zugleich. Es dauerte eine Weile, bis ich mit fester Hand die Tür griff, sie öffnete und sofort zurückschreckte.

Vor dem Eingang kauerte eine Person. Er hatte offenbar schon geraume Zeit da gesessen und gewartet. Erschrocken drehte er seinen Kopf zu mir. Ich starrte in ein ebenfalls verweintes und verzweifeltes Gesicht. Vor mir saß Wolfgang. Sprachlos ließ ich meinen Koffer los und ging auf die Knie. Er sah furchtbar aus. Er war unrasiert, seine Augen lugten aus tiefen Höhlen und er roch, als hätte er sich seit Längerem nicht mehr gewaschen.
„Was machst du denn hier?", war meine vermutlich unsensible Frage. Es dauerte kurz, bis er sich so weit unter Kontrolle hatte, mir zu antworten.
„Ich wollte wissen warum!"
„Warum?"
„Warum hast du das gemacht?" Er schluckte. „Annette hat mich verlassen. Es geschieht mir ja auch recht. Ich will nur wissen, warum alles so gekommen ist."
„Komm erst mal rein", versuchte ich, Zeit zu gewinnen und ihn hochzuziehen. Es dauerte eine Weile, bis er sich von selber aufgerappelt hatte und den Weg bis zu meinem Tisch schaffte. Erinnerungen an seinen letzten Besuch wurden wach. An knisternde Erotik und einen tückischen Plan. Teufel auch! Ich setzte ihn auf den Stuhl, holte ein Glas und schenkte ihm Wasser ein. Dann platzierte ich mich gegenüber. Er sah so verzweifelt aus, dass ich am liebsten gleich wieder mitgeweint hätte – mitbeweint, was auch immer bisher noch nicht betrauert war. Aber ich musste jetzt

stark sein. Natürlich hatte alles mit mir zu tun, sonst wäre er nicht hierhergekommen.

„Ich habe versucht, dich zu erreichen. Es tut mir alles furchtbar leid, was im Rivera Nights Club passiert ist. Aber du warst nicht mehr da!", begann ich flüsternd. Sein Kopf bewegte sich unklar, ob als Nicken gedacht oder wegen des erneuten Weinkrampfes, der ihn erfasste.

„Ich habe alles falsch gemacht", heulte er schließlich. „Hätte ich mich doch nie auf dich eingelassen." Ich schwieg. So bitter seine Trauer auch war und so schuldig ich sein mochte, so hatten doch zu allem, was geschehen war, immer zwei gehört.

„Wo bist du auf einmal gewesen?", versuchte ich nun den Faden wieder aufzunehmen. „Ich will es verstehen."

„Tu doch nicht so! Du weißt doch, was alles passiert ist. **Du** hast sie doch geschickt!"

„Wolfgang, ich hab niemanden geschickt", erklärte ich, als ob ich ein kleines Kind vor mir hätte. „Ich wollte dich nur anrufen und mit dir reden. Aber du warst nicht mehr zu erreichen. Ich hab's auf dem Handy probiert, ja sogar deine Frau angerufen." An dieser Stelle fuhr sein Kopf schlagartig in die Höhe. „Ich hab ihr nichts gesagt", beschwichtigte ich gleich. „Sie meinte nur, du musstest dringend auf Dienstreise. Mehr weiß ich auch nicht. Den Rest musst du mir bitte erklären."

Er schaute lange auf den Tisch vor sich, war nun aber gefasster. Sein Blick war eine Mischung aus Trauer und Hass. Langsam nickend, als ob er nun begriff, nahm er das Glas und trank einen Schluck. Dann setzte er es wieder ab und wirkte fast gleichgültig gelassen, als er seine Lider hob und mich ansah. Sein ursprünglich weißes Hemd zeugte von seinem Elend und erzählte von einem verheerenden Schicksalsschlag, den er erlitten hatte.

„Ich bin nach diesem Abend, an dem du einfach abgehauen bist, nach Hause gekommen. Ich war verwirrt, sauer auf mich selber, dass ich es hatte so weit kommen lassen, und traurig, weil du so reagiert hast. Als ich meine Haustür aufsperren wollte, war da eine Frau, die mir ein Bild unter die Nase hielt."

„Was für ein Bild?"

„Ein Bild mit unserem Kuss. Sie musste im Rivera Nights Club gewesen sein und es aufgenommen haben. Ich bin immer davon ausgegangen, du hast es ihr erzählt, damit sie dieses Foto machen kann." Seine Augen warteten gespannt auf meine Reaktion, aber ich blieb gelassen.

„Glaub mir bitte, ich hab niemandem gesagt, wo wir uns treffen. Was wollte die Frau?", fragte ich, obwohl ich die Antwort schon ahnte.

Seufzend fuhr er fort: „Ich sollte einige Kredite freigeben, die bisher gesperrt waren. Sonst ginge das Foto an meine Frau!" Bitterkeit stand in seinem Gesicht und übertrug sich auf mich. Also doch! Sie

hatten es tatsächlich getan, genau, wie Corinna vermutet hatte. Ich war so dumm gewesen!
„Und du hast es gemacht!"
„Natürlich! Ich wollte meine Familie retten. Ich hab alle Hebel in Bewegung gesetzt. Hab Unterlagen gefälscht und schließlich alles hinbekommen, wie die Frau verlangt hat."
„Wie hat die Frau ausgesehen?"
Ein kurzes Lächeln zuckte um seine Mundwinkel. „Schön, attraktiv, groß, mit langen schwarzen Haaren. Sie hatte eine Sonnenbrille auf, obwohl es Nacht war. Nur ihr großer Mund ist mir in Erinnerung geblieben."
Vanessa! Oh mein Gott! Sie hatte es wirklich getan. Sie hatte mich benutzt, um ihn zu erpressen. Alles war noch schlimmer als zuvor, da mir nun deutlich meine eigene Schuld vor Augen geführt wurde. Mein Sieg, meine Aufnahme in die Schwesternschaft, basierte auf einer Lüge. Einer Erpressung.
„Und was ist dann passiert, wenn du doch alles gemacht hast, was sie wollte?"
Wieder zuckte ein kurzes Lachen über seine Züge, aber diesmal bitter und gehässig. „Meine Vorgesetzten haben nochmal drüber gesehen. Offenbar gab es anonyme Hinweise. Die Kredite wurden gesperrt. Diese Frau hat wohl angenommen, **ich** wäre es gewesen. Dann haben sie das Foto Annette geschickt!"
Tränen bahnten sich erneut den Weg aus seinen Augen. Ohne groß darüber nachzudenken, nahm ich

seine Hand und drückte sie. „Wolfgang ich muss dir eins sagen. Ich wusste nichts davon, dass jemand Bilder macht und du damit erpresst werden würdest. Das musst du mir glauben!"
Es war ein kläglicher Versuch, mich von meiner Schuld freizumachen. Selbstverständlich hatte ich es nicht explizit gewusst. Aber ich hatte mich an ihn herangemacht, ihn, den verheirateten Mann, nur aus einer Laune heraus, aus einem Spiel. Natürlich war ich ebenso schuld. Bei allem, was mir heilig war, schwor ich mir, so viel wie möglich wiedergutzumachen.
„Ich verspreche dir, ich bring das in Ordnung. Ich lasse mir etwas einfallen!"
Ein sarkastisches Lachen war mein Dank. „Du bist doch an allem schuld! Hätte ich dich nur nie getroffen." Stille! Ohrenbetäubende Stille. Der Klang der Worte stand im Raum wie giftige Luft.
„Ja, ich bin schuld! Sehr sogar. Aber du musst mir glauben, dass ich von der Erpressung nichts geahnt habe! Ich habe keinen Fotografen bestellt. Ich bin davongelaufen, weil ich einfach nicht wusste, wie ich reagieren sollte. Es war dumm und furchtbar kindisch von mir. Aber ich will es wiedergutmachen. Bitte!"
Seine initiale Verzweiflung war verflogen und war einer depressiven Resignation gewichen. Was hatte er erwartet? „Ich werde deine Ehe retten!", sagte ich so bestimmt, wie ich konnte.

Das Taxi, das ich mir gerufen hatte, war natürlich längst weg. Ich bestellte ein neues, setzte mich auf den Rücksitz und überlegte. Wie sollte ich Wolfgang helfen? Ich hatte ihn auf meine Kosten einstweilen in einem Hotel untergebracht. Geld war aktuell nicht mein größtes Problem. Mir musste etwas einfallen, wie sich dieses Foto seiner Frau erklären ließ. Es würde nichts bringen, wenn ich ihr reinen Wein einschenkte, denn das entlastete Wolfgang kein Stück. Egal warum, so hatte er mich doch geküsst, seine Frau betrogen. Das war Fakt. Wie ich die Sache auch drehte und wendete, mit der Wahrheit konnte ich nichts gewinnen. Ich musste das Beweisfoto infrage stellen!

Das Taxi hielt an und entließ mich in die großen Hallen des Bahnhofs. Ich suchte eine Verbindung nach Regensburg und begab mich an mein Gleis. Zwischenzeitlich hob ich noch Geld ab. Ich wollte später keine Spuren hinterlassen. Wer wusste schon, ob Leonora nicht auch mein Bankkonto kontrollierte.

Wenn ich das Foto so manipulierte, dass ich es wie eine Fälschung aussehen ließ, dann wäre der Sachverhalt anders. Dann könnte ich seiner Frau sehr wohl erklären, alles sei ein Missverständnis gewesen und ihr Mann erpresst worden. So weit würde die Geschichte ja der Wahrheit entsprechen. Teufel auch! Dazu brauchte ich aber das ominöse Foto und das hatte Vanessa. Ich musste mich also wohl oder übel mit ihr treffen, wenn ich Wolfgang weiterhelfen wollte. Ich konnte die Stadt demnach gar nicht verlassen.

Unschlüssig starrte ich auf mein Ticket. Das Ticket raus aus München, weg von den Schwestern. Aber war es auch ein Ticket in die Freiheit? Es gab immer noch das Video, es gab immer noch die Gemeinschaft. Es gab immer noch Wolfgang, dem ich versprochen hatte, ihm zu helfen. Konnte ich mich da wirklich einfach in den Zug setzten? Und wo zum Teufel war Peter die ganze Zeit? Leonora und ihre Freundinnen würden mich finden. Ein weiteres Versprechen wäre gebrochen und geholfen hätte ich niemandem – nicht einmal mir selber.

Was sollte ich also tun? Ich knüllte die Fahrkarte in meiner Hand zusammen und warf sie in einen Abfalleimer. Ich stiefelte zurück zum Ausgang, hob die Hand und deutete einem Taxifahrer an, dass seine Dienste vonnöten waren. Ich musste erst mit Peter sprechen. Er war der Letzte, der mir noch helfen konnte.

Es war schon dunkel, als ich vor seiner Wohnung ankam. Müde und abgekämpft schleppte ich meinen Koffer bis vor seine Haustür und klingelte. Doch niemand öffnete. Ich versuchte, ihn per Handy zu erreichen, doch auch hier nahm keiner ab. War ihm etwas zugestoßen? Alleine der Gedanke brannte in mir wie ein Strom heiße Lava. Wenn sie ihm auch etwas angetan hatten, dann ... Ich wusste nicht, was ich hätte tun sollen. Es war zu spät, um noch zu verreisen. Zu spät, um nach Avalon zu fahren und den Schein zu waren, und zu spät, um mich mit Vanessa zu treffen. In meine Wohnung wollte ich diese Nacht nicht zurück. Ich fühlte mich dort nicht mehr sicher und beschloss daher, mir ebenfalls ein Zimmer zu nehmen, irgendwo in der Stadt.

Die Nacht war wenig erholsam. Ich wachte oft auf, drehte und wälzte mich im Bett. Ich kam einfach nicht zu Ruhe. Die Ereignisse des Tages verfolgten mich bis hierher, in mein Hotelzimmer. Ich träumte wirres Zeug, von Festen und schönen Kleidern, Bällen und Empfängen. Dann wieder lief ich durch eine verdreckte Straße, immer geradeaus. Alles war düster und leer, nur die Laternen brannten. Erneut wachte ich auf. Ich rutschte aus dem Bett und holte mir einen Schluck Wasser. Ein Blick auf die Uhr verriet, dass die Nacht für mich noch nicht überstanden war. Es war erst gegen drei Uhr nachts.
Als ich ein weiteres Mal eingeschlafen war, träumte ich von einem weiten, leeren Raum. Alles war voller Nebel. Eine Frau in einem blütenweißen Kleid tauchte plötzlich aus diesem Dunst auf, rührte sich aber nicht. Ich ging zu ihr hin. Als ich sie an der Schulter berührte, drehte sie sich zu mir um. Es war Anja, die mich anlächelte, so warm, wie ich es von ihr kannte. Ein mildes, freundliches Lächeln. Obwohl ich schlief, erfüllte Traurigkeit mein Herz. Ich wollte ihr noch so viel sagen und bedauerte selbst im Schlaf ihren Tod

zutiefst. Was hätte ich gegeben, wenn ich das hätte rückgängig machen können. Aber Anja stand nur da und schaute mich an.
Plötzlich, ohne Vorwarnung, begann Blut aus ihren Augen zu laufen. Ein kleines Rinnsal ergoss sich aus den jetzt tiefen Höhlen. Dann aus der Nase. Ihr Gesicht veränderte seinen Ausdruck. Nun glaubte ich, ebenfalls Trauer und Schmerz darin zu erkennen. Ihre ausblutenden Augen starrten mich ausdruckslos an und ich bekam Angst.
Sie öffnete den Mund, als ob sie mich anklagen wollte, ihr nicht rechtzeitig geholfen zu haben. Sobald sich ihre Lippen auftaten, quoll Blut auch aus dem Mund. Nun färbte sich ihr weißes Kleid in ein blutiges Rot. Sie kam schwerfällig auf mich zu. Ich wollte weglaufen, konnte aber nicht. Ich stand wie festgenagelt und Anja, aus allen Körperöffnungen blutend, kam langsam auf mich zu. Ich schrie so laut ich konnte und der Schrei weckte mich auf. Schweißgebadet saß ich in meinem Bett.
Ich sah auf die Uhr und beschloss, obwohl es erst fünf Uhr war, aufzustehen und erst einmal zu duschen. Noch so einen Albtraum konnte ich nicht mehr vertragen. Die Dusche tat gut. Ich schloss die Augen, hörte das Plätschern des Wassers und wunderte mich, dass ich mich nach einiger Zeit gar nicht mehr müde fühlte. Zumindest war ich wach genug, an die Aufgaben des Tages denken zu können.

Ich musste mich mit Vanessa und mit Peter treffen. Von ihr brauchte ich das Foto und vielleicht konnte sie mir etwas über Anja erzählen. Dann musste ich zu Peter und mit ihm überlegen, was wir gemeinsam tun sollten. Ich stieg aus der Dusche, trocknete mich ab und stapfte zu meinem Koffer, um mir frische Anziehsachen zu holen. Ich öffnete den Deckel, wühlte durch die Sachen. Wie eine Offenbarung wurde mir bewusst, wie sehr die Schwestern mich in den letzten Monaten verändert hatten.
Ich hatte keine einzige Hose, keine Jeans dabei. Nur Kleider, Röcke und dazu passende Oberteile. Ich war zu dem geworden, was Vanessa immer hatte aus mir machen wollen. Diese Erkenntnis machte mich für einen Moment sprachlos und betroffen. Wie betäubt ließ ich mich auf mein Bett plumpsen.
Natürlich hatte ich auch früher gerne schöne Kleider angezogen, klar, ich war ein Mädchen. Aber dennoch hatte ich mich immer für normal, bodenständig und gefestigt gehalten. Langsam, im Zuge des anbrechenden Tages, wurde mir klar, dass ich eine andere war als noch vor einem halben Jahr. Es stimmte, dass ich mir ohne sauber lackierte Nägel irgendwie unvollkommen vorkam und ich mich ohne Make-up nackig fühlte. Wie unbemerkt von mir selber hatte ich mich verändert!
Aber Zeit für erneutes Selbstmitleid hatte ich nicht. Ich zog ein violettes Etuikleid, das mir alltagstauglich genug erschien, aus dem Koffer, streifte es über und

band den dazugehörigen breiten Gürtel in meiner Taille zusammen. Gegen Halbacht ging ich in den Speisesaal und frühstückte ausgiebig. Für heute brauchte ich Kraft. Wieder in meinem Zimmer angekommen, zog ich das Handy aus der Handtasche und wählte mit zittrigen Fingern Vanessas Nummer. Jetzt ging es los! Nach einigen Klingeln – vielleicht hatte ich sie aufgeweckt – meldete sich meine Mentorin.

„Larissa? Wo steckst du? Wir haben uns Sorgen gemacht!"

Ich verkniff mir eine spöttische Antwort, wollte ich doch nicht gleich zu Anfang zu viel verkomplizierende Emotionen in die Sache bringen. „Mir geht's gut. Ich muss mit dir reden!"

„Schieß los!"

„Nicht am Handy! Wir müssen uns treffen." Es entstand eine kurze Pause und offenbar spürte Vanessa meine abwehrende Haltung durch das Telefon hindurch.

„Du hast uns gestern gefehlt", sagte sie schließlich, das Thema wechselnd. „Das ist nicht gut und in der jetzigen Situation macht es misstrauisch, wenn du verstehst."

„Was soll ich verstehen?", fauchte ich zurück. „Ich hab schon alles verstanden. Wann können wir uns treffen?" Mein Ton war hart und bestimmt. Ich wollte keine Zeit vertun, sondern zur Sache kommen. Konnte mir Vanessa erzählen, was sie wollte.

„Larissa! Eine Schwester ist tot und du verweigerst Leonora die Gefolgschaft. So was ist gefährlich. Ich hab ihnen gesagt, du wärest krank, aber ich kann sie nicht ewig hinhalten. Du musst nach Warngau kommen! Jetzt!" Wieder stand ich vor der Frage, ob ich Vanessa vertrauen sollte oder nicht. Aber nachdem ich von Wolfgang gehört hatte, was sich alles hinter meinem Rücken abgespielt hatte, vertraute ich besser niemanden mehr. Ich konnte das Ganze nicht am Telefon mit ihr diskutieren, schließlich brauchte ich das Foto.

„Wolfgang war bei mir", flüsterte ich mit belegter Stimme. „Ich will, dass du mir das Foto mitbringst!" Nun hatte ich getroffen.

Vanessa räusperte sich und meinte endlich: „Okay, schon gut. Lass uns einfach treffen und ich erklär dir alles, damit du keine falschen Schlüsse ziehst."

Ich lachte kurz und höhnisch auf. „Wir treffen uns um 10:00 Uhr am Viktualienmarkt am Liesl-Karlstadt-Brunnen! Und vergiss das Bild nicht!"

Kapitel 33
„Es ist besser, sich mit zuverlässigen Feinden zu umgeben, als mit unzuverlässigen Freunden."
John Steinbeck

Als ich am Viktualienmarkt ankam, war Vanessa bereits an der verabredeten Stelle. Ihre Augen lagen verborgen unter der obligatorischen Sonnenbrille mit den großen Gläsern. Die Hände hatte sie in den Taschen ihres Trenchcoats versenkt. Sie stand, ihre braunen Stiefel parallel nach vorne ausgerichtet, da und wartete. Das nasskalte Herbstwetter trieb die Leute an, ihre Einkäufe rasch zu erledigen. Wenige standen auf dem sonst belebten Platz und unterhielten sich. Die meisten strebten zügig von A nach B und freuten sich im Anschluss auf ein warmes Getränk.

Mit schnellem Schritt ging ich auf Vanessa zu. Ich wollte Selbstbewusstsein demonstrieren und nicht den Eindruck erwecken, sie könnte mich heute von irgendeiner Lügengeschichte überzeugen. Einige Meter vor ihr stoppte ich und hob demonstrativ selbstsicher das Kinn. Vorsichtig, als könne sie durch Eile etwas zerbrechen, nahm sie ihre Sonnenbrille ab. Nun konnte ich in ihre Augen sehen. Ihre schwarzen Haare waren in einem festen, strengen Zopf zurückgebunden und ihre Lippen auffällig dunkelviolett geschminkt. Unwillkürlich fragte ich mich, ob ihr Mund mit meinem Kleid harmonierte. Sie wirkte betrübt, verwirrt und nicht so souverän wie sonst.

Schweigend standen wir uns gegenüber. Keine sagte etwas zur Begrüßung. Schließlich kam Vanessa auf mich zu und raunte im Vorbeigehen: „Lass uns ein paar Schritte laufen. So sind wir schlechter abzuhören." Ohne darauf einzugehen, drehte ich mich um und folgte ihr. Wortlos liefen wir einige Minuten.

„Das ist alle eine große Scheiße", flüsterte Vanessa irgendwann mit belegter Stimme, als wir den traditionsbehafteten Marktplatz weit hinter uns gelassen hatten. „Alle sind ziemlich betroffen. Alle haben Angst und sind traurig."
„Aha, auch die, die Anja zum Tode verurteilt haben?"
Abrupt blieb Vanessa stehen. Als ich mich zu ihr umdrehte, schaute ich in ihr entsetztes Gesicht. „Wie kommst du auf so was? Niemand wurde verurteilt."
„Aber eingesperrt habt ihr sie schon. Das muss ja einen Grund gehabt haben oder muss jede von uns mal eine Nacht im Turm pennen?"
Sie schüttelte langsam den Kopf. „So ist es nicht gewesen. Anja wurde am Montagmorgen rausgelassen und ist heimgefahren!" Vanessa deutete auf eine Parkbank und wollte sich nun offensichtlich doch setzen, um die Unterhaltung fortzusetzen. Langsam gingen wir in Richtung der Sitzgelegenheit.
„Ich will von dir jetzt wissen, was man ihr vorgeworfen hat! War es Hochverrat oder nicht?"
„Nein, nicht wirklich. Larissa, ich darf dir das alles nicht erzählen. Viel wichtiger für dich ist, dass du schnellstmöglich nach Warngau fährst. Wenn du nicht kommst, werden alle misstrauisch. Und das ist nicht gut."
„Mir wäre es lieber, wenn wir uns erst mal um mein Misstrauen kümmern könnten", konterte ich trocken.
„Warum wurde bei Anja eine Karte mit Fackel gefunden? Was hatte sie verbrochen? Was ist mit

Wolfgang? Ich weiß von Kammers Unfall und von Frickes Tod." Ich feuerte ihr die Fakten wie aus einer Maschinenpistole entgegen. Jetzt wusste sie jedenfalls, dass ich den Schwestern nachspioniert hatte. Vanessa sah sich suchend um und kontrollierte, ob wir auch wirklich alleine waren. Ich hatte ihr wahrscheinlich zu laut gesprochen und nun hatte sie Angst, wir könnten die Aufmerksamkeit von Fremden auf uns gezogen haben.

„Also gut! Aber du darfst niemandem sonst etwas erzählen. Ich will dir doch helfen. Warum kapierst du das nicht? Also, Anja hatte Samstagabend Leonora gestanden, dass sie einen Freund hat. Mit ihm hat sie wohl manchmal über die Schwesternschaft gesprochen. Sie hat Leonora alles gebeichtet und wurde eben zwei Nächte im Turm eingesperrt. Die Priorin und der Rat haben sie aber wieder rausgelassen. Was ich gehört habe, hat sie ihm nichts Wesentliches erzählt. Sie musste nur versprechen, das Verhältnis unverzüglich zu beenden."

„Und wenn es so gewesen wäre?", unterbrach ich sie. „Was wäre passiert, wenn sie ihm etwas Wesentliches verraten hätte?" Schweigen und eine ausdruckslose Miene waren mir Antwort genug.

„Was machen die Karten, die Symbole in ihrer Wohnung? Das ist doch alles kein Zufall. Ich glaub dir kein Wort, Vanessa, und weißt du warum: Weil du mich mit Wolfgang auch schon belogen hast. Um uns rum sterben Leute, die mit unserem Projekt zu tun hatten, oder sie haben Unfälle. Schwestern werden ermordet und meine Freundin erpresst meinen Auftrag. Sag mir nur einen Grund, warum ich gerade dir vertrauen sollte!"

„Das mit Anja waren wir nicht", war Vanessas heiserer Versuch einer Verteidigung. „Wir haben auf Kammer Druck gemacht, damit er die Genehmigungen endlich festmacht, ja. Aber mit allem anderen haben wir nichts zu tun. Ich schwör's dir!"

„Außer mit Wolfgangs vernichteter Ehe."

„Ach, du weißt doch inzwischen, wie das bei uns läuft. Wer nicht liefert, fliegt. Ich wollte, dass du deinen Job hinkriegst. Und als ich euch im Rivera Nights Club gesehen habe, war das die Chance, alles schnell über die Bühne zu bekommen."

„Hast du keine Skrupel?"

„Larissa, auch ich brauche paar Vertraute in der Schwesternschaft. Wenn man keine seiner Novizinnen durchbekommt, dann ist das nicht gut."

„Gib mir das Bild und verpiss dich. Ich will mit dir nichts mehr zu tun haben. Mit dir nicht und mit deiner ganzen Sippschaft auch nicht." Tränen rannen über ihre Wangen, als sie mir das Bild aus ihrer Jacke reichte, das Bild, das so viel Leid erzeugt hatte. Es zeigte einen ehrlichen, leidenschaftlichen Kuss aus einer längst vergangenen Zeit.

„Wir können dich nicht gehen lassen", flüsterte sie leise. „Leonora wird dich nicht gehen lassen."

„Sie muss!"

„Leonora muss gar nichts!", schrie Vanessa. „Wenn du dich lossagst, begibst du dich in Gefahr. Denk bitte an das Video! Denk an deine Familie! Spiel doch noch so lange mit, bis wir eine Chance haben, dich heil da rauszubekommen. Ich helf dir auch, versprochen. Aber komm mit mir zurück ins Kloster!"

Ihre Worte klangen eindringlich und ehrlich besorgt, aber ich konnte Vanessas Überredungskünsten heute nichts abgewinnen. Sie hatte mich so oft um den Finger gewickelt und wohin hatte es mich geführt? Sie war eine Verführerin, eine Seelenjägerin und wer konnte schon wissen, welchen Preis ich diesmal zahlen müsste, wenn ich ihr erneut vertraute.

„Nein, heute nicht. Sag Leonora, sie soll mich einfach in Ruhe lassen und ich werde euch auch nichts tun. Ich werde nicht mehr über euch reden. Alle können wir wieder das tun, was wir vorher gemacht haben."

Mit einem Mal, als stünde die Bank unter Strom, erhob sich Vanessa. „Das wird nicht möglich sein", verkündete sie mir geschäftsmäßig. Nach einem letzten langen Blick in meine Augen, setzte sie ihre Sonnebrille auf und ging zügig davon.

Die ruhelose Nacht forderte ihren Tribut. Ich wurde schlapp und müde. Ich beschloss, ein Café aufzusuchen und mich mit Koffein zu dopen, da sich Peter immer noch nicht bei mir gemeldet hatte. Dann musste ich zurück in das Hotelzimmer und entweder eine Nacht verlängern oder zurückkehren in meine eigene Wohnung. Wenn ich ein Leben hier in München ohne die Vestalinnen führen wollte, dann sicherlich nicht im Hotel. Also musste ich früher oder später wieder in meine vier Wände. Nun, nachdem alles so gekommen war, würde ich mir doch eine neue Wohnung suchen, vielleicht gleich zusammen mit Peter.

Ich suchte mir ein kleines Lokal an der Straße, von wo aus ich durch eine große Fensterscheibe den Platz und die Leute gut im Blick hatte. Ich stellte meine Handtasche auf den Stuhl neben mir und gab beim Kellner meine Bestellung auf. Unauffällig schaute ich mich um, konnte aber keine bekannten Gesichter erkennen. Niemand starrte mich an. Jetzt siehst du schon Gespenster, dachte ich mir. Mein Blick fiel auf mein kleines, goldenes Armkettchen, von dort auf meine manikürten Finger und auf den Ring an der Hand.

Alles war so oberflächlich gewesen. Ich hätte damit rechnen müssen, dass alles auf dieser Welt seinen Preis hatte. Selbst Ruhm war nicht umsonst. Umso weniger, wenn man nur berühmt sein wollte, um berühmt zu sein. Wenn keine Substanz dahinter steckte, war der Preis umso höher. Das alles wurde mir jetzt bewusst. Was nützten mir die zehntausenden von Euros auf meinem Bankkonto, wenn ich wusste, über wie viele Leichen ich dafür gegangen war.

Und noch war kein Ende in Sicht. Die Schwestern würden nicht einfach aufgeben, so viel war klar. Wenn ich mich offen gegen sie stellte, war das einer dieser Verstöße, den es laut Kodex galt, mit dem Tod zu bestrafen. Was würden sie mit mir machen, wenn sie mich in die Finger bekamen? Was passierte, wenn Vanessa jetzt zu ihnen ging, ihnen alles erzählte? Würden hektische Anrufe getätigt und schnell die Armeen von Rockern losgeschickt? Würden sie mich suchen lassen, tot oder lebendig? Wie würde sich das anfühlen als Gejagte in der Stadt?

Vielleicht konnte man mit Leonora verhandeln? Aber dafür brauchte ich ein Faustpfand, etwas, das die Schwestern bereit waren, für meine Freiheit einzutauschen. Ich hatte nur mein Wissen, meine Informationen. Mir war klar, dass es, wenn ich davon Gebrauch machte, kein Zurück mehr gab. Dann würde diese weltweite Organisation sich unwiderruflich gegen mich wenden, mit ihrer ganzen Macht.

Es war wie eine Atombombe, die ich zwar hatte, aber mich nicht traute, einzusetzen – noch nicht. Mein Kaffee kam und ich nahm die heiße Flüssigkeit Schluck um Schluck in mir auf. Die Wärme tat gut. Ich hatte nicht geschlafen, war müde und befand mich in so etwas wie einer für mich existenziellen Krise, wie wohl Psychiater dazu sagen würden. Ich hatte ein Recht auf Behaglichkeit.

Ich überlegte kurz, zu Wolfgang zu gehen und mit ihm zu reden. Ihm zu zeigen, dass ich in den letzten zwölf

Stunden nicht untätig gewesen war, mein Versprechen zu halten. Aber was hätte es gebracht? Ich musste endlich zu Peter. Ich griff in meine Handtasche, ließ nochmals seine Handynummer anwählen. Als sich wieder keiner meldete, rief ich mir ein Taxi, welches mich ins Hotel bringen sollte. Der schlaflosen Nacht geschuldet, musste ich mich ausruhen und wollte dann versuchen, Peter zu erreichen, wo auch immer er sich herumtrieb.

Die nachmittägliche Ruhe tat mir gut. Obwohl ich Mittag nichts gegessen hatte, verspürte ich nach dem Erwachen keinen Hunger. Ich war fit, den Umständen entsprechend. Noch schlaftrunken fingerte ich mein Handy vom Nachttisch und wählte abermals Peters Nummer. Zu meiner grenzenlosen Erleichterung nahm er diesmal ab.
„Wo hast du gesteckt? Ich versuche dich seit gestern zu erreichen! Ich hab mir schon Sorgen gemacht."
„Alles okay, ich musste nur dringend ein paar Sachen regeln." Es war wieder der alte Peter, dem Stress und Hektik nichts anhaben konnte. Der, der immer alles im Griff hatte. Nicht so wirr und durcheinander wie gestern. „Hör mal, ich hab das alles im Fernsehen verfolgt. Ich will dir echt gerne helfen, aber du musst mir jetzt sagen, wo sich die Schwestern treffen und wie das alles bei euch läuft. Sonst kann ich nichts für dich tun."

„Ja, ja", meinte ich abwehrend, da ich nicht am Telefon mit ihm über die Vestalinnen sprechen wollte. Er hätte mich ja auch einmal fragen können, wie es mir ging, dachte ich gekränkt. „Können wir uns bei dir treffen?" Er zögerte nur kurz, dann stimmte er zu. Ich sagte ihm, ich würde nur noch schnell meine Sachen hier packen, zurück in meine Wohnung bringen und dann bei ihm vorbeischauen. Das alles würde so eine Stunde dauern. Er konnte sich schon einmal was zum Abendessen überlegen oder, noch besser, bereits herrichten, bis ich bei ihm war.

Es dauerte tatsächlich elend lange, bis ich ausgecheckt, ein Taxi gerufen und mich in meine Wohnung bringen lassen hatte. Ich stellte den Koffer einfach in mein Zimmer, ausräumen konnte ich ihn später. Jetzt ging es endlich zu Peter. Unsere Beziehung, geboren aus einer zufälligen Begegnung am Rande eines Schwesterntreffens, war der letzte Anker, den ich noch hatte. Alles andere war mir weggebrochen. Und so ersehnte ich seine Nähe so sehr, dass ich fast den Wagen anschieben wollte, wenn er an einer roten Ampel warten musste.

Schließlich hielten wir vor seiner Wohnung. Ich zahlte den Fahrer und hastete die Stufen hoch. Endlich, so schoss es mir durch den Kopf, endlich waren wir wieder zusammen und es ging uns beiden gut. Er erwartete mich an der Tür, und als ich oben war, umarmten wir uns innig.

„Hübsches Kleid", bemerkte er, als ich meine Jacke ausgezogen hatte. Er stellte Wasser, Saft und Gläser auf den Tisch, dann setzten wir uns und ich begann zu erzählen. Ich berichtete von meinem Besuch im Verlies, von meinem Verdacht und von den Unfällen. Allerdings ließ ich die Sache mit dem Einkaufszentrum weg. Ebenso verschwieg ich die Geschichte mit Wolfgang.
Er hörte aufmerksam zu, stellte ab und an eine Zwischenfrage und hielt immer wieder meine Hand, wenn er glaubte, dass ich das brauchte. Es tat gut, hier zu sein. Hatte ich ihm jetzt schon zu viel preisgegeben? Ich scheute die imaginäre Grenze des Verrats gegenüber den Vestalinnen und gegenüber Leonora. Ich wandelte an der Klippe und wollte sie doch nicht überschreiten. Vielleicht, so hoffte ich, würde sich mit den Schwestern doch noch alles klären. Wenn ich Peter jetzt zu viel erzählte, war nichts mehr zu retten.
Als ich geendet hatte, erhob er sich vom Stuhl und begann, im Zimmer hin und her zu gehen. Auch Peters Wohnung war nicht groß. Er hatte ein gemütliches Wohn-Esszimmer mit Küchenzeile. Ein kleines Schlafzimmer, ein Bad und ein winziger Abstellraum komplettierten sein Heim. Auch ich stand auf und ging zum Fenster. Von oben sah ich auf die dunkle Stadt, als er sich mir von hinten näherte und sich sanft an mich schmiegte. Sein Mund lag an meinem Nacken. Seine Hände streichelten zärtlich meinen Bauch.

Diesen Moment wollte ich nie mehr loslassen. Wo war nur die Stopp-Taste?

„Es tut mir so leid, was alles passiert ist", flüsterte er mir leise in mein Ohr. „Das alles ist furchtbar. Ich kann dir nicht sagen, wie sehr mir das mit Anja leidtut." Ich nickte. „Aber du hast mir noch nicht alles erzählt", fuhr er fort. „Ich kann dir nicht helfen, wenn du mir nicht sagst, wo ihr euch trefft, wo Leonora wohnt und wer alles bei eurer Schwesternschaft dabei ist."

„Peter, glaub mir, das würde dir nichts nützen. Was willst du machen, wenn du weißt, wo die Treffen sind? Es bringt dich nur in Gefahr – dich und mich!"

Er schien über meine Worte nachzudenken. „Du fühlst dich also den Schwestern immer noch mehr verbunden als mir", resümierte er und machte sich von mir los. Ich spürte Enttäuschung in seiner Stimme mitschwingen.

„Das hat nichts mit Verbundenheit zu tun. Ich will nur, dass dir nichts passiert." Er ging zur Fensterbank und ließ den Rollladen herunter. Die Welt da draußen mit ihren vielen Lichtern verschwand. Ich wandte mich wieder zum Tisch, nahm das Glas und trank einen Schluck.

Peter war am Fenster stehen geblieben. Ich schaute auf seine Küchenzeile, ob ich etwas Essbares dort fand. Langsam bekam ich Hunger und wollte gerade vorschlagen, dass ich kochen könnte, als er mir mit ungewohnt ungehaltener Stimme nachrief: „Larissa, ein letztes Mal. Sag mir, wo ihr euch trefft, wo

Leonora wohnt und wer bei euch dabei ist. Ich muss alles wissen. Jetzt!"
Verwundert drehte ich mich um. Dieser gebieterische Tonfall war mir neu. Er passte nicht zu ihm. „Ich kann dir das nicht sagen! Es würde dir nichts nützen! Wenn ich dir diese Dinge sage, bin ich eine Verräterin. Sie würden mich jagen und wer weiß, was sie mit dir machen. Ich muss das mit ihnen anders klären, aber nicht, in dem ich dich in Gefahr bringe und mir alle meine Optionen nehme. Es gäbe keinen Weg zurück!"
Er wirkte, als wüsste er nicht, was er darauf erwidern sollte. Unschlüssig stand er am Rand des Zimmers. „Sag's mir", presste er erneut zwischen seinen Zähnen hervor. Die ganze Souveränität war verflogen. Es war, als würde aus Dr. Jekyll gerade Mr. Hyde werden.
„Ich mach uns jetzt was zu essen", beendete ich die Diskussion und drehte mich zur Küchenzeile. Ich hörte noch, wie er mit zwei schnellen Schritten neben mir war, dann traf mich etwas Hartes, Festes im Nacken. Ich taumelte und stürzte zu Boden. Keuchend wendete ich mich auf den Rücken, riss die Augen auf und sah Peters Faust mitten in mein Gesicht rauschen. Dann wurde ich bewusstlos.

Kapitel 34
"Wer an die Freiheit des menschlichen Willens glaubt, hat nie geliebt und nie gehasst."
Marie von Ebner-Eschenbach

Als ich wieder erwachte, war das Erste, was ich wahrnahm, ein unsäglicher Kopfschmerz. Mir war übel und schwindlig. Ich konnte mir nicht erklären, was passiert war. Ich wollte meine Hand an meinen Kopf legen, merkte aber sofort einen stechenden, ziehenden Schmerz an meinem Handgelenk und in der Schulter. Ein weiteres Mal versuchte ich meinen Arm zu bewegen, erntete aber die gleiche Pein wie schon beim ersten Mal.
Jetzt erst registrierte ich, dass meine Hände gefesselt waren. Ich hob leicht meinen Kopf und fand mich sitzend, wohl auf einem der Stühle festgemacht. Meine Arme waren hinter der Lehne an den Gelenken gebunden, so fest, dass ich die Fingerspitzen nicht spürte. Ich probierte testweise meine Beine zu bewegen, aber auch sie waren fixiert.
Unbehagen ergriff mich, da ich merkte, dass irgendetwas gar nicht so war, wie es sein sollte. Ich versuchte, meine Augen zu öffnen, aber nur das rechte hob sich problemlos. Das Linke schien irgendwie verschwollen. Nun drang auch ein brennender Schmerz aus meiner linken Gesichtshälfte zu meinem Bewusstsein durch. Was war passiert? An den Beinen saßen die Fesseln nicht ganz so fest.

Vielleicht da ich mir heute Morgen bei dem kalten Wetter noch eine Strumpfhose angezogen hatte, die meine Haut vorm Einschneiden schützte.

Meine Kopfschmerzen formierten sich zu einem unerträglichen Dröhnen und drohten, jeden Gedanken im Keim unter sich zu begraben. Ich wollte mich erinnern, was geschehen war. Ich hatte mich zur Küche gedreht, um mir etwas zu essen zu machen. Dann war ich gestolpert. Oder war ich etwa gestoßen worden? Langsam drehte ich meinen Kopf und versuchte, im Zimmer Peter zu finden, aber er war nicht da. Wo war er? Abermals wollte ich meine Arme bewegen. Ich hoffte, dass mir beim ersten Mal einfach die Kraft dafür gefehlt hatte, zerrte aber wieder nur an meinen Fesseln. Warum hatte Peter mich festgebunden? Das ergab doch alles keinen Sinn.

Die Schwestern fielen mir ein. Bruchstückhafte Szenen der letzten Tage flogen in rascher Folge an meinem inneren Auge vorbei. Hatten sie mich etwa gefunden? War ich ihnen in die Hände gefallen? Bei diesem Gedanken begann Adrenalin meinen Körper zu durchfluten und drängte die Schmerzen für einen Moment in den Hintergrund.

Blutverklebte Haarsträhnen baumelten vor meinem geöffneten Auge. Ich musste am Kopf verletzt worden sein. Ich wollte rufen, um Hilfe schreien, brachte aber keinen Ton zustande. Die staubtrockene Zunge klebte an meinem Gaumen und machte keine Anstalten, sich um Sprache und Artikulation zu bemühen. Ein

undefinierbares Würgen war das Einzige, was ich hervorbrachte. Ich sah an mir herab. Meine Beine schienen soweit okay, aber an meinem Kleid waren Blutflecken zu erkennen.
Auf einmal hörte ich Geräusche. Irgendwo hinter mir wurde eine Tür geöffnet. Dann vernahm ich Schritte. Hektisch versuchte ich herauszufinden, wer da den Raum betreten hatte, aber es gelang mir nicht. Schließlich näherte sich jemand meiner rechten Seite. Dann tauchte Peter wie aus dem Nichts neben mir auf. Seelenruhig stand er da und betrachte mich lange und wortlos mit verschränkten Armen.
„Wasser", würgte ich hervor. Ungerührt, ja fast unbeteiligt nahm er ein bereitgestelltes Glas von Tisch und führte es behutsam zu meinem Mund. Wieso war er so ruhig? War ich nicht schwer gestürzt? Warum hatte er keinen Krankenwagen gerufen? Wie lange war ich bewusstlos gewesen?
Gierig trank ich das dargebotene Wasser. Jeder Schluck schien mehr von mir wieder zum Leben zu erwecken. Auch wenn anschließend die Schmerzen im Kopf und in Gesicht nicht gänzlich weg waren, so fiel es mir nun leichter, klar zu denken. Nachdem das Glas leer war, stellte er es auf den Tisch und sah mich dann erneut mit dieser emotionslosen Miene an. Seine blauen Augen hatten den Glanz verloren, wirkten jetzt mehr wie der wolkenbehangene Himmel am Ende eines Tunnels. Warum half er mir nicht?

Ich weiß nicht, wie lange er mir so gegenüberstand. Schließlich zog er langsam einen Stuhl zu mir heran, setzt sich verkehrt herum mir gegenüber und meinte dann: „Sag mir einfach, wo ihr euch trefft. Es ist wichtig!" Er war so ruhig, als erklärte er gerade einem Kind, dass man auf eine heiße Herdplatte eben nicht greifen dürfe. Dass man sich dabei verbrennen könne und es daher bedeutend sei, seinen Ratschlag in der Zukunft zu befolgen. Ich wollte etwas sagen, aber das Sprechen fiel mir immer noch schwer. Darum schüttelte ich nur den Kopf. Es war schlichtweg nicht möglich. Ich konnte es ihm nicht erzählen.
Sein Schlag traf mich so heftig und unvermittelt im Gesicht, dass ich glaubte, mein Kopf würde bis an die Küchenzeile geschleudert. Vor Empörung und Verzweiflung brüllte ich laut auf. Meine linke Gesichtshälfte brannte auf wie Feuer. Warum tat er mir das an? Was war genau passiert? Warum verdammt nochmal hatte er mich gefesselt?
„Warum tust du das?", heulte ich vor Verwirrung, vermischt mit Angst.
Seelenruhig wartete er, bis ich mich wieder beruhigt hatte. Dann murmelte er leise, als ob ein Pfarrer gerade die Beichte abnahm: „Ich möchte von dir alles wissen, was du über die Vestalinnen erzählen kannst. Alles andere ist im Moment nicht wichtig!"
„Mach mich los, verdammt!", brüllte ich und merkte, wie, genährt aus Furcht, meine Lebensgeister erstarkten. Ich rüttelte und zerrte an meinen Fesseln.

Schmerzen waren alles, was ich damit erreichte. Ich überlegte, ob ich laut losschreien sollte. Aber mir war bewusst, dass Peter mir jederzeit irgendetwas Ekliges in den Mund schieben konnte, und ich verwarf daher diesen Plan. Warum hatte er mich gefangen genommen? Bereits als er das Zimmer nach meinem Erwachen betreten hatte, war mir aufgefallen, dass er sich umgezogen hatte. Das sportliche Hemd war einem alten T-Shirt gewichen, welches komischerweise ebenfalls blutverschmiert war. War das etwa alles mein Blut?

Mir war inzwischen klar, dass die Vestalinnen mit meiner jetzigen Situation nichts zu tun haben konnten. Peter hatte mich niedergeschlagen und gefesselt, aber warum? Nur, weil ich ihm das mit den Schwestern nicht sagen durfte? Weil ich ihm diese Geheimnisse nicht anvertrauen konnte, weil ich somit ihn und auch mich in Gefahr gebracht hätte? Meine Selbsterhaltungstriebe übernahmen die Kontrolle. Bevor ich nicht begriff, was hier gespielt wurde, durfte ich nichts sagen. Mein Wissen schien das Einzige zu sein, auf was er zur Zeit spekulierte. Daher würde ich es ihm, solange es ging, vorenthalten, bis ich wusste, was lief.

Er betrachtete zwischenzeitlich meine Befreiungsbemühungen mit stoischer Ruhe. „Du kommst erst wieder raus, wenn du mir von euch erzählst, und zwar alles." Es lag eine derartige Kälte in seiner Stimme, dass kein Zweifel aufkam, wie ernst ihm die Sache war.

„Es geht nicht. Sie bringen mich sonst um", keuchte ich. „Lass mich los, ich liebe dich doch."

Bei diesen Worten riss er wütend seinen Stuhl zurück, schleuderte ihn durch das Zimmer und schlug mich mit seiner rechten Hand ein weiteres Mal auf meine linke Wange. Mein Kopf flog erneut zur Seite. Unwillkürlich fragte ich mich, wie oft das meine Knochen mitmachen würden.

„So, wie du Wolfgang geliebt hast!" Er spie mir die Verachtung förmlich ins Gesicht. Scheiße! Woher zum Henker wusste er von Wolfgang? „Ja!", rief er, als er meinen entsetzten Gesichtsausdruck registrierte. „Ich weiß von ihm Bescheid. Ich weiß über alles Bescheid, was du gemacht hast im letzten halben Jahr. Hast du geglaubt, ich bin blöd? Hast du geglaubt, ich merk das nicht? Du dreckige Hure!" Seine Vorwürfe trafen mich wie ein Donnerschlag, vor allem, da er ja recht hatte. Ja, ich hatte ihn betrogen. Ich war schuldig im Sinne der Anklage.

„Peter!", flehte ich, aber er war verschwunden und kramte in eine der Küchenschubladen. „Mach mich los und lass uns über alles reden. Deswegen musst du mich doch nicht schlagen und fesseln", bettelte ich und wusste in diesem Moment nicht, zu was er noch fähig war. Hatte er Drogen genommen? Er war mir in diesem Augenblick so fremd wie noch nie.

Als er wiederkam, umschloss seine Faust etwas kleines Schwarzes. Ich konnte nicht genau erkennen, was, aber nun stand blanker Hass in seinen Zügen geschrieben. Es war nicht wegen Wolfgang. Das, was ich in seinen Augen las, war abgrundtiefer Hass und nicht gekränkte Eitelkeit.

„Larissa, es tut mir leid, dass ich das tun muss, aber du lässt mir keine Wahl." Mit diesen Worten riss er mir das Kleid am Dekolleté auf und drückte mir das schwarze Etwas an den Hals. Im nächsten Moment durchbohrte mich ein brennender Schmerz wie glühendes Eisen und füllte meinen Körper vollkommen aus. Mein Kopf schien zu platzen. Als es endlich vorbei war, rang ich keuchend nach Luft. Emotionslos hielt er den Elektroschocker in seiner Hand und wartete, bis ich mich wieder erholt hatte.

„Wenn du nicht willst, dass ich das nochmal tue, dann sag mir jetzt, wo ihr euch trefft und wo Leonora wohnt."

Ich musste kurz laut auflachen aufgrund der Absurdität der Situation. „Du weißt alles über mich, weiß aber nicht, wo Leonora wohnt?" Hättest du doch lieber einmal sie beschattet als mich, dachte ich noch, war mir aber darüber im Klaren, dass mich mein Spott nicht weiter brachte.

Immer noch schmerzte mein ganzer Körper. Ich spürte erneute Übelkeit in mir aufkommen. Ich hatte Hunger, Kopfschmerzen und musste aufs Klo, aber Peter würde mir nicht weiterhelfen. Wie ein Blitz schoss ein weiterer unbequemer Gedanke in mich. Was würde er tun, wenn ich ihm sagte, was er wissen wollte? Er konnte mich so nicht mehr laufen lassen. Würde er mich töten? Das Wort hallte in meinem Bewusstsein nach. Töten! Teufel auch! Was sollte er sonst mit mir machen. Jeder Richter würde ihn für Jahre einsperren für das, was er mir hier angetan hatte. Ganz zu schweigen davon, was er wohl mit den Schwestern vorhatte. Leider musste ich mir eingestehen, dass ich seine Verbindung zu den Vestalinnen bisher nur sehr oberflächlich kannte. Zu oberflächlich!

„Peter, ich will doch auch von den Schwestern weg. Vielleicht können wir gemeinsam etwas erreichen." Es war ein schwacher Versuch, ihn auf meine Seite zu ziehen. Zudem hatte ich seine Entschlossenheit unterschätzt. Mit einer knappen Bewegung setzte er erneut den Elektroschocker auf meine Haut und mein Körper wurde wieder zu einem einzigen großen Schmerz. Ich war erfüllt von glühend heißem Licht, das sich in jede Zelle fraß. Wie viele dieser Schocks konnte ein Mensch ertragen, wie viele überleben?

Ich hörte meine verzweifelten, schmerzgeschwängerten Schreie und fühlte nur noch unsägliches Brennen, bis ich glaubte, bewusstlos zu werden. Erst dann ließ er von mir ab. Tief atmend rang ich nach Luft. „Was ist dein verdammtes Problem mit diesen Schwestern?", brüllte ich vor Wut. Im Grunde hatte ich nichts mehr zu verlieren. Wenn er mich jetzt umbrachte, würde er gar nichts mehr erfahren.

Ich dachte darüber nach, wie man meine Leiche finden würde. Würde die Polizei ermitteln? Würde ich auch eine Top-News in den Nachrichten werden? Dann dachte ich an meine Eltern, an meine Geschwister. Würden sie darüber hinwegkommen? Würden sie sich Vorwürfe machen? „Ach, hätten wir sie doch nie nach München gehen lassen. Sie war doch noch so jung!" Das Gesicht meiner weinenden Mutter an meinem Grab brach mir das Herz und in diesem Moment gab ich mich erneut den Tränen hin. Peter schien das nicht zu kümmern. Ich weinte vor Wut und Enttäuschung und ich weinte um mein Leben, das ich hätte führen können. Doch noch war ich nicht tot.

„Was ist dein verdammtes Problem mit den Schwestern?", wiederholte ich meine Frage beherrschter. Überrascht sah ich, wie er den Elektroschocker zur Seite legte, und sich wieder auf einen Stuhl setzte. Es dauerte etwas, bis er die richtigen Worte gefunden hatte, dann begann er zu erzählen, so ruhig, als wäre bisher nichts Wesentliches passiert.

„Ich war noch klein. Wir waren eine glückliche Familie. Mein Vater hatte eine Firma, die irgendwelche besonderen Schrauben für die Autoindustrie herstellte. Meine Mutter war Buchhalterin, war aber mir zuliebe zu Hause geblieben. Wir hatten ein nettes

Haus. Ich hatte Freunde. Samstags spielte ich Fußball und mein Vater verpasste keines meiner Spiele. Er ließ es sich nie nehmen, mir zuzusehen." Er machte eine Pause und seine Miene verdüsterte sich. „Es war das perfekte Leben für mich, bis Papas Partner in der Firma diese Frau kennenlernte. Ich selber hab sie nie getroffen, aber von da ab war alles anders. Sie brachte seinen Mitinhaber dazu, seine Firmenanteile an einen externen Investor zu verkaufen. Ab da gab es nur Streit. Papa musste viel arbeiten. Er telefonierte häufig und rauchte immer mehr. Mama meinte, er solle mehr auf seine Gesundheit achten. Er war einfach nur noch gestresst. Das war auch der Grund, dass er zu trinken begann. Erst tat er es heimlich, dann auch zu Hause. Schlimm wurde es, als man ihn ganz aus der Firma hinausdrängte. Er wurde genötigt, seine Anteile zu überschreiben, und erhielt eine Abfindung. Das hat er nie verwunden. Ohne Aufgabe, ohne Job und mit viel Geld hat er den letzten Verstand versoffen. Ich nehme an, er war vorher schon abhängig von dem Zeug, aber nachdem er endgültig die Firma verloren hatte, brachen alle Dämme." Peter seufzte. Fast glaubte ich, eine Träne in seinem Auge zu erkennen. „Na ja, es kam, wie es kommen musste. Irgendwann haben wir ihn im Straßengraben gefunden. Er war eines Abends nicht heimgekommen. Wir haben ihn bei der Polizei als vermisst gemeldet. Nach zwei Tagen hat ihn in Spaziergänger gefunden. Er hatte einen Blutsturz. Alles um ihn herum war voller Blut. Es war furchtbar. Ich hab mir sagen lassen, so was wäre bei Alkoholikern häufig. Die erste Zeit war meine Mutter stark. Sie organisierte alles und kümmerte sich um mich. Sie wollte, dass es mir gut ging, aber eines Tages hat sie es nicht mehr geschafft."

„Was ist passiert?", fragte ich, als ich merkte, dass er nicht mehr weitersprach.

„Sie hat sich umgebracht. Ich hab sie im Schlafzimmer an der Decke hängend gefunden. Ich wurde in einem Heim untergebracht. Von diesem Tag ab hab ich nach dieser Frau gesucht, die unser Leben zerstört hat. So hab ich von den Vestalinnen erfahren. Von euren Aufgaben, die ihr erledigen müsst, damit ihr aufgenommen werdet und von vielem anderen. Leonoras Job als Novizin war, die Firma meines Vaters zu übernehmen."

„Und darum hasst du sie", resümierte ich tonlos fest. Er nickte. Teufel auch! Was für eine Scheiße!

„Ich halte mich seit Jahren in ihrem Umkreis auf und versuche, an sie ranzukommen."

„Dann war das mit uns auch nur ein Spiel", stellte ich verbittert fest und fühlte mich absurderweise gekränkt.

„Ich denke, wir sind quitt."

Ja, das waren wir. Bis auf die Tatsache, dass er mich niedergeschlagen, gefesselt und gefoltert hatte. Aber was nützten mir jetzt diese Spitzfindigkeiten. Ich musste nach Lösungen suchen. Nun wusste ich, wie ernst und wie verzweifelt er war. Er würde mich nicht gehen lassen, bevor ich ihm nicht sagte, was er wissen wollte. Wenn ich es aber tat, brachte entweder er mich um oder die Vestalinnen würden es für ihn erledigen.

„Peter, du weißt, dass ich auch von den Schwestern weg will. Ich hab's dir immer wieder gesagt. Es ist nur so, dass sie auch mich erpressen. Sie haben mich in der Hand. Mach mich los und lass uns gemeinsam nach einer Lösung suchen. Es ist nicht zu spät. Du kannst noch zurück und wir finden einen Weg, wie wir alle hier heil rauskommen." Ich war von mir selber überrascht, wie vernünftig ich mich anhörte. Es war purer Überlebensinstinkt.

„Ich kann nicht mehr zurück", sagte er tonlos. Er starrte vor mir auf den Boden. Dann stand er auf und ging zur Küche. Als er wieder kam, hatte er eines der Küchenmesser in der Hand. Schlagartig stoppten alle meine Gedanken. Jetzt, so schoss es mir eiskalt in den Kopf, jetzt würde er mich töten.

„Bitte!", flehte ich. „Tu's nicht! Ich bitte dich ..." Vor lauter Angst konnte ich mich nicht mehr beherrschen und erneut brachen sich meine Tränen Bahn. Bewegungslos stand Peter vor mir und wartete, bis ich mich beruhigt hatte.

„**Ich** habe Anja ermordet! Ich kann nicht mehr zurück!", verkündete er tonlos. Dann hob er das Messer und stach zu!

Kapitel 35
„Treue kann man nicht verlangen. Treue ist ein Geschenk."
Lilli Palmer

Ich spürte, wie das Messer durch mein Fleisch schnitt und die Klinge auf den Knochen traf. Dann war da nur noch Schmerz. Ich brüllte los und merkte, wie Blut begann, über meinen rechten Oberschenkel zu rinnen. Warm und feucht und klebrig rann es mir über Bein, Strumpf und Schuh. Was blieb, war ein nahezu bestialisches Brennen. Schließlich musste ich mich übergeben. Peter stand seit dem Angriff einmal mehr unbeteiligt vor mir. Er wartete, bis ich Schock und ersten Schmerz überstanden hatte. Teufel auch! Es war zu viel! Es war einfach zu viel!
„Warum hast du Anja ermordet?", schluchzte ich vor eigener Pein und seelischer Qual, nachdem ich mich wieder im Griff hatte. Wie hatte er das nur tun können? Meine Tränen rannen über meine Wangen und, da ich sie mir nicht abwischen konnte, über meinen Hals in mein zerrissenes Kleid. Sein Geständnis traf mich mehr als alles andere. Die erneute Trauer um Anja und die Erkenntnis, dass ihr Mörder mein Lebensgefährte war, schien mich zu überwältigen. Hemmungslos heulte ich los und ließ alles raus. Jetzt war sowieso alles egal.
Ich weinte wegen Anja, aus Enttäuschung, aus Schock und aus Mitleid über mich selber. Wann würde diese Hölle endlich enden? Es gab mir einen Stich, als ich

mich bei dem Gedanken ertappte, er solle mich doch einfach umbringen und die Sache erledigen. Aber so leicht wollte ich nicht abtreten. Noch war ich am Leben. Ich sammelte all meine Kraft, meine letzten Reserven und schaffte es, ihm nach einer Weile in die Augen zu sehen. Er fühlte sich jetzt sichtlich unwohl, fast schuldbewusst.

„Sie wollte alles aufdecken." Zum dritten Mal setzte er sich auf den Stuhl und begann wieder leise zu erzählen. Es wirkte, als beabsichtigte er die Beichte abzulegen und als wäre er erleichtert, die Geschichte endlich teilen zu können.

„Wir waren zusammen. So wie wir beide es auch waren. Natürlich mussten wir es geheimhalten, da weder Schwestern noch du etwas mitbekommen durften. Logischerweise wusste Anja nicht, dass wir beide auch etwas miteinander hatten. Ich verlangte, dass sie mir mehr über euch erzählt. Zuerst hat sie sogar einiges verraten. Doch dann hat sie die Nerven verloren und alles Leonora gebeichtet. Am letzten Montag wollte sie die Sache mit uns beenden und Leonora alles erzählen, was zwischen uns gewesen war. Das konnte ich nicht zulassen. Die Schwestern hätten sich von mir zurückgezogen. Ich hätte keine Chance mehr bekommen, an sie ranzukommen. Darum musste ich sie töten, bevor sie allen erzählt, wer ihr Freund gewesen war."

„Und ich hab geglaubt, die Schwestern hätten sie hingerichtet."

„Deine Freundinnen haben genug Dreck am Stecken, um auch so schuldig zu sein", verteidigte er sich.

Es war absurd, dass er sich rechtfertigte. Ich konnte ihm keine Absolution erteilen, ihm, der mich gefesselt und gefoltert hatte. Mir war jetzt klar, dass er nicht nachgeben würde, bis er mich zum Reden gebracht hatte. Und dann würde er auch mich umbringen. So einfach war das. Auf einen Mord mehr oder weniger kam es nicht mehr an. Er war schon viel zu weit gegangen. Er war ein Mörder!

Außerdem wusste ich selber nun auch zu viel über ihn und seine Geschichte. Fast nach Verständnis heischend fuhr er fort: „Den Unternehmer Robert Fricke hab ich auch ermordet. Ich wollte euer Projekt sabotieren und ich dachte, ohne ihn würde euch das nötige Geld fehlen. Auch Wolfgang ist wegen mir aufgeflogen." Oh mein Gott! Es wurde immer schlimmer.

„Peter", bettelte ich nun wieder. „Lass uns gemeinsam mit den Schwestern abrechnen. Du weißt, dass ich da auch raus will. Hilf mir dabei! Ohne dich schaff ich das nicht. Sie sind zu stark für mich."

„Ich glaube, ich kann dich nicht leben lassen. Es geht einfach nicht." Man hätte meinen können, Trauer in seinen Worten mitschwingen zu hören. Für eine Weile herrschte Ruhe. Schließlich stand er auf, schob den Stuhl wieder ordentlich gegen den Tisch und brachte das Messer zurück zur Spüle. Er ließ Wasser darüber laufen und wusch es mit Spülmittel ab. Fast zwanghaft

gründlich rubbelte er an der Klinge. Offenbar brauchte er die Auszeit, um seine Gedanken ordnen zu können. Ich betrachtete mein Bein, aus dem nur noch ein dünner Blutfaden rann. Neben meinen Pumps hatte sich eine Blutpfütze gebildet. Als er das Messer weggesteckt hatte und wieder zurückkam, wirkte er entschlossen und kalt.
„Ich habe nicht mehr viel Zeit. Die Polizei wird irgendwann etwas finden, was auf mich hindeutet. Wir haben genug gequatscht. Wir müssen das jetzt beenden." Bei diesen Worten begann mein Herz wie verrückt zu rasen. Jetzt war es also so weit. Nein, bitte nein! Ich wollte nicht sterben!
Wieder versuchte ich, wie eine Irre an meinen Fesseln zu rütteln. Alle meine Probleme waren binnen weniger Stunden nebensächlich geworden. Nicht die Schwestern hatten eine Mördertour durch München begonnen, sondern Peter. Die ganze Zeit wollte ich mich bei ihm vor den Vestalinnen in Sicherheit bringen und war doch direkt in seine Falle gegangen. Ich brauchte Zeit! Zeit, um nachzudenken, Zeit um einen Plan zu entwickeln. Ich bekam nicht mit, wie er den Raum verließ, um nach wenigen Augenblicken zurückzukehren. Immer noch riss und zerrte ich an meinen Fesseln. Tief schnitten sie in mein Handgelenk, aber ich ignorierte den Schmerz.
„Vielleicht hätten wir unter anderen Umständen gut zusammengepasst", murmelte er leise, fast zu sich selber. Er seufzte. „Ich stelle dir jetzt eine Frage und

ich werde nicht aufhören, bis ich eine Antwort habe."
Er war wieder die Ruhe selbst. „Wenn du möchtest, dass ich ende, musst du reden. Tu dir den Gefallen und mach es dir nicht all zu schwer."
Er schaffte es, es wie ein freundliches Angebot klingen zu lassen. Fast als diskutierten wir immer noch, was es zu essen gäbe. Meine Gedanken rasten. Mein Körper war ein einziger Schmerz. Mein Oberschenkel tobte, auch wenn kein frisches Blut mehr nachlief und die Flüssigkeit zu trocknen begann. Was kam nun? Seit Wochen wollte ich loskommen von Leonora und ihren Schwestern. Seit meiner Initiation wollte ich raus. Ich bereute, nicht einfach gegangen zu sein, als ich es noch gekonnt hatte. Ich wollte mit alldem nichts mehr zu tun haben. Was hatte mich nur daran gehindert? Die Antwort blieb in den Tiefen meines Bewusstseins zurück, denn mit mörderischer Geschwindigkeit stülpte mir Peter eine Plastiktüte über den Kopf und legte seine Hände fest um meinen Hals.
Reflexartig wollte ich losschreien, merkte aber, wie mir die Luft dafür zu schwinden begann. Blankes Plastik saugte sich an meinen Mund und meine Nase. Ich riss an meinen Fesseln, glaubte, wenn ich fest genug daran zog, sie entzweireißen zu können. Aber die Klebebänder saßen fest und schnitten nur noch mehr in mich ein.
Die Luft wurde knapp. Die Erlösung, die jeder Atemzug normalerweise mit sich brachte, blieb aus. Das Brennen in meiner Brust nahm zu. Ich wollte die

Luft tief in mich einsaugen und fühlte nur jedes Mal das Plastik, welches sich von Mal zu Mal fester an mich presste. Mir wurde schwindelig. Alles begann sich zu drehen. Angst erfüllte meinen ganzen Körper. Blanke Panik schien mich zu zerreißen. Ich wollte nicht sterben. Nicht hier und nicht jetzt!

Die Welt um mich wurde leicht und ich fühlte mich, als würde ich schweben. Ein weißes Licht kam auf mich zu wie ein Zug durch einen Tunnel. Um das Licht herum wurde alles schwarz. Gleich würde alles vorbei sein. Ich war erstaunt, wie wenig mich das im Moment berührte. Nicht einmal den Schmerz fühlte ich jetzt noch. Alles war so leicht und so weit weg.

Es blieb nur noch ein Gedanke, ein Gefühl, das ich noch haben und mit dem ich diese Welt verlassen würde. Fast war ich enttäuscht, ja wütend, als mir die Videos von meiner Initiation in den Sinn kamen. Die Antwort auf meine vorhin gestellte Frage schien nicht in diesen Moment zu passen. Geh weg, fluchte ich. Ich hatte mir irgendwie gewünscht, in ein Blumenmeer zu fallen oder irgendwelche anderen schönen Orte. Was nützte mir jetzt die Erkenntnis, dass mich diese Videos bis an mein Lebensende an die Schwestern gebunden hatte.

Das weiße Licht wurde immer kleiner und die Schwärze nahm zu. Dann spürte ich plötzlich Wasser über mir und Luft durchströmte, wie durch ein Wunder, wieder meine Lungen. Es war ein Gefühl, als wäre ich von einem tiefen Tauchgang kommend nun am Strand angespült worden. Keuchend sog ich die Luft ein, als könnte ich sie irgendwo lagern. Von Röcheln begleitet tauchten die Umrisse von Peters Zimmer wieder auf. Ich war nicht tot! Seltsamerweise erleichterte mich diese Feststellung keineswegs. Es war noch nicht vorbei und mit der Luft in meinen Lungen kehrte nun der Schmerz zurück.

„Antworte mir!" Seine Stimme drang hart von sehr weit weg zu mir durch, hörte sich mehr wie eine Lautsprecheransage an. Antworten worauf? Ich hatte die Frage schon wieder vergessen, hatte mit allem abgeschlossen. Peter störte die Heiligkeit dieses Moments. Während meines Todes wollte ich mich nicht auf irgendwelche Fragen konzentrieren müssen. Das war alles zu banal für diesen Augenblick. Ich registrierte, wie er rückwärts zählte. Als er bei null angekommen war und ich bereits den Geruch der Plastiktüte wieder in meiner Nase roch, hörte ich mich kreischen: „Es gibt Videos!"

Kapitel 36
„Wenn die Zeit kommt, in der man könnte, ist die vorüber, in der man kann."
Marie von Ebner-Eschenbach

„Was hast du gesagt?" Peter hatte die Tüte wieder von meinem Kopf gezogen und hielt mich an den Haaren gepackt. Grob drehte er mein Gesicht zu sich herüber. „Was war das?", wiederholte er seine Frage.

„Videos", stammelte ich und realisierte, dass ich nun definitiv erledigt war. Würde Peter mich heute verschonen, so würden die Schwestern mir nach dem Leben trachten. Es gab kein Zurück mehr. Ich war verloren. Eine Haarsträhne klebte durch Blut und Schweiß an meiner linken Schläfe und störte mich am Auge. Peter bemerkte mein Blinzeln. Fast sanft strich er sie mir hinter mein Ohr.
„Was für Videos?" In seinem Ton erkannte ich keine Kompromissbereitschaft, aber wenigstens ließ er meinen Kopf wieder los. Wenn ich nicht weiter erzählte, würden meine Schmerzen sich unendlich fortsetzen. Aber was hatte ich jetzt noch zu verlieren? Die Treue zur Schwesternschaft würde mich nicht mehr retten. Ein anderer Gedanke kam mir in den Sinn. Vielleicht konnte mich Peter von den Schwestern sogar befreien, ohne dass er mich zuvor umbrachte. Konnte der Gegner meines Gegners mein Freund sein? Ich wollte etwas sagen, aber mein Mund war zu trocken. Meine Zunge klebte an meinem Gaumen und mein Hals war ausgedörrt wie die Wüste.
„Wasser", presste ich mühsam hervor. Geduldig erhob er sich und reichte mir abermals ein bereitgestelltes Glas. Gierig sog ich jeden Schluck ein und leerte das ganze Glas auf einmal. In mich kehrte wieder Leben zurück. Ich atmete tief durch und beschloss, ihm alles zu erzählen. Es war meine einzige Chance.
„Es gibt Videos", wiederholte ich das eben Gesagte, aber diesmal ruhiger und gefasster. „Sie werden bei

der Initiation erstellt. Sie zeigen die Anwärterin, wie die Schwestern mit ihr Dinge tun – sexuelle Dinge." Ich schaute Peter fest in die Augen und wartete, bis er mich verstanden hatte. „Die Aufnahmen werden als Druckmittel aufbewahrt. Sollte jemals eines dieser Videos an die Öffentlichkeit gelangen, wäre diese Schwester erledigt." Es entstand eine Pause. Ohne dass ich es wollte, quollen Tränen aus meinen Augen.
„Das war auch der Grund, warum ich dir nicht einfach alles erzählen konnte oder warum ich nicht einfach von den Schwestern losgekommen bin", würgte ich neben unterdrücktem Schluchzen hervor. „Es gibt auch von mir ein Video." Peter sah mich an und sagte nichts. Er schien nachzudenken. Offenbar hatte er bisher von derartigen Videos keine Ahnung gehabt und überlegte, wie er diese neue Information für seine Zwecke einsetzen konnte.
„Wo sind diese Videos?", wollte er nach einer ganzen Weile wissen.
Ich schüttelte leicht den Kopf. „Ich nehme an, sie sind bei Leonora zu Hause in ihrer Villa. Im Kloster macht es keinen Sinn. Da würden alle danach suchen, sobald sie können."
Peter drehte sich um und begann, durch sein Zimmer zu wandern. Ich folgte ihm mit meinen Augen und hoffte, dass er mich nun endlich losmachen würde. Ich hatte ihm alles erzählt. Mit diesen Filmen konnte er die ganze Schwesternschaft vernichten. Mit beiden Händen fuhr er sich durch die lockigen, kurzen Haare.

Gern hätte ich es ihm gleichgemacht, nur dass meine Arme immer noch hinter der Stuhllehne gefesselt waren. Meine Schultergelenke waren unterdessen steif. Wie lange ich wohl schon auf diesem Stuhl saß?
Er drehte sich zum mit Rollladen verschlossenen Fenster und tat, als schaue er hinaus. Gespannt wartete ich auf das Ergebnis seiner Überlegungen. Was würde er jetzt tun? Teufel auch! Die Luft im Zimmer war inzwischen schwül und stickig. Peters T-Shirt klebte fest an seiner Haut, ebenso mein Kleid. Es schien zu wenig Luft im Raum für uns beide zu sein. Ich wünschte mir, Peter würde ein Fenster öffnen.
Nach einer gefühlten Ewigkeit kam er zurück, kniete sich vor mir nieder, sodass unsere Augen auf gleicher Höhe waren, und meinte: „Du bringst mich jetzt zu Leonoras Villa!"
Sein Tonfall duldete keinen Widerspruch. Da war kein Raum für Verhandlungen. Kein Platz für Diskussionen. Ich hatte keine Kraft mehr, mich ihm zu widersetzen, wollte keine Schmerzen mehr haben. Ich wollte einfach, dass es endlich vorbei war. Müde nickte ich und ergab mich seinem Willen. Ich würde genau das machen, was er von mir verlangte. Mit unerbittlichem Blick erforschte Peter meine Miene. Er versuchte herauszufinden, was ich plante. Ob er mir vertrauen konnte oder ob ich probierte, ihn zu hintergehen.
Schließlich erhob er sich und verließ das Zimmer. Ich hörte, wie er irgendwo eine Schublade öffnete. Nach einigen Augenblicken kam er zurück und baute sich

vor mir auf. Mein Entsetzen wuchs, als ich erkannte, was er geholt hatte. In seiner rechten Hand ruhte eine schwarze Pistole. Ich zweifelte keine Sekunde daran, dass sie echt und geladen war. Er ließ den Anblick der Waffe kurz auf mich wirken. Dann hielt er mir den Lauf vor mein Gesicht, die Mündung direkt vor die Augen.
„Wenn du versuchst abzuhauen oder irgendwelche Tricks probierst, werd ich die hier benutzen!" Nickend gab ich ihm zu verstehen, dass ich kapiert hatte. Er schob sich die Waffe in den Bund der Hose und verdeckte sie unter seinem T-Shirt. Dann ging er zur Küchenzeile und öffnete eine weitere Schublade. Mit der Schere, welche er daraus entnahm, schnitt er mir die Fesseln durch, zunächst am Bein, dann an den Handgelenken. Ich war wieder frei.
„Aufstehen!", befahl er.
Ich versuchte mich zu erheben, fiel allerdings sofort auf den Stuhl zurück. Meine Schultern schmerzten. Meine Hände waren blau und taub. Mein rechter Oberschenkel brannte, als ich versuchte ihn zu belasten. Alles begann sich zu drehen. Für einen Moment glaubte ich, wieder ohnmächtig zu werden. Peter packte mich grob unter der Schulter und riss mich ruckartig nach oben. Keine Verschnaufpause mehr. Sein Zimmer drehte sich und erneut sackte ich weg, als er mich auf meinen Beinen abstellte. Ich wünschte, heute Morgen flache und bequeme Schuhe ausgewählt zu haben und nicht meine Pumps. Er

wartete, bis ich einigermaßen stabil stand, dann ließ er mich los.

„Jetzt mach schon", herrschte er mich an und gab mir einen leichten Stoß. Ich stolperte nach vorne, schaffte es aber, mich an der Küchenzeile abzustützen. Kurz kam mir der Gedanke, hier nach einer Waffe zu suchen und Peter damit niederzustechen, aber alles war sauber aufgeräumt. Kein Messer! Kein Entkommen!

„Peter, bitte!", flehte ich, „Lass mich bitte kurz aufs Klo und mich waschen." Ich sah an mir hinab. Mein rechtes Bein war voller getrocknetem Blut. Ich roch Schweiß, Urin und Kot. Irgendwann heute Abend musste ich mir in die Hose gemacht haben. „So kann ich doch nicht auf die Straße! Wir fallen doch auf." Aber meine Bedenken schienen ihn nicht zu interessieren. Wortlos schupste er mich weiter Richtung Tür und ins Treppenhaus.

Kapitel 37
„Prüfungen erwarte bis zuletzt."
Johann Wolfgang von Goethe

Die Autofahrt erlebte ich wie in Trance. Das wechselnde Licht aus Straßenlaternen und Ampeln wirkte auf mich irgendwie hypnotisierend. Peter hatte mich grob das Treppenhaus hinuntergeschoben. Nur dank des Geländers war es mir gelungen, nicht zu fallen. Mein Oberschenkel brannte bei jeder

Belastung. Mühevoll war ich auf meinen schmalen Absätzen bis zu Peters Auto gehinkt.
Ich hatte gar nicht gewusst, dass er überhaupt ein Auto besaß. Bisher hatte er mir nie davon erzählt. Der alte Passat stand direkt vor der Haustür parat, fast als hätte er damit gerechnet, heute noch jemanden zu entführen. Am Ausgang war mir erfrischende, kühle Luft entgegengeschlagen und hatte sich wie ein sanfter Mantel um mich gelegt. Peter schubste mich auf die Beifahrerseite und gurtete mich persönlich fest. Aber wie um alles in der Welt hätte ich ihm davonlaufen sollen? Ein Blick auf die eingebaute Uhr verriet mir, dass es kurz vor zwei Uhr war, was erklärte, dass wir weder im Treppenhaus noch für den kurzen Moment auf der Straße anderen Leuten begegnet waren. Es war auch besser so.
Ich wollte mir gar nicht ausrechnen, was Peter gemacht hätte, wenn uns jemand gesehen und angesprochen hätte. Sein blutverschmiertes T-Shirt und mein blutverkrustetes Gesicht alleine hätten ausgereicht, damit jeder normale Mensch die Polizei verständigt hätte. Und dann?
Er fuhr los und ich lotste ihn gezielt Richtung Leonoras Villa und versuchte den Rest der Zeit, nicht das Bewusstsein zu verlieren. Eine unterschwellige Übelkeit begleitete mich während der gesamten Fahrt, ebenso wie ein undefinierbarer Schwindel. Ich dachte darüber nach, wie viel Blut ich verloren hatte oder wann ich zuletzt etwas gegessen hatte.

Was würde nun passieren? Ich schaffte nicht, mich auf einen klaren Gedanken zu konzentrieren, und so verliefen alle Überlegungen schnell im Treibsand meiner Fantasie. Ich würde es bald genug erleben, früher, als es mir lieb war. Wir fuhren hinaus aus der Stadt in Richtung der Villen und großen Gärten. Natürlich gab es noch genügend Autos auf der Straße, aber weit weniger als tagsüber. Ich dachte an meine linke Wange, die immer noch tobte. Würde ein anderer Autofahrer sie bemerken? Würde jemand die Polizei holen?
Ich rutschte tiefer in den Sitz. Ich wollte niemanden mehr in Gefahr bringen, denn Peter war bewaffnet und zu allem fähig. Als wir in unsere Zielstraße einbogen, merkte ich Unbehagen aus meinem Bauch aufsteigen. Würde er mich nun erschießen, jetzt da er Leonoras Villa kannte? Musste ich gleich aussteigen, mich hinknien und den kalten Lauf der Waffe in meinem Nacken fühlen?
Das Auto hielt an. Übelkeit erfüllte mich so schnell und plötzlich, dass ich nicht mehr reagieren konnte. Ich übergab mich zwischen meine Beine. Ein Fluch brüllte durch den Wagen, dann traf mich ein Schlag. „Reiß dich verdammt nochmal zusammen!" Peter stieg aus, öffnete die Beifahrertür und zog mich brutal auf die Straße. Bitte lass mich leben! Bitte lass mich leben! Wortlos flehte ich alle Mächte des Universums an.

„Los jetzt!" Peter zog mich hoch und schob mich in Richtung des Hauses. Offenbar wollte er mich nicht erschießen. „Du klingelst und siehst zu, dass sie dir öffnet! Und mach keinen Scheiß!"

Benommen stolperte ich weiter und kam vor der Haustür der Villa zu stehen. Peter ging neben der Öffnung in Deckung, sodass er weder durch Türspion noch durch ein Fenster zu erkennen war. Sollte ich meiner Priorin ein Zeichen geben? Ich drückte den Klingelknopf. Zu meiner Verwunderung dauerte es gar nicht lange, bis ich Geräusche vernahm. Es war schon spät und mich hätte es nicht gewundert, wenn Leonora schon im Bett oder aufgrund der Ereignisse der Woche gar nicht hier gewesen wäre. Oder war es Fiona?

Mir stockte der Atem, als die Tür sich bewegte. Ein Lichtspalt fiel in die Einfahrt und auf mich. Sie wurde weiter geöffnet und dann erschien Leonora in der Öffnung. Als ich sie sah, fielen alle Gedanken und alle Anspannung wie durch ein Wunder von mir ab. Durch den hell erleuchteten Eingangsbereich wirkte sie auf mich wie ein Engel an der Himmelspforte.

Obwohl mich das grelle Licht blendete, konnte ich ihre Verwunderung ob meines Erscheinens und meines Aussehens erkennen. Die sonst makellose Haut zog eine kleine Falte über der Nasenwurzel, die von leichter Irritation zeugte. Ihre Augen ruhten neugierig und gespannt auf mir. Sie hatte sich ihre schwarzen Locken mit Klammern und Spangen aus dem Gesicht

gebunden, was mir verriet, dass sie noch lange nicht an ins Bett gehen gedacht hatte. Fast aufdringlich gab der Ausschnitt ihres grauen, knielangen Etuikleids tiefe Einblicke preis. Es wirkte, als hätte sie mich erwartet.
Wir sahen uns gegenseitig in die Augen. Ich wusste nicht, was ich sagen sollte. Tränen machten sich wieder den Weg frei und ich sank vor ihr auf die Knie. Ich sackte auf den Boden und ergab mich meiner Verzweiflung. Ich merkte, wie sie einen Schritt auf mich zu kam, registrierte die Absätze ihre Schuhe direkt vor mir und fühlte ihre sanfte Hand auf meinem Rücken. Behutsam streichelte sie mir über meine Schultern.
„Alles gut!", hörte ich sie flüstern. „Ist ja alles gut."
Der Geruch ihres Parfüms kroch meine Nase entlang. Es war so verdammt viel passiert!
Gerne wäre ich in ihren Armen eingeschlafen, als ein Klicken mich und auch Leonora aus unserer Umarmung riss. Erschrocken zuckte ich zusammen und sah Peter, die Waffe an ihrer Schläfe. Auch sie hatte ihn nun bemerkt und schaute mich mit erstaunten und vorwurfsvollen Blicken an. Was hatte ich nur getan? Ich hatte sie verraten, sie, unsere große Mutter! In diesem Moment wurde ich mir auch der Kälte der Nacht bewusst. Unwillkürlich begann ich zu zittern. Ich sah sie flehend an, sie möge mir doch verzeihen. Wortlos bat ich um Vergebung. Aber sie

schien mit ihren Gedanken schon sehr viel weiter, gar nicht mehr bei mir.

„Willst du uns nicht hereinbitten?", fragte Peter, während sich Leonora langsam erhob. Erstaunlicherweise wirkte sie gar nicht angespannt oder verschreckt. Mehr, als galt es lediglich, einen ungebetenen Gast einer Party loszuwerden.

Auch ich rappelte mich mühevoll auf, als Peter mir mit der Waffe andeutete, endlich ins Haus zu gehen. Wortlos folgte ich meiner Priorin in Richtung ihres Wohnzimmers. Peter schloss die Tür und dirigierte uns mit der Pistole weiter. Es war eine morbide Prozession. Im Salon brannte Feuer in einem offenen Kamin. Auf dem Tisch standen eine Weinflasche und ein halb volles Glas.

Ohne Peter zu beachten, ging Leonora zum Glas, nahm es auf und trank einen demonstrativ kräftigen Schluck. Peter und seine Waffe beeindruckten sie in keinster Weise und ich fragte mich, ob ihr das schon öfters passiert war. Dann drehte sie sich um und sah ihn mit einem teils interessierten und teils lüsternen Blick an.

„Wie kann ich euch beiden helfen?" Trotz der Situation und der späten Stunde hatten ihre von dichten Wimpern umrahmten Augen ein sinnliches Funkeln. Sie fuhr sich mit der Zunge leicht über die Unterlippe, ganz als wäre sie in Gedanken vertieft und wir nicht da. Ihre Körperhaltung verriet vertraute Entspanntheit. Fast war ich neugierig darauf, wie

Peter damit umging. Leonora spielte ein sehr gefährliches Spiel. Als er nicht reagierte, schob meine Priorin eine ihrer präzise gezupften Augenbrauen leicht in die Höhe.

Aus den Augenwinkeln betrachtete ich meinen Entführer. Die Waffe fest in der Hand, stand er in der Tür und beobachtete die Vestalin. Beide sahen sich tief in die Augen. Wenn ich es nicht besser gewusst hätte, hätte ich glauben können, Belustigung in den ihren zu lesen. Schaffte sie es wirklich, ihn um den Finger zu wickeln?

„Die Videos! Gib mir die verdammten Videos", presste er schließlich tonlos zwischen seinen Zähnen hindurch.

„Okay", hauchte sie. „Dazu müssen wir in den Keller."
Ein kaum merklicher Blick von ihr flog zu mir hinüber. Peters Augen verengten sich. Hatte sie einen Plan? Kurz überlegte er, um dann zu nicken. Mit einer knappen Bewegung der Pistole deutete er an, dass sie vorangehen sollte. Seelenruhig nahm sie einen erneuten Schluck Wein, bevor sie das Glas am Tisch abstellte und an Peter vorbei den Raum verließ.

Sie ging zu einer Kommode im Vorraum, zog eine der Schubladen auf und nahm, ohne sein Einverständnis abzuwarten, einen langen Gegenstand heraus. Sie hielt die Fackel so, dass er sehen konnte, um was es sich handelte, ging zurück ins Wohnzimmer und zündete sie im Kaminfeuer an. Sie bewegte sich dabei so anmutig und sanft, als wäre sie auf einer

Fashionshow in Paris unterwegs und nicht von einer Waffe bedroht in ihrem Haus. Peter ließ sie keinen Moment aus den Augen, die Pistole immer auf sie gerichtet.

„Im Keller gibt es keinen Strom", erklärte sie im Vorbeigehen und steuerte auf eine Tür in der Diele zu. Das Leuchten der Fackel ließ den Kellerabgang in einem gespenstischen Licht erscheinen. Bei jeder Stufe durchfuhren mich unerträgliche Schmerzen in meinem rechten Bein. Jedes Mal stöhnte ich schmerzerfüllt auf, sodass Leonora kurz anhielt und sich besorgt zu mir umdrehte. Ich hielt mich mit einer Hand an der Wand fest und streifte mir die Pumps von beiden Füßen ab. So würde es definitiv für mich leichter werden. Für einen kurzen Moment gelang es ihr, mir tief in meine Augen zu blicken. Sie schien etwas zu suchen. Zu fragen, auf wessen Seite ich wohl stünde und wie viel Kraft ich noch hatte. Aber Peter unterbrach die Szene und stieß mich grob weiter die Treppen hinab.

Ich fühlte mich wie in einer Gruft, in der die Vampire ruhten, bevor sie sich in der Nacht aus ihren Särgen erhoben. Würde dieser Keller auch unser Grab werden? Was machte Peter, wenn er hatte, was er suchte?

Natürlich würde er uns töten. Daran hatte ich keinen Zweifel mehr. Was hätte es ihm gebracht, sie oder mich am Leben zu lassen? Wir waren ein Risiko und würden ihm nichts mehr nützten. Ich merkte, wie sich bei diesem Gedanken ein Kloß in meinem Hals bildete. Ich wollte nicht sterben! Obwohl es hier unten kühl war, fing ich zu schwitzen an. Kleid und Haare klebten mir wieder an der Haut. Vielleicht wäre es das Beste gewesen, ich wäre einfach in Ohnmacht gefallen und alles wäre passiert, wie es eben vorbestimmt war.

Wir erreichten den Boden. Zielstrebig führte uns Leonora in eine kleine Nische. Ein Safe stand in einer Ecke voller Gerümpel. Neugierig beugte ich mich nach vorne. Sie bückte sich und begann, Zahlen in das Schloss einzudrehen. Schließlich zog sie an der Tür, welche sich mit einem leichten Zischen öffnete. Die Fackel hatte sie zwischenzeitlich an einer dafür angebrachten Halterung abgestellt. Verschiedene CD-Hüllen kamen zum Vorschein und lagen diffus und unsortiert nebeneinander. Irgendwie hatte ich mir das Ganze sicherer vorgestellt. Die gesamte Kontrolle über die Schwesternschaft lag offen und durcheinander in Leonoras Keller. Paradoxerweise war ich enttäuscht.

Leonora stellte sich neben den Safe und sah Peter wieder mit diesem herausfordernden Augenaufschlag an. Dieser Du-traust-dich-ja-doch-nicht-Blick ermutigte ihn jedoch zusätzlich. Er trat einen Schritt nach vorne, um den Inhalt zu begutachten, nicht ohne die Waffe weiter auf die Vestalin zu halten. Ich blieb hinter den beiden zurück. Er nahm eine Hülle und las, was darauf stand. „Lady Carmen", raunte er. Wir waren am Ziel angekommen.

Ich verspürte das Verlangen, selber nach vorne zu gehen, meine CD zu suchen und dann dieses Haus zu verlassen. Ich tat es nicht. Stattdessen wandte ich mein Gesicht in Leonoras Richtung, die versuchte, meine Aufmerksamkeit zu erregen. Sie hatte die Fackel an sich genommen und wirkte unruhiger als zuvor. Ihre Augen wanderten zu einer kleinen Kommode, auf der irgendetwas metallisch im Licht des Feuers glänzte. Ich drehte meinen Kopf und unwillkürlich machte ich einen Schritt darauf zu. Da lag ein Flaschenöffner. Nein, ein Messer. Wie durch eine fremde Macht gesteuert, trat ich einen Schritt näher und wollte danach greifen.
In diesem Moment bemerkte Peter Leonoras gespannte Erwartung, wandte sich zu mir und schleuderte die Hand samt Pistole in meine Richtung. Jetzt, so dachte ich, jetzt würde er mich erschießen. Ich wartete auf den Knall, den Schuss. Blitzartig schmetterte Leonora die Fackel in ein anderes Eck des Raumes und trat gleichzeitig nach Peter. Erstaunt, wie gut sie sich auf einem Absatz halten konnte, sah ich, wie sie mit ihrem Schuh ihn direkt in der Magengegend traf. Er stürzte zu Boden und ein Scheppern zeigte mir, dass er die Pistole verloren hatte.
Innerhalb von Sekunden hatte Leonora aus einer anderen Ecke ein weiteres Messer gezogen. Ohne zu zögern stach sie ihm die Klinge zwischen die Rippen. Peter schrie kurz auf. Ein ekliges, gurgelndes Röcheln

erfüllte von den Raum, während Rauch sich langsam ausbreitete. Die Fackel hatte alte Kisten und Decken entzündet.

Panisch sah ich mich um. Ich brauchte etwas zum Löschen. Erneut zitterte ich, aber diesmal vor Aufregung und Schwäche. Ich versuchte, einige Schritte Richtung Treppe zu hasten, und stolperte über etwas Dunkles. Wieder schepperte irgendetwas. Die Pistole! Sie lag jetzt direkt zu meinen Füßen. Ohne mich weiter um die Flammen oder die anderen zu kümmern, griff ich nach der Waffe und drehte mich zu den beiden um.

Im Schein des Feuers sah ich die blutverschmierte Vestalin, wie sie sich mühevoll aufrappelte. Peters Körper lag reglos am Boden. Schwerer beißender Rauch zog an mir vorbei die Treppen hinauf. Leonora sah sich suchend um und registrierte erfreut, dass ich die Waffe gesichert hatte. Ein triumphierendes Lächeln breitete sich in ihrem perfekten Gesicht aus. Langsam, ja fast behutsam, kam sie auf mich zu. Ihre goldenen Ohrringe funkelten im Schein der Flammen. Sie streckte mir die Hand entgegen, um die Pistole zu übernehmen, aber ich hob meinen Arm und zielte auf ihre Stirn. Jetzt war ein Anflug von Unsicherheit zu erkennen.

„Gib mir die Waffe!" Sie sprach so leise und säuselnd, als spräche sie mit einem Kind. Ich merkte, dass ich nur noch wenig Zeit für eine Entscheidung hatte. Der Rauch wurde mehr und mehr. Leonora kam langsam,

aber stetig auf mich zu. Noch hatte ich die Möglichkeit zu handeln, aber meine Zeit lief ab.
„Gib mir das Video! Ich möchte mein Video!"
Ein schmerzerfülltes Stöhnen übertönte das Knistern des Feuers. Peters Arm bewegte sich. Er versuchte, sich am Boden abzustützen, hatte aber zu wenig Kraft. Ein überlegenes Lächeln breitete sich auf Leonoras Gesicht aus.
„Weißt du, warum du von uns aufgenommen wurdest? Warum alles so schnell ging? Du bist dabei, weil ich dich wollte. Weil du mir aufgefallen bist. Weil ich dich in meiner Nähe haben wollte und weil du mich erregt hast. Das alleine ist der Grund!", erklärte sie, während sie weiter langsam auf mich zuschlich. Ich fixierte sie ungläubig. Ich war so nahe dran, meine Freiheit zu erreichen. Ich durfte mich jetzt nicht ablenken lassen. Ich straffte meine Schultern und nahm die Pistole in beide Hände.
„Gib mir die Waffe!", säuselte sie erneut. „Du bist in Sicherheit!"
Der Qualm reizte meine Augen. Ich musste einen Hustenreiz unterdrücken. Ich durfte mich jetzt nicht dem Feuer ergeben. Ich musste wach bleiben. Ich brauchte das Video. Wieder näherte sich meine Priorin einen kleinen Schritt wie einem scheuen Reh, welches man nicht verschrecken wollte. Die Flammen nahmen immer mehr vom Raum um uns herum in Beschlag. Mir rann der Schweiß von der Stirn und

auch von Leonora tropften kleine Perlen. Es war jetzt sehr heiß hier unten.

„Ich möchte, dass du mich ziehen lässt!" Mein Versuch, gefasst zu klingen, scheiterte kläglich. Das, was sich wie ein Befehl anhören sollte, war nicht mehr als ein kümmerliches Krächzen. Meine Priorin war nur noch einige Zentimeter von mir entfernt. Ich sah ihr Gesicht, ihre makellose Haut, ihre dunklen Augen, die mich unter den perfekt gezupften Brauen heraus ansahen. Ihr Mund war leicht geöffnet. Dann bewegten sich wieder ihre zarten Lippen. „Carmen war schon eifersüchtig auf dich. Lass uns gemeinsam nach oben gehen."

„Lass mich ziehen!", keuchte ich, doch Leonora schüttelte nur sanft den Kopf.

Mir wurde schwindelig. Ich merkte, wie ich schwankte und wie Leonoras Silhouette langsam verschwamm. Ich wollte an ihr vorbei Richtung Safe, in Richtung meiner Freiheit, doch meine Beine gehorchten mir nicht mehr. Ich kniff die durch den Rauch entzündeten Augen einmal kräftig zusammen, öffnete sie wieder und sah im letzten Moment, wie Leonora eine schnelle Bewegung auf mich zumachte, die Hand zur Pistole ausgestreckt.

Instinktiv wich ich zurück, wollte die Waffe behalten. Die Waffe, die mein letztes Pfand für Freiheit geworden war. Ich stieß mit meiner Ferse gegen die erste Treppenstufe, stolperte und spürte bereits

Leonoras Finger am Lauf der Pistole, als sich mein Zeigefinger bog und ich abdrückte!

Kapitel 38
*„Fallen ist weder gefährlich noch eine Schande.
Liegenbleiben ist beides."*
Konrad Adenauer

Kalte Abendluft lag wohltuend auf meiner heißen Haut. Der frische Nachtwind legte sich sanft über mich wie eine Decke. Um mich herum liefen Menschen kreuz und quer. Sie brüllten sich gegenseitig etwas zu, um dann wieder gehetzt in einem der Wägen zu verschwinden. Schläuche wurden ausgerollt und Koffer mit Werkzeug getragen. Hektische Befehle beherrschten die Straße. Mir war das alles egal. Ich saß an der Öffnung eines Krankenwagens und streifte mir die Decke ab, die einer der Rettungssanitäter fürsorglich über meine Schultern gelegt hatte.
Die Kälte der Nacht ließ mich kurz erzittern, doch dann fühlte ich wieder, wie sich meine Haut förmlich nach Abkühlung sehnte. Die Blasen auf meiner Haut begannen zu pochen und zu protestieren. Wieder einmal war ich von Schmerzen erfüllt. Würde das denn nie mehr enden? Wie aus weiter Ferne drangen Stimmen zu mir durch. Irgendjemand in Sanitätskleidung fragte mich, ob mir etwas weh täte. Als ich nickte, gab er etwas aus einer Spritze in eine Kanüle in meinem linken Arm.

Eine innere Wärme und Gelassenheit durchströmte mich im gleichen Moment. Ich wurde aufgefordert, in den Wagen zu gehen und mich auf die Liege zu legen. Aber ich konnte diesen Ort jetzt nicht verlassen. Ich wollte einfach hier sitzen und warten. Ich musste sehen, was passierte und wer außer mir noch das Haus verließ. Wieder kam jemand von der Seite auf mich zu. Bevor ich mich wehren konnte, stopfte mir der junge Mann eine Sonde in meine Nase, aus der sogleich ein harter Luftstrahl blies. Ich ließ ihn gewähren, solange ich nur hier sitzen bleiben konnte.
Mir kamen Leonoras Augen in Erinnerung. Wie sie mich angesehen hatte. Diese wunderschönen Augen. Dieses wunderbare Gesicht. Ich hatte ihre dunklen Augen gesehen und hatte meinen Blick nicht mehr abwenden können. Wie sich die Pupillen geweitet hatten und das Schwarze in ihren Augen alles andere aufgefressen hatte. Ich erinnerte mich an die Ungläubigkeit, den Zorn und das Entsetzen, als sie erkannt hatte, dass sie sterben würde. Die Kugel hatte sie direkt in die Brust getroffen und sie war langsam nach vorne gesackt.
Ich bemerkte Tränen aufsteigen, ließ sie aber nicht zu, unterdrückte sie, bis sie wieder ganz in der Tiefe meiner Seele verschwunden waren. Ich hatte kein Mitleid. Bis zuletzt hatte mich Leonora gefangen gehalten. Hätte sie mir doch einfach das Video gegeben. Niemand hätte heute sterben müssen. Na ja, niemand außer Peter. Als ich den Keller verließ,

war er schon lange tot gewesen. Nachdem meine Priorin auf den Boden gefallen war und sich nicht mehr bewegte, war ich nach vorne an den Safe gesprungen. War über Peters Leiche gestiegen und hatte so viele CD-Hüllen genommen, wie ich greifen konnte. Die Flammen hatten wild um sich geschlagen, als wären sie die Wächter der toten Königin dieses Hauses.
Ich war nach oben gehastet, voller Rauch und Ruß, und war über die Terrasse nach draußen in den Garten gestürzt. Schnell hatte ich alle Hüllen in eines der frisch für den Winter bestellten Blumenbeete gegeben und sie notdürftig mit der Hand mit Erde überdeckt. Mir war klar, dass bald Polizei und Feuerwehr alles hier in Beschlag nehmen würden. Dass es unmöglich war, mit den CDs ungesehen hier herauszukommen. Ich würde sie später holen. Irgendwann!
Fast paranoid fixierte ich die Tür der Villa. Dieselbe Tür, an der ich noch vor wenigen Minuten gekniet war und an der mich Leonora mit ihrer Hand gestreichelt hatte. Jedes Mal, wenn jemand durch sie hindurchtrat, hoffte und bangte ich zugleich, ob es Peter oder Leonora doch noch geschafft hatten. Ich zitterte innerlich, auch wenn ich tief in mir drinnen wusste, dass sie nicht überlebt hatten, nicht überlebt haben konnten. Ich hatte sie getötet! Und wenn ich es nicht vollbracht hatte, hatten die Flammen das Übrige dazugetan. Regungslos saß ich am Rand des

Rettungswagens. Ich weiß nicht mehr wie lange. Für mich eine Ewigkeit. Schließlich kam ein Mann auf mich zu, den ich an seiner blauen Uniform als Polizist identifizierte. Er setzte sich neben mich und legte mir behutsam eine Hand auf die Schulter.
„Sie sind Larissa Driller?" Ich nickte.
„Ich muss ihnen leider mitteilen, dass ihre beiden Freunde es nicht geschafft haben!" Er ließ den Satz wirken und wartete. Meine Freunde hatten es nicht geschafft. Erwartete er nun Tränen und Trauer? Es hatte noch keine Gelegenheit gegeben, ihn über die Sachlage aufzuklären. Dass ich entführt worden war und mein Entführer tot und verbrannt im Keller dieses Hauses lag.
„Wir können noch nicht genau sagen, was passiert ist", fuhr er fort. „Aber es sieht alles danach aus, als hätte ein Kampf stattgefunden und als hätten sie sich gegenseitig verletzt. Wir haben eine Pistole und ein Messer neben den beiden Körpern gefunden."
Wieder wartete er und gab mir Zeit, das Gesagte zu verarbeiten. „Ja!", sagte ich und nickte müde mit dem Kopf.
„Peter hatte mich entführt!", gestand ich schließlich und sah an seiner erstaunten Miene, dass er mit dieser Wendung nicht gerechnet hatte. „Ich war heute Abend in seiner Wohnung in der Innenstadt gewesen. Wir waren zusammen. Er muss so was wie einen psychotischen Anfall gehabt haben." Ich schaute dem

Polizisten in die Augen, der mich jetzt ungläubig anstarrte.

„Ich bin Krankenschwester", fügte ich erklärend hinzu. Es dauerte, bis ich mir die weiteren Worte und meine Geschichte zurechtgelegt hatte und dann sagte: „Er hat mich niedergeschlagen und gefesselt. Er wollte unbedingt, dass ich ihn zu Leonora bringe, weil sie der Teufel wäre. Er war so paranoid! Er hat mich gefoltert, mich geschlagen und mit einem Messer verletzt." Wie zur Entschuldigung schob ich mein dreckiges Kleid zurück und präsentierte den Einstich.

Der Polizist schien von meinen Erläuterungen sichtlich betroffen. „Sie hätten nichts anders machen können."

Durch seine Absolution gestärkt, fuhr ich fort: „Er hat auch Anja Weißmann ermordet. Er war immer so normal gewesen. Vielleicht hatte er seine Medikamente nicht genommen, ich weiß es nicht." Zu meiner eigenen Verwunderung schaffte ich es in diesem Moment, genau die Tränen hervorzuholen, die ich eben noch verbannt hatte. Salzige Tropfen kullerten ungehemmt über meine geschundenen Wangen. Der Beamte wartete geduldig, bis alles vorüber war.

„Es gab einen Kampf. Leonora hat versucht, ihm die Waffe zu entreißen. Irgendwoher hatte sie dann ein Messer." Ich stockte kurz, um keine Widersprüche zu präsentieren. „Er hat auf sie geschossen, während sie ihm das Messer in die Brust gestochen hat. Ich konnte

nichts mehr tun!" Fast kreischte ich, als ich mir die Bilder von Leonoras Tod ins Gedächtnis rief.
Behutsam streichelte er mir über den Rücken. „Frau Driller, Sie hätten nichts für Frau Caldera tun können. Sie haben alles richtig gemacht."

Die Erinnerung an die folgenden Tage beschränkte sich auf wenige Momente klaren Bewusstseins. Man verabreichte mir schwere Schmerzmittel, die mich die meiste Zeit außer Gefecht setzten. Nur Vanessa besuchte mich einmal und wir sprachen kurz über die Schwestern. Der Tod der Priorin hatte alle mächtig in Aufregung gebracht. Auch die Tatsache, dass Peter gezielt versucht hatte, die Vestalinnen zu zerstören, trug wenig zur allgemeinen Beruhigung bei. Natürlich hatten die Schwestern Nachforschungen angestellt und hatten schnell die richtigen Schlüsse gezogen. Nur was sich in Leonoras Keller abgespielt hatte, erahnte niemand.
Offiziell teilten alle meine Geschichte, gaben sich nach außen hin ahnungs- und fassungslos ob der Geschehnisse. Aber tief drinnen wussten alle, dass da irgendwie noch mehr gewesen sein musste, dass an meiner Version etwas nicht ganz stimmte. Nach neun Tagen konnte ich das Krankenhaus verlassen. Meine Brandwunden waren gut verheilt und auch der Stich mit dem Messer war auf einem guten Weg. Zwar hatte man die Wunde sanieren müssen, da ein Teil

der Klinge am Knochen abgebrochen war, aber alles in allem machte meine Heilung Fortschritte.

Zu meiner Überraschung rief mich Carmen zu Hause an und erkundigte sich über meinen Gesundheitszustand. In meiner Abwesenheit hatte man sie zur neuen Priorin gewählt. Daher wollte sie wissen, wann ich mich wieder in der Lage sah, an den Gemeinschaftswochenenden teilzunehmen. Die Tatsache, dass gerade jene Schwester zur neuen Anführerin auserkoren worden war, die aus Eifersucht seit jeher gegen mich arbeitete, bestärkte mich in der Absicht, der Schwesternschaft den Rücken zu kehren.

Ich ließ noch zwei weitere Wochen verstreichen, ehe ich zu Leonoras Villa zurückkehrte. Die Panik der damaligen Nacht hatten meine Erinnerungen verwischen lassen. So musste ich erst einige Zeit suchen, bis ich den kleinen Rosenstrauch und darunter die verschiedenen CD-Hüllen aus Plastik wiederfand. Ich grub alle feinsäuberlich aus und brachte sie dann zu mir in die Wohnung. Ich fuhr mit Taxis und ohne Handy, stieg mehrfach um und ließ mich teilweise in gegengesetzte Richtungen fahren, nur um sicherzugehen, dass mich niemand verfolgte. Diese Videos, die ich nun besaß, waren jederzeit einen weiteren Mord wert.

Ein Gefühl des Triumphes breitete sich in mir aus, als ich zu Hause feststellte, was ich vor den Flammen hatte retten können. Auf den Hüllen standen die Namen von Lady Carmen, Lady Rachel, Lady Arisu und

Lady Larissa. Da war mein Video! Meine Freiheit! Ich ließ mich auf einen Stuhl sacken und begrub mein Gesicht in den Händen. Ich hatte nicht nur mein Video zurück, nein, auch das der neuen Priorin war in meiner Hand. Nun war alles vorbei. Ich stand auf, ging zur Küche, kramte in einer der Schubladen und öffnete eine Flasche Rotwein. Ich wollte feiern!

Der Empfang in Warngau war kühl und distanziert. Es wirkte, als wäre ich wegen einer ansteckenden Erkrankung behandelt worden. Als bestünde Grund zur Sorge, sich mit einem tödlichen Virus zu infizieren. Die Schwestern mieden den Kontakt mit mir. Nur Vanessa und Corinna kamen herüber, um mich zu begrüßen. An den Gesichtern der übrigen Vestalinnen erkannte ich Neugier und Misstrauen. Viele Gerüchte wegen meiner Rolle bei Lady Leonoras Tod hatten in meiner Abwesenheit die Runde gemacht. Keine der Damen wusste Genaueres. In einer Version hatte sogar ich Peter dazu angestiftet, erst Anja und dann Leonora zu töten, und hatte mich dann anschließend selber verletzt.
Ich tat, als fiele mir die abwartende Kühle nicht weiter auf, bis sich alle langsam zurückzogen. Die Frauen verschwanden eine nach der anderen, um sich auf ihren Zimmern frisch zu machen und neues Make-up aufzulegen. Nach Leonoras Tod waren die Karten neu gemischt worden. Noch versuchte jede hier, die

anderen bei der Vergabe der weiteren Posten auszustechen.

Ich blieb im großen Salon stehen, um zu warten, bis alle gegangen waren. Ich hatte keine Eile. Ich musste hier niemandem mehr etwas beweisen. Ich war gekommen, um mich zu verabschieden. Um Carmen zu informieren, dass ich nie wieder kommen würde und dass sie mich in Zukunft in Ruhe lassen sollen. Ich wollte ihnen einen Waffenstillstand, eine Balance of Power anbieten. Die Videos hatte ich inzwischen überprüft und bei einem Anwalt hinterlegt. Sie waren meine Lebensversicherung.

Gerade, als auch ich mich aufmachte, das Zimmer zu verlassen, erschien Carmen in der Tür. Sie strahlte noch mehr Selbstvertrauen aus als bei unserem letzten Treffen, was ihrer Attraktivität durchaus nicht abträglich war. Die weißen Zähne glänzten zwischen zart geschminkten Lippen, während sie ihr Moderatorinnenlächeln lächelte. Als sie einige Schritte in den Raum machte, funkelten kleine Steine auf ihrem cremefarbenen Kleid. Mir wurde wieder bewusst, dass wir uns noch nie wirklich verstanden und eigentlich auch noch nie wirklich miteinander gesprochen hatten.

Natürlich kannte ich sie wie viele Millionen Deutsche aus dem Fernsehen, aber live wirkte sie anders. Sie strahlte eine Selbstsicherheit aus, die mich sofort an Leonora erinnerte. Ihre dünn gezupften Augenbrauen umspielten katzenhaft geschminkte Augen. Ihre leicht dunklen Lider verengten sich, als sie mich taxierte. Sie hatte ihre braunen Haare in einem Dutt zusammengefasst, der ihr Gesicht straff und streng wirken ließ. Ihre Lippen bewegten sich, als wolle sie etwas sagen, machten aber keine Geräusche. Sie kam näher auf mich zu und stellte sich an einen der Stehtische mir gegenüber. Wortlos musterten wir uns eine ganze Weile, sie, die neue Königin, ich, die Favoritin ihrer Vorgängerin.

„Schön, dass du wieder da bist. Wir werden gut zusammenarbeiten. Ich habe da einige ganz interessante Aufgaben für dich, wenn du dich fit genug für die Arbeit hier fühlst." Ihr Gesicht verriet mit keiner Miene, ob sie sich wirklich über mein Kommen freute oder ob sie mich immer noch als interne Konkurrenz sah. Jetzt, da meine Förderin tot war, konnte sie die ganze Sache eigentlich locker angehen. Aber ich hatte noch ein Ass im Ärmel.

„Ich komme nicht wieder", entgegnete ich und ließ es so beiläufig wie möglich klingen. Carmens aufgesetztes Grinsen verstärkte sich. Ihre zur Schau gestellte Ruhe machte mich nervös. Hatte sie mich nicht verstanden? Unbeeindruckt stand sie vor mir. „Ich habe mein Video! Es war bei Leonora im Keller. Ich komme nicht wieder. Es ist vorbei."

Nun verzog sich Carmens Miene zu einem noch breiteren Grinsen. Schließlich brach sie in schallendes Gelächter aus. „Und du glaubst das war das Einzige gewesen?" Sie schüttelte den Kopf, als ob sie nicht

fassen könne, wie naiv ich doch war. „Du meinst, Leonora lässt alle Videos bei sich im Keller, und wenn ihr Haus abbrennt sind alle wieder frei?" Schlagartig wurde sie ernst. „Was bist du doch für ein dummes Kind! Natürlich gibt es Kopien. **Ich** habe die Kopien! Ich bin jetzt die Priorin, deine Excelsa Mater und du wirst mir gehorchen, wie du es geschworen hast."
Bei diesen Worten wurde mir schwindlig. Meine Beine drohten, ihren Dienst zu versagen. Es war alles umsonst gewesen. Die Toten, die Schmerzen, alles umsonst. Entsetzen stand mir offen ins Gesicht geschrieben und Carmen aalte sich in ihrem Triumph. „Knie nieder und schwöre mir die Treue!", forderte sie von mir. Wie ferngesteuert trat ich zur Seite, raffte meinen Rock und ging vor ihr auf die Knie. Gedemütigt senkte ich meinen Kopf. Ich war verloren! Ich würde ihnen nie entkommen. Nie wieder! Sie kam einen Schritt auf mich zu und für einen Moment lugten ihre weißen High Heels unter ihrem Kleid hervor.
Bei diesem Anblick durchfuhr mich ein Gedanke so heftig, dass ich fast losgeschrien hätte. Teufel auch! Lächelnd hob ich mein Gesicht. Nun war sie es, die unsicher wirkte. Sie hatte die gleichen Schuhe bei ihrer Initiation getragen. Sie waren mir bekannt vorgekommen, weil ich ja auch ein Video von Carmens Aufnahme in meinem Besitz hatte. Wie hatte ich das nur vergessen können? „Mag sein, dass mein Video noch irgendwo liegt, aber eines deiner Videos liegt

sicher verwahrt bei einem meiner Anwälte." Ich genoss, wie nun ihrerseits die Gesichtszüge entglitten und kurz Panik drohte, sich ihrer zu bemächtigen. Trotz des Make-ups war alle Farbe aus ihrem Gesicht gewichen.

Ich erhob mich aus meiner Verbeugung und starrte sie feindselig an. „Sieht so aus, als müssten wir uns noch eine Weile arrangieren", säuselte ich zuckersüß. „Entweder du lässt mich gehen oder wir teilen uns die Macht in diesem Haus."

Ich erschrak, als ich sah, wie Hass ihre Züge zu einer hässlichen Fratze verzog. „Wer glaubst du eigentlich, wer du bist? Du wirst mir gehorchen oder ich mache dich fertig. Das hier ist keine verdammte Selbsthilfegruppe für gelangweilte Gören! Ich bin die rechtmäßige Prima Mater, und wenn du das nicht kapierst, legst du dich mit der gesamten Schwesternschaft an. Überleg dir das gut, mein Fräulein!" Mit diesen Worten drehte sie sich um und verließ wütend das Zimmer. Mein Blick folgte ihr, bis sie hinter dem Ausgang verschwunden war. Es war also noch nicht vorbei! Ich würde weiterkämpfen müssen. Doch irgendwann würde ich wieder frei sein. Ganz bestimmt!

Epilog
„Das Geheimnis des Glücks liegt nicht im Besitz, sondern im Geben. Wer andere glücklich macht, wird glücklich."
André Gide

Kalte Herbststürme peitschten durch den Vorgarten. Nadja hastete schnell zur Haustür. Sie hatte den Kragen ihrer hellbraunen Wildlederjacke nach oben geklappt und ihren Kopf unter einer dicken Mütze versteckt. Feuchter Nieselregen schaffte es, in jede Ritze zu kriechen, und machte alles kalt und klamm.
Es war schon dunkel, aber Nadja wusste, dass sie die Erste zu Hause sein würde. Ihre Eltern würden erst viel später zurückkommen. In Gedanken war sie bereits mit dem Abendessen beschäftigt. Sie liebte ihre Eltern und ihre Eltern liebten sie, auch wenn es nicht ihre leiblichen waren. Zu jeder Zeit erwies sie sich als dankbar und half mit, wo es ging. Ihrem Stiefvater verdankte sie auch ihre neue Ausbildungsstelle. Bei dem Gedanken an ihre Familie wurde ihr warm und für einen Moment vergaß sie das Wetter um sich herum.
Mit schnellen Schritten war sie an der Treppe und klopfte eilig ihre Stiefel ab. Natürlich würde sie die nassen Schuhe gleich nach der Tür ausziehen. Aber dennoch wollte sie das Haus so sauber wie möglich betreten. Ihre Mutter arbeitete so hart und sie wollte sie nicht schon am Eingang mit einer dreckigen Wasserpfütze begrüßen. Sie hüpfte die wenigen

Stufen bis zur Tür und kramte in ihrer Handtasche nach dem Schlüssel. Sie räumte Handy, Taschentücher und Schminkspiegel zur Seite und fingerte nach dem Bund. Als sie ihn endlich in den Fingern hatte und ins Schloss schieben wollte, sah sie zu ihrer Überraschung einen weißen Umschlag in der Tür stecken.
Irgendjemand hatte ein Kuvert nicht in den Briefkasten geworfen, sondern es zwischen Tür und Klinke eingezwängt. Jeder hätte es wegnehmen können. Auch wenn hier in der Münchner Vorstadt jeder jeden kannte und die Nachbarschaft misstrauisch beäugte, wer sich in wessen Garten schlich. Neugierig zog Nadja den Umschlag von der Tür. Fast hätte sie ihn fallen lassen, als sie das Symbol auf der Rückseite erkannte. Eine Faust hielt eine Fackel fest in der Hand, umrahmt von einem violetten Kreis.
Sie hatte dieses Zeichen schon lange nicht mehr gesehen und sich irgendwo auch gewünscht, es nie mehr sehen zu müssen. Sie hatte mit den Schwestern abgeschlossen. Vorsichtig sah sie sich um, ob irgendjemand sie beobachtete. Dann schob sie den Schlüssel schnell in das Schloss, öffnete und huschte ins Haus. Als sie die Tür hinter sich wieder geschlossen hatte, fühlte sie sich gleich sicherer.
Sie legte den Schlüsselbund auf die Ablage und betrachtete das Kuvert genauer. Kein Absender und keine Adresse. Nichts, was auf den Urheber hindeutete. Früher hatte sie öfters Karten von den

Schwestern erhalten. Die Vestalinnen hatten sie alle vier Wochen in ihr geheimes Verbindungshaus zitiert und sie dann eiskalt abserviert. Damals war die Ablehnung eine Kränkung für sie gewesen. Das Gefühl, nicht gut genug zu sein, hatte Nadja in die Tiefen ihrer Seele getroffen, sie, das Adoptivkind. Wieder war sie es nicht wert gewesen, dass man sich mit ihr befasste.

Aber die Zeiten hatten sich geändert. Sie hatte eine Ausbildung als Verkäuferin in einem Modegeschäft begonnen und hatte seit längerer Zeit einen Freund. Einen echten Freund, der sie verstand, auch wenn sie nicht perfekt war, zumindest nicht perfekt genug, um eine Vestalin zu sein. Nadja kannte die Regeln! Es war verboten, nach dem Ausscheiden noch einmal mit einer Vestalin Kontakt aufzunehmen. Ihr war klar, dass sie diese Regel gebrochen hatte. Aber das lag schon lange zurück. Es gab unter den Novizinnen tausend Gerüchte, was die Strafe dafür wäre, aber genau wusste es niemand. Und nun war da dieser Umschlag. Mit zittrigen Händen nahm sie das Kuvert und begann, den Verschluss aufzureißen. Sie würde gleich wissen, warum sich die Schwestern noch einmal bei ihr meldeten.

Sie hatte alles, was passiert war, im Fernsehen und über die Zeitung mitverfolgt. Leonora war gestorben und Larissa schwer verletzt worden. Irgendein Schizophrener hatte beide in seine Gewalt bekommen und war in Leonoras Villa verbrannt. Alles war sehr

mysteriös und die Gerüchteküche kochte eine Weile hoch. Details kannte niemand. Wenn Nadja gefragt worden wäre, wusste sie genug, um sicher zu sein, nicht mehr wissen zu wollen.
Ohne große Rücksicht riss sie den Umschlag auf, in dem eine kleine weiße Karte enthalten war. Diese Karte sah exakt aus wie die Einladungen, die sie so oft erhalten hatte. Sie klappte die beiden Teile auseinander. Ein Foto rutsche aus dem Umschlag und fiel zu Boden. Schnell bückte sie sich und hob das Bild auf. Es zeigte ein Pferd, ein grauweißes mit einem braunen Fleck zwischen den Augen. Die Vestalinnen hatten ihr noch nie ein Foto geschickt. Stirnrunzelnd erhob sie sich und las, was innen geschrieben stand:

Hallo Nadja,
ich könnte dir so viel schreiben und so viel erzählen, aber das meiste wäre unwesentlich. Darum nur soviel, dass ich dir danken will, für alles, was du für mich getan hast. Wir dürfen uns leider nicht wiedersehen. Darum belasse ich es bei einem „Bleib, wie du bist"!
Das Pferd auf dem Bild hört auf den Namen Nubio. Es steht im Stall des Reitvereins Leutstetten. Unterstand, Futter und alles, was so ansteht, habe ich für das Tier bezahlt. Mach dir also keine Sorgen. Es gehört dir! Ich möchte, dass du dir deine Träume erfüllst. Du hast es verdient.
In Freundschaft
Lady Larissa